JEAN-PAUL BRIGHELLI

Né en 1953 à Marseille, Jean-Paul Brighelli est enseignant, chroniqueur, essayiste et romancier. En quarante-cinq ans d'expérience dans les établissements les plus divers – des ZEP aux classes préparatoires – et d'implication dans l'édition scolaire et parascolaire, ce normalien agrégé de Lettres a parcouru l'essentiel du paysage éducatif. Il est l'auteur ou le coauteur d'un grand nombre d'ouvrages pédagogiques, d'essais et de fictions parus chez différents éditeurs.

Son roman *Soleil noir* a paru en 2024 aux éditions de l'Archipel.

SOLEIL NOIR

JEAN-PAUL BRIGHELLI

SOLEIL NOIR

l'Archipel

ISBN 978-2-266-34978-9
Dépôt légal : juin 2025

Pour tous ceux qui ont pleuré
sur la mort d'Athos

1

Par un petit matin d'hiver...

Par où étaient-ils passés ? La veille au soir, les guetteurs, transis, étaient redescendus des collines sans rien signaler de suspect. Certes, le temps était à la neige et le regard peinait à percer les brumes des Cévennes. Mais il avait neigé encore pendant la nuit, ce qui devait dissuader toute avancée d'une troupe à cheval, dans les ténèbres de surcroît.

Et le petit village d'Aumelas-le-Vieux s'était paisiblement endormi dans son vallon. Une trentaine de maisons groupées autour du temple où, en ce mois de février 1685, ces protestants cévenols trouvaient le réconfort de la parole divine.

Ils étaient installés là depuis des siècles, bien avant que Calvin ne commençât ses prêches. Ils avaient survécu, avec de maigres troupeaux de chèvres et quelques arpents de blé noir, planté dans les rares pans de terre arable, entre les éboulis et les chaos rocheux. Ils vivaient de rien et de cantiques.

Durant les guerres du siècle précédent, ils étaient restés sur le qui-vive. Puis l'édit de Nantes, qui leur donnait le droit de prêcher ce que leurs adversaires catholiques appelaient la RPR – la Religion prétendument réformée –, leur avait octroyé un semblant de tranquillité, quatre-vingts ans durant, même si les autorités royales n'avaient jamais bien toléré que des sujets n'appartiennent pas à la même confession que Sa Majesté catholique.

Mais le roi Louis XIV, docile à son confesseur, le père La Chaise, et plus encore à sa maîtresse, Madame de Maintenon, inquiet des ravages qu'un mal subit faisait en lui, avait rayé d'un trait de plume, quelques mois auparavant, avec l'édit de Fontainebleau, tout ce que son royal grand-père leur avait accordé : leur destin basculait. On entendait parler d'exactions, de conversions forcées, de déportations même, d'hommes et de femmes massacrés ou enchaînés jusqu'à Marseille pour y ramer sur les galères royales. Sans qu'une certitude bien nette parvienne dans ce coin désolé, au creux de ces montagnes abruptes. En ce mois de janvier 1686, rien n'avait changé dans la vie quotidienne de ces pauvres hères vivotant au cœur des Cévennes. Des rumeurs colportées par le vent ou glanées au hasard des rencontres, quand ils se hasardaient à vendre leurs fromages de chèvre sur le marché de Lodève. Qu'auraient pu faire ces gueux sans fortune ni destin ? Les riches protestants feignaient de se convertir ou faisaient discrètement leurs bagages pour rallier Genève ou La Haye. Mais ici ? Les paysans se sentaient à l'abri de leurs montagnes. Il y avait tant de ravins et de torrents à franchir avant que les décisions du roi ne parviennent jusqu'à eux…

Les rafales de vent réveillèrent le hameau peu avant l'aube. Dans les masures gelées, les corps serrés les uns contre les autres frissonnèrent, bleus de froid ; ils se rapprochèrent encore davantage, cherchant un dernier vestige de chaleur avant de se lever dans la glace de la petite aube.

Les femmes, les premières, affrontèrent la bise pour aller chercher de l'eau à la fontaine avant qu'elle ne gèle. C'était une vieille habitude. La neige n'était jamais à craindre, mais les rafales de tramontane, en dégageant le ciel, pétrifiaient les sources.

Le ciel passait du bleu nuit au rose vif. Seuls les sommets des collines environnantes se coloraient déjà d'aurore. Le village lui-même, blotti dans ce creux irrigué été comme hiver, se distinguait à peine des escarpements rocheux alentour, avec ses murs de pierre grise à demi ensevelis sous les congères.

C'était un paysage austère, qui convenait bien à ces gens rudes et à cette religion sévère.

Au fil des siècles, le trou informe d'où jaillissait la source était devenu une vraie fontaine, un pilier carré agrémenté de quatre becs de bronze, entouré d'un bassin hexagonal où venaient boire les bêtes. Les femmes avaient cassé la croûte de glace, en surface, et remplissaient leurs cruches en échangeant de menues considérations sur le froid piquant qui transperçait leurs hardes grises. La seule touche de couleur, dans ce décor uniforme, c'était le patois languedocien, rehaussé d'exclamations pittoresques. « *Coma què vai Abraam ?* » avait demandé la femme à sa voisine, dont le mari donnait depuis quelque temps des signes de faiblesse.

Et la commère, encore enchifrenée de sommeil, avait trouvé la force de répliquer, d'un air entendu : « *Quora nèva a la montanha, fa fred al país-bas* » – jouant sur le temps de neige et de givre, et surtout sur le fait qu'avec ses cheveux blancs le pauvre Abraham avait aussi le bas-ventre pris par les glaces…

Hommes et femmes portaient tous des prénoms bibliques. Ils n'en changeaient que lorsqu'ils descendaient dans le Lodévois, des heures et des heures de marche pour vendre des fromages durs comme des pierres, un peu de miel, des paniers d'osier, des lainages puant le suint. Alors, Rachel, Deborah ou Judith se rebaptisaient Catherine ou Louison pour tromper les catholiques de Lodève, fidèles au roi – et qui en voulaient fort aux parpaillots, comme ils appelaient les protestants, pour avoir, quelques décennies auparavant, au plus fort des guerres, à moitié ruiné leur cathédrale. Les huguenots avaient martelé les figures des saints sculptés sur la façade. Idolâtrie, jugeaient-ils.

Aux exactions des catholiques répondaient les razzias des huguenots, dans un cycle sans fin. Les femmes qui arrivaient à Lodève préféraient donc cacher leur appartenance à la religion de Calvin et de Luther. Elles n'avaient aucune envie qu'un quelconque missionnaire jésuite, alerté, se mît en tête d'aller les prêcher et les convertir – avec l'appui d'une troupe de ces dragons du roi dont on racontait partout les violences… « Sois catholique ou je te tue » – ainsi s'exprimaient ces redoutables représentants du pouvoir et de l'Église. L'argument emportait souvent la décision – aucun protestant n'avait par nature le goût du martyre – mais rarement l'adhésion. La foi ancienne subsistait, vivace.

Les bibles écrites en français, suprême scandale, étaient imprimées dans un tout petit format, faciles à camoufler dans la doublure d'un vêtement. Et les curés qui se hasardaient à venir dire la messe chez ces rebelles n'en finissaient pas de se scandaliser de leurs églises vides.

Les femmes, à la fontaine, jacassaient en remplissant leurs seaux et leurs cruches. Elles parlaient fort, comme si l'écho de leurs voix pouvait les réchauffer. De grands panaches de buée sortaient de leurs bouches édentées. Elles ramenaient sans cesse sur leur poitrine leurs châles de laine écrue, pour tenter de conserver un peu de cette chaleur accumulée durant la nuit. Elles avaient dormi tout habillées ; leurs hardes étaient encore moites de sueur et fumaient dans l'air vif. On aurait cru qu'une cohorte de filles en feu cherchait à s'éteindre à la fontaine. À leurs voix criardes répondait le sourd martèlement des pieds, tant, pour se réchauffer, elles battaient la terre durcie par le froid de leurs sabots pleins de paille.

En vain. Il gelait à pierre fendre, sous le ciel imperturbablement bleu. Elles avaient cassé la croûte superficielle de glace, mais l'eau coulait bien plus lentement que la veille ; elle avait commencé à se figer autour du fût central de la fontaine et sur les bords de la margelle. Les seaux de bois cerclés de fer se remplissaient goutte à goutte.

Les hommes, à leur tour, se manifestèrent. Neige ou tramontane, il fallait bien s'occuper des bêtes. Puis des enfants coururent rejoindre leurs mères, et leurs piaillements s'additionnèrent aux éclats de voix des femmes.

Les sons stridents et joyeux montaient tout droit dans l'air impitoyable.

Réveillés par toute cette agitation humaine, quelques coqs asthmatiques sonnèrent l'aurore.

Est-ce à cause de tous ces bruits entremêlés que personne n'entendit le piétinement des chevaux avant qu'ils n'arrivent au galop sur la place ? Ou la neige avait-elle étouffé la cavalcade ? Quand les paysans se retournèrent, soudain alertés, il était trop tard : le village était cerné par tous ses accès. Des groupes d'hommes sombres, épée ou pistolet à la main, déboulaient de chaque ruelle. L'un d'eux, en arrivant au galop sur la placette, donna un furieux coup de sabre au cou d'un paysan qui cherchait à s'enfuir, ses sabots glissant sur le sol gelé. Le cheval, encore lancé, bouscula le blessé qui roula au sol, déjà mort, aspergeant de sang la neige immaculée de la veille.

— Rassemblez-les, ordonna une voix sans émotion.

Les habitants s'aperçurent alors que les cavaliers portaient tous des masques de cuir, prolongés dans leur partie inférieure par une voilette de satin noir. Une nuée de spectres attaquait le village.

Le vieux Mathieu de Lens avait appris, pendant les guerres contre les Espagnols, quarante ans auparavant, toutes les ruses qui sauvent. Il ne chercha pas à fuir : il se laissa tomber, de tout son poids, le visage en avant, dans un épais talus de neige fraîche, et s'y enfonça comme une pierre. Les pans de poudreuse retombèrent sur lui et l'ensevelirent tout à fait.

Mathieu ne bougea plus. Il tendit l'oreille. Les sons lui parvenaient, assourdis.

— Fouillez tout, reprit la voix. Les femmes et les enfants dans le temple. Les hommes ici, sur la place.

Mathieu respirait à peine. Son souffle creusait la neige. Les cristaux glacés lui brûlaient les paupières. Son stratagème lui avait sauvé la vie une fois déjà, en 1647, tandis qu'il guerroyait en Flandres avec le duc d'Enghien. Il s'était dissimulé ainsi à un parti d'Espagnols qui, suivant la coutume, tuaient tout ce qu'ils trouvaient. Quand il s'était relevé, un quart d'heure plus tard, il n'y avait que des morts autour de lui – y compris la cantinière, que les soudards au service de Philippe IV avaient même négligé de violer mais qu'ils avaient dûment éventrée, dans leur furia meurtrière. Quelle tournure prendraient les événements, cette fois ? On ne se donne pas tant de peine, raisonnait-il dans son linceul glacé, en arrivant en plein hiver, à l'aube et en tapinois, dans un petit village cévenol, pour se contenter de ramasser les impôts impayés.

Les chevaux attachés aux arbres dénudés hennissaient – leurs gourmettes tintaient dans l'air cristallin. Mathieu entendit des protestations, des cris. Deux coups de feu. Des cris encore, des hurlements de femmes malmenées par les assaillants, qui se servaient avant d'obéir aux ordres. Puis des rires.

— Pressez-vous, ordonna la même voix froide.

Mathieu se souleva sur un bras et risqua un œil, à travers les cristaux de neige.

Seul le chef, à deux pas de lui, était encore à cheval – il semblait faire corps avec sa monture, l'un de ces vigoureux mecklembourgeois que le vieux soldat n'avait plus vu depuis la fin des guerres. Une bête énorme, à l'encolure puissante, aussi noire que son maître.

Mathieu observa l'homme en détail – le manteau épais, doublé de soie, l'habit noir agrémenté de broderies d'argent, le feutre orné d'une plume splendide, noire elle aussi, et le masque de cuir prolongé d'un parement de dentelle noire. Il remarqua la garde de l'épée, un splendide travail d'orfèvrerie comme les Espagnols en faisaient encore. Tout, en lui, dénonçait le gentilhomme de grande lignée.

Il rejeta son manteau sur son épaule et la lumière pâle fit scintiller, un court instant, un curieux médaillon accroché à son cou, un soleil d'émail noir sur fond doré.

— Allons ! dit-il, comme s'il se parlait à lui-même.

Puis il le répéta tout haut :

— Allons !

Mathieu jeta un coup d'œil circulaire. Les hommes du village étaient rassemblés autour de la fontaine, tenus en respect par une quinzaine de dragons, l'épée nue à la main. Plus loin, d'autres hommes poussaient devant eux, vers la grande bâtisse grise où les paysans se rassemblaient pour prier, un troupeau geignant de femmes encombrées d'enfants. Quatre ou cinq jeunes filles, à moitié nues, grelottant dans l'air impitoyable et serrant contre elles de pauvres hardes, suivaient en sanglotant, sous les quolibets des assaillants.

— Mordieu ! s'écria une voix, elles ne croient pas à la sainteté de la Vierge, et elles pleurent sur leur pucelage !

— Au diable le pucelage !

— Foutre une vierge guérit de la vérole !

— Ce serait bien la première fois qu'un parpaillot ferait un miracle !

Ils éclatèrent de rire en poussant dans le temple les dernières paysannes.

— J'ai trouvé de la paille, dit une voix.

Aussitôt, cinq ou six hommes rangèrent leurs épées et leurs pistolets, et disparurent. Quelques instants plus tard, ils revinrent chargés de ballots de paille et de fourrage bien sec, qu'ils jetèrent dans le temple.

— Votre litière, bande de chiennes ! s'écria l'un d'eux.

De nouveau, des rires.

Les soldats (que pouvaient-ils être d'autre ? pensa Mathieu ; ils obéissaient avec une promptitude, un ordre et une célérité que l'on n'apprend qu'à l'armée) firent ainsi quelques allers-retours, pour remplir le temple de paille.

Le vieil homme enfoui dans la neige frémit. Revinrent en foule ces souvenirs qui le torturaient et l'avaient amené à prendre sa retraite dans ce village oublié des hommes et même de Dieu, vu ce qu'Il laissait faire. Sous les ordres de son maître, le comte d'Aumelas, alors jeune lieutenant ambitieux, il avait opéré de semblables exactions en Souabe, après la bataille d'Alerheim, en 1645. Ils avaient dévasté la Bavière, tuant tout ce qu'ils trouvaient.

Mathieu avait eu son compte, ces années-là, de maisons noircies par les flammes, de cadavres à demi brûlés, de femmes enceintes ouvertes à coups de hallebarde. Et il se rappelait fort bien l'étrange férocité froide que ses camarades et lui mettaient alors à obéir aux ordres inhumains qu'on leur donnait. Comme les hommes qui venaient d'assaillir le village. Et, comme eux, Mathieu avait eu l'impression, à un certain moment, de ne plus être un soldat, mais simplement le Mal à l'état pur. Le Mal froid, méthodique, sans haine ni émotion. Avec une pointe d'humour, parfois.

Il avait fait la guerre jusqu'en 1648. Sa dernière bataille avait été, sous les ordres de Monsieur le Prince – comme on appelait alors celui qui allait devenir le Grand Condé –, l'écrasante victoire de Lens. Il y avait gagné son surnom, Mathieu de Lens, comme un anoblissement par les armes, et une blessure au genou qui le faisait encore boiter. Et, en même temps, un dégoût irrépressible pour tout ce qui tenait à l'armée. Le comte d'Aumelas, son maître, avait en trois ans acquis le grade de capitaine et une nausée semblable à celle de l'homme dont il avait fait son ordonnance. Néanmoins, il avait guerroyé encore deux ans, dans les premières années de la Fronde, jusqu'à ce que Condé, qu'il avait servi avec fidélité, se retourne contre le roi, en 1650. À la bataille de Bléneau, en 1652, il était passé du côté de Turenne et aida l'armée royale à contenir les condéens. Deux mois plus tard, il récidiva lors du combat du faubourg Saint-Antoine. Mais, écartelé entre son ancienne fidélité à Monsieur le Prince et son allégeance naturelle au roi, le comte avait déposé les armes et avait ramené Mathieu avec lui en Languedoc. Peu après, il avait pris femme et avait eu son fils unique, Pierre.

Le gentilhomme à cheval se retourna vers la fontaine et s'adressa à ses hommes.

— Dites à ces gueux de se déshabiller.

Il parlait un excellent français, avec un accent du Nord comme Mathieu n'en avait pas entendu depuis presque trente ans.

Un garde transmit l'ordre en mauvais patois.

Il y eut un flottement parmi les gueux. Un soldat tira, un paysan s'écroula. Alors, les paysans se dépouillèrent de leurs vêtements, sans oser se regarder les uns les autres.

Ces corps nus, grelottant dans l'aurore, étaient d'une blancheur étonnante ; ils se confondaient presque avec la neige. Seuls les visages et les mains, cuits et recuits au soleil, gardaient le souvenir des étés précédents.

Les hommes masqués prirent des rouleaux de corde attachés à leurs selles et s'activèrent à ligoter les paysans nus dans la fontaine même, sous les quatre jets. Ils les liaient les uns aux autres comme une sculpture vivante, une seule masse indistincte de chairs entravées dont les frémissements étaient, l'un après l'autre, étouffés par les nœuds. Ils les ficelèrent entre eux puis les relièrent au pilier central, aux quatre becs de bronze d'où s'échappaient toujours les minces filets d'une eau indifférente. Mathieu pensa à la façon dont les araignées entortillent leurs proies dans leurs soies, pour les dévorer plus tard.

Il y eut, coup sur coup, un claquement sourd – la porte du temple refermée sur le troupeau humain – et des hurlements. Une rafale de vent rabattit sur le village les premières fumées qui passaient entre les lauzes du toit du temple. Quand il avait vu les soldats empiler de la paille, Mathieu avait compris.

Comptant sur le fait que les assassins garderaient les yeux rivés sur le spectacle qu'ils s'offraient, il se mit à ramper, sous la neige, entre le talus et le mur grossier. Comme s'il nageait entre deux eaux. L'écurie était sous la maison, il devait s'y glisser…

Les cris des femmes et des enfants, dans le temple, se firent plus perçants. Les tueurs, remontés à cheval, avaient du mal à contenir leurs bêtes, excitées par les flammes, la fumée et les cris des damnés. Les hommes attachés sous la fontaine entonnèrent un cantique.

C'est un rempart que notre Dieu
Si l'on nous fait injure
Son bras puissant nous tiendra lieu
Et de fort et d'armure...

La foi en Dieu était bien tout ce qu'il leur restait.

— Feu sur ces gueux, ordonna le chef.

Sa voix était restée froide. À peine avait-il haussé le ton. Mais ses paroles se détachèrent avec netteté dans l'atmosphère cristalline.

Les cavaliers saisirent pistolets et carabines dans les fontes des selles et, à dix ou quinze pas, mitraillèrent les hommes entravés. Un feu roulant de soldats bien entraînés. Les balles creusaient de larges trous dans ces corps livides, dont jaillissaient des fontaines de sang qui venaient tacher la neige.

Le chœur chanta jusqu'au bout, jusqu'à ce qu'il ne reste plus qu'une voix unique, la voix claire et tremblante d'un adolescent terrorisé :

Répands sur nous du haut des cieux
Ta force, ta...

Une dernière balle coupa le mot « sagesse » sur ses lèvres.

Dans le temple, les cris et les gémissements cessèrent tout d'un coup, quand le toit mal soutenu par les poutres en flammes s'effondra.

Mathieu se coula derrière le gros rocher servant d'assise à la maison et se glissa en contrebas. Jusqu'à la porte de l'écurie, qui consentit à s'ouvrir sans bruit.

Le cheval se retourna vers lui. C'était une bête sans âge et sans couleur, d'un gris incertain, la teinte même des cheveux de Mathieu. *Son* cheval, depuis quinze ans qu'il s'était retiré dans ce village perdu qu'ils appelaient, entre eux, Aumelas-le-Vieux. Une bête trapue, couverte d'un poil dru, qui regarda son maître avec intérêt ou inquiétude. Ils allaient donc sortir ? Le cheval faillit hennir de joie, mais le vieux soldat lui caressa le cou, puis le nez, en lui murmurant des mots rassurants. Il lui passa un harnais. Il se passerait de selle et d'étriers – il n'avait pas le temps.

Ses chances étaient minces, face à des cavaliers aussi bien montés. Sa seule ressource était de gagner, au plus vite, un sentier très escarpé, à flanc de colline, où sa bête rustique passerait sans trop de peine – mieux, en tout cas, que les montures aristocratiques des cavaliers masqués.

Dans la pureté glaciale de ce petit matin clair, Mathieu entendit avec netteté la voix atone du chef.

— Allons ! disait-il.

Il y eut un piétinement de chevaux, le claquement des fers contre les rares pavés, le cliquetis des gourmettes et des éperons, et des armes que l'on renfournait dans les fontes. Puis le début d'un galop. La troupe s'éloignait.

Mathieu attendit une minute encore. Puis, tirant sa monture derrière lui, il descendit la pente.

Ce n'est qu'après avoir traversé le ruisseau, qui coulait à peine sous sa croûte gelée, qu'il enfourcha le petit cheval. Alors, sans transition, il lui enfonça les talons dans le ventre, et la bête donna un coup d'encolure, escaladant le raidillon.

De l'autre côté du village, les assassins repartaient, au trot, par où ils étaient venus. Le chef ôta son masque, imité par les autres cavaliers. C'était un homme de trente à trente-cinq ans, à l'œil d'un bleu-vert très pâle, aux cheveux noirs, des traits réguliers et une bouche savante, dédaigneuse, ourlée d'une fine moustache comme en portait le roi lui-même. Les peintres devaient le trouver beau et les femmes séduisant, tant la violence contenue et le mépris ostensible ont des charmes inexplicables.

L'un de ses hommes lui dit quelque chose, et il sourit. Il avait des dents fort blanches, bien rangées, une qualité rare à cette époque où l'on ne souriait que du bout des lèvres, pour ne pas exhiber les trous de la denture. Son visage exprimait une sérénité parfaite. Le sentiment du devoir accompli lui donnait une expression de bonheur, qui accentuait sa séduction naturelle.

Il caressa le médaillon accroché à son cou.

Puis il redevint sérieux, et ce fut comme un rideau de théâtre qui s'abat sur une scène. Seule, une lueur narquoise subsistait encore dans ses pupilles claires.

Il se retourna et jeta un coup d'œil circulaire sur le village. Le temple achevait de brûler, le vent rabattait sur les maisons grises un lourd panache de fumée. La fontaine, tout encombrée de corps sanglants, continuait à couler et formait déjà une mince pellicule glacée sur les cadavres entortillés de cordes. Une étrange sculpture de chairs mortes, fort semblable à ce *Laocoon* que Bernin avait sculpté à Rome. Enchevêtrement de formes et de courbes. Les grosses cordes qui liaient les cadavres rappelaient les serpents enroulés autour du prêtre troyen et de ses fils.

Tout à coup, un point qui bougeait, presque ton sur ton, sur la pente enneigée de l'autre côté du vallon, attira le regard du chef des meurtriers.

— Feu sur lui ! ordonna-t-il.

Les hommes n'avaient pas tous rechargé leurs carabines. Ils sortirent des fontes les pistolets d'arçon et firent un feu roulant sur le fuyard, par principe et acquit de conscience – à cette distance, les balles ne pouvaient pas avoir une bien grande efficacité.

Un seul d'entre eux prit le temps d'épauler sa carabine, de viser et tirer.

Le cheval de Mathieu passait la crête à cet instant et se détachait avec précision, noir sur le ciel gris pâle.

On vit le cavalier se cambrer, puis se coucher de nouveau sur le cou de sa monture.

— Touché ! dit le maître.

— Je visais le cheval, monseigneur, avoua piteusement le tireur.

Le cavalier et la monture disparaissaient de l'autre côté.

— Ils n'iront pas bien loin, dit le chef de sa voix froide.

2

Us et coutumes du marquis de Souvré

Monsieur le marquis de Souvré ne dormait jamais mieux que lorsqu'il avait commis des crimes. En revenant d'Aumelas-le-Vieux, où il s'était enivré jusqu'à l'extase de feu et de mort, il avait, dès son arrivée à Lodève, fourbi son épée : il ne laissait ce soin à aucun valet, et il fallait le faire rapidement, le sang avait tendance à stagner dans les minuscules défauts de l'acier, s'y rouillait et creusait la lame. Puis il avait commandé un bain et une vierge : il avait une crainte raisonnée des maladies que transmet la débauche, et avait trouvé ce procédé pour s'en préserver. À chaque retour d'expédition, il faisait quérir parmi les paysannes du lieu où il se trouvait quelque jeune figure encore inexpérimentée, vendue par ses parents pour le même tarif immuable – un louis d'or. Une somme énorme à une époque où aucun paysan n'avait vu d'or de sa vie. L'idée lui était venue en assistant, tout jeune, à l'une des premières représentations du *Dom Juan* de Molière, où le libertin propose à un pauvre hère de renier Dieu pour une pièce d'or. Par la suite, la veuve Poquelin avait, d'elle-même, censuré cette scène choquante.

Ah oui, une conscience de manant résistait à l'attrait de l'or ? L'expérience lui avait enseigné que le sieur Molière en avait pris à son aise avec la vraisemblance. À ce jour, depuis trois ans qu'il exerçait ses talents de pacificateur religieux en Languedoc, aucune pucelle ne s'était refusée à lui. Et celle qui, ce matin, dormait dans son lit, pas plus que les autres.

Il se contentait, avant de les consommer, de les faire laver à grande eau et étriller comme des chevaux par une femme de chambre qui, en même temps, leur enseignait, dans leur langue (car il était bien rare qu'elles articulassent quelques mots de bon français), les rudiments de ce qu'on leur demanderait. Il lui avait confié un recueil des sonnets de l'Arétin, illustrés par Jules Romain :

Mets-moi un doigt dans le pertuis prohibé, mon vieux chéri,
Et pousse le cas dedans peu à peu...
Et si cela te déplaît dans le mirely, change de lieu :
Car il n'est pas homme celui qui n'est pas bougre...

De quoi scandaliser un exégète de la Genèse. La bonne femme, très au fait des fantaisies du marquis, leur expliquait que les pratiques dont l'Église effarouchait les consciences n'avaient rien d'immoral. Et que même en Carême, comme en cette fin février, Dieu ne s'offusquerait pas si elle avalait la liqueur virile, dont aucun casuiste n'avait jamais prouvé qu'elle fût viande...

Souvré se félicitait chaque jour d'avoir déniché une entremetteuse quelque peu jésuite, et qu'il payait bien.

Et, avant de consommer la pucelle en instance de ne plus l'être, il avait dîné de bon appétit : l'évêque de Lodève les avait fournis, lui et ses hommes, en dispenses gracieuses pour passer outre à la nécessité de faire maigre.

Le marquis se leva et frissonna dans l'air glacé du petit matin. Le feu, dans l'âtre, s'était éteint. Il s'enveloppa d'une robe de chambre épaisse, et procéda à diverses ablutions. À bientôt trente-huit ans, et quoiqu'il en parût dix de moins, il sentait le temps refermer sur lui ses griffes. Il supportait avec moins de patience les nuits de veille et d'orgie, les longues cavalcades, et l'incompétence des gens avec lesquels il frayait. Coucher avec de très jeunes filles était d'ailleurs l'un des sortilèges permis par la religion pour conjurer la vieillesse : l'exemple du vieux roi David, s'unissant à la toute jeune Abishag, était là pour l'absoudre.

Il se mira dans son petit miroir à barbe, le seul luxe que permettait cette mauvaise chambre cédée, un peu à contrecœur, par l'évêque de Lodève. Il avait une longue chevelure naturelle défiant la mode des perruques, des yeux d'un bleu-vert qui ravissait les dames et semait un certain effroi parmi les manants, en ces lieux où paysans et bourgeois étaient tous noirs comme l'enfer. Sa grande taille, parmi un peuple du Sud que sa pauvreté maintenait presque nain, impressionnait, et sa stature élancée le grandissait encore. Même en chemise, on devinait les muscles de ses épaules, quoique le cou fût fin. De la lignée aristocratique de son père, il avait hérité de petites mains et de petits pieds, signe de bonne race. Mais de sa mère, robuste Normande, il avait pris les muscles saillants et les appétits insatiables.

Les excès de la nuit passée ne se lisaient pas sur son visage frais. Il se sourit dans le miroir, rassuré. Allons, encore une fois, la magie avait opéré et la transsubstantiation s'était bien passée.

La petite paysanne dormait toujours quand il revint près du lit. La veille au soir, il s'était amusé à la dévêtir tout à fait pour accroître sa confusion avant de procéder à son éducation. En deux heures de temps, il lui avait appris toutes les complaisances que l'on attend d'ordinaire d'une courtisane rompue à la gymnastique amoureuse, se plaisant à présenter comme allant de soi, à cette gamine formée par les bons pères, les fantaisies les moins catholiques. Et tout cela, sans prononcer une parole : elle ne parlait que l'affreux patois languedocien ; ils n'avaient aucun mot en commun. Et que lui aurait-il dit, grands dieux !

Elle dormait à présent sur ses pucelages défunts sans que rien ne le révélât en elle, sinon quelques souillures sur les draps. À la lueur indécise du jour naissant, Souvré regarda la jolie bouche bien dessinée, entrouverte par le sommeil ou quelque rêve malicieux. Elle ne portait nul stigmate de ce qu'il l'avait obligée à faire pendant une partie de la nuit. « Qui sait, songea-t-il, parmi les belles dames de Versailles, corsetées et impeccables, celles qui, dix minutes avant, se sont offert dans un coin du jardin une fantaisie interdite… »

Il battit le briquet et ralluma le bougeoir à demi consumé. Il le saisit et, tout en prenant garde de ne pas verser de cire sur cette chair parcourue de frissons, promena la flamme au-dessus du corps offert par le sommeil, dessinant sur les sinuosités de ce corps gracile des collines et des vallons inédits, que révélait l'alternance d'ombre et de lumière.

Il se pencha et récupéra, dans la doublure de l'une de ses bottes, au pied du lit, un poignard très effilé. Il s'amusa à suivre, du bout de la lame, les rotondités de la gamine qu'il avait consommée avec tant de plaisir. L'envie de la marquer au visage, afin que tous sachent son indignité, lui traversa l'esprit. Mais, en homme prudent, il y renonça en soupirant. Il ne fallait pas décourager les futures vocations parmi les victimes à venir de ses désirs.

Il secoua la jeune fille, sans violence. Il avait d'étranges alternances de douceur et de brutalité qui formaient le fond de son caractère, mélange de gentilhommerie native et de frustrations accumulées.

Il était un enfant illégitime, et le titre de marquis de Souvré était une appropriation grossière : son père, Charles de Souvré, avait peu avant sa mort, en 1646, engrossé la fille de son intendant. Baptisé « Charles » comme son père, l'enfant avait grandi dans l'ombre de sa demi-sœur, Anne, qui l'avait traité comme sa poupée. Quand elle avait, à seize ans, épousé le marquis de Louvois, Souvré était naturellement passé aux ordres du tout-puissant ministre du roi.

Louvois avait reconnu, dans ce jeune homme, une cruelle intelligence fort utile à sa politique, et l'avait autorisé à se prévaloir d'un titre et d'un nom que le petit bâtard n'aurait jamais rêvé de porter. Mais, à bientôt quarante ans, Souvré était las de cette identité bancale. Il aspirait à s'établir avec un titre bien à lui, et une femme issue de cette noblesse authentique qu'il côtoyait sans en être. Le roi n'avait-il pas doté de titres prestigieux chacun des bâtards conçus par Mademoiselle de La Vallière ou Madame de Montespan ? Cela encourageait Souvré à croire en ses chances d'effacer, à jamais, l'impureté native de son sang.

Comme la belle dormeuse ne bougeait pas, Souvré inclina le bougeoir, et laissa tomber quelques gouttes de cire brûlante sur la courbe du sein, comme Psyché l'avait fait à l'Amour. La gamine frémit, ouvrit les yeux en gémissant – tout à fait adorable. Elle regarda, sans paraître le voir, l'homme assis au bord du lit, puis sentit la brûlure de la flamme et aperçut, enfin, le poignard qui suivait ses courbes.

Elle chercha à se pelotonner au bout du lit profond, pour s'éloigner de la lame et de la flamme. Souvré sourit et secoua la tête pour lui dénier le droit de lui échapper. La petite paysanne – « Quel âge peut-elle bien avoir ? pensa le marquis ; quinze ans peut-être, peut-être un peu moins, ils vieillissent vite quand ils ont faim » – se rendit alors compte qu'elle était nue, offerte à la concupiscence de cet homme qui l'avait possédée… Elle ramena le drap sur ses seins.

— Tt-tt, fit Souvré, soulevant le tissu de lin rêche de la pointe du poignard.

Il resta ainsi quelques instants, à la contempler dans toute son impudique pudeur de vierge ébréchée. La consommerait-il une dernière fois ? Il allait entrouvrir sa robe de chambre quand deux coups légers, frappés à la porte, vinrent contrarier son désir. Seules des nécessités de service pouvaient pousser ses hommes à l'importuner à cette heure du petit jour. Il se releva, se drapa dans le velours épais et alla ouvrir.

L'un des dragons, sanglé impeccablement dans son uniforme vert, coiffé d'un étrange bonnet à longue pointe tombante, de même couleur, se tenait derrière l'huis.

— Un message de Paris, monsieur le marquis, dit l'homme.

Souvré oublia, d'un coup, ses projets libidineux.

Était-ce ce qu'il attendait avec impatience, depuis tous ces mois passés à traquer les parpaillots ? Il jeta un coup d'œil à la jeune fille recroquevillée derrière sa muraille de lin, puis revint au soldat. Il sourit de nouveau.

— Tiens, je te la donne – mais qu'elle ne soit plus là quand je reviendrai.

Et il sortit, laissant la porte entrouverte au désir du soldat.

3

Toutes les balles ne tuent pas

Le cheval, dans le noir, buta sur une souche de vigne, hésita et s'immobilisa enfin, avec un long frisson.

Le choc ramena Mathieu à la vie. Il ouvrit les yeux et s'efforça, en vain, de voir à travers les ténèbres. « Je suis aveugle », pensa-t-il. La balle qui l'avait atteint, quelque part dans le dos, s'était-elle faufilée dans sa tête, par une veine ou une autre, et allait-elle lui gicler par les yeux ?

— Aveugle, répéta-t-il tout haut.

Il eut un rire bref, qui se transforma en toux rauque. Il cracha un gros caillot de sang et respira plus librement. Il se sentit mieux, soudain – ce qui ne manqua pas de l'inquiéter. Il avait déjà été blessé dans sa vie ; il savait que cette impression arrivait pile au moment où les choses empiraient. Le mieux de la fin.

Il distingua soudain quelque chose de plus noir encore, dans cette nuit obscure, et il sut qu'il n'était pas aveugle. Un arbre, sans doute. Il donna un léger coup de talon, et la brave bête se remit en marche. Elle avait du mérite. Cela faisait douze heures qu'ils galopaient, de façon intermittente. Mathieu était trop avisé pour crever son cheval tout de suite, et il avait ménagé sa monture, tout en jetant un coup d'œil parfois derrière lui. Mais il avait été vite rassuré. Les assassins ne le suivaient pas : trop de neige, trop de brouillard. Et sans doute étaient-ils rassasiés de sang.

Où pouvait-il être ? Quelque part dans la vallée de l'Hérault, qui menait vers Pézenas. Il était hors de question d'attendre le petit matin. D'abord, en ce mois de février, l'aube était encore loin. Et il faisait un froid très vif, même dans cette plaine languedocienne où il était enfin parvenu, vers cinq heures du soir. La tramontane coupait la peau.

Au début de sa chevauchée, il ne s'en était pas soucié. Par réaction à ses blessures, il avait même senti, par à-coups, des bouffées de chaleur le secouer. Mais après tout ce sang perdu, il frissonnait à chaque brise. « Le cheval ! pensa-t-il soudain. Il ne faut pas qu'il s'arrête. Il ne faut pas que je le laisse penser à sa fatigue. »

Il enfonça, par pur réflexe, ses talons dans le ventre de sa monture. Peut-être la bête ne survivrait-elle pas plus que lui à cette chevauchée éperdue. Mais il fallait arriver. Coûte que coûte. Prévenir son maître, le comte d'Aumelas, de ce qui s'était passé.

Le cheval allait au pas, ses jambes heurtaient parfois les ceps de vigne. Mathieu ressentait chaque choc dans sa chair déchirée. Il s'était raisonné : la balle qui l'avait atteint ne pouvait pas avoir touché un organe noble, il serait mort depuis longtemps. Le poumon avait été lésé, sinon, il n'aurait pas craché tant de sang. Mais juste en surface, se disait-il. Il se rassurait comme il pouvait, quand une nouvelle quinte lui fit hoqueter encore quelques bulles sanglantes.

Sans qu'il le vît vraiment, ils gagnèrent enfin une vraie route. Les sabots résonnèrent soudain sur du pavé, et Mathieu comprit qu'ils étaient presque arrivés, que la bête avait retrouvé son chemin, d'instinct, et qu'ils venaient d'aborder la longue allée plantée de hêtres qui menait au château d'Aumelas.

La vaste demeure était juchée au sommet d'un escarpement. Mais il n'en restait que des ruines : Richelieu, comme partout où osait s'exprimer le mécontentement des vassaux, avait fait raser les créneaux et démanteler les murs. Les démolisseurs n'avaient respecté que la chapelle, dont la cloche, désormais, tintait en vain les nuits de tramontane, appelant les spectres à l'office des ténèbres. Depuis les années 1620, la famille s'était réfugiée dans une bâtisse du village, dans le creux de la vallée – une grosse maison rectangulaire, qui aurait aussi bien pu appartenir à quelque fermier enrichi et qui était, dorénavant, le castel d'Aumelas.

Entre le village perdu d'Aumelas-le-Vieux, sur les contreforts des Cévennes, et la demeure du comte, dans la basse vallée de l'Hérault, il y avait presque trente lieues. Tout le pays avait appartenu jadis aux Aumelas mais, de vente en vente, ils s'étaient dépossédés peu à peu de l'essentiel de leurs biens. N'en subsistaient que des hameaux haut perchés dans les montagnes et, plus bas, quelques arpents de vignes, un peu de blé. De quoi vivoter. Le jeune vicomte mangeait le fond avec le revenu. Son père était trop âgé pour s'en offusquer, sans compter qu'il avait, pour son fils, une indifférence presque totale : le comte refusait de se reconnaître en ce jeune fils.

Toute l'aristocratie française vivait alors à crédit – tant qu'on voulait bien lui en accorder. Des bourgeois prétentieux, des paysans aisés rachetaient poliment les terres laissées en gage, par les seigneurs désargentés, chez les Juifs qui avaient accordé les prêts. À Pézenas, tout proche, il y avait un ghetto où étaient confinés ces suceurs de sang… Tel était, en tout cas, le jugement abrupt de cette époque en manque de numéraire, où l'on empruntait à des taux léonins – si bien qu'on appelait « Juif » tout banquier, qu'il fût ou non enfant d'Israël.

L'allée était si enneigée, à cause des congères drossées par les rafales, que la bête harassée glissait, se reprenait, trébuchait de nouveau. Il n'y avait pas un quart de lieue, mais Mathieu eut l'impression que cela durait davantage que tout ce qu'il avait accompli jusque-là. Il parlait de temps en temps à sa bête, entre deux quintes de toux, lui caressait l'encolure, la flattait, lui racontait le picotin d'avoine et le foin épais auxquels elle aurait bientôt droit… Il en avait au moins l'intention mais, la plupart du temps, les mots mouraient dans les bulles de sang qui éclataient entre ses lèvres.

Il se pencha sur le cou de son cheval pour l'aider. Puis il leva les yeux. Juste devant lui, le ciel d'encre parut plus noir encore, et il sut qu'il était arrivé, qu'ils étaient devant la muraille aveugle du château. Aucune lumière ne filtrait à travers les rares fenêtres.

Ils firent encore vingt pas, pour rejoindre la petite esplanade de l'entrée principale.

Que faire ? Appeler ? Ses lèvres ne laissaient plus passer que des soupirs sanglants. Il ne se sentait pas la force de descendre – il n'y survivrait pas. Il fouilla dans sa poitrine et en retira le petit pistolet qu'il gardait toujours sur lui. Il l'arma, en invoquant Dieu que le sang n'ait pas corrompu le mécanisme ou mouillé la poudre. Puis il leva le bras au ciel et fit feu.

Le cheval broncha à peine. C'était une vieille bête, et si épuisée qu'au canon même elle n'eût pas réagi.

Cinq mortelles minutes s'écoulèrent avant que les lourds vantaux ne s'entrouvrent.

Mathieu entendit des éclats de voix – assourdis par la fatigue et par la mort qui le gagnait. Il se sentit soulevé, transporté, avec des précautions infinies. Mais malgré la délicatesse de ceux qui le portaient, ses blessures se rouvrirent, et il s'évanouit.

4

Où Souvré récolte les fruits de son dur labeur

Le messager portait sur lui les stigmates de sa longue chevauchée. Traverser la France en plein hiver, à cette époque, était une épreuve redoutable, que seul un courrier aguerri pouvait entreprendre. Hirsute, les joues portant une barbe de douze jours – le temps qu'il lui avait fallu pour venir de Paris –, l'homme se tenait très droit, avec une patience de soldat attendant le feu de l'ennemi.

Quand il vit arriver le marquis – qui d'autre aurait pu entrer habillé d'une robe de chambre ? –, il tira de son pourpoint de buffle une enveloppe aux armes des Le Tellier de Louvois, « d'azur, à trois lézards d'argent posés en pal, au chef cousu de gueules à trois étoiles d'or »… Souvré avait si souvent rêvé à ces reptiles grimpant vers l'impossible étoile !

Il saisit l'enveloppe, la décacheta et lut avec avidité.

Mon cousin, écrivait le ministre, *le roi, à qui j'ai fait part des rapides progrès que fait grâce à vous la Vraie Religion parmi les tenants de la RPR, aimerait vous adresser de vive voix ses félicitations. Vous voudrez bien être à Versailles sous huit jours : je sais que l'hiver est rude, mais il ne doit pas y avoir d'obstacles aux désirs de Sa Majesté. Crevez donc autant de chevaux que nécessaire, mais soyez à la Cour sous huitaine. Je vous fais passer par le présent courrier de quoi régler une partie de la solde de vos hommes, et faciliter votre retour. Mon épouse, votre sœur, me charge de vous adresser un affectueux bonjour : elle a pour vous des projets matrimoniaux dont je ne vous dirai rien, sinon qu'ils ont mon agrément. La noblesse que l'on n'a pas tout à fait par ses ancêtres, on peut l'acquérir à la pointe de l'épée, vous en êtes la preuve. Pressez-vous : vous devriez déjà être en selle.*

Votre affectionné

François Michel Le Tellier,
marquis de Louvois.

La lettre, d'une graphie régulière, n'était pas de la main du ministre. Sans doute l'avait-il dictée à un secrétaire. Mais la signature était bien la sienne.

Souvré tressaillit de joie. Ce qu'il attendait depuis des mois, qu'il avait si fort espéré, se concrétisait enfin ! Il n'avait pas tout à fait la naissance, soit ! Mais ses services avaient enfin été remarqués…

Il eut une pensée presque émue pour tous ces paysans massacrés, ces femmes violées afin qu'elles accouchassent, enfin, de bons petits catholiques, ces conversions forcées, ces manants expédiés aux galères. C'était sur leurs chétives personnes, ces villages brûlés, tous ces cadavres accumulés, qu'il pouvait enfin prendre pied pour monter vers la faveur royale.

Il regarda le messager.

— J'aurai à vous parler. Mais allez donc vous restaurer, et prendre un peu de repos. La route fut dure, je pense…

— Assez, monseigneur…

— Vous remonterez avec moi à Versailles – d'ici deux jours.

Il se tourna vers le valet qui l'éclairait.

— À manger et à boire pour ce brave ! Et le meilleur lit ! Son cheval à l'écurie, double ration d'avoine. Et trouvez-moi le lieutenant d'Harcourt. Allez, ne bayez point aux corneilles, mon ami !

Il remonta dans sa chambre. La gamine, harassée par le soudard auquel il l'avait offerte, s'était rendormie. Sans doute était-ce la première fois de sa vie qu'elle couchait sur un matelas de plume, elle qui n'avait jamais connu que des paillasses piquantes et puantes. Elle n'était plus mariable, à présent. Sans doute rejoindrait-elle le troupeau des prostituées locales, satisfaisant avec indifférence les soldats du roi et les rares voyageurs qui se hasardaient dans ces hauts cantons du Lodévois. Dépucelée à quatorze ans, putain à quinze, morte sans doute à seize ou dix-sept en accouchant d'un petit bâtard – le sien, peut-être. Souvré haussa les épaules. Que lui importait ? Et si même elle donnait le bébé à manger aux cochons ? Ma foi, on la brûlerait pour infanticide, pour l'instruction et le divertissement de ses semblables, et tout continuerait.

Quand le lieutenant d'Harcourt retrouva son capitaine, ce dernier était déjà habillé de pied en cap. Par ces temps de gel permanent, on réduisait les ablutions à l'essentiel. D'ailleurs, à une époque où le roi donnait le ton pour tout, le rapport incertain de Sa Majesté à l'hygiène avait incité la Cour, puis la France, à ne pas abuser des bains.

— Monsieur, commença Souvré, sachez que nos efforts sont récompensés. Je suis rappelé à Paris, qui m'envoie par le même courrier de quoi satisfaire nos hommes. Vous veillerez à ce qu'ils reçoivent une solde convenable, et vous ne vous oublierez pas ; vous avez toujours fort bien servi les projets de Sa Majesté. On ne reste pas lieutenant toute sa vie : j'en dirai deux mots au ministre.

D'Harcourt, l'une de ces hautes figures de soudard impitoyable comme il y en avait tant en ce siècle de batailles continuelles, eut un vague sourire. Les promesses sont viandes creuses, mais l'or posé sur la table en rouleaux éventrés était une réalité bien plaisante.

— L'évêque est-il réveillé ? demanda Souvré.

— Mais... je crois que oui. Quand je suis passé dans l'escalier qui mène aux chambres, je l'ai entendu ânonner les Évangiles : il donne sa leçon à son élève...

Les deux hommes se mirent à rire. Charles-Antoine de La Garde de Chambonas, évêque de Lodève, avait la douce manie de convertir, une à une, les parpaillotes de son diocèse. Chaque matin, vers dix heures, il en faisait monter une dans sa chambre, lui apprenait les rudiments du rituel et lui récitait en latin les prières qu'elle devrait apprendre – « *Ave Maria, gratia plena*... »

Les petites paysannes, qui ne comprenaient pas un traître mot de ce que leur racontait le prélat, roulaient des yeux effarés. Incapables de satisfaire Monseigneur, elles finissaient immanquablement par provoquer sa colère. Il interprétait leur incapacité comme une mauvaise volonté liée à leur religion maudite, et il les battait alors avec cruauté, hurlant le « Je vous salue, Marie » tout en fustigeant ces jeunes filles qui couraient dans la chambre, cherchant des asiles improbables derrière chaque fauteuil ou dans la ruelle du lit. « *Benedictus fructus ventris tui* » – et les verges s'abattaient sur la portion de corps disponible. « *Sancta Maria mater Dei* », et il déchirait le sein ou les fesses, tout en se donnant à lui-même une absolution entière, puisque ce n'était pas par concupiscence, certes non, qu'il se livrait à ces châtiments, mais pour leur instruction « *in nomine Patris et Filii et Spiritus Sancti* », amen.

Quand il n'en pouvait plus et finissait, tout essoufflé, par se jeter dans son fauteuil, elles étaient enfin renvoyées dans un cachot fort obscur pour y méditer la leçon du jour. Et le lendemain, l'apôtre reprenait son apostolat avec mansuétude – jusqu'à ce que la colère, de nouveau, le gagne.

La douce manie de l'évêque était connue des habitants de la ville, qui le redoutaient fort. Et elle occasionnait tant de remue-ménage que les hommes de Souvré en faisaient des plaisanteries chaque jour nouvelles, et fort gaillardes. Ils ne doutaient pas, eux qui n'avaient plus rien à apprendre en matière de cruauté, de la nature réelle des bonnes intentions épiscopales, quoique le saint homme s'abstînt toujours de l'article essentiel de la dépravation.

Souvré mit au point, durant les deux jours suivants, un programme de conversions. Avec D'Harcourt, ils pointèrent sur une carte du pays, fort exacte, les villages et hameaux susceptibles d'abriter encore des fanatiques de la Religion prétendument réformée… Il y en avait pour des mois de travail.

— Tuez ce qu'il faut, dit Souvré. Il n'y a de bons parpaillots que des parpaillots morts. Mais pensez tout de même à sauver les hommes les plus forts, susceptibles de ramer sur les galères de Sa Majesté. Vous organiserez une chaîne, chaque mois, que vous ferez marcher jusqu'à Sète. Ils se chargeront, là, de les amener à Marseille. Le roi a des besoins constants de galériens pour combattre les Barbaresques qui ravagent les côtes. La prise d'Alger par monsieur de Beaufort ne les a pas guéris de leurs habitudes de maraude.

Il se signa avec ostentation. Beaufort, ex-frondeur rallié et grand-maître de la flotte royale, avait été tué au combat contre les Turcs devant Candie en 1669, et son corps n'avait jamais été retrouvé. Peut-être l'ancien « roi des Halles » était-il encore prisonnier du sultan…

Souvré perdit encore une journée à attendre que le temps se dégage et partit enfin, malgré la neige, en cette fin février de l'an de grâce 1686.

5

Deux amis s'aimaient d'amour tendre

— Je ne suis… même pas… ivre, hoqueta Pierre.

— Je vois ça, dit Balthazar, avec une intonation ironique qui échappa tout à fait à son compagnon.

— Je pourrais même… me lever… si je voulais, insista le vicomte.

— Je n'en doute pas, répliqua son interlocuteur sur le même ton, terriblement narquois à force de se vouloir neutre.

Les deux hommes qui tenaient ces propos dans une auberge de Pézenas, l'ancienne capitale des États du Languedoc, se ressemblaient comme se ressemblent deux cases d'un jeu d'échecs : chacun semblait l'écho de l'autre, et tout les opposait.

Le buveur s'appelait Pierre d'Aumelas. Il n'avait pas trente ans et sa blondeur, ses yeux bleus lui conféraient un aspect juvénile. Son visage aurait été d'une beauté presque féminine sans la fine moustache ombrant sa lèvre bien ourlée, ses cernes sombres, souvenirs accumulés de trop de libations, qui mettaient en valeur le bleu azuré de ses yeux et, surtout, les larges épaules sur lesquelles était plantée cette physionomie angélique. La tête d'Adonis sur le corps d'Hercule.

Pour l'instant, Adonis était vautré plutôt qu'assis sur une mauvaise chaise de paille, accoudé à la rude table commune afin de ne pas glisser tout à fait. On sentait, à la large poitrine et aux jambes élancées, qu'il était d'une taille fort au-dessus de la moyenne. Sa tenue de cavalier avait le débraillé de l'ivresse, mais ne manquait pas d'élégance – à ceci près que le chapeau jeté sur la table aurait eu besoin d'une plume neuve, et que les bottes manifestaient des signes d'usure évidents.

Son compagnon, Balthazar Herrero, était son opposé, quoique du même âge. Et si l'un était l'ange, l'autre était le démon – brun de poil et de peau, une barbe courte, très noire, accordée à son regard de braises liquides, le nez quelque peu aquilin, les lèvres fines et spirituelles d'une bouche faite pour lancer des sarcasmes. L'œil sombre, velouté et méphistophélique, où passaient parfois de brefs éclairs de misanthropie camouflés sous un sourire – et il souriait souvent –, était ombré de cils de femme, longs et recourbés, d'un noir intense, qui se refermaient sur le regard comme un rideau occulte sur un ciel nocturne. Il était vêtu de noir avec des broderies d'argent, d'une élégance qui jurait avec le pauvre décor du relais de poste dans lequel ils avaient passé la nuit.

Pierre d'Aumelas fixa son vis-à-vis sans ciller, de ce regard hypnotique des ivrognes sur le point de s'écrouler. Le fait est qu'il buvait depuis la veille au soir et qu'à dix heures du matin il était arrivé au point de rupture. En fait, il avait bu pour deux, puisque Balthazar ne touchait jamais à l'alcool.

C'est à ce genre de détail que l'on repérait les anciens Maures ou les Juifs convertis – et Balthazar était maure par son père et juif par sa mère, une alliance qui l'éloignait de chacune de ces communautés et le faisait rejeter des bons catholiques.

Il avait la peau foncée de ses aïeux. À ce qu'on lui avait rapporté, il ressemblait, à sa naissance, à un petit pruneau famélique. Manuel Herrero, son forgeron de père, avait souvent déploré, devant ce fils longtemps malingre, que la naissance d'une telle sauterelle ait pu causer la mort d'une épouse qu'il aimait si fort. Il avait nommé cet insecte noirâtre « Balthazar », comme le roi nègre venu adorer le Christ. Balthazar, en écho à sa peau d'Oriental, et pour mieux l'intégrer au milieu chrétien dans lequel son propre père Ibrahim avait choisi de vivre, après avoir fui le royaume de Sa Majesté Très Catholique le roi Philippe IV.

Balthazar avait gardé sa peau sombre – elle avait même foncé depuis son enfance. Jeune médecin, il était, comme aujourd'hui, le plus souvent vêtu de noir, ce qui accentuait encore son aspect ténébreux, sans pour autant porter, sinon comme une simagrée parfois nécessaire, la robe symbole de son état.

Et il était l'ami intime, et pour ainsi dire unique, de Pierre d'Aumelas, dont il avait été le frère de lait. Tous deux orphelins de mère, comme il arrivait alors si souvent, ils s'étaient disputé âprement les tétines d'une robuste paysanne. Ce genre de conflit rapproche pour la vie.

L'auberge dans laquelle ils se trouvaient, sise rue Triperie-Vieille, avait jadis été la plus belle de la ville – du temps de Conti, quand les États généraux du

Languedoc se tenaient à Pézenas. Aujourd'hui, elle ne s'animait que les jours de marché, quand les paysans qui avaient un peu vendu de leurs produits s'empressaient de dépenser leurs pauvres bénéfices, avant que leurs épouses ne mettent la main dessus. Le reste du temps, le cabaretier vivotait de ce que lui rapportaient le relais de poste, les quelques voyageurs qui se risquaient de ce côté du fleuve, et les prostituées vendant leurs charmes à l'étage.

Maître Guilhem avait eu jadis à demeure plusieurs femmes de mauvaise vie et de bonne compagnie. Il ne lui en restait plus que trois, et pas de prime jeunesse ! De surcroît, l'une d'elles, qui avait déjà plus de trente ans, était enceinte jusqu'aux yeux, et inapte pour le moment à tout commerce.

Il jeta un coup d'œil sur la salle. Outre le jeune vicomte et son compagnon, il y avait là deux voyageurs en transit qui attendaient qu'on attelle des montures fraîches à leur voiture. Des commerçants sans doute, partis de Gignac à l'aube, en route vers Béziers, et bien forcés de faire une pause après ces dix lieues. Ils avaient demandé une omelette et un peu de vin. Ce n'était pas avec de telles agapes qu'il allait faire fortune !

Quant au vicomte, il buvait à crédit, comme souvent. Le Maure avait de l'argent, lui, mais il répugnait à payer les soûleries de son ami.

— Plus vertueux qu'un bon catholique ! grommelait maître Guilhem.

Il y eut soudain un bruit de pas précipités dans l'escalier qui menait à l'étage. La plus âgée des courtisanes

– laide comme le péché, édentée et habillée de hardes décolorées – se précipita.

— Ninon accouche ! cria-t-elle en languedocien. Et il vient par le cul, crénom !

Guilhem haussa les épaules. Pour ce que lui rapportait la Ninon, depuis que son ventre la précédait de deux pieds, elle pouvait tout aussi bien crever !

Seul Balthazar parut intéressé. Il apostropha la vieille.

— C'est un siège ? demanda-t-il dans le même patois.

— Voilà !

Les mots semblaient jaillir de la bouche où subsistaient quelques chicots puants. Balthazar songea que l'idée de prendre du plaisir avec une telle souillon était fort étrange. Mais il en fallait aussi pour les serfs qui bêchaient les terres. « Autant prendre des moutons ! » pensa-t-il.

Il se leva. Il était de taille moyenne, et très mince – comme une lame noire.

— Viens donc ! jeta-t-il en bon français au vicomte. Ça te dessoûlera.

Pierre d'Aumelas l'interrogea du regard. Il n'avait rien entendu, rien perçu. Il était dans le somnambulisme de l'ivresse, bien droit, lucide mais tout près de s'effondrer. Il se leva pourtant, tandis que Balthazar saisissait sur la table le portefeuille de cuir où étaient rangés ses instruments de chirurgie et diverses fioles de très petite taille. Jamais il ne se séparait de cette trousse.

Ils montèrent à l'étage. L'aubergiste suivit. Ninon était, malgré tout, ce qu'il lui restait de plus consommable. Si elle venait à mourir en couches…

La seconde hétaïre, aussi usée que la première, s'affairait près d'une mauvaise paillasse sur laquelle était couchée la parturiente. Balthazar les connaissait bien toutes deux, quoiqu'il ne les consommât jamais : en tant que médecin, il lui arrivait de soulager des syphilitiques ; il n'avait jamais aspiré à le devenir. Mais il avait souvent soulagé leurs misères.

Il s'approcha du lit de fortune.

La malheureuse Ninon était en chemise, une chemise retroussée jusqu'à la taille. Son ventre était énorme, comme hanté d'une gigantesque fluxion.

Balthazar comprit tout de suite. Il tâta le ventre dur et tendu, et repéra la forme de l'enfant qui cherchait à sortir, les fesses en avant.

Il se tourna vers maître Guilhem, qui regardait la scène avec des yeux exorbités.

— Une bassine d'eau bouillante, ordonna le jeune médecin – et tout de suite ! Et ton rasoir !

Il se tourna vers les deux femmes en loques.

— Trouvez-moi des linges dont je puisse faire de la charpie, dit-il.

Spontanément, il s'était exprimé en français. Elles ne bougèrent pas. Sans s'énerver, il répéta ses consignes dans le patois d'oc que baragouinaient les filles.

Guilhem, de son côté, s'empressa. L'eau, ce n'était pas ce qui manquait, avec le fleuve tout proche. « Mais pourquoi la faire bouillir ? » se demanda-t-il en obéissant tout de même.

Dix minutes plus tard, il montait à l'étage un baquet d'eau fumante.

Balthazar parlait doucement à Ninon, si bas que personne n'entendait ce qu'il lui disait. Des paroles de réconfort, sans doute. Ou peut-être lui expliquait-il ce qu'il allait tenter ?

Il ouvrit sa trousse et en tira un scalpel d'acier poli, qu'il plongea dans la bassine d'eau brûlante. Il y laissa la lame, et ses mains, quelques terribles secondes. Puis il ressortit l'instrument et le passa, encore, à la flamme d'un bougeoir. Alors, il le posa en équilibre sur le coin d'une table, de telle façon que seul le manche touchât le bois.

Il saisit les morceaux de drap blanc que lui avaient apportés les deux femmes et les lava dans la bassine, avant de les essorer avec soin. Il les posa sur une assiette propre, près de lui.

Il savait, d'expérience, qu'il valait mieux procéder ainsi, même s'il ne savait pas pourquoi. Pas avec certitude, en tout cas.

Il leva la tête vers le vicomte, qui paraissait tout à fait dessoûlé par le spectacle et la situation.

— Tiens-lui les mains, au-dessus de sa tête. Serre bien. Il ne faut pas qu'elle bouge.

Aux deux autres prostituées effarées, il commanda de tenir les jambes de Ninon.

— Asseyez-vous dessus, dit-il. Il ne faut pas qu'elle bouge, répéta-t-il.

Il délimita son champ d'action. Ninon avait une toison exubérante, qui remontait vers le nombril. Balthazar prit deux minutes pour en supprimer l'essentiel avec le rasoir de maître Guilhem. Puis il lava la peau blanchâtre avec les linges ébouillantés. La malheureuse se tordait dans tous les sens, et seule la pression sur ses jambes et ses bras permettait de l'immobiliser.

Balthazar saisit alors son scalpel et, d'un geste d'une ineffable beauté, il trancha d'un coup horizontal la partie supérieure du pubis, sur sept pouces de long.

Le sang eut comme une hésitation, puis commença à sourdre dans la plaie ouverte. La fille eut une sorte d'ululement, puis se mit à crier en se débattant.

Balthazar épongea le plus gros du flux et fouilla dans la fente. Il repéra du bout des doigts l'utérus, le trancha avec une infinie délicatesse, et extirpa le placenta et l'enfant au bout de son cordon.

C'était une petite fille.

L'une des femmes tendit les mains pour la saisir.

— N'y touche pas ! dit sourdement le médecin.

Il donna une petite tape sur les fesses du bébé, qui eut une sorte de hoquet glaireux et se mit à pleurer.

Il fit lui-même un nœud au cordon avant de le trancher. Alors seulement, il le tendit aux deux femmes, qui s'empressèrent.

— Trouvez-lui une femme qui ait du lait, et tout de suite ! ordonna Balthazar.

Il se pencha sur l'accouchée. Elle avait sagement choisi de s'évanouir. Il se rinça les mains dans la bassine encore chaude et en profita pour y laver une aiguille courbe et un fil de soie grège, très fin, tirés de la mallette qui ne le quittait jamais.

Il recousit aussi vite que possible la jeune femme, pour profiter de son évanouissement – d'abord, la fine membrane intérieure, puis la peau. Enfin, avec les linges pourpres, il épongea le sang en surface.

— Elle vivra, dit-il. Ne touchez surtout pas à son ventre. Changez les linges qui l'entourent après les avoir fait bouillir. Donnez-lui à boire du bouillon. Rien d'autre pendant quelques jours. Et si quelque chose se passe, si elle a une forte fièvre, faites-moi quérir.

Il se releva. Cette ombre noire, au-dessus de la jeune femme, ne paraissait pas de bon augure. Mais le regard était rempli de compassion et, si l'on prêtait l'oreille, la voix avait une nuance joyeuse, comme si ce n'était pas une quelconque Ninon que le docteur Balthus avait arrachée à la Camarde, comme on disait depuis peu pour désigner la Mort – car chacun sait qu'elle a le nez camard, si aplati qu'il finit par n'être plus qu'un trou.

Balthus était le nom de médecin de Balthazar Herrero – raccourci et latinisé. De quoi rassurer ses pratiques, et impressionner ses confrères.

Le vicomte, désenivré et tout à fait lucide à présent, regarda son ami. Balthazar paraissait exténué.

Ils descendirent dans la salle commune.

— Je voudrais un grand verre de lait chaud, dit Balthazar à l'hôtelier.

Le vicomte allait reprendre le pot qu'il avait laissé à moitié plein, quand la porte de l'auberge s'ouvrit. Une grande bouffée de tramontane glacée et un homme emmitouflé jusqu'aux oreilles entrèrent en même temps. Pierre d'Aumelas reconnut le valet de son père.

— Que s'est-il…

— Ah, monsieur le vicomte ! Je vous cherchais ! Votre père vous demande instamment.

Il salua le médecin qui sirotait son lait.

— Si vous pouviez venir vous aussi, maître Balthus…

Ils se levèrent l'un et l'autre. Le vieux comte ne les dérangeait jamais pour rien.

— Tu as donné à manger aux chevaux ? lança Pierre d'Aumelas.

— Dix fois ! grommela Guilhem. Et pour…

— Donne-lui quelque chose pour la peine, dit le jeune aristocrate à son ami.

Le médecin fouilla dans son manteau, en tira une bourse un peu flasque, et jeta un écu d'argent sur la table.

— Et je t'ai sauvé la plus présentable de tes filles, dit-il. Ça solde nos dettes !

L'aubergiste secoua la tête. Il aurait préféré un peu plus d'argent frais. Et au diable cette garce qui allait être inutilisable encore pour Dieu sait combien de temps, avec son ventre recousu !

6

Un chirurgien au XVIIe siècle

De Pézenas à Aumelas, à cheval et par ce temps d'hiver où il gelait à pierre fendre, il y en avait pour deux bonnes heures.

Il s'était remis à neiger. Le siècle de Louis XIV, comme on ne disait pas encore, fut un siècle glacé ; les hivers, même dans ces coteaux languedociens où poussait si bien la vigne, étaient fort rigoureux, et fort longs. Il n'était pas rare que les blés en herbe soient brûlés par des gels tardifs, au-delà de la mi-mai. Et les manants qui comptaient sur les moissons pour manger tombaient dru, l'année suivante, sous la faux de la faim.

— Il ne fait pas plus chaud qu'hier, grommela Pierre.

— Tu ne connais pas ta chance, dit suavement Balthazar. Dans les Alpes, quand j'y suis passé, les glaciers descendaient au-delà des vallées. Et à Paris, on traverse en ce moment la Seine en charrette.

— Je sais, dit sourdement Pierre, qui parlait sans articuler, de peur de briser en deux ses lèvres pétrifiées par le froid. La dernière fois que j'y suis allé, quand je me remettais de ma blessure, les cabaretiers débitaient le vin à la hache !

— Il ne nous reste qu'à utiliser le remède allemand, dit Balthazar.

— Et quel est-il ?

— En 1626, comme les moissons avaient gelé en mai, on imputa aux sorcières ces dérèglements du ciel. On en trouva une dizaine, on les fit parler, elles en dénoncèrent d'autres… Bref, on en fit brûler cinq cents. Mais les bûchers n'ont pas réchauffé l'atmosphère, conclut philosophiquement le médecin. Ça n'arrive jamais.

La science du temps ne pouvait concevoir les mutations de longue durée. L'Europe était entrée, à la fin du XVIe siècle, dans ce qu'on appellerait plus tard « le petit âge glaciaire », qui devait s'achever à la fin du XIXe siècle. En 1693 et 1694, la France perdit, en deux hivers successifs plus rudes que les précédents, près de deux millions de sujets. Un sixième de sa population. En 1709, le vin, dans le verre du roi, se transforma tout seul en sorbet.

Le long règne de Louis XIV fut le règne du froid.

— Les paysans meurent fort bien, et mieux que les grands seigneurs, reprit Balthazar. Ajoute au froid la rigueur du Carême dans lequel nous venons d'entrer. Quarante jours ! Quarante tueurs, en vérité ! Les petites gens, qui n'ont pour vivre que la rare farine de l'année précédente et de pauvres racines, meurent de faim *Ad majorem Dei gloriam*, pour la plus grande gloire du Christ.

— Tu es un impie et tu finiras brûlé avec tes sorcières, repartit Pierre en riant.

Les deux hommes traversèrent l'Hérault, en amont de Pézenas, sur le pont construit sous le feu roi, et remontèrent la rive gauche. Puis ils obliquèrent sur Montagnac et Saint-Pargoire.

Après une nuit blanche passée à boire et à badiner, Pierre d'Aumelas se sentait fourbu. Il regarda en biais son compagnon. Balthazar ne paraissait pas autrement ému par la façon dont il avait sauvé sans doute et la mère et l'enfant, avec une opération qui, à cette époque, ne marchait qu'une fois sur cent, tant les complications, dues à une hygiène déplorable et à l'ignorance de l'asepsie, étaient fréquentes. Il secoua la tête. De quel métal était fait son ami ? Il ne pouvait oublier l'expression si passagère de triomphe qui avait, un instant, éclairé cette face sombre quand il avait été sûr que la césarienne était un succès et que la patiente avait survécu – pour le moment.

Il se concentra sur son cheval, qui baissait la tête sous les rafales. Un Maure ! Qui pouvait savoir ce que pensait réellement un Maure ?

En attendant, l'un et l'autre courbaient la tête sous les rafales glacées. Pierre grommelait dans sa moustache : que pouvait bien lui vouloir son père ? Quelle urgence avait pu décider le vieux seigneur à réclamer sur l'heure ce fils intempérant, ivrogne et désœuvré – ou intempérant et ivrogne parce que désœuvré ? Quant à Balthazar, il ne disait ni ne pensait rien : quand il était forcé de se soumettre aux événements ou aux intempéries, il s'abstenait de se plaindre, puisque cela, raisonnait-il, aurait ajouté sans profit de la bile à sa mauvaise humeur.

Il regardait de temps à autre son compagnon qui pestait, le nez tranché vif par la tramontane glacée. Il connaissait Pierre par cœur. Il avait, depuis longtemps, pesé la charge de son inaction. Mais qu'y faire ? Cette génération, née entre la Fronde et la fin de la guerre de Trente Ans, n'avait plus rien à faire, si ce n'est de se rendre à Versailles pour tourner autour du roi comme la Terre tourne autour du Soleil, et se ruiner en toilettes somptueuses. Pierre était trop jeune pour prendre part à la guerre de Dévolution, entre 1667 et 1668. Lorsque avait débuté la campagne de Hollande, en 1672, il avait été poussé par son père, qui pourtant avait vu trop de guerres pour ne pas en haïr le principe, à se joindre, à dix-huit ans, à un régiment que les États du Languedoc, soucieux de faire leur cour au jeune roi, formaient pour l'occasion.

Le vieux seigneur lui avait fait une lettre de recommandation pour Condé, son ancien général de Rocroi, qui dirigeait les opérations. Monsieur le Prince, comme on appelait encore le frère de Conti, l'avait fort bien reçu, avec ce coup d'œil infaillible qui lui a toujours permis de distinguer les soldats d'élite des courtisans craintifs. Et le joli visage de Pierre d'Aumelas ne lui avait point déplu – on sait, s'il faut en croire la chronique scandaleuse du temps, que Condé, en campagne, ne détestait pas entretenir avec certains de ses officiers des relations qui dépassaient l'amitié.

« Vous ressemblez étrangement à mon pauvre Armand de Gramont », avait lancé le général en chef, évoquant la figure du comte de Guiche, favori à la fois de Monsieur, frère du roi, qui ne fréquentait que des hommes, et de son épouse Henriette d'Angleterre qui en raffolait, elle aussi. Le pauvre Guiche était mort deux ans auparavant à Bad Kreuznach, dans le Palatinat, dans un combat opposant les troupes de Turenne à celles de Montecuccoli, l'un de ces *condottieri* qui vendirent leur sang et leur âme pendant cette première guerre européenne.

De la guerre, Pierre n'avait vu que les bourbiers et les marécages des Flandres, des forteresses assiégées par des taupes et des coups de feu tirés dans le brouillard. En juin 1672, il n'avait dû qu'à son cheval d'échapper à l'inondation programmée des Pays-Bas. Les Hollandais, coincés entre la mer et le flot de l'armée royale, avaient ouvert les digues pour refouler les Français, invitant la mer du Nord à noyer leurs terres et l'ennemi. En 1673, il était à Maastricht quand le légendaire d'Artagnan y trouva la mort. L'année suivante, il se trouvait encore avec Condé à Seneffe, la plus sanglante des batailles de cette guerre, pour quelques arpents de boue salée et de fromages ronds comme des boulets de canon.

Pierre y fut blessé, au milieu du carnage général : une balle lui traversa la base du cou, à droite, brisant la clavicule et emportant un gros morceau de la partie supérieure du *Musculus trapezius*, comme disait Balthus dans les moments où il jouait au docteur. Pierre en avait gardé une faiblesse du bras droit, et beaucoup d'amertume. Il était rentré chez son père avant la fin de la guerre, qui s'était étirée jusqu'en 1678, jusqu'à la paix de Nimègue. Le roi en avait acquis le surnom de « Louis le Grand », la Franche-Comté et quelques îles à sucre… Mais il avait rendu pour l'essentiel les places fortes conquises à si grand prix, et accordé aux Provinces-Unies un tarif douanier préférentiel. L'argent des affaires avait lavé le sang des batailles.

Balthazar, en se remémorant ces vieilles histoires, sourit malgré la neige battante. Son ami avait failli comprendre que les guerres ne se font pas *Ad majorem Regis gloriam*, pour la plus grande gloire du roi, mais pour de bas intérêts économiques. Ce n'étaient ni Condé, ni Turenne (tué de toute façon en 1675 par un boulet) ni Louvois qui triomphaient, mais Colbert. Le grand ministre des Finances était mort deux ans auparavant, trois ans après Fouquet, qu'il avait tant persécuté. « *Memento mori* », murmura Balthazar. Souviens-toi que tu es mortel. À quoi bon tant d'acharnement, de luttes, de complots, de tueries ? À hâter la mort des autres, on ne recule pas la date de la sienne. *Vanitas vanitatum et omnia vanitas* : Balthazar, qui ne croyait en rien, s'offrait volontiers le luxe de citer la Bible quand elle lui donnait raison.

Ils s'engagèrent enfin dans l'allée de hêtres noirs qui menait au château. Ils étaient trempés, transis, leurs chevaux exténués. La nuit allait tomber, une nuit noire qui succéderait à un jour grisâtre où le soleil n'avait pas vu le jour. Pierre leva les yeux vers la vieille citadelle, au-dessus du village. La forteresse écroulée que les Aumelas n'habiteraient plus.

Les comtes d'Aumelas avaient bien tenté de réparer l'édifice, mais plusieurs murs menaçaient ruine et, lasse de se battre contre les fissures qui s'enchaînaient aux lézardes, la famille s'était réfugiée dans cette bâtisse élevée du village bas, une grande maison carrée qui paraissait solide, bien qu'ayant besoin de réparations urgentes. Pierre était bien placé pour savoir que les couvertures laissaient passer l'eau en une multitude de points.

C'était la misère, la misère noble, une misère en pierre de taille… Et les quelques paysans qui travaillaient encore sur leurs terres leur demandaient, désormais, davantage qu'ils ne leur rapportaient.

Le comte d'Aumelas était sur le pas de sa porte. Ce ne fut pas à son fils qu'il s'adressa d'abord, mais au médecin.

— Bonsoir, Balthazar, dit affectueusement le vieil homme. Nous avons besoin de toi et de tout ton savoir.

Le Maure descendit de cheval, jeta les rênes à un valet qui attendait, décrocha son nécessaire de médecin de la selle et suivit le vieillard dans le dédale glacé du château, à travers des pièces vides, jusqu'à une chambre où brûlait un bon feu – le seul dans l'immense demeure ouverte à tous les vents, dans une région qui n'en manque pas.

Le comte avait fait coucher Mathieu de Lens dans son propre lit – le seul qui eût des draps à peu près blancs, même si l'usure les avait transformés en dentelle effilochée. Le vieux soldat, couché sur le ventre, respirait à grand-peine, et Balthazar n'eut pas besoin de l'ausculter pour savoir où chercher. Il souleva la mince couverture. Mathieu avait été déshabillé par les gens du comte, et la plaie sous l'omoplate droite continuait de saigner à chaque inspiration. On sentait que, d'ici peu, l'âme – ou quoi que ce fût, Balthazar n'avait pas arrêté son jugement sur la source et la dénomination du principe vital – passerait par les lèvres rondes de la blessure.

— Une balle, hein, murmura-t-il.

Le comte hocha la tête. Il avait vu assez de blessés dans ses années de guerre pour savoir qu'on ne se remet pas d'une balle qui perfore un poumon. On dure plus ou moins, c'est tout.

— Quand a-t-il été touché ? demanda Balthazar.

Il était penché sur le vieux soldat, l'oreille contre sa poitrine. Le cœur battait, faiblement mais avec régularité. Et il n'entendait pas le sifflement typique des poumons percés.

— Hier matin, pour ce que j'ai compris, dit le comte.

— Et il n'est pas mort ?

Il se redressa.

— Il vivra, dit-il. Il vivra s'il n'a pas perdu trop de sang. Le froid est peut-être de notre côté, ajouta-t-il de façon énigmatique.

Il prit sa trousse, l'ouvrit sur le lit, se saisit de son bistouri et d'une très longue pince à bouts aplatis.

— Le plus important, c'est d'extraire la balle. Aidez-moi à le retourner sur le dos, dit-il au valet qui attendait, deux pas derrière lui.

Mathieu perdit connaissance pendant qu'on le manipulait.

— C'est aussi bien, dit le médecin. Allez me chercher de l'eau-de-vie.

Il regarda la poitrine du vieil homme. Elle portait une bonne dizaine d'anciennes cicatrices, comme si l'on avait imprimé sur elle l'histoire des guerres du dernier demi-siècle. Balthazar parcourut le torse du bout des doigts, et finit par trouver ce qu'il cherchait : une légère excroissance, à peine perceptible, entre les touffes de poils blancs et les cerceaux des côtes. La balle était entrée de biais dans le dos, avait traversé tout le côté droit et avait buté sur le sternum. Elle avait bien tenté de se faufiler, mais elle s'était arrêtée juste avant de percer la peau de nouveau.

Balthazar passa soigneusement, au feu de la cheminée, bistouri et pincettes, et revint au blessé. Il pratiqua une incision avec la même précision qu'au matin, avec Ninon. Puis, avec les pincettes, il fouilla avec une grande douceur dans l'entaille et saisit la boule de plomb, aplatie par l'impact.

— Là, dit-il.

Il arrosa la plaie d'eau-de-vie et entreprit de la recoudre avec soin. Puis il retourna encore une fois Mathieu et s'occupa du trou d'entrée.

— C'est bien qu'il ait tant saigné, dit-il. Le sang aura fait ressortir les bouts de tissu entrés avec la balle.

Pour les dégâts intérieurs, il ne pouvait rien. Avec une baguette de métal brillant, il sonda la plaie, ce qui lui donna une idée du trajet exact du projectile : la balle avait effleuré le poumon, détruisant une partie du réseau serré de capillaires, mais sans causer de destruction majeure.

— Il serait déjà mort, dit-il tout haut.

Tous ceux qui étaient là, le comte, son fils et le valet, comprirent le fragment manquant de sa phrase. Si la balle avait lésé une artère ou le poumon lui-même, Mathieu ne serait jamais arrivé au château.

Balthazar fit bouillir de l'eau, y trempa des bandes de drap longuement et, après les avoir essorées lui-même, en enveloppa avec soin la poitrine et le dos du vieux soldat.

— Dès qu'il reviendra à lui, faites-le boire, faites-le boire beaucoup. Nourrissez-le de bouillons. Changez ses pansements régulièrement, en les faisant bouillir comme je viens de le faire.

— Alors ? interrogea le vicomte.

Le vieux seigneur savait peu de chose : Mathieu n'avait pas fait de grand discours, il avait balbutié des bribes de phrases, entre deux évanouissements. Aumelas-le-Vieux, les cavaliers, la tuerie. Le tout tenait en quelques mots. Le comte regarda son fils.

— Il faut y aller, dit-il.

— Dès que les chevaux seront reposés, dit le vicomte. Nous partirons juste après l'aube. Il faut bien une journée pour gagner le village.

Balthazar avait bien entendu le « nous ». Il ne dit rien, c'eût été parfaitement inutile. D'ailleurs, il était curieux de connaître le fin mot de l'histoire. Il s'intéressait avec passion au fonctionnement de la bête humaine : il avait lu Hobbes et savait que *Homo homini lupus est*, l'homme est un loup pour l'homme. Cependant, il avait vu des loups au cours de ses périples – les campagnes n'en manquaient pas –, mais jamais un seul ne lui avait paru aussi menaçant qu'un homme. Il n'avait pas trente ans – l'âge mûr et un peu plus, à cette époque – mais il restait toujours stupéfait des inventions horribles de ses semblables. Comme médecin, il s'efforçait de diminuer les maux que ses contemporains se plaisaient manifestement à aggraver. Comme s'il avait voulu empêcher l'eau de couler d'une outre percée où se faisaient, sans cesse, de nouveaux trous. Très vite, on n'a plus assez de doigts pour boucher toutes les failles.

— Allons dîner, dit le comte.

C'était un bien grand mot. Il n'y avait pas grand-chose au menu. Ils avalèrent un bouillon clairet, un gros bout de fromage de chèvre, du pain et, par bonheur, une bouteille d'un excellent vin que produisaient les dernières vignes des Aumelas, auquel le vicomte fit honneur sans même s'en apercevoir – tant boire lui était, désormais, une seconde nature.

Il gelait à pierre fendre. Le vicomte et le médecin partagèrent le même lit, dressé devant une cheminée où brûlaient quelques bûches.

Balthazar resta longtemps, dans le noir total, à écouter le vent, les ronflements avinés de son ami et le crépitement du bois dans l'âtre. Il essayait de trouver des rythmes, une cohérence dans ces manifestations diverses de la vie, mais sans succès. Il se rappela une citation que lui avait un jour envoyée l'un de ses correspondants anglais : « *It [life] is a tale, told by an idiot, full of sound and fury, and signifying nothing.* » Comment diable s'appelait l'illustre auteur qui avait écrit ces lignes si pleines de sens, puisqu'elles étaient absurdes ? Il finit par s'endormir, mécontent de lui, mécontent du vicomte qui ronflait avec la bonne conscience de l'ivrogne, mécontent de sa mémoire défaillante.

Vers le milieu de la nuit, il se réveilla en sursaut.

— Shakespeare ! dit-il tout haut.

Et, enfin satisfait, il se rendormit.

7

Que Dante aurait pu imaginer

Le vent avait fini par chasser les nuages et il faisait grand beau, et d'autant plus froid. Les deux cavaliers, emmitouflés dans d'épais manteaux, se hâtèrent lentement, le temps pour leurs chevaux de s'échauffer. La fumée sortait des naseaux et les bêtes, qui avaient passé la nuit bien au chaud à l'écurie, dans les vapeurs de fumier décomposé, s'ébrouaient de temps à autre comme pour protester contre cette sortie matinale.

Le problème était de traverser l'Hérault. Le seul pont encore en état était, en amont, le vieux pont du Diable, juste en dessous de Saint-Guilhem. Les cavaliers montèrent donc vers Gignac, prirent la route d'Aniane et redescendirent vers Saint-Jean – puis, au-delà, Montpeyroux et la sente rude montant vers Arboras et Notre-Dame de Parlatges.

Ils traversèrent des villages endormis où, parfois, une vieille femme curieuse, alertée par le claquement des sabots contre la terre gelée, mettait prudemment le nez à la fenêtre pour identifier les cavaliers puis refermait les volets tout aussitôt, effarouchée par ces deux ombres emmitouflées dans leur manteau.

Pierre avait bien essayé une petite séquence de trot pour réveiller son cheval, mais les excès de boisson de la veille lui vrillaient le crâne à chaque tressautement, et il finit par se remettre au pas.

Balthazar ne fit aucun commentaire. Il se félicita, une fois de plus, de ne pas avoir le goût immodéré de son ami pour la boisson. En même temps, en médecin qu'il était, il se demandait ce que Pierre essayait d'oublier, verre après verre. Son épaule douloureuse, qui l'empêchait pratiquement de porter une épée ? Sa pauvreté, certes relative au milieu de la misère générale, mais qu'un aristocrate encore jeune devait ressentir douloureusement ? Son désœuvrement ? Ou quelque souvenir enfoui…

Ils chevauchaient côte à côte comme deux amis égaux en prestige, l'un par sa naissance, l'autre par son talent.

— Qu'est-ce que cela représente, pour toi, d'être un Aumelas ? attaqua Balthazar.

— Ma foi… Je sais que j'appartiens à une lignée ininterrompue au moins depuis les croisades – et peut-être avant, mais nos archives familiales ne remontent pas au-delà du XIIe siècle.

— Mais, Pierre ! C'est le cas de n'importe quel manant ! Lui aussi a nécessairement des parents, des grands-parents et des ancêtres !

— Certes, certes… Mais n'importe quel manant n'a pas forcément un nom.

— Bien sûr qu'il en a un ! Simplement, il n'a pas de terre – puisque celle qu'il cultive t'appartient, à toi ou à l'un de tes semblables.

— Le vénérable abbé qui nous a appris quelques rudiments de latin nous avait expliqué le sens du mot « manant » : celui qui demeure attaché à une terre, qui ne peut en bouger. Comme aristocrate, je parcours les paysages, ils sont tous miens et je n'appartiens à aucun d'entre eux. Je ne suis attaché à aucune terre, sinon celle que j'ai reçue en héritage…

— … et que tes ancêtres ont vendue peu à peu, s'amusa Balthazar. Je crois que je préfère encore le sort de mes parents – sans terre, mais avec une profession reconnue. Une profession qui, si j'en crois tes propres traditions, anoblit celui qui la pratique, parce qu'il travaille le fer avec lequel vous vous battez, vous autres…

— La pureté du sang…, commença Pierre.

— Tous les sangs sont aussi rouges, l'interrompit Balthazar. Et, à l'époque où je pratiquais encore la saignée, j'en ai tiré bien plus que toi ! Crois-tu vraiment que certaines races sont plus indignes que d'autres ?

— Tais-toi, fils de Maure ! dit Pierre en éclatant de rire.

— Que sais-tu de ma famille ? demanda Balthazar.

— Ma foi… Que les Herrero étaient déjà forgerons en Espagne, quand ton grand-père… Comment s'appelait-il, déjà ?

— Ibrahim, dit Balthazar. Abraham, si tu préfères.

— Dieu me pardonne, un nom juif ! Donc, cet Ibrahim est venu en France sous le règne du feu roi Louis le Treizième. Il avait un fils – ton père – qu'il avait baptisé « Manuelo », car les Herrero s'étaient fort prudemment convertis au catholicisme. Et toi, fils unique de cet honnête forgeron, tu as renoncé à la tradition familiale et tu t'es fait médecin. Pour le reste…

— L'histoire est un peu plus compliquée, soupira Balthazar.

Vers la fin du XVIe siècle et dans les deux premières décennies du XVIIe, de très nombreux Maures espagnols et une foule de Juifs laissèrent tout derrière eux, préférant voyager léger que d'être rattrapés par l'Inquisition, qui brûlait d'abord et enquêtait ensuite. Le grand-père de Balthazar, forgeron à Tolède, la grande ville de la métallurgie, avait presque tout abandonné derrière lui.

Tout en feignant de rester confiné dans sa forge de Tolède, préoccupé de son métier et de sa clientèle, il avait suivi de près l'évolution de la politique européenne. Il savait depuis longtemps que son destin ne resterait pas lié à celui de l'Espagne, sous peine d'y être traité comme l'avaient été, avant lui, tant de ses coreligionnaires, depuis qu'Isabelle la Catholique avait achevé la Reconquista. Il s'était converti et se rendait chaque jour à la messe, mais c'était une manœuvre dilatoire qui ne trompait personne, et qui n'aurait pas résisté à un examen un peu sérieux ou à une séance de torture.

Dès qu'avait grossi la rumeur d'un probable coup d'arrêt de toute émigration, en 1627 – une mesure imposée par le duc d'Olivares, Premier ministre tout-puissant de Philippe IV, afin de repeupler une Espagne désertifiée –, Ibrahim avait préparé son départ de longue main. Il avait expédié vers la Catalogne, pour contourner les soupçons, les ballots renfermant le précieux métal qu'il travaillait, les lingots déjà coulés, et ses biens essentiels. Puis il avait pris la route comme s'il partait en promenade. Avec sa femme et son jeune fils, baptisé

« Manuelo » par allusion à cette main dont son père se servait si bien.

Au grand dam de sa femme, qui aurait bien emporté une masse de souvenirs et d'objets usuels, et multiplié les scènes d'adieux avec ses commères, Ibrahim Herrero n'avait emporté que le métal, d'origine indienne, qui lui permettait, comme à ses ancêtres avant lui, de forger d'authentiques lames de Damas d'une qualité exceptionnelle. Il avait transmis sa science de l'acier à son fils Manuel, tout en lui faisant comprendre qu'il serait le dernier de la lignée des métallurgistes de la famille : les mines indiennes s'étaient épuisées, et les métaux européens avec lesquels les forgerons travaillaient désormais étaient loin de valoir ceux rapportés jadis par les caravanes.

Ibrahim n'avait vraiment respiré qu'en dépassant le fort de Salses, qui marquait la frontière entre le royaume de Sa Majesté Très Catholique le roi d'Espagne et celui du roi Très Chrétien des Français. Adieu Philippe IV, bonjour Louis XIII !

Les Herrero (Ibrahim avait, depuis longtemps, abandonné l'idée de reprendre son ancien nom d'Ibn Massoud) s'étaient d'abord arrêtés à Narbonne. La guerre qui, depuis dix ans, secouait l'Europe, s'étendrait un jour ou l'autre à la France, avait raisonné le forgeron. Le cardinal-ministre, Richelieu, feignait de rester neutre mais travaillait à réduire la puissance espagnole : il interviendrait lorsqu'il jugerait son adversaire épuisé par le conflit. Le Roussillon, à deux pas de la frontière, serait la plaque tournante des hostilités, et son art, en temps de guerre, serait précieux à ses nouveaux compatriotes. Forger des armes pour combattre les hidalgos qui avaient, à ses yeux, confisqué sa patrie, lui seyait fort.

L'entrée en guerre des Français en 1635, le siège du fort de Salses, verrou de la frontière, quatre ans plus tard, le soulèvement des Segadores de Catalogne, en 1640, et l'intervention française pour appuyer les insurgés lui avaient donné cent fois raison. Il avait pratiquement réalisé le vieux rêve des alchimistes, transformant le fer en or. Mais il n'avait utilisé ses précieux lingots indiens que pour les armes d'exception, réalisant le tout-courant de ce qu'on lui demandait avec des minerais extraits, au sud, sur les pentes du Canigou, à Baillestavy, et au nord dans la montagne Noire. Il avait initié Manuel à son art et, tout en réalisant une fortune considérable, s'était obstiné à travailler le métal lui-même, tant il était persuadé que l'œil et la main du maître seuls font d'un artisanat un art véritable.

Il s'était éteint peu avant la naissance de Balthazar, en 1655. Il en est souvent ainsi dans les familles, comme si un nouveau-né devait compenser un deuil. Manuel Herrero venait juste de s'installer à Pézenas, où devaient s'ouvrir les États du Languedoc sous la direction du prince de Conti.

Ce récit, le petit Balthazar l'avait entendu maintes fois. C'était leur famille, leur histoire. On lui avait raconté le cliquetis des armes dans l'ancienne Tolède, son grand-père qui, jusqu'au dernier moment, officiait dans sa forge, puis la fuite – qu'il avait assimilée, dans son enfance, à celle de Joseph et Marie en Égypte. Le passage au-delà des monts des Corbières, les regards hostiles des Catalans français pour des gens qui portaient leurs origines sur leur visage. Et, de nouveau, le fracas des armes, et Manuel apprenant de son père les secrets du feu et du fer.

Ibrahim, Manuel, Balthazar : c'est par les prénoms que l'on entre dans la communauté chrétienne, et le grand-père, le dernier à porter un nom maure, ne s'y était pas trompé. C'était aussi par l'université : Manuel Herrero avait envoyé son fils unique étudier la médecine à Montpellier, le plus grand centre médical français du XVIIe siècle et l'un des plus célèbres d'Europe. Rabelais y avait été licencié en médecine au siècle précédent, une longue lignée de docteurs prestigieux en était issue, et le médecin même de Sa Majesté Louis XIV, Antoine d'Aquin (lui-même petit-fils de Juif, mais héritier de la charge de médecin ordinaire du roi grâce à son père), en venait. Encore qu'il fût en vérité un médecin très médiocre, sa nomination avait fait enrager les médecins formés à la Sorbonne, qui en étaient encore à contester la circulation du sang découverte par Harvey en 1628 – plus d'un demi-siècle auparavant !

Balthazar était né en 1655, comme le vicomte Pierre d'Aumelas. Leur complicité, tissée de part et d'autre de l'opulente poitrine de la nourrice qu'ils se disputaient, ne s'était plus jamais démentie.

Balthazar résuma en quelques phrases ce que nous venons d'expliquer. Son enfance avait été bercée des récits de la splendeur tolédane – jusqu'à ce qu'il se rende effectivement en Espagne et trouve un pays dévasté, maigrement peuplé de paysans hagards errant dans des solitudes incultes. Tout l'or des Amériques avait filé entre les mains des hidalgos, comme l'eau entre les doigts des enfants à la fontaine…

« Je n'ai jamais vu un pays où il y avait autant d'aristocrates, dit-il à Pierre. Tous hidalgos ! Et, ma foi, d'autant plus orgueilleux qu'ils sont gueux. Certains ferraient leurs chevaux avec de l'or pour avoir le plaisir de voir les paysans gratter les paillettes accrochées aux pavés du chemin. J'ai souvenir d'un grand escogriffe, un vrai modèle pour Don Quichotte, dont l'épée relevait fièrement les pans déchirés de son manteau, emmitouflé de morgue et de prétention, et maigre comme un jour sans pain. Il ne demandait pas l'aumône, pour rien au monde il n'aurait travaillé, mais il mourait de faim aussi purement que les *granjeros* qu'il écartait de son chemin avec mépris… »

Ils avaient dépassé Gignac. La route partait à gauche et descendait doucement vers le fleuve. Il était déjà bien plus de midi quand ils passèrent le vieux pont du Diable. Le fleuve, dans la gorge que le pont traversait, était au plus bas. Mais la fonte des neiges le transformerait bientôt, comme chaque année, en torrent furieux.

Ils prirent à gauche, en direction du causse. Les pieds des chevaux s'enfonçaient dans la neige.

Le chemin montait rudement, mais à l'abri. Au col, la tramontane, que plus rien n'arrêtait, leur gicla à la figure.

Le vicomte s'orienta. Cela faisait longtemps qu'il n'était pas venu dans ces hautes solitudes. À gauche, la forêt. À droite, le causse désertique. Il fallait redescendre un peu et prendre à droite vers le sommet de Saint-Baudille, couronné de pierres blanches comme des ossements raclés par le vent. Puis suivre la ligne des *piochs*, comme on nomme ici les sommets de cette barre rocheuse qui sépare la plaine du Coulet de celle de Lacan.

Le hameau qu'ils cherchaient était en contrebas de ce paysage désespérant, sous le Pioch de la Boffia.

Ils mirent deux bonnes heures à parcourir, prudemment, les sentiers de bergers pleins de cailloux qui roulaient sous le pas des chevaux. Le chemin suivait la ligne de crête et le vent cherchait à les désarçonner, tant il soufflait avec violence. La neige, tombée en abondance le mois précédent, n'aurait pas facilité les choses si le sentier n'avait été clairement délimité par les traces d'une forte troupe de cavaliers, que le givre avait cristallisées en l'état. Une vingtaine d'hommes, estima le vicomte, venus par le même itinéraire qu'eux.

— Là ! dit-il enfin, montrant en contrebas les toitures du village, seule marque d'humanité dans ce chaos de blocs amoncelés qui faisaient semblant d'être des murs.

Un mince filet de fumée, attestant d'une présence humaine, montait au-dessus de ce paysage minéral, jusqu'à ce que le vent l'éparpille dans le ciel d'un bleu imperturbable.

Ni l'un ni l'autre n'était préparé à ce qu'ils découvrirent en arrivant sur la place du village.

Ici aussi, il avait un peu neigé, depuis deux jours. Les flocons avaient recouvert d'un léger duvet les hommes morts, attachés autour de la fontaine, pétrifiés par le givre. L'ensemble évoquait une sculpture monstrueuse, un châtiment de damnés. Le sang des blessures s'était figé en petites stalactites qui pendaient çà et là, donnant à l'ensemble un mouvement dans l'immobilité. Comme si le groupe entier, en train de s'arracher au sol, s'était immobilisé dans cet effort tellurique.

Le soleil de l'après-midi, qui brillait gaiement au-dessus de leurs têtes, mettait sur cet amas de spectres de grandes ombres d'un noir profond, tout en illuminant les surfaces. Le sang figé brillait comme s'il venait de sourdre.

Balthazar, fasciné d'horreur, pensa à certains tableaux vus en Italie, peints par le Caravage et ses élèves. Immédiatement, il songea que son esprit lui tendait cette référence esthétique pour le mettre à distance des rigueurs terribles du réel.

Le vent rabattit sur eux la fumée et, en se guidant à vue, ils arrivèrent devant ce qui avait été le temple, et qui n'était plus qu'une ruine achevant de se consumer.

Balthazar, qui avait vu bien des cadavres et disséqué nombre d'entre eux, Balthazar qu'aucune cruauté humaine ne parvenait à émouvoir, et qui pensait que les fantasmagories de l'enfer chrétien n'étaient qu'un résumé de l'histoire des hommes, détourna la tête devant cet enchevêtrement de femmes et d'enfants à demi calcinés. Les chairs, en brûlant, avaient par endroits dénudé les os, qui brillaient parmi les charbons humains d'un pur éclat insoutenable.

Le village était l'antichambre de l'Apocalypse. Ou le dernier cercle de l'Enfer.

— Personne ne mérite une mort pareille, dit soudain le vicomte. Pas plus un parpaillot qu'un catholique. Qui que ce soit, je les trouverai. Je les tuerai.

Balthazar regarda son ami. Le visage habituellement railleur s'était métamorphosé. Le vicomte semblait avoir la rigidité des pierres. Tous ses traits s'étaient brutalement durcis. En quelques minutes, l'ange avait pris dix ans. Il est des horreurs qui vous imprègnent, et vous laissent à tout jamais changé.

— Il faudra les enterrer, dit Pierre. Nous redescendrons par Saint-Guilhem. Je préviendrai les moines.

— Mmmh… Tu crois qu'ils se déplaceront pour enterrer des membres de la Religion prétendument réformée ?

— Les morts n'ont plus d'opinions, répliqua le vicomte. Ils appartiennent à Dieu.

— Dieu…

Balthazar laissa le mot suspendu en l'air, et une rafale de tramontane l'emporta. C'était un très vieux débat entre Pierre et lui.

— L'un de mes professeurs, à Bologne, lui avait-il raconté un jour, nous disait qu'il avait beau découper des cadavres, il n'avait jamais trouvé l'endroit où pourrait séjourner ce que Descartes et toi appelez une âme…

Ils avaient emporté de quoi se restaurer, mais ni l'un ni l'autre ne pensa à manger. Ce ne fut que quatre heures plus tard, au terme d'une retraite périlleuse vers Saint-Guilhem-le-Désert, qu'ils descendirent de cheval et acceptèrent, des moines accourus, un peu de pain et un verre de vin – un verre que Balthazar, à rebours de toutes ses habitudes, but lui aussi.

8

La politique de Sa Majesté Louis XIV

Les moines, tout en regardant Balthazar d'un petit œil oblique et soupçonneux, proposèrent aux deux amis de passer la nuit dans l'une des dépendances de leur puissante abbaye. Quand ils apprirent que l'homme qu'ils avaient d'abord pris pour un Turc ou un Maure était médecin, leur méfiance non seulement s'estompa, mais fit place à un puissant intérêt. Être des hommes de Dieu ne les préservait pas des petits soucis liés à l'humaine condition, et comme Balthazar, à la tombée de la nuit, l'expliqua à Pierre, ils collectionnaient, à eux tous, un lot impressionnant de petites misères. Jusqu'au prieur de l'abbaye qui se débattait avec une goutte persistante – abus de nourritures trop riches, expliqua l'homme de l'art, redevenu le docteur Balthus le temps d'une consultation.

— Consommez pendant un mois la même pitance que les paysans qui travaillent pour vous, mon père, lui dit le médecin avec une ironie glacée, et vous vous en trouverez bien mieux. Il n'en est pas un seul qui soit affligé, comme vous, d'un embonpoint aussi vénérable. Un traitement sur le long terme supposerait que vous changiez radicalement de régime alimentaire. Tenez, profitez du Carême qui vient…

— J'ai une dispense, dit le bon père.

— Ah oui ? Eh bien, avez-vous un frère herboriste dans votre couvent ? Oui, bien sûr… Demandez-lui de vous trouver, dès le printemps, de l'*Aegopodium podagraria* – de l'herbe de Saint-Gérard, si vous préférez. À prendre de toutes les manières, feuilles en salade, ou tiges et racines en décoction. Vous vous sentirez rapidement mieux. Et votre humeur, qui doit être quelque peu portée sur l'agressivité… Non ? Vous m'étonnez… Elle s'en trouvera améliorée, elle aussi… Non, je ne vous saignerai pas ! Ce n'est pas de trop de sang que vous souffrez, mais de trop de cendres dans le sang. Votre organisme brûle tout ce que vous lui donnez à digérer, et ne sait plus quoi faire des déchets de cette combustion. Comme un poêle dont vous ne déblaieriez jamais les cendres, voyez-vous…

— Ces moines mangent et boivent du meilleur, dit Pierre. En plein hiver, en plein Carême, ils nous ont donné des salaisons remarquables, des poissons de mer frais, des confitures délectables, des fromages vénérables… Et leur vin ! Étonne-toi qu'ils soient gros !

— Oh, je ne m'en étonne pas, dit Balthazar. Je m'étonne juste qu'on les appelle encore « saints hommes » ! À moins que ce ne soit par ironie.

Ils reprirent la route le lendemain. Le temps était toujours beau, le fleuve encore au plus bas, pas encore grossi par la fonte des neiges. Le spectacle terrifiant de la veille leur semblait presque irréel. Mais, peut-être par association d'idées, il leur revint en mémoire au même instant quand ils traversèrent le pont du Diable.

— Pauvres gens ! dit Balthazar tout haut.

— C'est ainsi que je vois l'enfer, renchérit Pierre.

Ni l'un ni l'autre ne s'étonna de la concomitance de leurs idées. Ils se connaissaient depuis toujours, avaient appris à lire dans les mêmes livres et partagé nombre d'émotions. Leurs pensées suivaient, le plus souvent, des routes étroitement parallèles.

— Il n'y a pas d'enfer autre que celui-là, dit Balthazar. Pas d'enfer ailleurs que sur terre. Pas de diable. Nous le remplaçons très bien.

Pierre, qui avait vu à la guerre toutes les horreurs, et y avait appris qu'elles étaient non seulement normales mais recommandées, n'eut pas le cœur de chercher à contredire son grand pessimiste d'ami.

— Bah, des huguenots ! lança-t-il avec un sens certain de la provocation.

— Oui, renchérit Balthazar. Pas même des êtres humains, hein !

Par la promulgation de l'édit de Nantes en 1598, Henri IV, lui-même protestant converti parce que « Paris valait bien une messe », accordait à ses anciens coreligionnaires la liberté de conscience et, de surcroît, cinquante et une places de sûreté dont les plus connues étaient La Rochelle ou Royan – dans le Languedoc largement antipapiste, Montpellier, Nîmes et Alès, entre autres. Mais depuis l'assassinat du bon roi, en 1610, l'État, repris en main d'abord par sa veuve, Marie de

Médicis, ultra-catholique comme tous les Italiens, puis sous la houlette terrible du cardinal de Richelieu, avait sans cesse grignoté les avantages accordés. En 1629, juste après avoir pris La Rochelle par les armes, le cardinal-ministre avait révoqué les clauses militaires, tout en maintenant la liberté de culte – sauf à Paris. Depuis son accession au pouvoir à la mort de Mazarin, en 1661, Louis XIV favorisait par tous les moyens les conversions de calvinistes, détruisant les temples construits sans autorisation, interdisant l'enseignement de la Bible dans les écoles protestantes. Cependant, cette politique de la main de fer tendue avait largement échoué.

Depuis cinq ans, Sa Majesté, libérée du poids de la guerre de Hollande, était donc réellement passée à l'action. Les protestants étaient désormais exclus des professions libérales, les mariages avec des catholiques leur étaient interdits, et les enfants protestants étaient confisqués à leurs parents dès l'âge de sept ans pour être élevés dans la religion du roi. De surcroît, habitude avait été prise de loger les dragons – qui portaient bien leur nom – exclusivement chez des protestants aisés, dont les biens étaient vandalisés et les filles initiées à des mystères peu catholiques.

Les conversions, sincères ou non, se multiplièrent. Les plus riches choisissaient le chemin de l'exil, vers Genève ou Rotterdam. Sur les huit cent mille protestants que comptait le royaume, plus de deux cent mille quittèrent ainsi la France, l'appauvrissant de façon spectaculaire, car la bourgeoisie huguenote tenait le haut du pavé bancaire et commercial. Expulser de pauvres hères eût été indolore, ou même bénéfique. Se priver d'une haute élite était une politique imbécile.

Derrière cette sanction royale se profilait l'ombre attentive de Madame de Maintenon, qui avait définitivement pris la place de la Montespan dans le cœur du roi, surtout après la mort par éclampsie de Mademoiselle de Fontanges, éphémère favorite, l'année précédente. Des bruits couraient sur un mariage secret du roi avec sa favorite, maintenant que la reine Marie-Thérèse était elle-même morte. Louis XIV, qui allait sur ses quarante-cinq ans, atteint l'une après l'autre de toutes les maladies de la terre, voulait mettre sa vie en bon ordre avant d'être convoqué par une mort qu'il croyait prochaine devant le Souverain Juge. Persécuter les protestants était la meilleure manière d'acquérir des indulgences. Près de comparaître, pensait-il, devant son Créateur, le roi voulait se rendre aimable aux yeux de Dieu en persécutant ceux qui, à en croire les fervents catholiques, persécutaient sa divinité – sans que l'on sache bien s'il s'agissait de celle du Créateur ou de celle du « plus grand roi du monde », comme disait Louvois, le tout-puissant secrétaire d'État à la Guerre, homme fort du royaume et instigateur des dragonnades.

Pierre s'ouvrit, chemin faisant, à Balthazar. L'abomination commise sur ses terres devait avoir eu l'aval de Louvois et de la « veuve Scarron » : ainsi appelait-il la Maintenon, mariée jadis au poète Scarron, mauvais sujet confiné par les rhumatismes dans sa chaise roulante, et qui lui avait sans doute appris les mille et une manières de ressusciter un impotent. C'était là qu'il fallait porter le fer.

— Non, dit Balthazar. Ce sont des forteresses inexpugnables. Ce serait déjà beau d'obtenir la condamnation des hommes de main.

— Il me faut le bras qui a tué, et la tête qui a pensé, s'écria Aumelas.

— Belle réplique ! se moqua Balthazar. Elle t'amènera à coup sûr à l'échafaud. Quand accepteras-tu de penser avant d'agir ?

— Quand tu agiras au lieu de te contenter de penser, répliqua le gentilhomme du tac au tac.

Et, comme souvent, ils partirent en même temps d'un grand éclat de rire, qui ne dissimulait pourtant rien de la colère qui les avait saisis, la veille, au spectacle dantesque de ce village crucifié.

9

Souvenirs des temps héroïques

Le comte d'Aumelas avait vu toutes les horreurs de la guerre étrangère et de la guerre civile. Pire : il y avait participé. Dans les mauvais jours – et il n'y avait plus que de mauvais jours –, il se rappelait l'enthousiasme avec lequel il allait au combat. Il prenait exemple sur Monsieur le Prince, comme on disait alors en parlant du duc d'Enghien. Condé était célèbre pour son acharnement au combat, son goût du sang et du carnage. C'était l'époque où les généraux chargeaient à la tête de leurs troupes.

Né juste avant Condé, en 1620, le comte faisait partie de cette jeunesse turbulente qui avait applaudi *Le Cid* de Corneille, puis l'*Horace* du même. Une jeunesse identifiée parfaitement à ces héros qui faisaient passer leur gloire avant l'intérêt du prince qu'ils servaient. Richelieu l'avait déconcerté, avec son mélange d'un sens tout aristocratique de sa valeur, et d'un projet politique faisant tomber dru les têtes des grands seigneurs qui lui résistaient.

Le comte, jeune officier qui avait encore à prouver sa propre valeur, était lieutenant des gardes de la reine Anne d'Autriche, à Saint-Germain-en-Laye, quand, en ce 14 mai 1643, Sa Majesté Louis XIII avait rendu l'âme, cinq mois après le cardinal-ministre, comme si Richelieu l'avait appelé à lui. Dans l'affolement du moment, c'est à ce jeune officier que l'on avait donné l'ordre de partir à franc étrier porter la nouvelle à Monsieur le Prince, qui commandait l'armée stationnée alors dans les Ardennes, face aux troupes de Francesco de Melo.

Aumelas, sans prendre de repos, sautant d'un cheval de poste à un autre, avait rejoint vingt-quatre heures plus tard le duc d'Enghien, devant la petite ville de Rocroi qu'assiégeait l'armée espagnole. Il connaissait assez bien Jean de Gassion, qui commandait la cavalerie royale, et obtint par lui une audience immédiate auprès du très jeune général en chef.

Condé prit la missive, en rompit le sceau et en prit connaissance sans que ses yeux bleus, légèrement saillants, exprimassent autre chose que la concentration de la lecture. Puis il regarda le messager, ce jeune homme de bonne allure, couvert de poussière.

— Sur mon âme, dit-il, vous ne direz rien à personne de ce que contient cette lettre, ni des événements qu'elle relate.

Aumelas s'inclina sous le regard d'aigle du jeune homme. Il avait fallu toute la sagacité de Richelieu pour confier l'armée à un homme qui, à l'époque, n'avait pas encore vingt ans. Mais on comprenait, quand on voyait Enghien pour la première fois, que cet homme appartenait à la race des Alexandre, César et Spinola – des hommes nés capitaines.

Condé tendit la missive à Gassion, qui en prit connaissance et réprima un sanglot.

— Voyez Gassion, reprit Enghien, brave parmi les braves. Il est bouleversé par la mort du roi. Que dirait l'armée tout entière si la nouvelle dépassait les murs de toile de cette tente ?

Le reste appartient à l'histoire. Trois jours plus tard, Condé remportait la victoire avec une armée bien inférieure en nombre à celle de l'ennemi, et sauvait la France d'une invasion certaine. Alors seulement il divulgua la nouvelle qui, dans l'euphorie de la victoire, passa sans peine parmi les soldats.

Le comte d'Aumelas, qui avait trouvé une cuirasse à sa taille, s'était joint à la fête. On l'avait chargé d'aller réveiller le général : à quatre heures du matin, Condé dormait dans une parfaite sérénité, comme Alexandre avant la bataille d'Arbelles. Suivant Gassion, qui avec Enghien commandait l'aile droite, Aumelas avait participé à la débandade de l'aile gauche de l'armée espagnole. Puis la cavalerie française avait contourné toute l'armée ennemie pour prendre les Espagnols à revers et les tailler en pièces. Il avait pu voir, dix pas devant lui, et quatre encore devant Gassion, le jeune général charger à la tête de ses troupes et s'enivrer de carnage en passant à travers les balles – ou plutôt, comme le bruit s'en répandit tout aussitôt, en étant traversé de balles qui ne lui faisaient aucun mal.

Enfin, blessé mais toujours ardent au combat, il avait contribué à l'anéantissement des féroces *tercios*, « cette redoutable infanterie de l'armée d'Espagne, dont les gros bataillons serrés, semblables à autant de tours, mais à des tours qui sauraient réparer leurs brèches, demeuraient inébranlables au milieu de tout le reste en déroute, et lançaient des feux de toutes parts », dirait plus tard Bossuet. Il avait été chargé, avec d'autres officiers, de proposer aux derniers survivants de se retirer dans l'honneur, avec leurs drapeaux et leurs armes. Un vieux soldat qui avait fait toutes les guerres de Philippe IV, déjà blessé à mort, les salua avec toute la morgue espagnole et dit, au nom de ses camarades : « Remerciez votre maître, mais… nous sommes espagnols… » – signifiant par là qu'ils désiraient mourir autour du corps de leur commandant, le comte de Fontaines, qui avait présidé à la manœuvre porté dans son fauteuil d'infirme et y avait péri.

Condé, qui avait apprécié le comportement et le dévouement de ce jeune homme, se l'était attaché et avait, avec lui, volé de victoire en victoire. Après Rocroi, ce fut Fribourg, puis Nördlingen, Dunkerque et Lens – où Gassion perdit la vie. Aumelas avait récolté pour lui-même quelques-uns des lauriers qui couvraient, peu à peu, la tête du jeune prodige.

Mazarin, après la mort du roi, lui parut la copie dégénérée du grand cardinal, comme on disait. Jusqu'à ce qu'il reconnût, bien tard, l'extraordinaire flair politique de cet Italien que tout le monde méprisait mais qui avait fini par circonvenir, séduire ou désarmer tout le monde, à commencer par les Espagnols.

Comme tous les aristocrates de son temps, le comte n'avait pas vu venir l'établissement de la monarchie absolue. Mais il avait servi le roi, avec constance et obstination. Quand Condé avait trahi et s'était tourné vers les Espagnols qu'il avait tant de fois défaits, il n'avait guère hésité et avait rejoint avec sa compagnie les troupes loyalistes, même si elles servaient les projets et la politique du Mazarin honni.

Cependant, après le combat du faubourg Saint-Antoine, le 2 juillet 1652, le comte, couvert de sang ennemi de la tête aux pieds, avait tout d'un coup senti un écœurement le gagner. Ceux qu'il avait tués, ce jour-là, c'étaient des Français. D'anciens amis peut-être : dans un combat, on tue sans trop savoir qui on tue. Sans compter l'absurdité de la situation : il combattait Condé, qui n'avait dû son salut qu'à l'initiative de sa cousine, la Grande Mademoiselle, laquelle avait fait tourner les canons de la Bastille contre l'armée de son royal cousin. Tous ces grands, qui appartenaient peu ou prou aux mêmes familles, finiraient bien par s'entendre, pendant que leurs partisans finiraient d'agoniser…

Et il était reparti soigner ses blessures et sa mélancolie dans son château en ruine du Languedoc. Dix ans de combats l'avaient guéri de la guerre.

La suite de la Fronde lui avait donné raison. Passé avec armes et bagages du côté espagnol, Condé avait reçu son pardon après la paix des Pyrénées, et retrouvé son commandement en chef – ce qui lui avait permis d'étriller les Habsbourg d'Espagne en Franche-Comté, conquise en trois semaines. En 1671, il avait reçu le roi dans son château de Chantilly – c'est à cette occasion que son cuisinier, Vatel, se donna la mort, désespéré de n'avoir pas reçu sa commande de poissons dans les temps. Et pendant ce temps, qu'étaient devenus les anciens partisans du prince ?

— Ma foi, philosophait le comte, ceux qui n'ont pas fini décapités se sont enfouis dans leurs châteaux, pour se faire oublier d'un roi qui n'oublie jamais rien, surtout pas les offenses. Enfouis dans leur château comme moi, au fond. Quelle différence, en vieillissant, entre les anciens vainqueurs et les anciens vaincus ?

Où était Condé à présent ? Reclus dans son château de Chantilly et perclus de rhumatismes – « comme moi », soupirait le vieux guerrier.

En 1654, le comte était donc rentré en Languedoc et avait eu l'innocence de tomber amoureux. Aurore de Montfaucon, fille du baron de Vissec, Christophe de Montfaucon, lui avait paru si belle que son pauvre cœur de guerrier, habitué aux curées qui suivaient les sièges, s'en retrouva désarçonné. Il avait trente-cinq ans, c'était un homme fort beau, auquel la fréquentation de grands seigneurs avait donné de bonnes manières. Ils s'aimèrent, ils s'épousèrent, elle tomba enceinte, grande joie, elle mourut peu après la délivrance, immense douleur.

La jeune comtesse – elle avait dix-sept ans – fut atteinte de fièvre puerpérale, comme on appelait alors l'ensemble des réactions aux infections post-partum. Un médecin appelé d'urgence ne trouva rien de mieux, dans l'arsenal théorique hérité de Galien et pieusement transmis par la Sorbonne, que de saigner une jeune femme qui avait déjà frôlé l'hémorragie en accouchant.

Le comte se rappellerait toujours son beau regard tandis que la lancette du praticien lui tirait plusieurs pintes de sang – ce regard d'agonie et d'amour, cette façon de l'aimer des yeux alors qu'elle mourait. Il entendait, au loin, les cris de l'enfant, un beau garçon qui porterait le beau nom d'Aumelas.

— Appelez-le Pierre, mon ami, avait dit la jeune femme avant d'expirer.

Comme une pierre posée sur son cœur. Comme une pierre noire marquant le jour maudit.

Pendant presque un an, le comte avait refusé de voir l'enfant, confié à une paysanne qui venait de perdre son nouveau-né. On mourait aisément, à cette époque. Le petit Pierre, ange blond, tétait un sein, et un diable aux admirables yeux noirs, fils d'un artisan de Pézenas, tétait l'autre.

Chaque rencontre entre l'enfant et son père était un déchirement, tant le petit Pierre ressemblait à sa mère – les mêmes cheveux pâles, des yeux étrangement bleus, un teint de pêche blanche. Un visage d'ange posé sur le corps vigoureux hérité de son père.

Ce n'est que vers douze ans que le comte s'était soucié de l'éducation de ce petit sauvage, qui ne savait ni lire ni écrire. Il lui avait offert un précepteur qui avait développé la vive intelligence de l'enfant. Et il lui avait appris lui-même ce qu'il connaissait le mieux – l'équitation et les armes. Il avait fait de son fils un guerrier.

Quand Pierre d'Aumelas était rentré blessé de la campagne de Hollande, le comte, qui s'était surpris à le souhaiter mort, avait fait un brutal retour sur lui-même. Il ne pouvait reprocher à son fils la mort de sa mère. Pire, il l'avait un jour trouvé immobile devant un grand portrait de celle-ci, peint peu après son mariage. La ressemblance était sidérante. Voyant son fils silencieux et en pleurs, il n'osa plus jamais lui reprocher de boire : lui seul, désormais, savait quel chagrin son enfant unique s'efforçait de noyer, jour après jour.

10

Faute d'argent, c'est douleur sans pareille

Le comte, au récit des deux amis, entra dans une violente colère, faite pour moitié d'un sentiment d'outrage. C'étaient ses gens que l'on avait tués, et sur ses terres : peu lui importait qu'ils fussent huguenots. Et pour l'autre moitié, d'une impuissance qu'il ne pouvait se dissimuler. Les responsables de ces exactions sanglantes étaient à Versailles. Que pouvait-il, lui, sans argent et sans autres relations que de vieux seigneurs blanchis sous le harnois, éloignés des mystères de la Cour ? Que faire ?

— J'irai, dit Pierre. J'irai et je verrai le roi.

— Tu as tes entrées à Versailles ? demanda Balthazar. Tu connais les gens responsables de cet attentat ? Tu as le droit pour toi, mais crois-tu que ce soit suffisant pour obtenir justice ?

— J'irai, répéta obstinément le jeune homme.

Son père secoua la tête. Et comment irait-il ? Un tel voyage coûtait cher. Vivre à Versailles ou à Paris était hors de prix. Les Aumelas étaient une antique famille qui remontait en théorie aux croisades et, en fait, au XIVe siècle. Ils avaient un beau blason – « De gueules, au demi-vol senestre d'argent, accompagné de trois étoiles d'or » –, une belle devise (*Aquila non capit muscas*, « L'aigle n'attrape pas les mouches »), mais pas de fortune. Le comte n'attendait aucune rentrée avant la fin de l'été, quand il saurait ce qu'auraient donné les moissons et combien de muids de vin auraient fournis ses vignes. Il y avait bien peu de chances qu'il lui en revienne quelque chose, et les temps étaient si durs qu'il n'avait plus le cœur d'exiger de ses gens le moindre impôt, sinon en nature. Quant à emprunter, c'était hors de question. Les Juifs exigeaient des garanties sérieuses en échange de leur or, et auraient souri de pitié à l'idée de se voir proposer, en compensation d'un argent bel et bon, quelques villages oubliés au fin fond des Cévennes, des champs à demi en friche ou de vieilles vignes estimables mais de plus en plus stériles.

En cette seconde moitié du XVIIe siècle, le numéraire était rare, partout en Europe. Il y avait beau temps que les galions espagnols, chargés des richesses du Nouveau Monde, n'abordaient plus les côtes ibériques. Les mines d'or et d'argent étaient pour la plupart épuisées. En Espagne, la guerre des Flandres avait mangé ce que les hidalgos n'avaient pas bu. En France, les ressources avaient été englouties, d'abord, dans le paiement des intérêts de l'énorme dette publique, puis dans la guerre de Trente Ans – encore payait-on les armées de façon fort irrégulière, encourageant les pillages comme compensation d'une solde qui ne venait jamais – et, enfin, dans les dépenses somptuaires du Roi-Soleil.

Versailles seul avait déjà coûté plus de 160 millions de livres-or, qu'il avait bien fallu prendre dans la poche des peuples, pressurés de taxes qu'ils étaient les seuls à acquitter. Un bal pouvait coûter, à lui seul, un million. Ajoutez à cela que l'Église prenait sa part, et ce n'était pas tout à fait par hasard que les gros bénéficiaires de la dîme étaient appelés « décimateurs » : la dîme était bien le dixième (en latin, *decima*) mais il y avait aussi, dans le mot, un écho ironique de l'ancienne pratique romaine de la décimation, où l'on exécutait un homme sur dix pour enseigner aux armées le devoir d'obéissance.

L'effet le plus probant de cette politique était l'appauvrissement des pauvres, et le glissement lent mais régulier des aristocrates dans une gêne permanente. Seuls surnageaient les financiers : une caste nouvelle montait au firmament.

Après Particelli d'Émery, que Mazarin avait nommé contrôleur général des Finances, c'est un descendant d'un marchand drapier, Nicolas Fouquet, enrichi dans le commerce des îles d'Amérique, du Sénégal, de la Nouvelle-France et des Indes orientales, qui avait pris la surintendance des Finances. Colbert – autre fils de banquiers et usuriers rémois –, après avoir éliminé Fouquet et ses amis en 1661, n'avait eu de cesse qu'il ne favorise le commerce et les intérêts des fermiers généraux qui levaient l'impôt pour le roi. Quitte à martyriser jusqu'à la petite bourgeoisie traditionnelle que les impôts successifs sur le tabac, le papier timbré, les objets en étain ou les possessions d'anciens biens nobles saignaient aux quatre veines. Quelques révoltes avaient d'ailleurs éclaté, çà et là, matées avec la férocité que mettaient les gens du roi dès qu'ils soupçonnaient une offense à leur maître – et dans le système monarchique, tout délit était une offense au roi, quel qu'il fût, et se payait au comptant par des supplices monstrueux.

Le comte regarda son fils. Expliquer à son enfant qu'il est ruiné avant même d'avoir hérité est une tâche ingrate. Pierre en était accablé.

Balthazar pesa du regard ces deux grands désespoirs et se leva.

— Je dois rentrer à Pézenas, dit-il. J'ai des patients à voir, en espérant qu'ils ne soient pas morts pendant nos cavalcades.

— Tu les ressusciteras, dit Pierre en s'efforçant de sourire.

— Bien sûr, dit Balthazar. Mais c'est une opération longue et difficile que je préfère m'éviter.

Le jeune homme serra son ami à l'épaule gauche – il évitait de le toucher à droite, où l'ancienne blessure se rappelait parfois à lui par temps de neige et d'humidité –, salua le comte et reprit son cheval.

11

Le maître du métal

Maître Balthus n'avait menti qu'à moitié – et d'ailleurs n'avait-il pas appris des pères jésuites de son collège montpelliérain qu'il était permis de mentir, si c'était dans une bonne intention ? Il allait bien à Pézenas : il visiterait sans doute quelques malades et, comme disait Pierre, en ressusciterait deux ou trois. Il irait aussi prendre des nouvelles de Ninon.

Mais c'était à son père que Balthazar souhaitait parler d'abord.

En 1655, quand était né Balthazar, Manuel Herrero n'était qu'un forgeron de Pézenas, successeur de son propre père. Sa réputation n'avait pas dépassé les limites de la petite cité fortifiée. La naissance de son fils avait coïncidé avec l'arrivée dans la ville du jeune prince Armand de Bourbon-Conti, cousin du roi et gouverneur de la province à vingt-six ans, tandis que son frère, Louis II de Bourbon-Condé, avait été fait généralissime des armées françaises à vingt et un ans. Mais si le Grand

Condé était un génie des armes, Conti était, comme le dit le cardinal de Retz, « un zéro qui ne multipliait que parce qu'il était prince du sang ». De petite taille et quelque peu bossu, il camouflait ses malformations sous des habits d'un luxe insensé, confinant son petit esprit dans une débauche perpétuelle – plus tard remplacée par une foi aussi démonstrative que l'avait été son libertinage.

Lors d'un retour de chasse, le prince s'était arrêté à la forge d'Herrero pour lui demander de remettre en état sa dague de chasse, que la charge d'un sanglier avait délogée de sa garde. Manuel Herrero avait à peine jeté un œil sur le poignard de chasse encore sanglant :

— Ce n'est pas là l'instrument qui convient à Votre Altesse, avait-il dit.

Et, comme Conti l'interrogeait du regard – jamais un noble de son rang ne se serait laissé aller à poser une question à un homme aussi bas :

— Votre Altesse me permet-elle de procéder devant elle à une expérience ?

Devant le consentement muet du grand seigneur, stupéfait qu'un homme de peu osât lui adresser la parole avec cet accent de tranquille certitude, le forgeron avait pris un coutelas forgé avec le minerai indien et avait littéralement épluché la dague du prince, comme il aurait taillé un bout de bois.

Conti, ouvrant de grands yeux, avait invité l'habile artisan à lui présenter un lot de ses productions, le lendemain, en son château de la Grange-des-Prés, à la sortie nord de la ville, sur la route de Clermont. Le prince n'était pas d'une grande intelligence, mais il s'y connaissait en armes. Il fut ébloui par les échantillons apportés par Manuel Herrero. À la suite de quoi le fils d'Ibrahim fut nommé « métallurgiste de Son Altesse », ce qui lui apporta une clientèle nombreuse de courtisans locaux, gentillâtres provinciaux et bourgeois gentilhommes en veine d'anoblissement. Il avait même rencontré, dans ces années prolifiques, un certain D'Assoucy, poète terrifié à l'idée qu'on l'interrogeât sur le rôle exact de son page, un peu trop mignon pour être un simple porte-serviette, et un jeune comédien prometteur qui se faisait appeler « Molière » : Conti l'appréciait fort – même s'il devait, dix ans plus tard, après être revenu de son libertinage, demander au roi son cousin l'incarcération de cet histrion qui s'attaquait aux choses saintes. Le prince avait commencé sa vie par un inceste, l'avait continuée par des débauches ; il était logique qu'il l'achevât par des génuflexions.

Revenu à Pézenas en 1665, Conti avait retrouvé son forgeron préféré, s'était attaché à son fils, déjà grandet et l'esprit vif, et l'avait envoyé au collège royal de Montpellier, fondé par saint François Régis et dirigé par les jésuites.

L'enfant y avait fait merveille.

Mais la foi ne guérit pas la vérole, et Conti était mort l'année suivante, à trente-sept ans, en odeur de sainteté, en cette même cité qui avait, dix ans plus tôt, été le théâtre de ses débordements. Manuel Herrero avait emmené son fils aux obsèques du grand seigneur, lui avait raconté le passé et le présent du prince, et lui avait expliqué tout l'intérêt de l'hypocrisie. N'était-ce pas Molière lui-même qui, à la même époque et en pensant à Conti, écrivait : « L'hypocrisie est un vice à la mode, et tous les vices à la mode passent pour vertus. Le personnage d'homme de bien est le meilleur de tous les personnages qu'on puisse jouer. Aujourd'hui, la profession d'hypocrite a de merveilleux avantages. C'est un art de qui l'imposture est toujours respectée ; et, quoiqu'on la découvre, on n'ose rien dire contre elle » ?

Balthazar en avait pris bonne note et avait redoublé d'application. Puis il avait glissé, naturellement en quelque sorte, du collège à la faculté de médecine, plus haut sur la butte. Il avait alors dix-sept ans. Cinq ans plus tard, il était docteur, après avoir passé une thèse rédigée en latin et portant sur le rôle des capillaires découverts par Marcello Malpighi en 1661. Le jeune homme avait, pour écrire son mémoire, fait le voyage d'Italie et suivi l'enseignement des savants du Studium de Pise, la plus célèbre faculté de médecine d'Europe. Puis il s'était rendu à Bologne et s'était insinué dans l'entourage du savant italien, l'un des premiers à avoir utilisé le microscope et affiné les théories de Harvey sur la circulation du sang. Il avait dévoré, l'un des premiers, le célèbre *De pulmonibus observationes anatomicae*, qui décrivait, pour la première fois, la façon dont le sang se recharge en oxygène par capillarité à travers le réseau vasculaire des vésicules pulmonaires.

C'est à Pise, cependant, qu'il avait fait une découverte capitale. Ayant assisté à de nombreux accouchements, il avait observé que les parturientes mouraient moins quand les médecins accoucheurs et les sage-femmes s'étaient lavé les mains. Il s'en ouvrit discrètement à l'un de ses maîtres, lui demandant s'il était possible que ce fussent les docteurs eux-mêmes qui importassent dans leurs patients le principe de leur mort. Le savant pisan avait souri et lui avait clos les lèvres du doigt.

— Nous sommes quelques-uns à le penser, avait-il dit. Mais les temps ne sont pas mûrs pour une telle affirmation, d'autant que c'est une chose d'en avoir le pressentiment, et autre chose encore de savoir pourquoi et comment.

Balthazar Herrero s'était rappelé les conseils de son père sur la nécessité de l'hypocrisie, et n'avait rien dit. Il s'était contenté de se laver les mains avec soin et de passer ses instruments à la flamme avant de les utiliser. Par un réseau patiemment tissé de correspondants européens, le jeune homme avait été mis au courant des découvertes d'Antonie Van Leeuwenhoek, un Batave qui avait assez affiné les lentilles de son microscope pour distinguer, pour la première fois, les spermatozoïdes, et disait des choses étranges et profondes sur les animalcules vivant dans un autre monde, bien en dessous de ce que le regard d'un homme ordinaire pouvait percer. Il avait, à travers l'Allemagne, fait le long voyage d'Italie aux Pays-Bas, mû par le sentiment que des découvertes capitales s'accumulaient en peu de temps.

Puis, il avait disparu pendant cinq ans. De ce qui s'était passé dans ce laps de temps où tout le monde l'avait cru mort, il ne parlait jamais.

— J'ai voyagé, avait-il dit à Pierre d'Aumelas, qui avait dû se contenter de cette vague confidence.

En cette année 1685, Balthazar Herrero, qui avait gardé nombre d'amis en Italie, venait de recevoir les *Osservazioni di Francesco Redi intorno agli animali viventi che si trovano negli animali viventi*, tout fraîchement sorti des presses de Florence. Du même savant, il avait lu le livre paru presque vingt ans auparavant, les *Esperienze intorno alla generazione degl'insetti*. Et il en avait conclu que si les vers qui dévorent les morts ne sont pas de génération spontanée, comme on le pensait alors, mais viennent des mouches qui pondent sur les cadavres, comme le disait déjà Homère vingt-quatre siècles auparavant, alors il était bien possible que tous les organismes vivants soient porteurs de petites bêtes attendant avec patience que nous mourions pour nous dévorer en détail. Possible, aussi, que ces animalcules passent d'un corps à l'autre et s'introduisent par les plaies pour consommer même les corps vivants.

Or, quelle plaie appétissante, pour ces affamés, qu'un vagin dilaté et saignant lors d'un accouchement ! Et quelle opportunité, pour ces monstres invisibles, qu'une blessure ou une entaille, à une époque où, sous l'influence d'Henri IV et de ses successeurs, l'hygiène était si négligée ! Quand ils ne mouraient pas sur le pré, les duellistes succombaient dans les jours ou les semaines qui suivaient, d'estafilades mal refermées et bientôt purulentes. Ou du tétanos, dont le bacille prospérait dans le crottin de cheval – c'est-à-dire partout.

Balthazar Herrero ignorait, en vérité, ce qu'étaient microbes et bactéries. Mais il en avait l'intuition. Il se lavait donc les mains à l'eau bouillante et stérilisait ses instruments, même si le mot lui était alors inconnu dans son acception moderne – et le serait de tous les médecins jusqu'à la fin du XIXe siècle. Il voyait autour de lui de tels déferlements de superstition qu'il se félicitait, chaque jour, de sa prudence : il pressentait que s'ouvrir, même à un confrère, de son hypothèse iconoclaste lui aurait amené de graves ennuis[1].

Depuis qu'il était docteur, Balthazar avait raccourci et latinisé son nom en « Balthus ». Le vicomte s'en était amusé.

— Je suis le même, avait expliqué le nouvel homme de l'art. Mais pour les imbéciles, un « *us* » compense mon trop jeune âge et la maigreur de ma barbe.

Pierre d'Aumelas était trop raisonnable pour ne pas acquiescer.

Cela faisait beau temps que Manuel Herrero n'officiait plus lui-même dans sa forge. Ses affaires, qui s'étaient fort étendues à l'époque de Conti, ronronnaient doucement. Il avait confié le dur travail du fer à un compagnon fort capable, aidé d'apprentis compétents. Et le vieil homme – il venait de dépasser soixante ans, âge considérable à une époque où l'on était déjà un « grison » à quarante – se contentait de gérer son commerce, fabriquant désormais plus de socs de charrue

---

1. Deux siècles plus tard, Ignác Fülöp Semmelweiss, un médecin hongrois qui avait fait les mêmes constatations, appliquerait de façon systématique des règles d'hygiène dans son centre d'accouchement, ferait baisser de façon spectaculaire la mortalité des jeunes accouchées et, accusé de ne pas respecter le protocole fixé par la Faculté, serait condamné à ne plus exercer. Il mourrait fou, certain d'avoir découvert quelque chose que Pasteur, bientôt, allait nommer « microbe », mais qui n'existait pas pour la médecine de son temps. Il est des périodes où la science évolue par des sauts en arrière avant de faire un bond en avant.

que d'épées, et plus de fers à cheval et de clous de charpente que d'armures.

Il fut ravi de voir son fils, qui était absent depuis plusieurs jours sans qu'il sût où il était passé. Au contraire du comte d'Aumelas, qui reprochait à Pierre la mort de sa femme, le vieux Manuel se consolait, dans les bras de son fils, de la disparition de son épouse. À vrai dire, si Pierre était tout le portrait de sa mère, Balthazar ressemblait trait pour trait à son grand-père, le rusé Ibrahim. Le Maure avait survécu en lui.

Balthazar mit son père au courant, en deux mots, de ses pérégrinations récentes. Manuel haussa les épaules. Il se rappelait, quoiqu'il fût alors enfant, son départ de Tolède, les détours prudents de son père en Espagne et en Catalogne pour cacher sa fuite, les persécutions vécues par les *conversos*, comme on appelait alors, indifféremment, tous les Espagnols d'ascendance juive ou musulmane convertis au catholicisme, ces marranes[1] tous suspects de n'avoir point assez renié, en leur for intérieur, la religion de leurs aïeux. Depuis soixante ans, il avait assisté à trop d'horreurs, sous des prétextes religieux, pour s'étonner que le grand roi Louis employât contre les protestants de France les procédés jadis utilisés, par la reine Isabelle, contre les Maures et les Juifs espagnols.

Mais il était trop fin pour penser que son fils lui racontait cette histoire épouvantable juste pour l'informer. Il y avait quelque chose derrière. En commerçant madré, il laissa venir.

---

1. De l'espagnol *marranos*, « porcs », façon bien délicate d'interpeller ceux à qui leur ancienne religion interdisait de consommer l'animal maudit.

Le silence tomba enfin entre le père et le fils – un silence qui ne demandait qu'à être rompu. Le vieux Manuel leva la tête vers son fils au moment même où celui-ci relevait la sienne. Balthazar hésita encore un instant et biaisa.

— J'ai sauvé la vie d'une fille de l'auberge, dit-il, et de son enfant. Je viens d'y passer. Elle a survécu à l'accouchement, et l'un et l'autre vont bien.

— Oui, dit le vieux forgeron en souriant.

Son « oui » était moins une approbation qu'un encouragement. Il éprouvait pour son fils une immense tendresse et une grande fierté, mais il n'entendait pas lui faciliter les choses.

— Pierre veut monter à Versailles demander justice au roi, dit enfin Balthazar.

— Mais il n'a pas un sou vaillant ! feignit de s'étonner le père. Je ferre à crédit les chevaux des Aumelas depuis des années ! D'ailleurs, ajouta-t-il en riant, ils n'ont plus de chevaux, à part des bidets tout juste bons pour monter dans les Cévennes !

— Père…, commença Balthazar.

« Nous y voici », pensa le vieil artisan.

— Je ne vous ai jamais rien demandé de l'héritage de ma mère, dit Balthazar. Mais aujourd'hui…

Il se tut. La phrase avait du mal à sortir.

Manuel Herrero soupesa les mots de son fils, comme s'il s'agissait de pièces d'or dont il aurait estimé le poids réel. Il n'avait jamais rien refusé à Balthazar, sans doute parce que son fils n'avait jamais rien réclamé. Sans doute était-il temps… La dot de son épouse, il l'avait fait fructifier, et au centuple. Herrero était un homme presque fortuné, à l'abri du besoin et des rigueurs de l'âge. Il haussa les épaules, un mouvement qui lui était familier quand il se parlait à lui-même. « Et puis, pensait-il, n'était-il pas temps que maître Balthus, comme on appelait son médecin de fils, aille déployer ses talents sur un théâtre plus grand que cette province perdue qui dormait sous la neige l'hiver et mourait sous le soleil l'été ? »

— Dis au vicomte de passer me voir, dit-il. Vous avez bien deux mois devant vous, personne ne chevaucherait en cette saison à travers les Cévennes, mais ce n'est pas parce qu'on a le temps qu'il faut le perdre. Et puis, ajouta-t-il – et ses yeux rayonnèrent de malice –, j'ai un cadeau pour ton ami.

12

Le forgeron du prince de Conti

Comme il l'avait annoncé, Balthazar, dans les jours qui suivirent, alla visiter plusieurs malades, tous dans la petite ville. Il n'avait donc pas besoin de son cheval, qu'il confia à un petit paysan dégourdi chargé de monter à Aumelas porter au vicomte une missive neutre : « Mon père désire te voir. » La nouvelle était en soi stupéfiante car, si Pierre connaissait bien sûr le forgeron, il savait que le vieil artisan n'avait pas une grande amitié pour un jeune aristocrate dont il désapprouvait la conduite en général, l'oisiveté et l'ivrognerie en particulier.

Pierre descendit à Pézenas le lendemain même. Aussi bien n'avait-il rien de mieux à faire, et cela faisait quatre jours qu'il n'avait pour ainsi dire pas bu de chopine. Le sentiment de son impuissance présente, alors même que son devoir était écrit, le plongeait dans une rage et une confusion que quelques bonnes bouteilles estomperaient peut-être. Même s'il savait, d'expérience, que lorsqu'on boit pour oublier, on se souvient à chaque gorgée de ce que l'on veut oublier, et que chaque coup de gosier attise le feu intérieur.

Le forgeron le reçut avec de grandes démonstrations d'amitié.

— Mon fils m'a fait part de votre désir d'aller voir le roi, dit-il au jeune homme. C'est un long et dangereux voyage…

Manuel Herrero n'exagérait pas. Même si la justice du roi veillait, traverser la France du nord au sud était une expédition compliquée. Que l'on choisisse de couper à travers les Cévennes ou que l'on préfère remonter la vallée du Rhône, les chances d'être attaqué par des malandrins n'étaient pas négligeables – une sur trois, en moyenne. Le désespoir prenait son dû, et la politique religieuse, combinée à la pression fiscale, était si lourde que nombre de paysans ruinés, que ne protégeait plus l'ombre tutélaire d'aristocrates tout aussi désargentés, préféraient risquer la roue, perspective lointaine, que la famine et la mort, échéances journalières. Ce que nous appelons la France du Grand Règne, la France « classique » de Racine et de Madame de Sévigné, était un pays où il ne faisait pas bon vivre, un pays d'une dureté extrême, où seule l'horreur des supplices arrêtait quelque temps la tentation du banditisme de grand chemin – ou de la grande truanderie, dans les villes.

— Pouvez-vous me montrer votre épée ? interrogea le forgeron.

Intrigué, Pierre sortit la lame rapportée des guerres, en rougissant quelque peu tant il avait conscience de mal entretenir l'instrument. C'était une rapière classique, fort longue et un peu lourde désormais pour son bras droit. Elle était d'un gris terne, tachée çà et là de points de rouille.

— Je ne la fourbis pas tous les jours, s'excusa-t-il.

Herrero haussa les épaules. Moins initié que Balthazar au langage muet du vieil homme, Pierre se sentit quelque peu offensé, tout en reconnaissant *in petto* qu'un spécialiste des armes ne pouvait guère marquer d'estime pour un gentilhomme qui négligeait, d'une façon si ostentatoire, les signes de sa distinction. Mépriser son épée, c'était se mépriser soi-même.

Le forgeron se saisit de l'objet, le soupesa et l'examina avec un œil de spécialiste. Les minuscules tavelures, tout au long de la lame, étaient dues à des impuretés restées dans le métal lorsque l'acier avait été coulé. L'humidité se faufilait par ces points de moindre résistance, et attaquait le fer en dedans.

— Depuis combien de temps ne l'avez-vous pas utilisée ? demanda-t-il.

— Depuis que je suis rentré de la guerre, dit le vicomte. Une dizaine d'années, peut-être. Les occasions de se battre, ici…

— C'est sans doute aussi bien, le coupa le vieil homme. J'ai connu une époque où Pézenas résonnait du bruit des duels. Une époque défunte, et je m'en félicite. J'ai fabriqué trop d'armes de guerre pour ne pas aimer profondément la paix, monsieur le vicomte.

— Ce que j'ai vu de la guerre ne me la fait pas moins haïr, riposta le jeune homme.

— Oui – et là où vous projetez d'aller, la concorde ne règne qu'en surface. Comment disent les latinistes ? *Si vis pacem*…

— … *para bellum*, compléta Balthazar qui arrivait, essoufflé.

Il salua son ami et son père.

— Un imbécile n'en finissait pas de mourir, dit-il pour s'excuser. J'ai dû le sauver pour abréger la scène. Cela m'a pris un peu de temps.

— En valait-il la peine ? demanda Pierre.

— Un médecin ne se pose jamais ce genre de question, dit Balthazar. J'ai soigné, parfois guéri, des gens abominables, une plaie pour leurs proches, et dont je savais qu'ils ne me seraient pas même reconnaissants – et ils m'ont rarement déçu, de ce côté-là ! Mais c'est comme un réflexe. Je le fais parce que je dois le faire.

Le vieux Manuel hésitait. Finalement, il regarda le vicomte.

— Venez, dit-il.

Ils traversèrent la forge, accédant à une cour intérieure où le forgeron rangeait le bois et le charbon de bois dont il avait besoin dans son art. Puis, Manuel Herrero prit une clé accrochée à un cordon autour de son cou et ouvrit une petite porte dans la muraille de sa maison.

Balthazar fut sidéré de voir son père révéler à son ami le plus grand secret de la famille. Il avait mille fois rêvé, enfant, dans ce trésor familial, avant d'en refermer la porte une fois pour toutes et de se lancer dans la médecine plutôt que dans le métier des armes – guérir plutôt que tuer.

— Voyez, dit Manuel d'une voix qui résonnait d'un singulier orgueil.

La pièce n'était éclairée que par une petite fenêtre que défendaient trois gros barreaux de fer. Dans la semi-obscurité, dès que ses yeux se furent accommodés à cette lumière rare, Pierre d'Aumelas contempla, accrochée aux murs, la plus fabuleuse collection d'épées dont jamais gentilhomme ait rêvé.

— Le travail de toute ma vie, dit Manuel Herrero.

Les épées étaient toutes dans leur fourreau. *A priori*, on ne voyait que les gardes – et il y en avait de toutes sortes, coquilles amples ou de petite taille, réseau de serpents entrelacés, à l'italienne, dorées parfois ou de métal bruni. Les épées étaient accrochées horizontalement, chacune reposant sur deux crocs. Pierre hésita, en choisit une un peu au hasard, tira la lame. Le froissement du métal, contre le cuir dur du fourreau, avait quelque chose d'animal.

Il comprit, au premier coup d'œil, ce qui différenciait l'arme qu'il avait en main de tout ce qu'il avait vu dans sa vie. Il y avait d'abord la sensation – le parfait équilibre, pas un pouce ou une once de trop, l'impression que la lame possédait une vie propre, prête à jaillir, comme si elle n'était qu'en sommeil, comme un chat. L'acier brillait dans l'obscurité, comme si de la lumière venait de lui au lieu de se contenter de se réfléchir sur le métal.

Il reposa l'épée, en prit une autre – et c'était la même sensation de tenir à la main un objet d'art, l'aboutissement de ce qu'un artisan passionné avait exigé de son métier. En même temps, il avait l'impression que la lame s'adressait à lui…

— Elle me parle, dit-il. Ces épées parlent !

— Oui, dit Herrero. Ces lames ont été forgées par mon père d'abord, par moi ensuite. Jamais vendues à qui que ce soit. Jamais essayées. Elles appellent, n'est-ce pas…

— Oui, acquiesça Pierre à son tour. Elles sont friandes de sang. Ce sont des bêtes non repues.

— Je voulais vous les montrer, dit Herrero. Vous faire comprendre…

Il eut une ultime hésitation.

— Je vais vous en forger une, ajouta-t-il. Venez.

Ils sortirent, et jamais le ciel n'avait paru si bleu au vicomte. Il avait l'impression de sortir de l'antre d'un alchimiste qui aurait enfin maîtrisé la transsubstantiation. Ce que le forgeron réalisait n'était pas des objets inertes. C'était une chair vivante, qui par hasard se trouvait être de métal.

Ils revinrent dans la forge. Manuel Herrero se retourna vers le vicomte.

— Pouvez-vous ôter votre pourpoint, s'il vous plaît ?

Pierre regarda Balthazar, qui choisit de ne pas répondre à son interrogation. Il obtempéra.

Pendant quelques minutes, Manuel Herrero tourna autour du jeune homme, une toise à la main, le mesurant de bas en haut – « exactement cinq pieds six pouces », dit-il avec la satisfaction sensible de s'occuper d'un si beau cavalier – et d'un bras à l'autre, en passant par le dos – « vous avez une envergure égale à votre taille, mes compliments, monsieur le vicomte ». Puis il mesura avec la même précision le bras, l'avant-bras et surtout la main, que le vicomte avait assez petite – signe de bonne race, disait-on alors. Il tâta les muscles, ne s'étonna pas de trouver ceux du bras gauche un peu plus développés que ceux du bras droit : depuis dix ans, Pierre d'Aumelas avait compensé la faiblesse de son épaule blessée par une utilisation intensive du bras gauche.

— De quelle main tirez-vous le mieux, monsieur le vicomte ?

— Jadis de la droite. Aujourd'hui…

Manuel Herrero le regarda bien en face.

— Je n'ai plus fondu d'épée depuis près de quinze ans, dit-il. Je m'étais promis de ne plus en forger. Mais je vais faire une exception pour vous. Pour le frère de lait de mon fils, ajouta-t-il de façon significative.

13

Naissance d'une épée

Herrero avait fait construire par l'un des apprentis un four spécial, fait de briques soudées par de l'argile fraîche, déjà à moitié plein de charbon de bois. Une ouverture par laquelle se faufilaient les embouchures de deux grands soufflets de forge, tout au bas du four, permettrait la ventilation de l'ensemble, quand il aurait fini de boucher la partie supérieure.

Il saisit un creuset de terre cuite, dans lequel il fit couler les derniers fragments en sa possession du précieux minerai indien de son grand-père. Puis il ajouta une petite poignée de poussière de charbon de bois, deux bouts d'os, un peu de sable et un morceau de verre.

— Pourquoi de l'os ? demanda Balthazar.

Vingt fois, dans son enfance, il avait regardé son père opérer. Mais c'était la première fois qu'il suivait la construction d'un tel four, qu'il le voyait utiliser ce minerai mythique ; la première fois, aussi, qu'il remarquait l'insertion dans le creuset de tels matériaux.

— C'est un os de loup, expliqua le vieux Manuel. Il donnera à l'épée la force du fauve.

Balthazar respectait profondément son père – c'était, alors, la forme usuelle de l'amour filial. Mais il jeta sur lui l'un de ces regards sidérés que l'homme de science ne peut retenir face à toutes les manifestations de la superstition.

— Eh bien, lança Pierre, dont l'éducation dans les sciences exactes avait été fort négligée, ce sera l'épée du Loup – ou de la Louve !

Un sidérurgiste moderne expliquerait que l'os, comme le charbon de bois additionnel, apporte du carbone au métal et permet de le durcir. Sans compter que le minerai indien, qui a fourni si longtemps le métal des grandes lames de Damas, comporte une petite part d'iridium, l'un des métaux les plus durs qui soient. Mais c'était un détail que les métallurgistes du XVIIe siècle ne pouvaient connaître, l'acier n'ayant été théorisé qu'au XVIIIe siècle, et l'iridium identifié qu'au début du XIXe siècle. Tout ce que Manuel Herrero savait, c'est qu'il devait atteindre de très hautes températures dans son fourneau pour avoir un métal uniformément résistant et peu susceptible de corrosion.

— Et pour le morceau de verre ? s'enquit encore Balthazar.

— C'est moins ésotérique, répondit son père en souriant – preuve, s'il en fallait, qu'il n'était pas tout à fait dupe de sa propre magie. Il y a dans le minerai de fer bien des impuretés. En fondant, le verre et le sable ont la propriété de les agglomérer et d'en débarrasser l'acier à venir. Même avec tes instruments du diable, ajouta le vieil homme en faisant référence au microscope que son fils avait rapporté de Hollande, tu ne pourrais discerner, dans la lame que je vais forger, quoi que ce soit qui rompe l'unité du métal.

L'artisan referma le creuset avec un couvercle de terre qu'il solidarisa d'une couche d'argile blanche. Il vérifia avec soin que le creuset était bien étanche – il n'avait pas le droit de se tromper. Il plaça le creuset au milieu du haut four, recouvrit patiemment l'ensemble de charbon de bois, jusqu'en haut, puis referma sa construction avec de nouvelles briques jointes à l'argile rouge, posées de façon concentrique, de façon à construire un cône qui s'amenuisait jusqu'à ce qu'il pût refermer complètement son four.

Il enflamma du charbon de bois dans une pelle de fer et enfourna par le bas le combustible rougeoyant.

Alors, il fit un signe aux deux apprentis qui commencèrent à appuyer sur les deux soufflets, en alternance.

— Il y en a pour des heures, dit-il aux deux amis, quelque peu éberlués. Revenez en fin de journée.

La nuit tombait quand ils revinrent à la forge. Manuel Herrero s'attaquait à son four avec des pinces de fer, le détruisant brique à brique, avec précaution.

Les briques rouge feu tombèrent à terre, transformant la forge en une succursale de l'enfer.

Le creuset, au cœur du four, saisi avec une longue pince, était incandescent. Manuel Herrero le posa sur le bord du four et le cassa avec moult précautions. Les étincelles traversèrent la nuit, jusqu'à ce que le vieil homme sorte du creuset éclaté un petit lingot de fer carré, d'un rouge intense.

Le forgeron fit un signe au compagnon auquel il avait délégué ses pouvoirs ces dernières années. Ils commencèrent à marteler le bloc de métal incandescent, très doucement, très régulièrement, pour l'étirer. L'apprenti prit une hache, en posa le tranchant sur le bloc quelque peu étiré et, délicatement, en frappant le marteau de la hache, Herrero traça dans le bloc incandescent une rigole profonde d'un pouce. Avec des tenailles, il saisit le bloc de métal, le retourna et replia l'une sur l'autre les deux moitiés. Puis les deux hommes recommencèrent à marteler pour souder les deux parties incandescentes, un instant disjointes.

— Allez dormir, dit le disciple de Vulcain aux deux jeunes gens. Nous en avons pour longtemps. Plusieurs jours.

Ils répétèrent l'opération une trentaine de fois, en maintenant le bloc à incandescence, le renfournant dans le feu central de la forge qui, allumé en permanence, mangeait des quantités colossales de combustible. Dès que le métal était un peu étiré, Herrero le redivisait, sans jamais le couper tout à fait, et le repliait sur lui-même avant de recommencer à le marteler.

Il pratiqua ainsi un feuilletage qui semblait disparaître à chaque opération, mais qui se retrouverait dans le produit final.

C'est ce que Balthazar, qui avait une fois dans sa vie assisté à la totalité du processus, expliqua à Pierre en l'entraînant dans les rues de Pézenas. « La première fois, il y a deux couches. Redécoupées en deux, cela en fait quatre, puis huit, et ainsi de suite. Mon père peut répéter l'opération une trentaine de fois – imagine ce que cela donne – en insérant parfois un petit lingot d'un acier moins dur que le minerai indien, qui est sa spécialité et qu'il appelle *hukku* – je ne sais même pas à quelle langue appartient le mot. C'est un acier très rare, issu de météores tombés dans le désert, qu'il insère dans son feuilleté. L'idée est de cumuler les avantages d'un métal souple et d'un acier très dur. La lame achevée aura, sans qu'on le sache, autant de pages qu'un gros livre. Près de neuf cents, si je compte bien. »

Pierre, qui à force d'avoir une bourse vide avait fini par désapprendre à compter, se mit à rire.

— Il y a des jours où tu es beaucoup trop savant pour moi, dit-il.

Le processus de fabrication dura une bonne semaine. Puis Herrero rappela Pierre pour le faire assister à la phase finale.

Le vicomte le trouva en train de marteler ce qui désormais ressemblait à une lame, d'un rouge sombre.

Herrero se tourna vers Pierre d'Aumelas.

— J'ai hésité sur la forme à donner à l'épée, dit-il tout en frappant la fine lame de métal qui rougeoyait dans le noir de la forge. Les épées de cour qui se forgent depuis une vingtaine d'années sont de plus en plus courtes, et triangulaires – juste destinées à des coups d'estoc. Tout pour la pointe. Idéales pour un duel entre gentilshommes, mais incapables de résister aux assauts d'un homme équipé d'une lame de guerre à l'ancienne – ou d'un sabre. J'ai opté pour une solution moyenne, en comptant sur la qualité du métal pour compenser sa finesse. Une lame traditionnelle en trapèze aplati, à deux tranchants, assez fine pour ne pas être lourde quelle que soit la main qui la tiendra, juste assez longue pour riposter aux épées de guerre – en tenant compte de la longueur de votre bras.

Les éléments incandescents peu à peu s'éteignaient, passant au pourpre puis au noir. Le visage du forgeron s'estompait dans les ombres envahissantes.

Avant que le métal fût tout à fait refroidi, Herrero prit une gouge étroite et creusa sur le *ricasso* de l'épée – la zone tout près de la garde qui ne serait pas aiguisée, destinée à contrer l'épée ennemie et parfois à la rompre – un « H » en négatif dans lequel il inséra, à coups de marteau, un « H » de fer préalablement forgé, haut d'un quart de pouce. Il martela ensuite l'ensemble de la lame, après l'avoir repassée à la flamme. La lettre ne ressortirait qu'après le polissage. C'était sa signature, qu'il n'apposait que sur les lames dont il était content. Toutes celles de sa collection secrète la portaient.

Enfin, il brandit sa création au bout d'une longue pince, puis sortit dans la cour.

Dans un grand baquet allongé, plein d'eau, flottaient des bouts de glace. Manuel Herrero, d'un geste vif, plongea dans ce bain la lame qu'il tenait au bout de ses tenailles.

L'acier chanta – il n'y a pas d'autre mot. Puis les sifflements de la bête s'assourdirent, et cessèrent. L'essentiel de l'opération était achevé.

Mais ce n'était pas fini. Forger n'était que le premier acte. Restait à faire jaillir l'épée de la gangue brune qui l'enveloppait. Il fallait la polir, avant de l'aiguiser.

L'opération prit de nouveau plusieurs heures.

La lame eut enfin la teinte brillante qui convenait. Elle était parcourue de milliers de minuscules circonvolutions, typiques de la technique de damassage. L'ensemble était d'une beauté terrifiante. C'était la perfection esthétique mise au service de la mort programmée.

Manuel Herrero convint avec le vicomte d'une garde courte – adaptée à sa petite main – protégée par une petite coquille ouvragée, réinterprétation moderne de la cloche, la *taza* des rapières espagnoles classiques. L'ensemble, qui pouvait se tenir de l'une ou l'autre main, était d'une grande élégance, d'une légèreté inattendue – le vicomte avait l'impression, dit-il en escrimant dans le vide, que la lame volait de son propre chef et, comme les épées de la collection Herrero, qu'elle cherchait le sang, comme une bête avide – et d'une longueur parfaitement proportionnée à celle de son bras et de sa jambe : la lame, à trente-trois pouces de long et pas une ligne de plus, enfoncée dans un fourreau de cuir noir ciré, battait sa cheville sans qu'il ait besoin de poser la main sur la garde pour relever l'épée.

Les grands miroirs étaient choses fort rares à cette époque. Mazarin vers 1648, en avait importé quelques-uns d'Italie pour y mirer sa pourpre. La galerie des Glaces, à Versailles, que Mansart venait tout juste d'achever et qui célébrait la prééminence de la manufacture créée par Colbert en 1665 pour écraser la suprématie vénitienne, était un objet de stupéfaction ; les courtisans mis à la dernière mode – le seul souci que le roi leur laissait – ne se lassaient pas de s'y admirer, de pied en cap. Le vicomte dut donc se contenter de l'appréciation qu'il vit dans les yeux de son ami, fier de lui et du travail de son père. Mais cela lui suffit. Il regarda à son tour Manuel Herrero pour le remercier, de l'un de ces regards éloquents qui en disent davantage que le discours le plus alambiqué.

Le forgeron eut soudain l'air épuisé, comme si toute sa force était passée dans cette épée miraculeusement belle. Il forgeait ses armes d'exception avec son fluide vital, comme un peintre met sa vie dans son tableau.

— Balthazar, murmura-t-il, laisse-moi me reposer un jour ou deux. Puis reviens me voir, j'ai à te parler.

Quand il ressortit enfin avec Balthazar de la forge où les derniers cyclopes lui avaient forgé l'épée de son destin, Pierre d'Aumelas, la main sur le pommeau ouvragé de la Louve, se sentit un autre homme. Il entraîna le médecin jusqu'à la vieille église Saint-Jean, construite bien des siècles auparavant par les Templiers.

— Attends-moi ici, dit-il à son ami, dont il connaissait la répugnance à entrer dans les lieux de culte.

Balthazar patienta un bon quart d'heure. Il n'avait jamais eu beaucoup de foi, quoique son père ait eu l'élémentaire prudence de le faire élever selon les rites les plus canoniques. Ce qui en avait subsisté en lui s'était évanoui quand il avait compris que le corps humain ne recelait pas de réservoir à âme. Et qu'admettre que l'homme avait été fait à l'image de Dieu, c'était, vu ce que faisait l'homme, admettre que Dieu était la plus abominable des créatures increées.

Pierre d'Aumelas s'agenouilla dans un recoin sombre de l'église, tout à côté de la dalle mortuaire sous laquelle était ensevelie sa mère. Un jour parcimonieux passait à travers les vitraux et rebondissait sur les éléments de bois doré du chœur. Au moment où il achevait sa prière, les cloches sonnèrent les vêpres et le jeune homme, qui crut entendre la voix qui s'était tue à sa naissance, fondit en larmes.

Le passant contemporain qui serait curieux de visiter les lieux n'en retrouverait rien. Le clocher et l'église se sont effondrés au début du XVIIIe siècle et ont été reconstruits, plus tard, avec des embellissements modernes.

Pierre ressortit enfin de l'église aux voûtes rondes, l'un des derniers témoignages, dans cette ville qui s'était tant modernisée, en un demi-siècle, de son antiquité médiévale. Balthazar l'interrogea du regard.

— Je suis allé parler avec ma mère, dit le vicomte.

— Et que lui as-tu promis ? s'enquit le Maure.

— De venger ces pauvres gens, tout parpaillots qu'ils fussent.

Il sourit enfin.

— Et de cesser de boire, ajouta-t-il.

14

Du juste châtiment des faquins

Le marquis de Souvré, dès la fin février, était donc parti de Lodève à bride abattue, suivi comme son ombre, dans l'écho des fers frappant la route glacée, par l'homme de Louvois. Ils arrivèrent avant le soir à Montpellier, la vieille cité qui avait été, jadis, l'une des places fortes octroyées aux protestants par l'édit de Nantes, mais que l'armée de Louis XIII avait consciencieusement pilonnée en 1622 avant de l'occuper au nom du roi. Richelieu y avait fait construire une place forte, dont les travaux étaient enfin terminés. Ce fut là que se rendit Souvré. Il se fit connaître du gouverneur, qui l'accueillit comme un ami de trente ans : la protection du tout-puissant ministre et les faits d'armes de Souvré valaient toutes les recommandations.

Ils repartirent dès le lendemain vers Arles sur des chevaux frais. Ils embarquèrent là sur une sisselande, l'une de ces grandes barques fabriquées à Seyssel, en amont de Lyon, et tirées par une vingtaine de percherons attelés par quatre, relayés toutes les dix lieues.

À Lyon, Souvré prit une voiture qui avec six forts chevaux, un cocher habile, un fouet attentif et la promesse d'une gratification exceptionnelle, devait les transporter en six jours à Paris.

Tout se passa bien jusqu'à Avallon.

La vieille ville médiévale, perchée sur une butte, sentait bon la féodalité à l'ancienne, impression que renforçaient les tours de garde et les murailles médiévales. Mais aucun voyageur ne se hasardait plus à visiter le cœur de la cité, qui traînait une réputation de nid à peste. La maladie avait dévasté par trois fois la ville qui, dépeuplée par les exactions de la Ligue puis les épidémies, se dressait en vain au-dessus de la plaine de Bourgogne.

Elle était, depuis peu, passée sous la coupe de l'ordre des Minimes. Les moines, forts du soutien de la mère du roi Anne d'Autriche, s'étaient approprié l'église Saint-Julien et régentaient les mœurs des Avallonais. C'était donc en toute logique, en contrebas, que s'étaient installés auberges et hostelleries, ainsi que le relais de poste.

Souvré et son compagnon y arrivèrent à quatre heures de l'après-midi. Il faisait déjà presque nuit, la bise soulevait la neige fraîche. Le cocher aurait bien passé la nuit au chaud, mais le marquis ne l'entendait pas ainsi.

— Buvez un vin brûlant, mon ami, et attelons ! Nous pouvons gagner le relais suivant. Ce sera autant de pris sur la journée de demain.

Le postillon avait compris qu'on ne discutait pas avec ce gentilhomme si pressé. Avec un soupir, il entra dans le relais pour commander le changement de chevaux – non sans remarquer qu'il y avait déjà une autre voiture, attelée à un équipage encore fumant de l'effort fourni. Il sentit que la conversation allait tourner à l'aigre, quand il entendit une voix tout aussi autoritaire qui, du fond de la voiture, lançait à son cocher :

— Activons, mon ami, activons ! Ces chevaux ne sont pas encore dételés, je crois…

Le maître de poste lui jeta un regard désolé. Les seuls chevaux disponibles étaient réquisitionnés par la voiture qui les avait précédés, il n'en aurait pas d'autres avant la fin de matinée du lendemain, au mieux. En attendant, il suggérait aux honorables voyageurs de prendre leur mal en patience : il avait à leur offrir l'un des deux chapons mis à rôtir doucement au-dessus des braises de la cheminée, et force charcutailles en attendant, accompagnées d'un vin d'exception…

Le cocher fit une grimace éloquente. Depuis Lyon, il avait appris à connaître Souvré ; il savait à quel point le marquis était pressé. Tout s'était merveilleusement enchaîné jusque-là, mais les impondérables de cette sorte n'étaient pas rares. Les relais gardaient toujours un cheval dispos pour les courriers royaux, mais n'avaient pas une cavalerie de rechange sans cesse disponible.

— Il n'y a plus de chevaux, monsieur, dit-il à Souvré qui s'était réfugié dans la salle commune. Pas avant demain.

— Comment, pas de chevaux ? Mais j'en ai vu dans l'écurie, quand nous sommes descendus de voiture. De belles bêtes, ma foi, et fort reposées…

— Déjà affectées à la voiture qui nous a précédés, monsieur. Celle de ce gentilhomme, là…

Du pouce, il désigna un seigneur de grande taille et de belle allure qui, lui aussi, s'était réfugié dans l'hostellerie le temps que l'on attelle. Souvré pouvait arguer du blanc-seing dont il était porteur, et qui lui donnait prééminence sur tous. Puis il regarda l'impudent qui prétendait lui passer devant. Un homme de qualité, sans doute, comme en témoignait l'épée qui battait sa jambe. La mine haute de l'aristocrate sûr de son droit. Mais un début d'embonpoint qui trahissait le confort bourguignon plus que l'habitude des combats.

Il alla à lui.

— Monsieur, dit-il en le saluant, je viens d'arriver et j'apprends que les chevaux disponibles sont réservés pour votre voiture. Il se trouve que je suis pressé… Service du roi !

— Service de moi ! répliqua avec hauteur l'inconnu. Je suis le baron de Perreuse. Une dame m'attend à Paris, et les chevaux sont au premier arrivant !

Souvré sourit – c'était en général ainsi que se révélait son changement d'humeur.

— Vous êtes homme de qualité, je le suis aussi. Voulez-vous que nous jouions la priorité aux dés ?

— Et pourquoi pas à l'épée ? riposta le seigneur de Perreuse en se levant.

Souvré haussa les épaules.

— Ici, ou dans la cour ? demanda-t-il.

Il avait d'un regard évalué son adversaire.

— Monsieur craint d'avoir froid, peut-être. Que dira-t-il quand il sera mort ? lança le baron.

Et il dégaina une épée de cour, fort propre à impressionner les marauds, mais mieux faite pour la parade, avec sa garde dorée à l'or fin, que pour un combat réel.

Le messager qui accompagnait Souvré dans son périple vers Paris mit la main sur son épée.

— Laissez, monsieur, dit le marquis, je n'en ai que pour un instant.

Il saisit sur la table son épée qu'il y avait posée. L'acier, dégagé du fourreau de cuir brut, brilla avec gourmandise à la lueur de l'âtre. C'était une épée d'acier gris bleuté, fort bien entretenue, aiguisée des deux côtés, une épée de soldat et non d'homme de cour.

Le baron eut peur, sans doute, de ce qu'il voyait dans l'œil de son adversaire. Mais, comme il arrive souvent, sa crainte se traduisit par un sursaut de forfanterie.

— Une lame de truand, dit-il. Je serai content de débarrasser le monde d'un homme tel que vous. En garde, monsieur, en garde !

— La dame que vous allez voir est votre épouse, peut-être ? demanda Souvré avec une politesse qui ne présageait rien de bon. Eh bien, dans dix minutes, elle sera votre veuve !

Et il salua de nouveau son adversaire, mais sans le perdre de vue. Puis il jeta son chapeau sur une table, où il posa aussi le manteau dans lequel il était resté enveloppé.

Les quelques habitués de l'auberge quittèrent précipitamment leurs sièges et se confinèrent autour de l'hôte, qui lançait des « Messieurs ! Messieurs, je vous en supplie ! » désespérés.

Le baron s'était déjà positionné en garde de tierce – la position la plus ordinaire des escrimeurs au XVIIe siècle. Mais Souvré avait beaucoup pratiqué avec des spadassins italiens, et ceux-ci lui avaient expliqué l'avantage de la sixte, qui couvre moins le haut du corps et le visage mais donne une plus grande allonge initiale.

Le marquis n'était pas homme à tâter son adversaire. Il se fendit et toucha le baron au bras – le velours de l'habit se déchira avec un froissement sinistre. Perreuse en conçut de l'humeur, fit un pas en avant et, sans même comprendre comment, il se trouva fendu de la tempe à la bouche, sur la joue gauche. Comme il faisait un pas en arrière, son adversaire fit un pas en avant et lui découpa la joue droite, symétriquement. Puis comme Perreuse, désespéré, rompait de son mieux, Souvré le tailla à son gré, poitrine, bras et cuisses. En une minute, le baron ne fut plus qu'une fontaine de sang. Il tentait bien de parer, mais chaque geste amenait une riposte de son adversaire qui le tailladait avec méthode.

C'était une boucherie élégante.

Enfin, le baron chercha dans l'offensive le moyen d'en finir avec cette punition. Il fit un pas en avant et se trouva proprement embroché en plein corps – sans même avoir vu son adversaire bouger, tant la botte avait été portée avec vivacité.

La belle épée dorée tomba à terre. Tout ce que monsieur de Perreuse vit du monde avant de mourir, ce fut le sourire malicieux de son adversaire et, dans la pupille verte, un curieux éclair doré, un reflet de l'enfer qui l'attendait. Ses yeux se révulsèrent ; il était mort avant de tomber au sol.

L'aubergiste se tordait les mains de désespoir. Il se tourna vers un gamin qui besognait en cuisine, lui ordonnant d'aller quérir le guet.

Souvré se pencha, essuya sa lame sur le bel habit brodé de son adversaire. Puis il la rengaina, sans hâte. Enfin, il se tourna vers son cocher, pétrifié.

— Attelez, mon ami, attelez. Il se fait tard !

Le lieutenant du guet arriva en maugréant, un quart d'heure plus tard. On était allé le chercher dans la ville haute, où il se chauffait les pieds devant la cheminée. Il avait avec lui quatre hommes, tout aussi dépités d'avoir dû sortir dans le froid.

Souvré n'attendit point que cet homme de peu l'interroge. Il alla à lui et, sans un mot, sortit de son pourpoint la lettre de Louvois.

Le lieutenant regarda les armes du ministre, puis la signature, puis la lettre. Il salua Souvré fort bas.

— Un accident malheureux, dit-il. Le baron de Perreuse a par mégarde trébuché sur votre épée. Je suis sûr que vous en êtes fort dépité. Mais que cela ne vous empêche pas de continuer votre voyage, monsieur le marquis. Vous lui avez fait, en le tuant, beaucoup d'honneur.

Et il salua de nouveau, très bas.

« Un homme d'esprit, pensa Souvré. Que fait-il dans cette citadelle oubliée de Dieu ? »

Il proposa un verre de vin au lieutenant, qui se garda d'accepter. Il savait quel était son rang – fort subalterne – face à un protégé du tout-puissant ministre.

Il fit signe à ses hommes pour qu'ils s'occupent de la dépouille mortelle – ô combien – de feu le baron de Perreuse.

Le marquis apprécia la discrétion, l'efficacité et la célérité du lieutenant du guet.

— Je suis le marquis de Souvré, dit-il. Si vous venez à Paris, passez à l'hôtel de Louvois et demandez après moi.

Souvré prit tout de même le temps de dîner. Rien ne lui donnait plus d'appétit que la mort de son prochain, surtout quand il en était la cause. L'un des chapons était opportunément cuit ; il en dévora les deux cuisses.

Le cocher, qui avait mangé sur le pouce en surveillant l'attelage des chevaux frais, vint le prévenir.

— Tout est prêt, monsieur.

— Eh bien, partons ! dit le marquis.

Et il jeta négligemment un louis d'or sur la table de bois. La pièce roula, hésita, tomba enfin à terre. L'hôte et plusieurs des faquins qui l'entouraient se précipitèrent.

— À ce prix-là, monsieur, dit l'aubergiste, je vous autorise à venir chaque soir embrocher un client !

Souvré en riait encore en remontant dans sa voiture.

15

La politique du marquis de Louvois

Ils arrivèrent enfin à Paris le lendemain soir, dix jours après avoir quitté Lodève. Un exploit.

Un autre que Souvré eût mis plusieurs jours à se remettre d'un tel voyage. Mais le marquis avait un corps de fer, soutenu par le feu d'une ambition dévorante. Il resta habillé en cavalier et se présenta dès le lendemain, en milieu de matinée, à l'hôtel de Louvois, auquel le ministre faisait alors adjoindre deux ailes du meilleur goût.

Souvré se fraya un chemin au milieu des maçons et des tailleurs de pierre, et se fit annoncer. Il savait que le ministre travaillait tôt, avec acharnement, puis allait porter au roi, dans l'après-dîner, le résultat de ses cogitations, qu'il avait le talent de présenter toujours comme des décisions de Sa Majesté.

François Michel Le Tellier, marquis de Louvois, était positivement né dans le ministère. À peine plus jeune que son futur maître, il avait deux ans lorsque son père, Michel Le Tellier, avait été nommé secrétaire d'État à la guerre, juste après la mort de Louis XIII. Grand réformateur, il avait constitué une vraie armée de métier, alors que l'habitude était de laisser se débander les troupes pendant les mois d'hiver afin de ne pas avoir à les payer, et de les rappeler, à grand-peine, lorsque s'ouvrait au printemps la campagne suivante. C'est avec cette armée réformée que Monsieur le Prince avait écrasé les Espagnols à Fribourg, à Nördlingen et à Lens ; avec cette armée encore que Turenne avait battu Condé à Bléneau, à Étampes et au faubourg Saint-Antoine. Condé était sans doute le meilleur général d'Europe, mais avec des troupes irrégulières, débris des *tercios* qu'il avait jadis écrasés dans le pilon de Rocroi, vieilles bandes wallonnes, mercenaires napolitains et flamands, il n'avait aucune chance contre l'armée française réorganisée par Le Tellier et commandée par Turenne.

Le secrétaire d'État avait très tôt associé son fils, âgé alors de vingt ans, à ce patient travail de remodelage des troupes. C'est lui aussi qui avait recommandé à Mazarin un jeune commis aux écritures, un certain Colbert, qui lui en fut à jamais reconnaissant. Et il avait toujours eu l'adresse de présenter au roi des ordonnances offrant un bon quart de page à la signature royale, alors que la sienne occupait une marge tout en bas du document. Par voie de conséquence, Le Tellier avait accédé à la dignité de grand chancelier en 1677, au lendemain de la guerre de Hollande, afin de laisser son poste de secrétaire aux armées à son fils. En 1685, quoique fort âgé, il avait poussé le roi à révoquer l'édit de Nantes. Colbert, en bon comptable, savait la part éminente que les protestants occupaient dans l'économie française, et s'était toujours opposé à toute persécution d'envergure. Mais il venait de mourir, et la voie se dégageait.

Louvois n'était pas un homme de guerre, mais c'était un remarquable administrateur – et l'inventeur de la police moderne. Il avait fait, deux fois, la preuve de sa grande compétence, en déjouant le complot de Latréaumont en 1674, qui ne visait pas à moins que de créer une république en France, puis en liquidant dans les supplices la terrible affaire des Poisons. Avoir fait tomber la tête d'un Rohan était une terrible illustration. Avoir su démêler les ressorts de la série d'empoisonnements à l'arsenic qui endeuillèrent la première partie du règne de Louis XIV en était une autre. Il avait distingué Nicolas de La Reynie, lieutenant de police depuis 1667, qui avait su enquêter avec célérité et discrétion dans le milieu des sorcières intriguant autour de Madame de Montespan. La maîtresse du roi faisait dire des messes noires sur son corps nu, afin de récupérer l'amour du roi qui s'éloignait d'elle, et se fournissait en poisons divers pour épicer les repas de Sa Majesté. Louvois fit brûler vives les deux protagonistes principales de cette ténébreuse affaire, et incarcéra celles qui en savaient trop dans des forteresses discrètes du Roussillon, où l'on mourait facilement, en toute discrétion.

Louvois avait enfin obtenu, à la mort de Colbert, le poste de surintendant des Bâtiments, Arts et Manufactures de France, qui lui donnait la haute main sur la construction du château de Versailles et l'exaltation de la gloire royale.

C'est d'ailleurs penché sur un plan des raccords entre la machine de Marly, qui pompait l'eau de la Seine, et les multiples bassins et cascades installés dans le parc, que Souvré trouva son beau-frère et tout-puissant ministre.

— Ah ! mon cousin, vous avez marché vite ! Je suis content de vous !

En vrai courtisan, Louvois avait emprunté au roi cette phrase pour laquelle tant de serviteurs de Louis XIV se firent tuer. Souvré en rosit de plaisir, et salua avec respect. Louvois, qui se distinguait auprès de Sa Majesté par une combinaison d'extrême obséquiosité et d'efficacité brutale, exigeait de ses subalternes les mêmes égards qu'il prodiguait à son maître. Il avait vécu toute sa vie sur les marches du trône et en avait acquis le goût de l'encens.

— Versailles n'en sera donc jamais fini ! dit le ministre en désignant le plan.

Souvré n'eut qu'un regard à jeter sur les liasses de papier pour saisir de quoi il était question.

— D'un marais où l'on chassait la bécasse, vous avez fait le plus beau parc du monde, dit-il. On y gagnait les fièvres, on y gagnera quelque faveur des nymphes – et ce sera grâce à vous.

Louvois sourit. Certes, le parc était l'œuvre de Le Nôtre, mais le ministre avait suivi en détail les derniers embellissements, et pouvait s'en attribuer le mérite. Il avait mis au service du jardinier royal des centaines d'hommes et toute l'administration de l'État, pour importer jusqu'au château des ormes et des tilleuls arrachés adultes à la forêt de Compiègne, des hêtres et des chênes gigantesques venus du Dauphiné. Il aurait fait beau voir que Sa Majesté se promenât dans un parc aux arbres encore en enfance ! Et à présent, la machine de Marly apportait aux cascades et aux bassins l'eau de la Seine, puisqu'on avait drainé les environs du château qui étaient autrefois, comme Souvré venait de le lui rappeler, des étangs mélancoliques et des marais malsains.

— Et vous, que m'apportez-vous ? dit-il soudain.

Souvré lui tendit un lourd portefeuille. Le ministre l'ouvrit. Un épais dossier, intitulé *Lettres véritables relatant les conversions opérées en Languedoc auprès des gens de la Religion prétendument réformée, et l'éradication de ladite*, s'offrait à la lecture. Souvré y avait rassemblé des dizaines de témoignages, d'une véracité absolue puisque la plupart avaient été inventés, sur les illuminations qui avaient frappé les huguenots lorsqu'ils avaient renoncé à Luther et à ses œuvres. La Vierge, jamais avare d'apparitions, y avait une part notable. Avec une grande habileté, le marquis avait cousu ensemble le style descriptif du rapport militaire et l'emphase extatique des visionnaires et autres mystiques, fort fréquents à cette époque. Pour faire passer ces inventions, il les avait narrées dans de prétendues lettres soi-disant adressées à sa sœur, Anne de Souvré, marquise de Louvois.

Le ministre en prit connaissance en quelques minutes. Louvois savait discerner, d'un coup d'œil, l'information précieuse.

— Mais vous écrivez fort bien, mon neveu ! s'exclama-t-il. Madame de Maintenon en sera tout édifiée.

Il est impossible de rendre le ton d'une telle phrase, qui paraissait sérieuse et qui abritait, en même temps, un sarcasme voilé. La Maintenon, désormais épouse du roi sous le secret, était sans aucun doute la femme la plus puissante du royaume. En un sens, elle était plus puissante même que le roi, sur lequel elle avait barre, grâce à l'appui que l'Église ne lui ménageait pas. Elle pouvait être, pour Souvré, un appui essentiel. En même temps, il y avait en arrière-ton, dans la voix du ministre, le mépris ordinaire qu'un homme très bien né, quoique de noblesse assez récente, ne manquait pas d'avoir quand il évoquait la veuve Scarron, petite-fille du grand Agrippa d'Aubigné, huguenot convaincu, fille d'un ancien protestant converti, et de surcroît emprisonné pour dettes. Pour ce qui était de son enfance à la Martinique au milieu des nègres, comment ne pas l'évoquer sans sourire ? Quant aux privautés que lui avait enseignées le vieux Scarron, son premier époux, mieux valait ne pas en parler – de sorte que tout le monde, en se taisant, y pensait.

— Quelles sont les nouvelles fraîches de la Cour ? demanda Souvré sans paraître rien remarquer.

— Le roi est fort malade, répondit Louvois.

— Cela fait des années que Sa Majesté…

— Oui – mais cette fois, il pourrait bien… Et je ne suis pas sûr de la politique que mènerait Monseigneur, s'il accédait au trône.

La Cour, comme tous les lieux de pouvoir, était l'épicentre d'une lutte d'influences impitoyable. Louis de France, fils aîné du monarque, n'aimait pas la Maintenon. Par voie de conséquence, et quoi qu'il en pensât lui-même, il s'opposait au raidissement en cours de la politique religieuse. Si une succession devait s'ouvrir, le jeune homme – il n'avait que vingt-quatre ans à cette époque – ne conserverait pas les ministres de son père. Louvois avait tout à craindre d'un prince que Bossuet, l'évêque de Meaux, menait à sa guise. À la

Cour, les clans étaient en guerre perpétuelle et ne faisaient pas de prisonniers.

— Qu'a donc Sa Majesté qui vous mette dans une telle inquiétude ?

— Une fistule très mal placée, qui provoque une inflammation fort douloureuse et fort dangereuse. Seule la vitalité étonnante de Sa Majesté lui a permis de résister, mais il s'affaiblit de jour en jour. Les chirurgiens qui l'ont examiné refusent d'intervenir, sinon par des cataplasmes qui ne font aucun bien au roi, et risquent même de lui faire du mal. Cet âne de d'Aquin veut procéder à des saignées pour purger les humeurs malignes du roi, ne pouvant, en l'état, recourir aux clystères, que Sa Majesté préfère. J'ai fait procéder à l'arrestation de cinq cents malandrins, sur lesquels les chirurgiens tentent de se faire la main en variant sans cesse l'instrument qui devrait leur permettre de recoudre les parties lésées – sans résultat, pour l'instant. Les gueux meurent en hurlant, ce qui en soi n'est pas une perte, mais un fâcheux présage. J'essaie d'amuser Sa Majesté avec les travaux du château, mais Versailles est presque achevé, et il n'y a pas de nouveauté assez forte pour faire oublier au roi qu'il est mortel, comme un autre. Vous tombez bien avec vos conversions. Cela le divertira dix minutes.

Louvois secoua la tête. Il ne portait pas de perruque à cette heure, et ses cheveux gris, gras et rares, lui balayèrent le visage.

— Il est donc important que vous soyez rentré à temps. Le roi veut bien signer votre contrat de mariage, et pérenniser ce titre de marquis que vous vous êtes attribué par avance.

— Et qui est donc ma… promise ? demanda Souvré avec une parfaite indifférence.

— Une jeune provinciale que je ferai quérir dès que l'hiver s'adoucira. Elle habite chez son père, un très puissant et très riche seigneur du Rouergue. Vous épousez un beau sac d'écus, mon cousin ; vous connaissez l'esprit d'épargne de ces montagnards. Et cette union a l'aval de mon épouse – votre sœur…

Là encore, il y avait, dans la voix du ministre, l'ombre d'un sous-entendu. Louvois savait tout sur tout le monde. Il n'ignorait pas qu'Anne de Souvré, sa digne et féconde épouse, avait pour sa canaille de demi-frère des bontés qui excédaient les sentiments ordinaires d'une sœur aînée pour son petit frère. Et il se demandait parfois si, des six enfants que lui avait donnés sa femme, l'un ou l'autre n'était pas un bâtard de bâtard.

Ce soupçon, dont il n'avait jamais pu se défaire, lui avait pourtant donné une grande amitié pour ce jeune homme qui contribuait si bien à asseoir la descendance des Le Tellier. Mais il l'avait expédié pendant trois ans dans une province obscure et dangereuse, afin de distendre des liens qu'il trouvait un peu inconvenants, même s'ils n'étaient pas exceptionnels. Ne disait-on pas que la défunte duchesse de Longueville avait eu, pour Conti et Condé, une amitié qui dépassait ce que l'on doit d'habitude à ses frères ? Les quatre enfants qu'elle avait donnés au très vieux duc de Longueville, de vingt-cinq ans son aîné, portaient bien le nom de leur père mais n'étaient pas de son fait, à en croire la rumeur du temps. Si le dernier-né, Charles-Paris d'Orléans, était, de source sûre, l'enfant du prince de Marcillac, futur duc de La Rochefoucauld, amant de la belle frondeuse et auteur des *Maximes* qui l'ont illustré, les trois précédents ressemblaient si fort à leur mère et à leurs oncles que la médisance s'en était emparée.

— Comment s'appelle ma promise ? demanda Souvré.

— C'est une demoiselle de Flavin, expliqua le ministre. Une famille d'antique chevalerie, avec un bel écusson, d'azur à trois soleils d'or, et une pile conséquente d'écus du même métal. Elle attend que les routes soient praticables pour venir à Versailles, où vous la rencontrerez. En attendant, j'ai convoqué pour vous Pierre Mignard, qui est un portraitiste remarquable. Il a fait mon portrait en me donnant un air tout à la fois bonhomme et inquiétant. Il fera le vôtre, un élève habile en tirera une miniature que l'on expédiera à la demoiselle pour lui faire fermenter la tête. Vous n'avez pas besoin d'un grand artiste pour cacher votre ventre, vous ! ajouta le ministre avec une malice qui n'était pas exempte d'autodérision.

16

Disputes théologiques

L'hiver de 1685-1686 fut l'un des plus rudes d'un siècle où il faisait toujours froid. Même en Languedoc, le printemps n'en finissait plus de ne pas arriver. Le ciel restait bas et lourd, chargé de flocons qui virevoltaient parfois comme de légères menaces, disparaissaient en laissant place à une tramontane qui chassait les brumes et mordait les visages, puis revenaient le lendemain.

Début mars, il y eut un mieux et le blé germa, imprudemment. Dix jours plus tard, le givre tuait les pousses qui avaient osé défier les glaces.

Les paysans n'avaient plus assez de forces ni de larmes pour se lamenter. Sans moissons, que mangeraient-ils jusqu'à l'année prochaine ? Ils avaient gardé quelques boisseaux de grains : en feraient-ils de la farine pour ne pas mourir de faim tout de suite, quitte à mourir plus tard ? Les garderaient-ils pour tenter une seconde semaille tardive – quitte à ne plus même avoir la force d'arpenter cette terre ingrate, plantée de cailloux enfoncés dans l'argile, qui faisaient dériver le soc des charrues… Travailler la terre consistait à s'arrêter, à chaque instant, pour arracher au limon une pierre plus ou moins massive que l'on devait porter jusqu'aux restanques qui protégeaient les bancaus des ravinements creusés par les orages. Un travail de titan pour quelques arpents de blé noir.

Pierre et Balthazar rongeaient leur frein. Il était hors de question de chevaucher vers le nord tant que le temps serait contre eux. Un tel voyage, à cheval, pouvait se faire en quinze jours – autant d'occasions, pour les hommes comme pour les bêtes, de mourir de froid. Ou trois semaines, en cas d'impondérables.

En attendant, ils se rendirent tout de même à Lodève, après avoir entendu dire que l'évêque Charles-Antoine de La Garde de Chambonas, qui vivait la plupart du temps chez son oncle – évêque de Viviers, en Vivarais, qu'il remplacerait sans doute un jour –, était de passage dans son diocèse.

C'était le comte qui leur avait suggéré de parler à ce dignitaire : si quelqu'un était au courant des exactions catholiques, *de visu* ou à travers les rumeurs et les confessions, c'était lui. Il ne dirait rien, sans doute, mais un mot distillé au bon moment pouvait donner une indication précieuse. Les hommes qui avaient commis le massacre ne tombaient pas du ciel. Il fallait nourrir et loger une troupe nombreuse, donner du fourrage aux chevaux, fourbir les armes, se procurer des vivres et des munitions, toutes opérations qui laissaient nécessairement des traces dans les consciences. L'évêque *devait* être au courant, peut-être même était-il complice.

De Pézenas à Lodève, la route est presque toute droite. Les charrettes l'avaient marquée d'ornières profondes, par endroits, là où l'empierrement faisait défaut, et les deux amis marchèrent pour l'essentiel de ce petit galop qui, chez certains chevaux du Sud, fait office de trot tout en étant bien plus confortable.

L'évêché, un admirable palais tout récemment construit, était presque accolé à la cathédrale Saint-Fulcran, qui portait encore la trace des exactions commises là par les protestants, au siècle dernier. Les rebelles avaient fait sauter quatre grands piliers pour voir s'écrouler les arcades et les voûtes, sans compter que, dans leur fureur iconoclaste, ils avaient martelé les sculptures de la façade. Au début du XVIIe siècle, il ne restait plus que le chœur, les murs extérieurs et les chapelles latérales. L'évêque Jean de Plantavit de La Pause, nommé là en 1625, avait creusé sur sa cassette personnelle la route d'accès à la cité, financé les travaux de restauration de l'église et commencé l'édification du palais épiscopal, où nos deux héros entraient en ce vendredi 20 mars 1684.

Cela ne lui avait pas valu d'indulgence de la part de Richelieu, qui le suspectait d'avoir soutenu les Montmorency. L'évêque, au lieu de croupir dans une fosse de la Bastille, préféra prendre l'air et passa quelque temps dans les petits villages de son diocèse où les paysans, pleins de reconnaissance pour ce huguenot converti, le cachèrent jusqu'à ce que le roi pardonne à tous les anciens complices du bouillant Henri II, proprement décapité à Toulouse en 1632 : les protestants juraient que le sang qui avait jailli du cou du rebelle était allé frapper au visage une statue du roi Louis XIII. Plantavit de La Pause rentra à Lodève et recommença ses grands travaux, sous les bénédictions de ses ouailles.

Le nom d'Aumelas devait *a priori* être un laissez-passer suffisant pour que l'évêque leur accordât une entrevue. Mais le haut dignitaire leur fit faire antichambre une bonne heure, le temps de revêtir des atours conformes à sa fonction – et propres, pensait-il, à impressionner les âmes simples.

Cependant, le vicomte avait vu la guerre et la Cour. En fait de dignitaires ecclésiastiques, il avait rencontré des gens bien plus considérables que le titulaire de l'un des plus pauvres évêchés de France. Quant à maître Balthus, il avait voyagé en Italie, était passé par Rome, et sa profession, pour laquelle il avait manifesté des dons précoces, lui avait donné l'occasion de voir de près le pape Innocent XI. Les deux amis s'inclinèrent fort bas devant Monseigneur, baisèrent avec dévotion son anneau d'améthyste mais n'en pensèrent pas moins : un homme qui se donnait tant d'importance à Lodève aurait été bien petit à Paris, et invisible à Rome.

Le saint homme s'assit et fit un signe à deux valets muets, collés à la muraille, qui apportèrent un fauteuil pour Pierre d'Aumelas et une chaise pour maître Balthus – sentiment inné de la différence de conditions.

Le vicomte était le seul interlocuteur possible pour un homme si entiché de préjugés nobiliaires, comme l'écrasante majorité des aristocrates de son temps. Resté en retrait, Balthazar avait tout loisir d'examiner l'évêque, qui abordait la cinquantaine par la plus mauvaise pente, frustré dans ses ambitions, dépité de n'être, à cet âge, que le vicaire supérieur d'un évêché lointain. Il lut donc avec intérêt, sur le visage de leur interlocuteur, la succession des sensations – la curiosité d'abord, mêlée à un ennui poli, puis très vite l'impatience et, enfin, mépris et colère.

— Excès de bile, diagnostiqua-t-il.

Pierre racontait à l'évêque leur écœurement devant le spectacle terrible du petit village. La mort par le froid, et la mort par le feu. Il décrivit, avec l'emphase adéquate, le spectacle infernal de ces damnés figés par les glaces au milieu de leurs tourments…

L'évêque leva la main.

— Vous avez dit le mot exact, mon fils. Des damnés. N'était-ce pas à l'enfer que les condamnait de toute façon leur Religion prétendument réformée ? Étaient-ils sauvables, sinon en rejoignant notre Sainte Église ? Et en ont-ils, un jour, manifesté l'intention ?

— Monseigneur, objecta Pierre, la vengeance n'appartient-elle pas à Dieu ? Qui sommes-nous, pauvres pécheurs, pour nous substituer, sur la terre, à Celui seul habilité à imposer un châtiment divin ? Car enfin…

— Vous aimez disputer, mon fils, le coupa l'évêque en souriant.

— À vrai dire, monseigneur, mon père et moi sommes surtout sensibles à la perte que constitue, pour nous, le ravage d'un village entier. Cette offense à nos droits seigneuriaux nous afflige. Mais enfin, le sort de ces malheureux…

— Ne les appelez pas ainsi, mon enfant. Ils ont choisi le Mal en tout état de cause. La doctrine de Calvin est une hérésie, vous le savez bien.

L'évêque regarda Pierre avec insistance, comme pour fouiller en lui et y déceler les marques d'une sympathie contre-nature pour des huguenots – ou, pire, des accents jansénistes. Le vicomte soutint cette inquisition avec un œil remarquable d'innocence et d'ingénuité. Ce n'était pas de lui que l'on pouvait attendre une quelconque sympathie pour des parpaillots, expliqua-t-il. Ne les avait-il pas combattus en Hollande, pour le roi ? Sa Majesté ne les avait-elle pas félicités, lui et tous les officiers de l'armée, quand elle avait honoré le prince de Condé ?

Balthazar comprit et approuva le jeu de son frère de lait. Les grands noms, jetés à l'aventure dans la conversation, servaient de rempart à la morgue de l'évêque qui, d'ailleurs, s'adoucit en pensant soudain que cet importun vicomte pouvait connaître des gens puissants.

Pierre en profita pour interroger l'évêque. Avait-il eu connaissance d'une troupe qui, le mois précédent, aurait parcouru les Cévennes ? Et qui pouvait bien être à leur tête ?

— Je n'en ai en vérité aucune idée, répondit le prélat. Le mois dernier, j'étais à Viviers, chez mon oncle, Louis de La Baume de Suze. J'ai passé chez lui l'essentiel de l'hiver. Lodève…

Il n'acheva pas sa phrase. Bien sûr, au fin fond des monts du Languedoc, Lodève n'était pas un séjour bien intéressant pour un homme délicat. Et qu'y aurait-on trouvé à manger, durant les quarante jours du Carême ? Car enfin, même s'il est avec le Ciel des accommodements, il lui fallait bien montrer l'exemple… Mais faire maigre quarante jours durant ! Jeûner à Lodève, c'eût été jeûner deux fois.

Balthazar se rappela le prieur de Saint-Guilhem. Sans doute l'évêque avait-il, lui aussi, son lot de dispenses. Car enfin, le Carême n'avait rien entamé de son embonpoint, et ses joues rubicondes n'attestaient pas d'une grande consommation de potages de racines et de morue bouillie.

— Et de toute façon, mes enfants, continua l'évêque, visiblement lancé, qu'est-ce que de nous ? Nous sommes dans la main de notre Créateur – nobles ou paysans. Ils sont morts, ainsi l'a voulu Dieu.

Il parut réfléchir et prit une large inspiration.

— C'est une étrange faiblesse de l'esprit humain, reprit-il, que jamais la mort ne lui soit présente, quoiqu'elle se mette en vue de tous côtés, et en mille formes diverses. On n'entend dans les funérailles que des paroles d'étonnement de ce que ce mortel est mort. Chacun rappelle, en son souvenir, depuis quel temps il lui a parlé, et de quoi le défunt l'a entretenu ; et tout d'un coup, il est mort. Voilà, dit-on, ce que c'est que l'homme ! Et celui qui le dit, c'est un homme ; et cet homme ne s'applique rien, oublieux de sa destinée ! Ou, s'il passe dans son esprit quelque désir volage de s'y préparer, il dissipe bientôt ces noires idées ; et je puis dire, messieurs, que les mortels n'ont pas moins de soin d'ensevelir les pensées de la mort que d'enterrer les morts eux-mêmes.

Il s'arrêta dans son envolée, pour bien observer l'effet de son éloquence sur ses interlocuteurs.

— Je veux dire, conclut-il, qu'au lieu de vous soucier de la mort d'autrui vous devriez opérer un retour sur vous-mêmes et vous préoccuper de votre mort prochaine – car nous sommes tous dans la main de Dieu ! Qu'importe à Notre-Seigneur la disparition d'un village, que lui importent les ravages de la peste ou les désastres d'une armée ! Nous devons, chacun, rentrer en nous-mêmes et nous préoccuper de notre salut, sans trop nous soucier de celui des hérétiques !

— Je ne doute pas, monseigneur, répliqua Pierre avec un air plein de componction, que vous ne consacriez vous-même l'essentiel de votre temps à penser à votre fin prochaine, et à mériter le paradis par des macérations et des pénitences appropriées.

L'évêque le dévisagea avec attention, se demandant si c'était là persiflage ou reconnaissance pure de ses mérites. Il fit mine de se soulever de son siège. L'audience était finie. Pierre se leva et s'inclina de nouveau sur la main de l'évêque.

Balthazar en fit autant, mais en se relevant :

— Monseigneur a souvent mal au côté droit, n'est-ce pas…

Charles-Antoine de La Garde de Chambonas n'avait guère l'habitude d'être ainsi interpellé par un homme de peu, quoique Balthazar eût été présenté ès qualités. Mais la réflexion était si juste, elle était si parfaitement l'écho de ses préoccupations journalières, et son propre médecin était si impuissant, qu'il eut l'extrême bonté de ne pas se froisser de cette apostrophe inconvenante.

— C'est exact, mon fils. Mais comment…

— Monseigneur m'autoriserait-il à procéder à une auscultation ? Il est possible que j'aie la clé de ses maux.

L'évêque hésita. Se faire toucher par un parfait inconnu – un Maure de surcroît, de cela il était sûr, il n'était pas homme à se laisser abuser par ce « maître Balthus »… Mais d'un autre côté, il avait, juste au-dessus du foie, une gêne persistante et, depuis quelques jours, son appétit n'était plus ce qu'il avait été…

— Et que me diriez-vous si vous m'auscultiez ? dit-il avec une hauteur un peu feinte.

Balthazar s'approcha du prélat et le regarda droit dans les yeux.

— Qu'est-ce…

— Monseigneur ne sait-il pas que l'on peut lire la santé dans les pupilles ? demanda Balthazar avec un sérieux inimitable. Sans même avoir à effleurer les personnes de qualité telles que vous… Les Chaldéens pratiquaient déjà cette science mille ans avant la naissance de Notre-Seigneur. Et Philippus Meyens, dans son ouvrage *Chiromatica Medica*…

— De la chiromancie ! s'écria l'évêque. *Vade retro*…

— Monseigneur supportera-t-il que je le touche pour le convaincre de ma science ? s'enquit froidement le médecin.

Monsieur de La Garde de Chambonas était trop fier pour dire oui. Il se contenta de fermer les yeux en signe d'abdication temporaire, et en prenant l'expression des martyrs peints dans les églises.

Balthazar s'approcha de lui, posa sa main juste en dessous des côtes, à droite, et enfonça d'un seul coup ses doigts en remontant.

— Ah ! gémit l'évêque en se pliant en deux, tant la douleur avait été fulgurante.

— Oui, n'est-ce pas ? dit le médecin d'un ton tranquille. Et là aussi, n'est-ce pas ?

Il enfonça son poing au niveau du foie du prélat.

— Ah ! aïe ! se plaignit ce dernier.

— Douloureux, n'est-ce pas ? dit l'homme de l'art.

— Le martyre ! acquiesça l'évêque, qui avait des supplices des saints une appréciation toute personnelle.

Sa proximité avec l'évêque avait permis au jeune médecin de sentir l'épouvantable haleine de ce dernier. Son diagnostic se confirmait.

— Si Monseigneur veut suivre l'ordonnance que je laisserai à ses gens, il sera bien mieux d'ici une semaine, lança Balthazar. Mais s'il ne la suit pas… Après tout, qu'est-ce que de nous, comme vous dites…

Il fit deux pas en arrière et salua cérémonieusement le saint homme, encore plié de douleur autour de son foie malade et de sa vésicule engorgée.

En passant devant le bureau du secrétaire de l'évêque, Balthazar fit une pause. Demandant une feuille blanche et une plume, il écrivit :

Diète absolue durant cinq jours.

Boire toutes les deux heures une tisane composée à parts égales de feuilles de boldo, de romarin, de séné et d'écorce de bourdaine. Y ajouter de la coriandre, de la réglisse et de la menthe, de l'aunée, de la feuille de frêne, de châtaignier et de noisetier.

Alterner avec une décoction de feuilles d'artichaut, mélangée à du jus de carottes.

Au bout de cinq jours, s'alimenter de nouveau, peu à peu, en mangeant uniquement des légumes – carottes, artichaut, radis noir en purée. Agrémenter de persil.

Mâcher avec application.

Boire beaucoup d'eau allongée de jus de citron et d'orange.

Il réfléchit et ajouta :

Si les symptômes persistent au-delà d'une semaine, me faire appeler en envoyant un courrier au château d'Aumelas.

Il signa « *Balthus Medicus* » et cacheta la missive, après l'avoir pliée en quatre, d'un peu de cire sur laquelle il posa la bague qu'il portait au majeur de sa main gauche – une énigmatique étoile à sept branches.

— Viens, dit-il à Pierre. Nous n'avons rien appris chez cette outre pleine de vents, de prétentions littéraires et de nourritures mal digérées. Il faut demander ailleurs les renseignements que nous cherchons.

— Pour le vent et les excès de table, je te suis, dit le vicomte. Mais les prétentions littéraires, j'avoue…

— Cet imbécile nous a cité tout un passage du *Sermon sur la mort* que Bossuet a prononcé il y a vingt ans, dit le médecin. Et il croit que nous ne nous en sommes pas aperçus !

Pierre jeta à son ami un regard admiratif.

— Tu es l'esprit que je n'ai pas, dit-il. Que serais-je sans toi !

Balthazar le prit par l'épaule et l'entraîna hors du palais épiscopal.

— Tu es le bras que je n'ai pas, dit-il en écho. Que ferais-je sans toi !

17

Où la vérité qui émerge, pour être toute nue, n'en est pas moins répugnante

— Je ne t'ai jamais demandé, dit le vicomte en marchant vers la plus belle auberge de Lodève. L'étoile avec laquelle tu cachettes tes ordonnances a-t-elle une signification particulière ? Pourquoi a-t-elle sept branches ?

— Est-ce à l'ami ou au Grand Inquisiteur que je parle ? répondit Balthazar en souriant.

— Commençons par le Grand Inquisiteur.

— À un homme entiché de religion, je dirais que ces sept branches représentent les quatre vertus cardinales – Prudence, Tempérance, Courage et Justice – auxquelles s'additionnent les trois vertus théologales – Foi, Espérance et Charité. Et ma foi, le libertin que je suis s'accommode fort bien, au fond, de ces sept éléments – même si je n'y mets pas exactement la même chose que le Grand Inquisiteur ou notre ami l'évêque !

Il sourit.

— Encore que, dans son cas, la Tempérance et la Charité…

Le vicomte éclata de rire.

— Et s'il te fallait gloser, sous la torture ?

— Ne ris pas ! On peut toujours être accusé de sorcellerie, sous le règne du roi Louis le Grand ! Tu as bien vu l'évêque ! Le seul mot de chiromancie…

— Quelle idée, aussi, de l'inquiéter avec tes références savantes !

— Et encore, s'il savait que Philippus Mayens est allemand…

— Tu l'as connu ?

— L'ouvrage date de 1670. Oui, je suis passé à Dresde pour le voir, en remontant d'Italie, lorsque je me suis rendu aux Pays-Bas avant de passer en Angleterre.

— Tu es à toi seul une carte d'Europe des ennemis du Roi ! Penser que tu es allé pour ton plaisir en Hollande, dans ce pays maudit où la terre et le ciel sont de l'eau, et de l'eau saumâtre ! Alors, ton interprétation ésotérique… C'est bien ainsi que vous dites, vous autres gens instruits !

— La Prudence, c'est celle qui sied aux vrais savants qui, contrairement aux hommes de foi, ne prétendent jamais savoir de façon définitive. La Tempérance, tu sais combien je la pratique, parce que l'ivresse est dépossession de soi et que j'entends en rester maître. Ne pas succomber aux passions, quelles qu'elles soient. Le Courage consiste à chercher la Vérité et à ne pas accepter qu'on vous l'impose. Et la Justice suppose que tous les hommes aient droit à la même équité, peu importe leur naissance. Quant à la Foi, j'ai foi en la science. Moi aussi je *crois* – le jeune médecin insista sur le mot – que deux et deux font quatre, et que quatre et quatre font huit. J'ai l'Espérance que la Vérité triomphera, que les Lumières se répandront sur les hommes. Oui, l'Espérance…

— Et la Charité ? s'enquit Aumelas. Tu es bien capable de vider la charité de tout ce qu'elle a de religieux !

— Et pourquoi non ?

Un mendiant, au coin d'une rue, demandait l'aumône. Balthazar fouilla dans sa bourse, qui paraissait bien garnie, et lui jeta un écu d'argent.

— Merci, merci au nom du Christ ! dit le misérable.

— Non, ne remercie pas Dieu. Je te l'ai donné au nom de l'humanité.

Pierre regarda son ami.

— C'est bien beau ce que tu viens de faire et de dire…

— Je n'ai aucun mérite, avoua Balthazar. Le geste et la réplique m'ont été soufflés par Molière, dans son *Dom Juan*. Hé ! Nous l'avons croisé, enfants, à Pézenas !

Ce fut un marchand de fourrage qui leva un coin du voile. Pendant tout le mois de février, une troupe d'une trentaine d'hommes avait séjourné à Lodève, devenu leur quartier général. Ils disparaissaient parfois, dit le paysan, pendant trois à quatre jours, revenaient et commandaient du foin et des vivres, mangeaient force moutons, buvaient sec, troussaient des gueuses et remontaient sur leurs grandes bêtes – « si hautes, dit le fermier, que je n'en ai jamais vu de pareilles en Languedoc. Plus grandes même que les genêts d'Espagne ».

— Des chevaux de guerre, dit Pierre. Mecklembourg ou Frederiksborg. Et leur chef ? demanda-t-il.

Le paysan manifesta une gêne inattendue. Oui, il avait croisé deux à trois fois, par hasard, celui qui donnait les ordres. Un gentilhomme du Nord, expliqua-t-il, qui n'entendait pas le patois des Cévennes ; un homme aux yeux clairs, mine sévère.

— Il a toutes ses dents, précisa le paysan, plus habitué aux bouches à chicots qu'à la dentition parfaite d'un homme de qualité propre en lui et sur lui.

Même dans la classe aristocratique, c'était chose fort rare, et lorsque les poètes ne louent pas les deux « rangs de perles » de leurs belles, c'est qu'il manque quelques joyaux dans leur mâchoire.

— Un homme à peine plus âgé que vous, dit encore le rustre.

— Assez riche pour s'offrir un régiment, ou peu s'en faut, traduisit Pierre.

— Peut-être faudrait-il s'enquérir auprès des filles, précisa encore le brave homme.

Ils restèrent deux jours à Lodève. Les renseignements venaient à eux peu à peu, sous des formes dérobées. Un homme s'accoudait à la table d'hôte de l'auberge, apparemment dans le seul souci de boire une chopine – et, comme sans y penser, racontait une histoire embrouillée de village brûlé, de paysans tués, chassés comme des lièvres. Où ça ? « Là-haut » – toujours plus haut dans les Cévennes. Les tueries avaient duré trois mois : le temps qu'avaient passé à Lodève le gentilhomme aux yeux clairs et sa troupe, qui avait fini par se replier sur Montpellier.

Celles qui donnèrent les indications les plus nettes, ce furent les prostituées de la ville. Balthazar s'était fait connaître, on avait reconnu en lui l'homme qui avait accouché l'une d'entre elles à Pézenas le mois précédent, la rumeur avait couru d'un médecin maure miraculeux. Les filles s'ouvrirent à lui plus qu'elles ne se seraient données à un client fortuné. Oui, près de trente hommes avaient séjourné à Lodève pendant le mois de février. Ils payaient bien, en or – leur solde paraissait bonne. Ils ne parlaient pas la langue du Languedoc, mais un français très pur auquel les filles de joie ne comprenaient presque rien. « Parisien » était déjà, à l'époque, un terme générique pour désigner tout ce qui venait du Nord, comme « gascon » désignait, à Paris, tout ce qui venait du Sud.

L'une d'entre elles, peut-être un peu mieux élevée, avait mieux compris que ses compagnes de quoi il était question. Les soldats – des dragons, précisa-t-elle, et le mot pour elle paraissait appartenir davantage au vocabulaire des légendes qu'à celui de l'armée – se glorifiaient d'actions noires accomplies plus haut dans les Cévennes. Ils disparaissaient trois, quatre jours, revenaient joyeux de quelque massacre. En dehors des moments où ils partaient en expédition, la discipline était fort relâchée et ils parlaient haut, affichant une liberté rare pour des militaires. Un seul nom les faisait trembler, celui d'un marquis – non, la fille ne se rappelait pas son patronyme, juste ce titre de marquis – que toutes les filles avaient aperçu une à deux fois en ville – jamais dans le bordel excentré où elles exerçaient. Un homme de grande taille – « fort beau », dit l'une d'entre elles, bruyamment approuvée par ses consœurs –, les yeux clairs, la bouche savamment ourlée. Quel âge ? Peut-être trente-cinq ans. Vêtu avec magnificence – « des broderies d'argent à son col », dit l'une, et des flots de dentelles à ses poignets – « et une grosse boucle dorée à ses chaussures », des chaussures telles qu'elles n'en avaient jamais vues, avec des talons fort hauts pour un homme.

— La mode de Paris, avait conclu le vicomte.

— Un homme de cour, avait surenchéri son ami.

— Il aimait les très jeunes filles, et veillait à ce qu'elles soient pucelles, précisa l'une des hétaïres.

— Souvré, jeta enfin l'une d'entre elles – une toute jeune fille, déjà bien abîmée par l'existence qu'elle menait. Le marquis de Souvré. Un grand seigneur méchant homme, ajouta-t-elle, sans savoir qu'elle aussi citait Molière.

Ce fut Balthazar qui régla leur commune dépense.

— Tu es en fonds ? demanda Aumelas.

— Mon père m'a transmis l'héritage de ma mère, expliqua soudain le jeune médecin. Elle était fille de marchands drapiers, sa dot était considérable et mon père, en vrai bourgeois, l'a accrue au lieu de la manger ras, comme vous faites, vous autres gentilshommes !

Il sourit.

— Nous montons à Paris quand tu veux, dit-il.

Pierre d'Aumelas regarda le ciel, où d'épais nuages arrivant des montagnes succédaient aux nuages épais chassés vers la mer par la bise.

— Mmmh… Quand le ciel le voudra !

18

Où monsieur de Souvré fait aussi de la littérature

Louvois avait laissé le temps au couple royal de prendre connaissance de l'épaisse liasse de lettres fictives ramenées par son homme de main. Puis il avait, un beau matin, amené Souvré avec lui à Versailles. Il l'avait posté dans la galerie des Glaces, et s'était lui-même rendu au petit lever de Sa Majesté.

Souvré patienta une grosse heure au milieu des miroirs. Sa Majesté enfin passait, accompagnée de Louvois et de Madame de Maintenon, quand le ministre lui présenta le marquis, qui saluait à en balayer le sol des plumes de son chapeau.

— Ah, monsieur, dit Louis XIV, je suis fort aise de vous rencontrer. C'est donc vous qui réussissez ces beaux miracles de conversion en Languedoc ? Madame de Maintenon m'a donné lecture de vos lettres et elles sont magnifiques, et magnifiquement écrites. J'aime assez qu'un soldat sache tenir et la plume et l'épée.

Venez donc souper avec moi ce soir, monsieur, ajouta Sa Majesté. Nous causerons.

C'était un honneur insigne. Être convié au souper du roi était le plus sûr chemin de la faveur. Au-dessus, il n'y avait que l'invitation à Marly, où le roi allait se réfugier avec une poignée de fidèles – deux à trois cents – pour se reposer des huit à dix mille courtisans qui hantaient Versailles, empuantissaient les couloirs et les bosquets de déjections diverses et quémandaient un mot, un regard. Souvré se sentit comme soulevé de terre. Il parvenait au pied du trône, et il y parvenait en s'élevant sur le monceau de cadavres qu'il avait laissés derrière lui. Il eut une pensée presque émue pour ces protestants qui avaient eu la courtoisie de se laisser massacrer pour fortifier ses ambitions.

C'était une cérémonie chaque soir renouvelée que le grand souper du roi. Outre la famille royale, tenue d'être présente, le roi, qui dînait seul à une table fort large et surélevée, dominait plusieurs petites tables où étaient assis les convives du jour. On pratiquait alors le service à la française : tous les plats étaient apportés à la fois sur la table du roi, qui faisait envoyer à tel ou tel des courtisans invités un mets qu'il avait auparavant goûté – faveur suprême que de mettre sa dent sur ce que Sa Majesté avait marqué de son empreinte…

Le roi, autrefois jeune, vigoureux et quelque peu goinfre, aimait manger mais n'en avait plus vraiment les moyens. L'une après l'autre, il avait perdu ses dents dans des abcès successifs. Subsistaient quelques chicots. On lui cuisinait donc des nourritures molles, susceptibles d'être avalées sans mâcher. Les viandes étaient servies émiettées, ou cuites si longtemps qu'elles étaient confites et se coupaient à la cuillère. Louis XIV, fort amateur de légumes, avait découvert avec ravissement les petits pois, nouvellement arrivés en Europe, le chou-fleur, servi au beurre frais relevé de macis – la fleur de muscade – et les asperges : il contraignait ses jardiniers à en produire dans les serres de Versailles en plein cœur de l'hiver. Des légumes qui glissaient bien sur sa mâchoire orpheline et son palais blasé.

Lazure, son cuisinier, venait ainsi de mettre au point ce que l'on nomma plus tard le lièvre à la royale. L'animal était désossé, les os remplacés par des bardes de foie gras, puis mis à mariner et cuit enfin à l'étouffée, comme une daube lente, jusqu'à ce qu'il soit tout à fait compoté. Une aubaine pour la bouche édentée de Sa Majesté.

Le roi, après une riche litanie de hors-d'œuvre, commençait par avaler quatre potages qu'il faisait épicer au double de ce qui se faisait d'habitude : il fallait à son palais blasé des sensations culinaires de plus en plus violentes. Puis il s'attaquait au rôt, comme on disait – pièces de viande servies en progression. Ce soir-là, Sa Majesté musarda d'abord sur une ballottine royale de faisan, un petit pâté en croûte, quelques huîtres et un aspic de homard bleu en chaud-froid. Pour potages, on lui servit un consommé de bœuf madrilène aux paillettes d'or (l'ingestion d'or, mise à la mode par Diane de Poitiers à la fin du siècle précédent, passait pour rendre le teint plus frais), un velouté de châtaignes truffé, une bisque de crustacés en infusion de cèpes et une soupe de potiron – légume de saison travaillé avec force crème fraîche et un peu de miel. Suivirent les rôts : coquilles Saint-Jacques à la liqueur d'huîtres, cromesquis de colvert, lièvre en charpie, rôti de bœuf aux carottes et anguilles fumées, saumon sauvage en sel. Le tout entrecoupé de salades dont il était fort friand, et d'un soufflé aux morilles. Vinrent enfin les pâtisseries. Le roi terminait cet engloutissement en avalant un œuf dur, comme s'il voulait mettre un bouchon à cette ingestion monstrueuse.

Sa Majesté ne buvait jamais de vin pur. Elle préférait d'ailleurs l'eau additionnée de sirops. On servait le roi dans des verres présentés au fur et à mesure : on n'en laissait pas sur la table, de peur des poisons.

Il lui arrivait pendant le repas, qui durait plusieurs heures, d'interpeller l'un ou l'autre des convives présents – et malheur à celui qui se faisait surprendre la bouche pleine. Souvré se méfia, et s'il mangea outre mesure – la seule mesure qui pût satisfaire le roi, qui détestait que l'on chipotât –, il ne le fit que lorsqu'il était sûr que Sa Majesté ne s'adresserait pas à lui dans l'instant.

Son tour vint enfin.

— Ah, monsieur de Souvré, dit soudain le roi gavé de gâteaux, Madame de Maintenon m'a donné lecture des lettres fort spirituelles que vous avez adressées à votre sœur, Madame de Louvois, pendant cette rude campagne des Cévennes.

Il feignit de s'adresser à l'ensemble des convives.

— Donnons-nous lecture de l'une de ces splendides conversions, cela nous aidera à digérer ces agapes…

L'un des gentilshommes qui le servaient s'avança au pied de la table royale, une feuille à la main. Souvré eut l'habileté de rougir. Écrire était une occupation un peu frivole pour un gentilhomme. Il ne fallait pas paraître se rengorger. Mais il observa, sans en avoir l'air, que la Maintenon le couvait d'un regard affectueux.

Ma chère sœur,

J'ai assisté aujourd'hui à un miracle – je ne sais quel autre mot utiliser pour décrire la scène. Je m'étais rendu avec le révérend père Breteuil, aumônier de mon régiment, dans un village fort reculé où vivaient des tenants de la Religion prétendument réformée. Nous arrivâmes par grand vent et grand froid sur ces hauteurs désolées des Cévennes, qui, croyez-moi, sont tout aussi lugubres que les collines de Galilée où Notre-Seigneur repoussa les offres du démon.

On n'imagine pas la pauvreté et la souillure dans laquelle vivent ces sectateurs de Luther et de Lucifer. On sent bien, à les voir ainsi réduits à l'extrême misère, que Dieu les a abandonnés. Il est d'autant plus beau de les sauver et de les ramener à Dieu et au roi.

Quoique je fusse accompagné de quelques hommes pour assurer la sécurité du Révérend Père, nous nous abstenons de toute contrainte : la parole de Dieu est notre seule épée.

Le marquis n'avait pris, pour l'occasion, qu'une petite épée fort dorée, plus propre à essoriller les valets maladroits qu'à faire la guerre. Mais c'était une autre guerre qui se livrait ici, une guerre de mots, d'attitudes, de regards qui se croisaient comme des lames. Comment disait cet Anglais, déjà ? *Homo homini lupus est*, l'homme est un loup pour l'homme. Combien c'était vrai !

Et ce jour-là, dans la clarté surnaturelle de ces monts bibliques, le sermon commencé sur le thème de la rencontre du Christ et de la Madeleine chez Simon le Pharisien fit un effet merveilleux. La voix forte et claire du Père, qui résonnait avec une force surnaturelle dans ce décor cristallin, avait à peine commencé le récit de l'apôtre (« Six jours avant la Pâque, Jésus arriva à Béthanie, où était Lazare, qu'il avait ressuscité des morts. Là, on lui fit un souper ; Marthe servait, et Lazare était un de ceux qui se trouvaient à table avec lui. Marie, ayant pris une livre d'un parfum de nard pur de grand prix, oignit les pieds de Jésus, et elle lui essuya les pieds avec ses cheveux ; et la maison fut remplie de l'odeur du parfum ») quand les femmes du village, dépenaillées et le visage noir, se mirent autour de lui, portant avec timidité leurs mains sur sa blanche chasuble, le regardant avec adoration. L'une d'elles, soudain, désigna un point dans le ciel d'une pureté impitoyable, et dit, dans son jargon à peine compréhensible : « Santa ! Santa Maria ! », désignant une traînée encore plus bleue que le ciel.

Souvré faillit sourire. Il superposait aux mots sortis de sa plume les images encore brûlantes de la capture dudit village, les hommes tout aussitôt pendus, et les femmes violées – les plus jolies, s'entend. Un caporal ayant proposé que l'on reproduisît une expérience tentée jadis en Flandres, on s'acharna à égorger ces demoiselles au moment même où on les possédait. Souvré se souvenait d'avoir bien ri de cette facétie. Et à présent, ses mots voguaient vers les oreilles royales et y apportaient la promesse d'une rédemption. Il leur avait apporté l'enfer pour les faire accéder au paradis, n'est-ce pas…

Était-ce le manteau de la Vierge qu'elle avait aperçu – et que nous vîmes tous, j'en suis témoin – ou le vêtement déchiré de sainte Madeleine, je ne sais. Mais les femmes présentes le virent toutes, et commencèrent des lamentations bruyantes. Sans doute pleuraient-elles sur leurs péchés. Les hommes du village, alertés, et qui d'abord s'étaient dissimulés par crainte des soldats, sortirent de leurs masures et, voyant dans le ciel ce beau miracle, se joignirent à leurs compagnes et à leurs enfants.

Souvré n'avait épargné qu'une petite paysanne fort jeune et fort jolie, qu'il avait prise en croupe pour redescendre vers la ville. Elle était vierge, et il se livra le soir même avec elle à des débauches au-delà de son ordinaire, buvant sur ses lèvres les larmes qu'elle ne pouvait s'empêcher de verser en se rappelant le sort atroce de ses parents et amis.

En quelques instants, tout le hameau fut rendu à la vraie foi. Le Père alors l'un après l'autre entendit les villageois en confession, puis dit une messe dont les mots résonnent encore en moi, avant de leur donner à tous la communion. Voir ces hosties consacrées entrer dans ces bouches qui la veille encore proféraient des blasphèmes fut pour le soldat que je suis une douce compensation de ses efforts.

Ce n'est que lorsque nous reprîmes nos chevaux que la traînée bleue dans le ciel se dissipa. Mais Jésus nous accompagna tout au long de notre descente sur la petite ville de Lodève, où nous cantonnons. Personne ne parlait, chacun faisait son examen de conscience.

Communiquez donc à votre époux ces faits admirables, et assurez-le que je suis, ma chère sœur, son très dévoué serviteur.

Le roi avait paru goûter cette prose. Il se tourna de nouveau vers Souvré.

— Mon père a consacré la France à la Vierge, dit-il. La mère de Dieu nous le rend bien, en ramenant à la foi ces âmes égarées. Monsieur, je suis content de vous.

Le roi regarda l'un des gentilshommes qui le servaient, qui sortit de sa poche un parchemin porteur du sceau royal.

— Et pour qu'il n'y ait nulle ambiguïté sur la noblesse de celui qui opère de si beaux miracles, voici votre brevet de marquis, monsieur. Vous en aviez anticipé le titre, et au regard des services que vous nous rendez, il n'est que justice que je vous en attribue la qualité.

Souvré, cette fois, pâlit sensiblement. L'ambition satisfaite lui faisait refluer le sang au cœur. Et il sut, dans l'instant, que le ciel seul serait désormais sa limite.

19

De l'éducation des filles

Mignard était alors à l'apogée de sa carrière. Il n'y avait que Charles Le Brun qui pût prétendre à une notoriété égale à la Cour. Tous deux firent à de nombreuses reprises le portrait du roi, sans que Sa Majesté préférât l'un ou l'autre : ils avaient l'un et l'autre le pinceau assez adroit pour gommer sur son visage les traces de petite vérole, grandir encore de quelques pouces un homme qui mesurait six pieds, et lui donner un air de santé que le souverain n'avait guère, lui qui, depuis des années, était rongé de maux divers.

Mignard, en le peignant en 1673 en empereur romain à cheval couronné par la Victoire, avait fait œuvre de grand peintre et de grand courtisan, au moment où Sa Majesté abandonnait peu à peu Louise de La Vallière, qui l'appelait « Louis le Victorieux », pour une Montespan qui le nommait « Louis l'Invincible » : la surenchère des qualificatifs correspondait à celle des appâts, et la pauvre Louise, qui aspirait déjà à se retirer au couvent, n'était plus à la Cour que le paravent des nouvelles amours du roi. Mignard avait peint l'une et l'autre, mais les formes voluptueuses de la nouvelle souveraine du cœur royal convenaient mieux à un peintre plus porté sur les plaisirs de la chair que sur le jeûne et l'abstinence.

Il reçut Souvré dans son atelier, où s'affairaient plusieurs élèves sur des toiles auxquelles le maître n'ajoutait souvent qu'un détail, un éclair dans le regard, une lumière sous-jacente ; détails qui, d'un tableau appliqué, faisaient une œuvre d'art. Il croqua le marquis en moins d'une demi-heure, à la mine de plomb, et donna le dessin à son élève préféré, Nicolas Fouché ; charge à lui de transférer sur la toile les admirables yeux outremer rehaussés par la pâleur aristocratique du teint, que le pourfendeur de parpaillots avait gardé malgré le soleil languedocien, et par les cheveux noirs, naturellement bouclés, qui encadraient ce visage beau comme l'Apollon sculpté par Jean-Baptiste Tuby à Versailles, en 1670, dans le bassin qui célébrait le dieu.

Mignard s'était contenté d'adoucir l'éclat très froid de ce regard d'un bleu-vert strié de jaune et la dureté de la bouche trop fine, qui déparait un peu ces traits de divinité antique. « Un beau modèle pour peindre Mars », avait commenté le peintre. Le portrait achevé serait confié à Jean Petitot, un calviniste genevois passé au service de Charles Ier et réfugié en France après la chute du monarque anglais. Le « Raphaël de la peinture en émail » saurait transposer sur une miniature l'œuvre de Mignard.

Et l'on expédia cette miniature à mademoiselle de Flavin qui, dans son austère château de Lincou, n'avait pour se divertir que les ondulations du Tarn et la contemplation morose des montagnes âpres entre lesquelles coulait la rivière. Elle n'était point sotte et savait bien que les peintres flattaient souvent leurs modèles. Mais elle ne put s'empêcher de rêver au beau cavalier dont elle tenait en main le portrait. Son père, Pierre de Flavin, commandait là une troupe de soldats qu'il lançait contre les protestants réfugiés dans cette contrée isolée. L'enfance de la jeune fille s'était agrémentée du bruit des exploits de ces reîtres, qui revenaient toujours plus glorieux d'expéditions dans lesquelles ils avaient *in nomine Patris, et Filii et Spiritus Sancti* égorgé quelques paysans, sans omettre de violer leurs femmes et leurs enfants, *ad majorem Dei gloriam*.

Elle n'avait pas, elle, de peintre sous la main pour faire son portrait. Mignard, s'il s'était risqué dans ces solitudes, aurait été enchanté de trouver, entre les murs austères de la vieille demeure féodale, un modèle pour toutes les Flore, les Pomone et les Proserpine chères aux peintres allégoriques du temps. De petite taille, fort bien proportionnée, les hanches fluides, peu gâtées par le port de corsets qu'elle ne mettait que pour se rendre à la messe, la jambe affinée par une longue pratique de la course à travers les champs, les chairs affermies par son habitude de se baigner dans les eaux glacées de la rivière qui coulait à deux pas du château, Éléonore de Flavin, à dix-sept ans, était une fort belle brune à la peau lumineuse et aux lèvres couleur de fraise, comme Blanche-Neige.

Comme dans le conte que Perrault n'avait pas encore écrit, à cette époque, « la reine mourut en la mettant au monde » : Éléonore n'avait pas connu sa mère, morte peu après avoir accouché, comme un bon tiers des femmes du temps. C'est à la sœur de lait de la défunte, désargentée et vouée pour cette raison à rester vieille fille, que l'on avait confié l'éducation de l'enfant, nourrie à satiété aux mamelles d'une robuste paysanne.

Cette duègne, prénommée « Angélique » comme l'héroïne du *Roland furieux* de l'Arioste, et que sa laideur presque masculine avait préservée chaste et pure, avait une assez bonne éducation. Elle savait lire et écrire – ce qui était fort rare pour une femme sous le règne du Grand Roi –, et avait reporté son désir de maternité sur l'enfant qu'on lui confiait.

Éléonore n'avait pas eu de compagnes de son âge, et sa gouvernante ne lui avait appris que ce qu'elle connaissait elle-même. Nourrie de littérature précieuse, amoureuse transie d'Aronce, l'amant de Clélie dans le roman échevelé de Madeleine de Scudéry, elle s'était graissé les mains et l'esprit à cette littérature qui, sous prétexte de récits anciens, faisait des portraits idéalisés des principales figures de la Cour sous la Régence. Elle avait donc enseigné à Éléonore les tours et détours de la Carte du Tendre, lui expliquant par quels cheminements secrets on passe du joli village de Billet-Doux à celui de Grand-Cœur avant d'arriver à Tendre-sur-Inclination – à moins que l'on ne préférât passer par Petits-Soins, Empressement et Tendre-sur-Reconnaissance. Dans tous les cas, les fleuves de cette contrée imaginaire aboutissaient tous à la mer Dangereuse, semée d'écueils – probable métaphore de la défloration –, au-delà de laquelle s'étendaient les Terres inconnues. Inconnues sans doute de mademoiselle de Scudéry, qui resta toujours vieille fille et se faisait appeler « Sappho », un pseudonyme fort limpide, par les Précieuses qui fréquentaient son salon, mais que le tempérament de feu d'Éléonore ambitionnait de parcourir.

En attendant, la jeune et belle mademoiselle de Flavin avait la joie douteuse de parfaire son éducation en écoutant, entre deux portes, les brutes avinées que commandait son père narrer la résistance bien inutile que leur opposait, parfois, une petite parpaillote gentiment bousculée par la troupe puis baptisée *in articulo mortis*. Terres dangereuses – ô combien ! Elle était, à quinze ans, écartelée entre le désir d'apprendre et la peur de savoir. Elle avait un temps considéré avec intérêt son cousin, Nicolas d'Onet, héritier impécunieux d'une seigneurie désargentée. Le départ du jeune homme pour Paris, où il avait trouvé un emploi dans les gardes du roi, l'avait esseulée, en proie à des désirs d'autant plus redoutables qu'ils étaient nébuleux.

Sa curiosité des mystères du sexe n'était guère satisfaite par les contes mirifiques d'Angélique, qui ne connaissait en fait de sentiments que l'*Artamène* des Scudéry, treize mille pages dégoulinant de rebondissements et d'allusions aux amours des grands de ce monde, qui y apparaissaient sous des noms d'emprunt transparents pour tout lecteur, sauf ceux qui n'avaient jamais quitté le Rouergue. La figure du Grand Cyrus était une transposition transparente du Grand Condé, comme on appelait désormais le duc d'Enghien.

Éléonore n'était guère mieux renseignée par les récits brutaux des soldats de son père, qui désignaient de mots qu'elle ne connaissait pas des mystères dont elle ignorait tout. Et ce n'était pas le pauvre curé de la paroisse, son confesseur ordinaire, qui pouvait la renseigner sur un tel sujet, car il parlait si peu le français qu'il donnait sans problème l'absolution à des péchés mortels confessés dans cette langue, alors qu'il imposait des pénitences sévères pour les fautes vénielles avouées dans le patois local.

Pierre de Flavin, désespéré de ne pas avoir de fils, avait donné à sa fille unique, en complément des contes bleus de sa gouvernante, une éducation guerrière : elle montait fort bien à cheval, possédait quelques rudiments d'escrime et savait fort bien tirer au pistolet. Les soldats s'amusaient souvent à la mettre en compétition avec les plus habiles d'entre eux, qui ne remportaient pas toujours le prix. Aussi Éléonore était-elle la mascotte du petit régiment. Enfant, ces brutes la prenaient sur leurs genoux pour raconter leurs exploits, rehaussés au niveau d'une *Iliade* gasconne ; plus grande, ils lui montraient une grande déférence, quoiqu'ils haussassent la voix lorsqu'ils se remémoraient leurs pillages, afin de choquer gentiment l'aimable jeune fille, renseignée en détail sur ce que la cruauté, la concupiscence et l'esprit de rapine peuvent engendrer d'horreurs, surtout quand on a son absolution dans la poche.

L'austère Angélique avait tressailli en contemplant le portrait du marquis de Souvré. Toutes les frustrations accumulées pendant quarante ans de célibat forcé se déversèrent sur cette charmante figure, à laquelle l'émail donnait une vie chatoyante. Et les deux vierges s'extasiaient ensemble de ce beau parti qui tombait du ciel et de la faveur du tout-puissant ministre, passant sans penser à mal leurs doigts sur la surface polie du médaillon.

Les deux demoiselles, l'une en devenir et l'autre à perpétuité, n'avaient pas sous les yeux, pour rêver, de bien beaux modèles de virilité gracieuse. Pierre de Flavin était déjà âgé – et de toute façon, un père, si aimé soit-il, n'est pas un modèle pour accrocher des rêveries amoureuses. Les cinquante ou soixante soudards qui œuvraient avec lui à extirper l'hydre calviniste de ces campagnes sauvages portaient, sur leurs traits, des années de combats et de passions corrompues, satisfaites au cabaret avec des femmes de mauvaise vie et force chopines. Le portrait de Souvré resplendissait d'autant mieux dans ces âmes pures et avides de sensations inconnues. Le marquis était le prince lointain, et il l'était d'autant mieux que la perspective de l'épouser était la garantie qu'elles quitteraient, l'une et l'autre, le château et la surveillance scrupuleuse d'un père fort soupçonneux, gardien de la vertu de sa fille comme le dragon qui veillait sur celle d'Angélique.

Elles guettaient donc ensemble le ciel d'hiver qui, peu à peu, se teinta de printemps. Chaque glaçon qui fondait, chaque flaque de neige qui devenait boue les rapprochait de la délivrance. À la mi-mai enfin, le beau temps parut s'installer. L'air était encore vif, mais la neige fondait, même dans les creux où elle avait séjourné longtemps, tassée en congères épais par la tramontane.

— Il est temps, dit un beau soir Pierre de Flavin en regardant sa fille avec nostalgie – certain qu'il était de ne plus la revoir, une fois qu'elle serait installée à la Cour.

Et ces trois mots firent bondir de joie le cœur d'Éléonore, que trois mois de contemplation du portrait de Souvré avaient rendue mélancolique et presque amoureuse.

20

Malatesta

Cela faisait aussi trois mois que Pierre d'Aumelas et Balthazar Herrero avaient décidé de monter à Versailles demander justice au roi pour les paysans massacrés et pour le droit féodal violé. Le médecin se demandait parfois ce qui était le plus important aux yeux de son ami. Pour le comte, pas d'interrogation : l'atteinte à son droit était insupportable ; le sort d'une bande d'hérétiques l'était beaucoup moins.

Trois mois aussi que Pierre essayait la Louve, la nouvelle épée forgée par Manuel Herrero. Il courait les salles d'armes, sans trouver personne qui pût lui apprendre quoi que ce soit de neuf.

Les deux amis se rendirent à Cette, comme on écrivait alors, ou Sète, comme on dit aujourd'hui, à l'occasion de la visite de Vauban, venu inspecter les derniers travaux de ce qui devait être le grand port fortifié de la marine royale, en remplacement des ports de l'étang de Thau qui, comme Aigues-Mortes au nord, s'ensablaient peu à peu.

Ils y firent la connaissance d'un maître d'armes italien ou espagnol, on ne savait vraiment. Le *signore* ou le *señor* Malatesta avait dans la voix l'insinuation ensoleillée des Napolitains, mais il roulait les mots comme un Ibère et confondait dans sa conversation toutes les langues de l'Europe, apprises sur les champs de bataille des trois dernières décennies. C'était un homme d'une cinquantaine d'années, au teint sombre, le visage marqué de cicatrices anciennes et d'une petite vérole qui lui avait creusé la face comme si des coulées de lave s'y étaient répandues. Il était toujours habillé de noir, comme s'il portait le deuil, en même temps, d'une jeunesse perdue dans la guerre et de son adversaire du jour.

Il était là pour former les officiers du roi à l'usage du sabre. Tous ces gens de Cour n'avaient jamais rien porté d'autre qu'un fleuret élégant, mais peu propre à affronter les cimeterres des pirates méditerranéens. Beaufort avait pris et abandonné Djidjelli en 1664, l'amiral Duquesne avait bombardé Alger en 1682 sans que la position du dey en ait été affaiblie. Si bien que l'opération se renouvelait d'année en année, et l'on préparait la prochaine en cette année 1686 : l'objectif était à la fois de réduire la guerre de course menée par les bateaux barbaresques et de délivrer les milliers de prisonniers chrétiens razziés dans tous les villages de Méditerranée, vendus comme esclaves sur les marchés d'Alger.

Aumelas convainquit Malatesta d'accepter trois assauts, comme on dit dans le langage de l'escrime. Le spadassin italien le piqua trois fois en plein corps, et l'eût infailliblement tué si les armes n'avaient pas été boutonnées.

Le vicomte en conçut de l'humeur.

Balthazar, par chance, se trouvait là. Il avait été mobilisé, avec tous ses confrères, pour combattre un début d'épidémie de typhus dans les troupes que l'on commençait à rassembler à Sète. Le typhus était alors l'autre « peste », commune dès qu'on rassemblait des hommes, mortelle presque toujours, fréquente dans les prisons et les systèmes concentrationnaires – si bien qu'il n'était pas nécessaire, bien souvent, de faire passer en procès les suspects, morts dans leurs geôles avant l'audience, et parfois même, pour les plus chanceux, avant d'être mis à la question.

Dans l'un de ses rares loisirs, Balthazar assista à la démonstration de virtuosité du maître d'armes italien, et à la déroute totale de son ami. Il savait pourtant que Pierre d'Aumelas avait eu l'éducation normale d'un gentilhomme ; que le comte, qui n'était pas encore engourdi par ses rhumatismes, lui avait enseigné tout ce qu'il avait appris lui-même en vingt années de combats privés et publics ; qu'en ses temps de guerre, Pierre avait appris à se battre avec acharnement ; bref, qu'en théorie le vicomte était capable de bien manier une épée.

Mais ce que lui fit Malatesta, en quinze minutes, était au-delà de tout ce qui s'enseignait alors. Pas un muscle de son visage ne se fronçait. Il paraissait ne faire aucun effort : il parait les premiers assauts de façon classique, sans reculer d'un pouce, puis soudain se lançait dans un enchaînement incompréhensible, à la fin duquel Pierre d'Aumelas était mort – ou l'eût été, avec une arme réelle.

Alors seulement, l'Italien souriait. La lave s'animait, le réseau des cicatrices s'unifiait, et quelque chose qui ressemblait à une extase noire enflammait, un très court instant, le visage du maître d'armes. Il se lançait à lui-même un certificat d'excellence en murmurant, selon l'humeur, « *Bene* », « *Buono* » ou « *Gut* ». Une seule fois, au terme d'une combinaison qui ressemblait à un pas de danse exécuté sur la pointe des pieds avec une célérité sidérante, il se glissa à lui-même un « *Wunderbar* » qui frisait l'enthousiasme.

On comprend qu'un homme si difficile à se satisfaire lui-même, alors qu'il excellait, restât fort critique avec les officiers qu'il dressait à tuer. Ces derniers s'étaient faits à ses manières et, quoiqu'ils eussent été pourfendus si l'assaut avait été réel, ils quêtaient sur les lèvres pâles du maestro l'ombre d'un demi-sourire d'approbation. Les superlatifs s'usent l'un l'autre, alors que la sévérité narquoise porte en soi sa récompense.

Balthazar procéda avec méthode, et proposa une prime substantielle au maître pour qu'il apprît à son ami quelques bottes susceptibles d'améliorer son efficacité – et l'art de les parer. Malatesta refusa. Dans son baragouin italo-hispano-germano-français, il expliqua que l'argent ne l'intéressait plus ; il touchait de confortables gratifications pour enseigner les rudiments dans l'art de se faire tuer aux officiers du roi, il n'était pas homme à faire des économies, et les divertissements sétois étaient trop rares et trop peu raffinés pour qu'il leur consacrât plus qu'il ne fallait. « *Comprende ?* »

Mais Malatesta, pour maestro qu'il fût, avait un point faible. Balthazar l'avait vu examiner de près l'épée de Pierre, forgée par son père. Il aborda un matin le spadassin qui faisait des exercices, seul, sur l'une des jetées tout récemment construites, répétant inlassablement le même geste, le même déroulé, face à un adversaire invisible et pourfendu chaque fois, chaque fois renaissant pour être occis de nouveau. Balthazar, qui jouait souvent aux échecs contre lui-même, respecta la lutte de Malatesta contre son reflet invisible. Il le laissa achever sa série, puis l'aborda fort civilement. En voyant cet homme vêtu de noir, il avait pensé à la fable de La Fontaine – « Hé, bonjour, monsieur du Corbeau… »

— Admirable enchaînement, dit-il. On croirait que vous dansez. Je suis sûr que vous les tuez à chaque coup.

— *Si non le uccise siempre*, répliqua le maître d'armes non sans pertinence, *no sarei aquí por hablar mit dir*.

Balthazar songea que l'homme noir ne se laisserait pas manipuler comme l'oiseau de la fable. Il décida d'intervertir les rôles et d'être à son tour le corbeau, avec, dans son bec, un fromage auquel le rusé renard florentin ne saurait résister. Autant ne pas chercher à être le plus fin. Il faut parfois consentir à passer pour le plus faible afin d'obtenir ce que l'on ne peut avoir par force.

— C'est mon père, à Pézenas (son bras esquissa un geste pour désigner l'horizon des collines), qui a forgé l'épée de mon ami, dit-il.

— *Una bellissima espada*, dit Malatesta.

Puis il s'enquit. L'honorable père de l'honorable médecin avait-il d'autres épées du même genre en réserve ? Cela valait bien une chevauchée de quinze ou vingt lieues…

— Non, dit Balthazar. Mais je peux lui demander de vous en forger une.

Le maître d'armes sourit avec les yeux, sans qu'aucun muscle de son visage ne bougeât.

— *Vostro premio ?* s'enquit-il.

— Mon ami le vicomte va bientôt se lancer avec moi dans une aventure fort dangereuse, à laquelle j'aimerais que vous le prépariez.

— *Vedo*, dit Malatesta.

Oui, il voyait bien où voulait en venir Balthazar.

— L'épée, continua le jeune médecin, je vous la donnerai, vous avez ma parole. Tout ce qu'il me faudra, c'est l'empreinte de votre main droite sur une plaque d'argile. Mais ne lui en parlez pas : contentez-vous de lui demander de l'argent, comme à n'importe quel gentilhomme. Et enseignez-lui votre savoir.

Pendant dix jours, chaque matin, Pierre d'Aumelas apprit les diverses façons de tuer un homme. Avec beaucoup d'intelligence et d'humilité, il consentit, dès le premier instant, à oublier qu'il croyait savoir le faire. Chaque matin, il allait au bout de la jetée où Malatesta avait ses habitudes, en se récitant ce grand mot de la philosophie socratique : « Je ne sais qu'une chose, c'est que je ne sais rien. » Ce qui, appliqué à l'art de tuer et répété par un homme qui se rappelait pourtant avoir expédié une petite vingtaine de Hollandais dans l'autre monde, ne manquait pas de sel.

— *Dimentica che ha apprendito*, lui dit Malatesta. *Olvida tout. Pensa solamente come matar before you're killed.*

Ce n'était pas une question de bonnes manières, expliqua-t-il, mais de style. Pierre devait trouver son style. *Ses* bottes – pas celles que des maîtres d'armes lui avaient enseignées, et qu'ils avaient très probablement enseignées à d'autres.

Un matin, il lui demanda :

— *Sabe qui deve uccidere ?*

— Oui, dit Pierre. Je le sais, même si je ne le connais pas.

Il raconta au maître le but de leur prochaine expédition. L'Italien haussa les épaules. Si le vicomte pensait nécessaire de prendre le risque de mourir pour des impies…

— Pour moi, dit doucement Pierre. Pour l'honneur.

— *Honor è uno produtto inopportuno today*, répliqua Malatesta. *Un produtto de vostro padre. Honor era la comida della potenza. Today, è miedo. Come dice ?* La peur.

Balthazar, à qui Pierre rapporta ces propos, trouva le spadassin fort avancé en théorie politique. L'honneur était jadis le ressort collectif des aristocrates dont Richelieu, puis Mazarin, avaient éteint la morgue et le pouvoir, en découronnant les créneaux de leurs châteaux, en coupant leurs futaies et en les décapitant, de temps à autre, sur l'échafaud royal. *Oderint dum metuant*, disait déjà Caligula : qu'ils me haïssent, pourvu qu'ils me craignent. Dès *Le Cid*, en 1636, Corneille prévenait les jeunes enthousiastes qui faisaient un triomphe à sa pièce : « Mais songez que les rois veulent être absolus », objecte-t-il au comte de Gormas qui a souffleté Don Diègue. La réplique passe presque inaperçue, dans la bouche d'un courtisan de second plan, et dans une pièce où des jeunes gens querelleurs sont encore les héros, devant un roi quelque peu falot. Mais le dramaturge qui quatre ans plus tard, avec *Horace*, ferait allégeance à Richelieu, avait senti ce qui se tramait : la monarchie absolue ne fonctionnait pas à l'honneur, mais à la terreur.

Louis XIII avait toléré les fantaisies de quelques grands vassaux – à commencer par Richelieu lui-même. Mais Louis XIV, qui jamais ne prit de Premier ministre, était *Nec pluribus impar*, à nul autre pareil, donc au-dessus de tous. Le héros absolu qui n'en tolérait pas d'autre et qui avait réduit son « cousin » Condé, après lui avoir pardonné ses errements, à quémander un commandement. Après tout, n'avait-il pas fait la guerre à la Hollande parce qu'elle avait frappé une médaille où les Bataves se représentaient sous les traits de Josué arrêtant le soleil ? Le Roi-Soleil, arrêté par des planteurs de tulipes ! Tout pliait devant lui. Les protestants faisaient désormais les frais de son absolutisme : le mot ne serait inventé qu'un siècle plus tard, sous la Révolution, mais le fait était là. L'essence précède le nom.

Qu'un maître d'armes ait senti cela troubla Balthazar, qui se promit d'avoir avec l'Italien une discussion approfondie, le jour où il lui remettrait son épée.

Manuel Herrero, sollicité, avait fini par céder.

— Mais cette fois, avait-il grondé, ce sera la dernière !

L'épée de Malatesta fut fabriquée selon la même technique de feuilletage. Mais le forgeron utilisa des aciers européens de diverses origines, plus ou moins chargés en carbone ou en éléments annexes, magnétites importées de Grèce ou d'Autriche, hématite de Corsavy, dans la vallée pyrénéenne du Vallespir. À l'arrivée, le damassage paraissait identique et les effets moirés tout à fait équivalents. Seul différait le cœur de l'épée, inerte dans l'épée de Malatesta mais qui, dans la Louve, battait toujours, avec la pulsation d'un reptile engourdi par l'hiver, guettant la chaleur du soleil et du sang.

Malatesta avait encouragé Pierre à développer ce qui lui semblait *a priori* une faiblesse : l'obligation qu'il avait de se servir de son bras gauche. Il pouvait à la rigueur tenir une épée de la droite, mais l'épaule ne supportait pas un vrai combat, et l'arme sautait de sa main au premier froissement du fer.

— Un gaucher peut être redoutable pour un droitier, expliqua l'homme de l'art. Il ne faut donc pas se battre comme un droitier – ce serait aller sur son terrain. Tant de duellistes, surtout à l'engagement, semblent être en miroir, le fer croisé, la jambe en appui, le bras élégamment courbé en arrière au-dessus de la tête !

Malatesta singea l'attitude canonique, en tierce, et Pierre éclata de rire. Balthazar, qui assistait dans un coin à la leçon, comprit que la plaisanterie avait surtout pour but de décontracter l'élève.

— Sur le terrain, on n'est pas dans une académie. D'ailleurs, à la guerre, pensiez-vous à la beauté du geste, ou à la nécessité de tuer – et le plus vite possible ? Un duel qui s'éternise, dit-il encore, est un duel en train de se perdre.

Patiemment, il lui désapprit tout ce qu'il savait, et qui lui donnait – aux yeux de Malatesta – un air d'écolier studieux et un peu empoté.

En même temps, il le faisait parler sur la façon dont il avait appris à combattre. Les maîtres d'armes qu'il avait eus – et dont Malatesta ignorait jusqu'au nom, ce qui n'augurait rien de bon pour ces illustres inconnus.

Puis Pierre parla avec admiration de son vieux soldat de père, de la façon dont il lui avait transmis le métier des armes, appris sur tant de champs de bataille. Malatesta ne fit aucun commentaire, et détourna même la conversation vers les guerres entreprises par le vicomte lui-même – lequel se comparaît, à son désavantage, au comte son père, qui l'avait instruit. « J'ai toujours eu l'impression, en l'écoutant, disait-il, qu'il a vécu l'époque des géants, et que nous sommes des nains, comparés à eux. »

Balthazar pensa qu'il était plus facile, en vérité, de couper de vrais cordons ombilicaux que de séparer les enfants de leurs parents de façon définitive. Peut-être y avait-il là quelque chose à creuser.

Au bout d'une semaine, additionnant ce qu'il lui restait de bases de son ancien savoir et l'envie de mort que le spadassin avait insinuée goutte à goutte en lui, Pierre, après être passé par une phase où il avait l'impression de ne plus rien savoir, se retrouva animé du pur désir de tuer – sans l'être lui-même, si possible. Mais quelque chose en lui résistait au dernier moment, lui fit remarquer Malatesta : il retenait son coup au lieu de chercher à l'embrocher.

Leurs assauts étaient de moins en moins conventionnels. Malatesta ne ménageait pas son élève, l'envoyait s'écraser contre les rocs à peine polis de la digue, le prenait à la gorge de la main gauche au milieu d'un corps à corps – il faisait de son mieux pour le pourfendre, et attiser en lui la même ambition.

Ce fut au dernier jour que tout se mit en place, et Balthazar, spectateur attentif de ces assauts, apprécia d'un coup tout le travail accompli par le maître. Ils avaient déjà l'un et l'autre échangé des coups d'une rare violence quand Malatesta, soudain, s'écria :

— *Adesso, matadme ! Non sono il tuo padre ! Matadme !*

« Tue-moi » : jamais le spadassin n'avait ainsi rudoyé son élève. Le vicomte parut frappé au visage par une main invisible. Il ne chercha même pas à parer l'épée de son adversaire. Il se lança de profil, donna un coup de hanche dans le ventre de Malatesta, écarta de lui, de la main droite, la lame friande de son sang, et passant le bras gauche derrière son dos, frappa son adversaire au milieu de la poitrine.

C'était peu orthodoxe, mais diablement efficace.

Malatesta se redressa, les yeux brillants.

— *Estoy muerto !* dit-il avec une satisfaction visible.

Il se tourna vers Pierre, encore écumant de son effort, les yeux hors de la tête.

— Bravo ! *Bravissimo !*

Il lui frappa sur l'épaule.

— Vous avez trouvé votre style, vicomte ! articula-t-il enfin dans un français parfait.

21

Des poux

Pierre avait rapporté de l'armée, outre sa blessure, un splendide cheval Holstein, « emprunté » à un officier ennemi qu'il avait eu la douleur de tuer d'un coup de pistolet dans un engagement, et dont la monture lui avait paru propre à faire de l'effet. C'était un cheval très puissant pour l'époque, avec un garrot à près de cinq pieds sept pouces, parfait pour un cavalier de grande taille comme l'était Pierre d'Aumelas.

Malheureusement, l'animal, habitué aux gras pâturages d'Allemagne ou de Hollande, ne s'acclimata jamais aux garrigues arides du Sud. Il était dans la force de l'âge quand Pierre le ramena avec lui, mais il mourut dans les deux ans qui suivirent, miné par une sorte de consomption liée à un régime alimentaire qui ne lui convenait guère. Les paysans qui, au départ, se déplaçaient pour contempler avec stupeur cette bête orgueilleuse n'en parlaient plus qu'avec dérision, ce qui contristait fort son propriétaire, puis avec pitié, quand il fut évident que le cheval allait vers sa fin.

C'est sous Louis XIV que l'on se soucia enfin de régénérer l'élevage équin national. Colbert expédia des étalons sélectionnés dans les haras privés, on sélectionna ce que l'Europe avait de mieux et on se lança dans des croisements parfois hasardeux, parfois bien inspirés. Les chevaux andalous caracolaient alors en tête des affections aristocratiques. Les artistes, Bernin ou Girardon dans leur célèbre statue installée à Versailles, Martin Desjardins qui, en 1684, commençait à penser à la statue équestre qui serait installée, deux ans plus tard, place des Victoires, ou Mignard peignant le roi à Maastricht, tous eurent à cœur de représenter Sa Majesté montée sur un coursier exemplaire, à la puissante encolure ; une bête de scène et de combat. Même s'ils réduisaient le rapport de taille entre l'homme et l'animal, de façon à faire paraître le roi plus grand qu'il n'était en réalité par rapport à la bête.

Mais un pur andalou était une bête de grands seigneurs et, quelles que fussent les ressources libéralement fournies par Manuel Herrero, il était hors de question de s'équiper avec un coursier qui, s'il les aurait sans doute fait remarquer à la Cour, aurait été peu propre à un voyage de près de trois cents lieues.

Restaient les barbes, qui fournissaient l'essentiel des chevaux de cavalerie. Balthazar s'en accommoda fort bien : il était de taille moyenne, fort svelte, et le barbe, par ailleurs sobre et infatigable, n'est pas un grand cheval.

Pierre, sur un coup de chance (en fait, sur un coup de dés), gagna le cheval navarrin d'un officier sétois. Un cheval gris où il y avait de l'arabe et du genêt d'Espagne. L'officier malheureux – il avait tiré deux as, contre un pauvre trois de Pierre – était déjà un homme de grande taille, qui s'était choisi un animal à sa main, avec un garrot à cinq pieds cinq pouces : assez pour dominer la situation, mais juste assez petit pour qu'on pût le monter sans effort.

Ils prirent en main, pour porter leurs bagages, un bidet d'origine auvergnate, petit cheval polyvalent qui aurait sans doute convenu à un valet, s'ils avaient éprouvé le besoin d'en emmener un avec eux, et qui dissimulait, sous un crin fort épais, de belles qualités d'endurance.

Ils se mirent en selle le mercredi 15 mai, à la fin des saints de glace, après la messe que Balthazar, fort indifférent en matière de religion, suivit en faisant les gestes, pendant que Pierre en murmurait les prières.

Ils reprirent la route de Lodève, tournant à gauche vers le col du Perthus, afin de contourner la barrière rocheuse qui s'élève en contrefort des Cévennes et d'arriver à Millau en deux jours. Ils avaient calculé que vingt à vingt-cinq lieues par jour étaient une moyenne raisonnable, s'ils voulaient ménager leurs montures.

Balthazar avait beaucoup voyagé, mais il n'avait jamais traversé le royaume par le milieu, comme ils s'apprêtaient à le faire. Quand il était redescendu de Paris et des royaumes du Nord, il était passé par la vallée du Rhône. Il nota avec amusement, de gîte improvisé en auberge ou relais de poste cossu, l'évolution du langage. Au fur et à mesure qu'ils montaient vers le nord, les patois, tout en restant occitans, se modifiaient, roulaient davantage les « r » ou abondaient soudain en chuintantes. Presque aucun des paysans rencontrés, auxquels ils demandaient parfois leur route, ne parlait français – sauf, çà et là, d'anciens soldats revenus aux champs.

Après Millau, ils remontèrent la vallée du Tarn, plein nord, jusqu'à Aguessac, et filèrent par le col d'Engayresque vers la haute vallée du Lot et toute une série de villages dont les noms se terminaient tous de la même façon, Séverac, Campagnac ou Chirac. L'objectif était de passer par Saint-Flour avant de gagner Clermont, qui leur ouvrirait la pleine route vers Paris.

Cette traversée du Massif central n'était pas simple, à l'époque. Les villages étaient rares, les ressources réduites, les paysans soupçonneux et le printemps frileux. Ces deux cavaliers, montés sur des bêtes telles qu'on en voyait peu dans ces monts enclavés, paraissaient sinon suspects, du moins fort étrangers. La façon même dont ils articulaient leurs questions ou leurs exigences sonnait de façon curieuse aux oreilles de ces pauvres hères, accoutumés à un patois rocailleux. Les deux amis constatèrent maintes fois à quel point des régions entières étaient pour ainsi dire laissées à elles-mêmes, et s'amusèrent des escortes considérables dont s'entouraient les agents chargés de relever les taxes. Il était arrivé maintes fois que les paysans, pressurés d'impôts de toutes sortes exigés par le roi, le seigneur local ou l'évêque, se révoltassent contre les intendants, quitte à essuyer par la suite une terrible répression.

— De quoi meurent donc nos troupes, à Sète ? demanda Pierre.

— Nous appelons cela le typhus, dit Balthazar. Le mot est nouveau, la maladie antique. On en meurt très bien.

— Une sorte de peste ?

— Si tu veux. Je suspecte d'ailleurs une origine commune dans le mode de transmission.

— Les rats ? s'étonna le vicomte. Non contents de dévorer les récoltes, ils nous apportent les fléaux de l'Apocalypse !

— Les rats – oui, sans doute. Mais ils ne sont que les porteurs de la maladie. Je me demande…

— Je sens que sur le… typhus aussi, tu as des idées bien personnelles !

Balthazar sourit. Pierre adorait l'asticoter sur la médecine, à laquelle il ne comprenait pas grand-chose, partant du principe que les médecins n'y comprenaient guère plus que lui. À ceci près qu'il avait eu maintes fois l'occasion de voir son ami à l'œuvre et qu'il révérait son savoir, tout en plaisantant sur la façon dont archiatres et charlatans enrichissaient sans trêve prêtres et fossoyeurs.

— Tu sais… Le peuple appelle *pouilleux* les misérables les plus souvent atteints par ces épidémies. Et, à te parler franc, je me demande s'il ne met pas le doigt, sans le vouloir, sur la cause de toutes ces misères. La saleté, et les poux justement, ou les puces, tous ces prédateurs minuscules qui nous pompent le sang, vivent dans nos hardes, s'insinuent dans nos cheveux – voilà, à mon sens, la cause première. Nous ferons reculer la mort en nous frottant le poil avec plus de rigueur !

C'était un sujet de plaisanteries inépuisable entre eux. Balthazar aimait se laver. Pierre partageait les préjugés de toute la classe aristocratique et d'une bonne part du peuple, persuadés que l'eau était le plus grand danger pour l'homme.

— Les signes du typhus, continua Balthazar, ressemblent assez à ceux de la peste. Une forte fièvre, que rien ne peut briser. Puis des douleurs dans tous les muscles, dans les réseaux nerveux. D'insupportables maux de tête – et des phases de délire. Enfin, on passe à la période rouge de la maladie… Sur le visage ou la langue, du sang coule du nez et des gencives, des taches violettes se multiplient sous la peau, au fur et à mesure que les petits vaisseaux éclatent. On meurt de soif – et on finit par mourir tout court dans une éruption de fièvre plus intense. Parfois, ajouta-t-il, quelques-uns en réchappent, sans le faire exprès. Mes confrères (il eut, en disant le mot, une accentuation narquoise qui lui était habituelle dès qu'il parlait des morticoles dont il partageait la profession sans épouser leurs convictions), s'attribuent alors l'heureuse issue, dont tout le mérite revient en réalité à la nature spécifique du patient, mieux armé qu'un autre pour résister.

Il rêva un moment, et Pierre crut qu'il en avait fini avec le sujet. Puis, soudain :

— Nous vaincrons tout cela, dit Balthazar avec force. Nous vaincrons toutes les maladies, quand nous comprendrons comment elles arrivent… Par quels corpuscules elles s'insinuent en nous.

22

Guet-apens, et ce qui s'ensuit

Peu après Saint-Chély-d'Apcher, un gueux à qui ils demandaient une indication les envoya, malice ou bêtise, beaucoup trop à droite, vers les monts de la Margeride. Nos deux voyageurs savaient qu'ils allaient vers le nord ; qu'ils dévient un peu trop à l'est leur échappa, jusqu'à ce qu'ils se trouvent dans un paysage désolé. Des troupeaux de moutons paissaient dans des landes arides. De-ci de-là, quelques parcelles d'une orge dont les paysans locaux tiraient un pain noir peu engageant.

Ils avaient traversé la Truyère et s'étaient engagés dans des territoires tout à fait désolés, presque montagneux, où subsistaient encore, en cette fin mai, des plaques de neige dans les creux. Des chaos granitiques émergeaient au-dessus des bruyères et des genêts. L'ensemble composait un paysage d'une grande brutalité, comme si l'effort civilisateur de l'homme s'était arrêté dans ces contrées sauvages.

Ce n'est qu'en redescendant du Portus d'Auzenc qu'ils eurent l'impression de revenir à la civilisation.

Loin devant eux, une voiture tirée par quatre chevaux cahotait dans les ornières. Il avait plu la veille, et les chemins étaient fort boueux.

— Nous les aurons rejoints dans une demi-heure, estima Pierre.

Ils ne cherchèrent pas à forcer l'allure, mais les chevaux, qui en cette fin d'après-midi sentaient approcher l'écurie, accélérèrent d'eux-mêmes, et les deux cavaliers les laissèrent faire. Ils descendaient une colline ; une ondulation de terrain leur cacha la voiture, qui entrait à ce moment-là dans un petit bois de pins et de hêtres.

Alors, ils entendirent les coups de feu.

Pierre d'Aumelas enfonça ses éperons dans le ventre de son cheval, qui fit une sorte de saut en avant et partit au galop. Balthazar fit de son mieux pour le suivre, mais son fier destrier, comme il disait non sans ironie pour désigner le petit cheval barbe, avec toute sa bonne volonté, ne pouvait suivre la grande monture du vicomte. Sans compter qu'il tenait le petit genêt en longe.

Il hésita un court instant, puis lâcha la longe. Ils le retrouveraient sans peine, et ce n'était pas la peine de s'embarrasser avec une bête livrée à elle-même. Et il éperonna à son tour son cheval.

D'autres coups de feu se faisaient entendre, carabines et pistolets. Avec sa brillante imagination, Balthazar se représentait toutes les mises en scène possibles. Des malandrins, certes, mais combien étaient-ils ? Il avait assez voyagé pour savoir que la formule rituelle, « la bourse ou la vie », était une somptueuse plaisanterie : les hors-la-loi tuaient d'abord et coupaient les bourses ensuite. Quoi qu'ils fassent, ils étaient pendus au moins, roués au mieux. Pourquoi auraient-ils pris le risque…

Pierre d'Aumelas, pendant ce temps, s'abstenait de penser. Il avait dégainé son épée, de la main gauche, et tenait un long pistolet d'arçon de la droite, les rênes entre les dents.

En y repensant, plus tard, il s'étonna lui-même de la permanence en lui de certains réflexes acquis pendant la guerre – arriver comme un éclair et frapper dans sa charge, sans réfléchir.

La voiture était arrêtée, un homme à pied tenait les deux chevaux de tête. Le cocher et un homme en livrée de domestique étaient encore sur leurs sièges, absolument morts. Un truand s'approcha de la porte, l'ouvrit et partit en arrière : quelqu'un, à l'intérieur, venait de lui décharger son pistolet en plein visage. Ses comparses eurent une sorte de rugissement et se précipitaient pour régler le sort de l'ultime opposant, quand Pierre d'Aumelas déboula au grand galop parmi eux – le fracas des coups de feu avait camouflé le roulement effréné des sabots.

Il tua d'un coup de pistolet l'homme qui tenait encore la portière et s'apprêtait à monter, sabra la tête d'un autre et bouscula, du poitrail de son cheval, le groupe des quatre ou cinq bandits, en les éparpillant.

Les truands, y compris celui qui maintenait l'attelage, partirent en courant – sauf un, le chef sans doute, le seul monté sur un cheval, un roussin épais, couvert encore de sa toison d'hiver, avec de longs poils descendant sur les jambes et jusque sur les sabots. L'homme avait à la main un sabre de cavalerie et tenta d'en porter un coup au vicomte, qui revenait sur sa gauche comme une furie.

Là encore, ce fut un réflexe. Pierre para le coup et dans le même mouvement, avec toute la force que lui donnait son cheval lancé au galop, il enfonça la Louve dans l'œil gauche de son adversaire et l'y laissa.

Enfin, il arrêta sa monture et revint sur la scène.

Le dernier adversaire achevait de tomber de cheval. La Louve avait transpercé le crâne et ressortait d'un pied au moins au-dessus de la nuque.

Le vicomte mit pied à terre et s'approcha de la porte ouverte de la voiture.

Il y avait, à l'intérieur, deux femmes. La plus âgée tremblait au fond de la voiture en récitant son rosaire. La plus jeune – elle pouvait avoir quinze ou seize ans, et elle était, se dit le jeune homme frappé au cœur, d'une beauté délicieuse que son émotion rehaussait d'un éclat particulier – se tenait tout près de la portière. Elle tenait encore à la main un petit pistolet à silex fumant, avec lequel elle avait fort proprement assaisonné le premier assaillant assez hardi pour ouvrir la porte du carrosse. L'arme devait avoir été chargée de plusieurs grains, au lieu d'une balle unique comme c'était l'usage. L'homme à terre était tout à fait défiguré, mais il vivait encore.

Le vicomte, qui jugea d'un coup d'œil que ni l'une ni l'autre n'était blessée, se courba sur le cou de son cheval.

— Mesdames, je suis le vicomte d'Aumelas, heureux d'avoir pu vous rendre ce menu service.

La jeune fille s'inclina, sans répondre.

Pierre mit pied à terre au moment même où Balthazar arrivait enfin sur les lieux du carnage. À sa décharge, l'action n'avait pas duré trente secondes. Le gros de la troupe des assaillants s'était enfui. À terre, il y avait trois morts – ceux que Pierre avait occis au passage et l'homme blessé par la jeune fille, qui geignait en réclamant ses yeux : la décharge les lui avait crevés l'un et l'autre.

— Madame…, commença-t-il en lui tendant la main.

— Dites « mademoiselle », intervint alors la plus âgée, sorte de duègne censée protéger l'enfant qui lui avait été confiée.

La jeune fille sourit.

— Je suis Éléonore de Flavin, dit-elle. Mon cousin Nicolas m'appelle près de lui à la Cour, pour m'établir, et nous y montions à petites journées. Mais j'ai peur que cette mésaventure ne nous amène quelque retard.

Balthazar sourit dans son for intérieur. « Mésaventure ! pensa-t-il. Ces aristocrates ont de ces mots ! »

— Mon ami le docteur Balthus, le présenta Pierre.

Balthazar, descendu de cheval, s'inclina.

— Déblayons la route, afin que vous poursuiviez votre chemin, proposa Pierre.

La jeune Éléonore jeta un coup d'œil à son cocher, qu'un coup de carabine avait renversé en arrière, comme s'il dormait.

— Mais comment…, commença-t-elle.

— Mon ami prendra les rênes de votre attelage, dit Pierre. Tout ce que vous risquez, désormais, c'est de verser ! Pour moi, je ne vous quitte plus !

La jolie jeune fille rougit, plus par souci des convenances que par pudeur réelle. Éléonore de Flavin, pour jeune et inexpérimentée qu'elle fût, avait reconnu en Pierre l'accent d'une passion aussi vraie que soudaine, et en entendait l'écho dans son propre cœur, à sa grande stupéfaction. Voilà que le chevalier servant des romans à la mode se matérialisait devant elle – avec un si beau visage et des manières si douces !

Ils poussèrent les bandits morts sur le côté de la route, attachèrent de leur mieux le cocher et le valet défunts sur l'empilement de bagages couronnant la lourde voiture et, sans plus se soucier du blessé qui implorait de l'aide – « qu'il se fasse manger par les loups du Gévaudan ! » lança Pierre –, ils reprirent leur route.

Ils avaient attaché à l'arrière de la voiture aussi bien leur genêt, qui avait fini par les rattraper en broutant çà et là les hautes herbes au pied des hêtres, que le roussin du chef défunt et le cheval de Pierre. Balthazar conduisait d'une main incertaine, mais les chevaux suivaient par habitude le chemin bourbeux. Pierre, monté dans la voiture avec ces dames, parlait de tout, de rien et de lui – preuve, s'il en fallait, de sa grande incompétence en matière de séduction.

La jeune fille, qui parlait d'elle avec le même enthousiasme, ne paraissait pas lui en tenir rigueur. Sa mère morte, son cousin attaché à Louvois, à Versailles, qui lui avait trouvé un prétendant – « Vous plairait-il de le voir ? » demanda-t-elle à Pierre, avec une innocence cruelle. Et elle lui tendit l'une de ces miniatures que l'on expédiait aux promises, pour leur donner un semblant d'image de leur futur époux.

Le vicomte, tremblant de jalousie, jeta un œil sur le joli portrait peint dans le goût de Mignard. Le futur époux avait peut-être une quarantaine d'années. Il était pâle, l'œil clair, le cheveu très brun. Effroyablement beau, se dit Pierre avec dépit.

Ils gagnèrent le hameau de Montchamp et furent enfin mis sur la route de Saint-Flour, où ils arrivèrent très tard dans la soirée.

— Je suis rompue, dit la belle Éléonore en tendant la main à son chevalier servant. Monsieur, je ne sais comment vous remercier.

— Mademoiselle, dit le vicomte, je me croirai tout à fait bien payé si, à Versailles où nous nous rendons nous-mêmes, vous voulez bien vous souvenir de moi.

Les deux femmes demandèrent une chambre à l'aubergiste et ne reparurent plus de la soirée. Dans la salle commune, les deux amis se restaurèrent – ou plutôt, Balthazar se restaura pour deux. Il jeta un œil amusé sur Pierre, rêveur comme il ne l'avait jamais vu.

— Tu es un Don Quichotte qui a enfin trouvé sa Dulcinée ! se moqua-t-il.

La plaisanterie tomba à plat. Le roman de Cervantès était paru en 1605, il était désormais connu de toute l'Europe mais pas de Pierre d'Aumelas, qui avait appris à lire dans les traités d'escrime de son père et les quelques romans qu'avait laissés sa mère. L'éducation des jeunes aristocrates était fort négligée, sauf s'ils étaient destinés à l'église. La guerre seule l'avait un peu poli, et il avait appris l'espagnol et le flamand en fréquentant les prisonniers – ainsi que l'italien au contact de Monsieur le Prince, qui le parlait parfaitement.

Il ne réagit même pas à la plaisanterie de son ami. Balthazar s'affligea tout en souriant. Contre la maladie d'amour, la médecine ne disposait d'aucun remède.

Sans doute n'en aurait-elle jamais.

23

« À vous dire le vrai, les amants sont bien fous ! »

Les deux amis comptaient bien repartir dès le lendemain. Peut-être, escomptait Pierre d'Aumelas, escorteraient-ils la belle Éléonore de Flavin, sous un prétexte de sécurité que les événements de la veille justifiaient amplement.

C'était compter sans le prévôt de Saint-Flour, chargé de la sécurité et de la répression au nom du roi. Les gens de l'auberge avaient répandu dans la paisible cité auvergnate, comme un trait de feu, l'histoire de l'attaque, et la façon miraculeuse dont un gentilhomme étranger avait secouru une gente demoiselle. Il y avait là de quoi exciter l'imagination de provinciaux quelque peu éloignés du fracas parisien, mais nourris, eux aussi, au galimatias précieux de mademoiselle de Scudéry. Le prévôt, un certain Antoine Desforges (qu'il écrivait volontiers « de Forges », s'inventant une gentilhommerie à laquelle il n'avait pas droit), fut prévenu à huit heures du soir. En l'absence du gouverneur, monsieur de Lastic, appelé à Paris, il convoqua huit de ses hommes, avec mission de partir tôt le lendemain pour aller sur les lieux présumés de l'attaque. Et il vint présenter ses respects, au petit matin, à ce vicomte si valeureux et à cette demoiselle si audacieuse.

Il trouva Balthazar, toujours tôt levé, prêt à partir. En attendant que son ami procédât à une toilette rapide, il se proposait de faire un tour dans la cité du haut : l'auberge, qui faisait aussi relais de poste sur cette étape majeure de la route de Béziers à Paris, était par nécessité située dans la ville basse, hors les murs. La cathédrale, dont la silhouette restait noire alors même que les feux du levant la frappaient de face, l'intriguait. Il était curieux de tous les lieux où il passait, persuadé que qui connaît les lieux connaît les hommes qui les habitent – car, si l'homme construit des paysages à son image, les paysages eux-mêmes bâtissent l'homme qui les occupe.

On avait fait au prévôt une description assez précise des deux voyageurs. « L'homme noir » – ainsi appelait-on tout individu plus bronzé que de coutume – ne pouvait être que le valet de l'estimable seigneur d'Aumelas, jugea-t-il. Un esclave ramené d'outre-Méditerranée, peut-être.

Il aborda donc maître Balthus avec la hauteur caractéristique des gens de peu qui affichent une morgue de grands seigneurs avec leurs inférieurs, pour compenser l'humilité forcée avec laquelle ils saluent leurs supérieurs.

Ce mouvement de l'esprit, Balthazar l'évalua en un instant. Et, par une malignité qui lui était fréquente, il laissa le prévôt dans son erreur, répondant avec une politesse qu'un imbécile pouvait prendre pour de l'obséquiosité mais dont un homme d'esprit aurait saisi l'ironie. Non, le digne seigneur d'Aumelas dormait encore ; quant à la demoiselle, c'était probable ; oui, il était présent lors de l'attaque des bandits dans la forêt – quelle histoire… Ah, le vicomte était un héros, cela allait sans dire…

— Monsieur d'Aumelas, ajouta Balthazar, s'étonne cependant que vous laissiez des bandes armées ravager le pays dont vous vous occupez. Et, comme il se rend à Versailles, il saura en rendre compte au roi. D'ailleurs, mademoiselle de Flavin y va elle-même ; son cousin, nous a-t-elle dit, est parmi les proches de monsieur de Louvois…

Il eut la satisfaction de voir le visage de l'arrogant prévôt se décomposer. Les noms qu'il lui jetait à la face – Aumelas, Versailles, Flavin, Louvois – étaient autant de coups de marteau assénés sur le crâne de cet imbécile pompeux.

— Ah ! s'exclama le prévôt, mais c'est que j'ai si peu d'hommes pour un si vaste territoire…

Il se tut soudain. L'idée qu'il était en train de s'excuser vis-à-vis d'un valet le frappa de plein fouet.

Le prévôt était l'un de ces exécutants dociles plus porté sur la dive bouteille, comme disait Rabelais, que sur les chevauchées dans les chemins creusés d'ornières de sa belle province. Sur sa face rubiconde, ses pensées se décryptaient à livre ouvert. Balthazar lut donc successivement la prétention, assaisonnée de crainte, elle-même agrémentée de vanité, et, au-dessus de tous ces mouvements successifs, l'aveu d'une incapacité intellectuelle à laquelle il ne fallait pas trop demander.

— J'ai omis de me présenter, ajouta Balthazar. Je suis maître Balthus, médecin diplômé des universités de Montpellier et de Pise, et ami du vicomte d'Aumelas avec lequel je me rends à Paris. Mais justement, le voici…

Pierre s'était endormi tard. Les événements guerriers de la veille ne l'avaient guère secoué, mais la belle Éléonore l'avait ému au-delà de ce qu'il croyait possible. La courte bataille lui avait certes échauffé le sang, mais la conversation dans la voiture de sa belle lui avait d'autant plus agacé les nerfs qu'il n'avait pas eu l'impression d'y briller. « Ah, si l'amour rend stupide, lui avait dit Balthazar, ce n'est pas ma faute ! Les poètes qui trouvent de si jolies guirlandes à offrir aux dames ne ressentent rien de vrai – d'où leur expression aisée. »

— Monsieur d'Aumelas ? s'enquit le prévôt en abandonnant Balthazar, face auquel il n'était pas de force.

— Monsieur ?

— Je suis prévôt des gardes de Saint-Flour, s'enfla la grenouille. Et j'ai, à ce titre, à vous demander quelques éclaircissements…

— Des éclaircissements, à moi ? lança le vicomte avec hauteur.

Balthazar était bien aise de les contempler. Deux beaux spécimens – la haute taille et la jambe aristocratique de l'un, le cou engoncé dans les épaules de l'autre. Aristocratie contre plèbe. « Il n'y a pas que les paysages qui modèlent les hommes, pensa-t-il. Il y a aussi leur âme. »

— J'aimerais juste vous demander quelques détails sur l'attaque dont vous avez été victime…

— Mais je n'ai pas été victime ! se récria Aumelas.

— Cette demoiselle, alors…

— Ah, c'est autre chose, soupira le vicomte.

— Croyez-vous qu'il serait possible de l'interroger…

— Interroger une demoiselle de Flavin ? s'insurgea le jeune aristocrate. Vous n'y pensez pas, mon bon monsieur.

Le prévôt, habitué à voir plier devant ses titres le peuple de Saint-Flour, avait pour lui sa conscience et son devoir. Il releva la tête.

— J'ai fait appeler tôt ce matin le lieutenant général de Clermont, monsieur d'Anterroches, dit-il. Il sera là dans la soirée. Vous voudrez bien ne pas quitter notre ville avant qu'il ne vous ait vu.

Il tourna les talons. Le vicomte faillit éclater – puis il se ravisa soudain. Cette halte forcée serait imposée aussi à Éléonore… Le nuage qui passait dans ses yeux se dissipa aussitôt, et Balthazar, qui avait suivi mot à mot, quoiqu'ils fussent muets, les divers sentiments agitant son ami, sourit dans son for intérieur.

Éléonore ne se montra pas dans la salle commune – c'eût été inconvenant – mais accepta la demande d'entretien que le vicomte lui fit monter par un valet.

De ce qu'ils se dirent tout au long de cette journée interminable, nous ne rapporterons rien ; les propos des amoureux ne sont intéressants que pour eux. Pendant que Pierre contait fleurette, Balthazar passa le Pont-Vieux qui traversait l'Ander et visita la haute ville. Dans la cathédrale Saint-Pierre, il admira le Christ noir, se demandant quel artiste avait pu teindre ainsi du noyer pour donner à la haute figure du Sauveur cette apparence quasi africaine, sur des traits éminemment européens. La sculpture, de taille humaine, dominait la nef sombre. Tout, d'ailleurs, était sombre dans cette ville, et Balthazar, qui avait admiré toutes sortes de constructions au cours de ses voyages, fut frappé par l'utilisation, qu'il n'avait jamais vue qu'à Naples, de la pierre volcanique pour construire les bâtiments les plus imposants. L'ensemble donnait à la petite ville un caractère sévère, que démentait l'animation du marché – et le flot de rumeurs qui s'ouvrait sur son passage, comme la mer Rouge s'était ouverte devant Moïse, chacun se montrant le médecin étranger à qui il était arrivé cette mésaventure la veille.

Vers six heures du soir, enfin, l'attention se porta ailleurs, et Balthazar vit la foule refluer vers deux points de la place de la cathédrale. Le lieutenant général d'Auvergne venait d'arriver – par chance, il était en tournée à Issoire, au sud de Clermont, quand le message du prévôt lui était parvenu, et il n'avait eu qu'à pousser sa voiture.

Presque au même moment, le médecin entendit des cris – « Regardez ! Ils l'ont attrapé ! » – et il vit débouler un cortège d'hommes d'armes ramenant sur un mauvais roussin, enchaîné, l'homme qui les avait attaqués la veille, et auquel mademoiselle de Flavin avait crevé les yeux. Les gens d'armes n'avaient guère eu de mal à cerner et à rattraper le malheureux, un certain Camus ou Camard, un surnom que lui valait sans doute son nez épaté. Il avait été abandonné par ses compagnons en fuite et errait à travers la forêt en se cognant aux arbres, racontaient les soldats guillerets.

Par hasard, les deux cortèges se rencontrèrent près de l'hôtel de Lastic, qui servait de résidence au gouverneur de la ville. Le lieutenant général, auquel un premier rapport avait été remis par le prévôt, pensait comme Henri IV que « bonne justice est prompte », et ordonna que l'on fît dans l'heure procéder à l'interrogatoire du bandit aveugle – un ordre qui fit frissonner Balthazar. Il avait eu maintes fois l'occasion de travailler sur les corps suppliciés de condamnés, et savait ce que représentait la question : on lui imposerait les brodequins, qui faisaient éclater les chairs des jambes, et parfois les articulations – voire les os, lorsqu'on passait de la question ordinaire à la question extraordinaire, et que le nombre de coins enfoncés entre les planches auxquelles étaient liés les membres inférieurs passaient de quatre à huit. Peu importait, alors, que l'on brisât les os, puisque le condamné était exécuté le lendemain. Quitte à ce qu'il dût être porté sur l'échafaud.

Balthazar redescendit dans la basse ville et regagna l'auberge. Le vicomte avait enfin persuadé la jeune fille de sortir de sa chambre et de partager son dîner – un ragoût d'agneau mitonné dans une terrine avec un bouquet, un oignon pilé, des câpres, des champignons et une écorce d'orange.

— Demain, promit l'aubergiste qui ne doutait plus que cette belle compagnie ne soit coincée à Saint-Flour le temps d'instruire le procès du truand, j'aurai des sarcelles à point – elles mûrissent dans ma réserve.

Alors arriva un messager du lieutenant général, conviant à souper mademoiselle de Flavin et le vicomte d'Aumelas. Balthazar avait été oublié et s'en félicita ; il ne tenait pas à parader à la table d'un représentant provincial du roi qui, selon toute probabilité, se prenait pour Sa Majesté. Et le mouton lui allait fort bien.

L'aubergiste, qui lui avait extorqué une consultation gratuite, ajouta en dessert des casse-museaux – des pâtisseries de moelle de bœuf ébouillantée, égouttée et passée dans le sucre avec un peu de sel et de cannelle, puis déposée sur une abaisse de pâte, enveloppée, passée en friture et resucrée. Un délice.

Le vicomte rentra fort tard et fort en joie. Il était revenu, par convenance, sur son serment de ne plus boire, et mademoiselle de Flavin se laissait faire une cour empressée, tout en insistant sur le fait qu'elle allait à Paris pour se marier. « Étrange personne ! » pensa Balthazar, réveillé et sommé d'entendre le récit de la soirée. Le lieutenant général les conviait à assister le lendemain au procès et à l'exécution de ce Camus camard. « Étrange justice, pensa encore Balthazar, où la peine est prononcée avant que le procès ne se soit tenu ! »

Il dut encore endurer l'enthousiasme de son ami pendant une bonne partie de la nuit. Il finit par s'endormir alors que Pierre, pour la dixième fois, analysait telle parole de son égérie nouvelle, se demandant si elle lui était favorable ou indifférente. Balthazar sombra en se rappelant une réplique du *Tartuffe* de monsieur de Molière : « À vous dire le vrai, les amants sont bien fous ! » Et il s'endormit en souriant.

24

« Laissez passer la justice du roi ! »

Le lendemain, rien ne se passa.

Le procès du Camus eut bien lieu, et selon la loi, qui punissait avec une férocité exemplaire les bandits de grand chemin, il fut condamné à être roué vif. « Les deux bras lui seront brisés et rompus en deux endroits, tant haut que bas, avec les reins, jambes et cuisses, et mis sur une roue haute plantée et élevée, le visage contre le ciel, où il demeurera vivant pour y faire pénitence tant et si longuement qu'il plaira à Notre-Seigneur de l'y laisser, et mort jusqu'à ce qu'il soit ordonné par justice, afin de donner crainte, terreur et exemple à tous autres… » Ainsi parlaient les juges, répétant les formules consacrées qui faisaient usage au même moment en quinze places du royaume. Le Camus écouta la sentence d'un air stupide qui lui attira des quolibets. Il n'entendait goutte à ce charabia articulé en français, lui qui baragouinait à peine le patois rugueux des monts d'Auvergne.

Depuis l'édit de Villers-Cotterêts, en 1539, les juges étaient tenus de s'exprimer dans la langue du Roi – une façon de célébrer la personne du souverain à travers sa langue. Cependant, de la Bretagne à la Lorraine, de l'Artois à la Provence, de la Guyenne à la Franche-Comté, les douze millions de Français ne parlaient guère la langue de Sa Majesté. Il n'y avait guère que l'armée pour enseigner à ces rustres quelques éléments du français de base, réduits le plus souvent à la compréhension d'ordres simples, toujours articulés de la même façon. Mais dès qu'ils étaient de repos, les soldats se retrouvaient par provinces et reprenaient, entre eux, le galimatias de leurs pères et mères.

Il n'y avait pas de bourreau à Saint-Flour. On pendait parfois, et les hommes du guet suffisaient à la tâche. Mais rouer, c'est un art en soi.

On alla donc quérir le bourreau de Clermont et l'on remit l'exécution au surlendemain, tout en bâtissant à la hâte un échafaud. On aurait, bien sûr, pu installer la roue au ras du sol. Mais dans la symbolique de l'échafaud surélevé, c'était le pouvoir royal que l'on dressait, un trône sanglant qui écrasait de sa solennité le condamné et les spectateurs.

Le peuple se promettait une belle fête, et accepta avec patience un délai qui permettait à tous les villages environnants de se rendre à la ville, ce qui faisait d'un événement local une manifestation régionale et transformait la fête en foire. Marchands et baladins convergèrent au plus vite vers Saint-Flour, et installèrent leurs tréteaux autour de l'échafaud dressé devant les deux tours carrés de la cathédrale. Ainsi, l'autorité royale se couvrait de l'autorité ecclésiastique. Le trône et l'autel participaient au châtiment, l'un au nom des puissances terrestres, l'autre au nom du souverain céleste.

Le lieutenant général en profita pour inviter mademoiselle de Flavin à s'installer à l'hôtel de Lastic où il résidait lui-même, et qui avait des accommodements plus convenables pour une jeune personne. Le vicomte crut en mourir de rage, parla de provoquer monsieur d'Anterroches en duel, et mille autres excentricités. Balthazar eut bien du mérite à lui faire entendre raison.

Le lieutenant général en usa d'ailleurs avec politesse à leur égard, en les conviant, l'un et l'autre, à assister à l'exécution le surlendemain dans la tribune d'honneur, où seraient assis les notables. Pierre accepta, dans l'espérance d'entretenir sa belle au milieu de la foule pendant que l'on rouerait le malheureux, et Balthazar parce qu'il saisissait toutes les occasions de caparaçonner son cœur contre toute faiblesse en se forçant à assister à toutes les manifestations de la férocité humaine.

Il retourna le lendemain dans la ville haute. On construisait encore l'échafaud – une plate-forme de bois, surélevée de cinq pieds au-dessus du pavé, sur laquelle étaient installées deux grosses poutres formant un « X » sur lesquelles on attacherait la victime et, tout à côté, une roue de bois surélevée sur laquelle on poserait le Camus après lui avoir rompu les membres, afin de l'y laisser agoniser – quelques heures ou quelques jours, tout dépendrait de sa résistance.

Pour le moment, le charpentier s'occupait à entailler les poutres en quatre endroits spécifiques, là où reposeraient les jambes et les bras du condamné. Ainsi, les os seraient en porte-à-faux et se rompraient plus aisément. Le maître charpentier avait demandé à l'un de ses assistants de s'étendre sur la croix, afin de prendre ses repères. Les plaisanteries – « Tu mériterais bien plus que le Camus d'y être attaché ! » – allaient bon train. Les badauds riaient eux aussi de bon cœur.

On ignorait, parce qu'on ne le disait jamais, si le tribunal avait spécifié dans son jugement un *retentum*, autorisant le bourreau à étrangler son patient après l'avoir roué – une mesure d'humanité qui n'était pas rare. Il arrivait même qu'on le garrottât avant de procéder, au grand désappointement de la foule, qui se repaissait volontiers des cris du condamné.

L'exécution était prévue à dix heures. Les deux amis montèrent à pied, parmi une foule de paysans qui s'empressaient afin de trouver une bonne place. Des spectacles de cette qualité, Saint-Flour n'en donnait pas tous les jours.

Le lieutenant général leur avait promis de leur donner la libre disposition d'un balcon qui dominait la place, afin que leur plaisir ne fût en rien entamé par la fréquentation des gueux venus nombreux voir l'un d'entre eux châtié des crimes énormes de pauvreté et de désespoir.

C'est à peu près ce que Balthazar disait à son ami, qui n'en saisissait pas le quart, tout occupé qu'il était du désir de revoir la belle Éléonore.

— T'es-tu un jour demandé pourquoi les châtiments sont si horribles ? interrogeait le médecin. En fait, il ne s'agit pas de punir telle ou telle faute, mais de réparer l'offense faite au roi à travers ses sujets. Les souffrances endurées par le patient sont censées être proportionnelles à celles qu'a endurées Sa Majesté à chaque attaque, détroussement ou attentat commis par ces bandits. Plus la sentence est lourde, plus grande a été la peine ressentie par le roi – voilà ce que nous dit l'horreur des supplices… C'est spectaculaire, sans doute, ajouta le jeune médecin. Mais est-ce la justice ?

Pierre n'entendait qu'un mot sur deux. D'abord, parce qu'il était tendu vers ce rendez-vous avec Éléonore, qui depuis deux jours et pour toute sa vie, disait-il, occupait sa pensée. Ensuite, parce qu'il avait été à l'armée et qu'il avait assisté à des exécutions en masse. Il avait ainsi souvenir d'un grand chêne festonné de pendus, une bonne cinquantaine de pauvres hères gigotant aux basses branches. Si la guerre habituait au sang, les supplices habituaient à la cruauté, et ils en donnaient le goût. Ils n'effrayaient, au fond, que ceux qui n'avaient aucune chance de se retrouver un jour à la place des suppliciés.

Les deux amis se faufilèrent dans la foule qui s'était amassée tôt, échangeant, dans un patois dont les deux amis ne comprenaient presque rien, toutes sortes de quolibets sur l'événement à venir. Tout ce que l'on savait du condamné, c'est qu'il n'était pas de Saint-Flour mais d'un obscur village du nord de la Margeride, Soulages ou Chastel peut-être, dont il avait été chassé par la misère, les hivers trop précoces et trop tardifs, la taille et la gabelle, et la malédiction de ne pas être l'aîné.

— Un ancien soldat, assurait l'un.

— Un va-nu-pieds, affirmait un autre, bien content d'avoir de mauvais sabots.

Les deux amis se firent connaître des gardes et montèrent au premier étage, où le lieutenant général recevait ses invités. Pierre salua la belle Éléonore avec un empressement plaisant ; elle reçut son compliment avec un visage ouvert et souriant. Les deux jeunes gens s'installèrent au balcon, sur des sièges mis en place par les valets. Balthazar, habillé tout de noir selon son habitude, préféra rester debout derrière eux, comme un démon dominant deux têtes d'anges.

Il y eut un frisson dans la foule. L'exécuteur masqué venait de monter sur l'échafaud. Pour autant qu'on en pouvait juger, c'était un homme robuste, dans la force de l'âge, vêtu d'un justaucorps de cuir d'un rouge sombre. Il tenait à la main la barre de fer avec laquelle, tout à l'heure, il romprait l'un après l'autre les membres du Camus – les bras, les jambes, les épaules et parfois le bassin. L'art consistait à ne pas toucher un organe qui, en éclatant, aurait pu abréger le supplice, et de prendre son temps entre chaque coup, afin que la sentence fût exécutée selon la prescription des juges et la douleur ressentie en détail. Puis, aidé de ses deux apprentis montés derrière lui, l'homme rouge détacherait le corps pantelant et fracassé, et l'attacherait sur la roue, les membres ballants, les os sortant des chairs, pour l'y laisser expier ses fautes. Plus grande serait la douleur, et plus Dieu serait enclin à recevoir l'âme du misérable, purgée de ses fautes par la justice terrestre – bien moins rigoureuse, pensait-on, que la justice divine.

— Ah, mademoiselle, soupirait Pierre, quelle joie de vous revoir ! Cette journée d'hier me fut interminable…

— En vérité, monsieur, murmura la jeune fille, je suis bien folle d'écouter vos douceurs. Je suis fiancée, savez-vous…

— En cet instant, dit le vicomte, je ne veux pas le savoir. Ne pensons qu'à nous aujourd'hui.

— Vous me dites des folies, soupira Éléonore sur le ton de quelqu'un qui en désirait ouïr encore davantage.

Il y eut alors un cri dans la foule. Quatre soldats du guet escortaient le prisonnier, le tenant par les bras pour le faire marcher – d'abord parce qu'il était aveugle, ensuite parce que ses jambes, à demi rompues par la question ordinaire et extraordinaire, ne le soutenaient plus.

C'était un homme de petite taille, comme la plupart des paysans, dont toute l'énergie passait à survivre aux maladies, aux famines et aux vicissitudes sans nombre de la vie.

Il avait encore le visage noir de sang séché. La grenaille dont était chargé le pistolet de la belle Éléonore avait creusé dans ses joues, son nez et son front de profondes balafres qui viraient au violet. On eût dit que toute la lave des volcans d'Auvergne avait coulé sur ses joues, creusant des rides inédites, bouleversant ses traits. Les yeux crevés étaient deux flaques rouges.

Il avait, sous la torture, dénoncé tous ses complices. Ils étaient presque tous originaires du même village de Margeride. La justice du roi y mettrait incessamment bon ordre…

Monter les six marches menant à l'échafaud fut, pour le pauvre homme, une épreuve insupportable.

— Il crie déjà, dit une voix en patois, alors même que ça n'a pas commencé !

Cela fit rire.

— Je ne vous laisserai pas être profanée par je ne sais quel butor, disait Pierre. Je le tuerai !

— Allons ! Ne dites pas de sottises ! À ce que l'on m'a dit, c'est un duelliste redoutable ! Et il y a les édits du roi qui interdisent le duel ! Je tiens trop à vous pour accepter que vous risquiez une tête qui m'est déjà un peu trop chère…

Cependant, le bourreau prenait possession de sa victime, la dépouillait de ses guenilles, lui laissant juste de quoi épargner la pudeur des dames présentes, et l'attachait sur la croix de Saint-André qui émergeait de deux pieds au-dessus de l'échafaud.

Un homme de loi, tout en noir, lut à voix haute le jugement. Le Camus tentait bien de relever la tête, pour savoir d'où sortait ce flot de paroles auxquelles il n'entendait rien.

Balthazar songea que son procès tout entier s'était sans doute passé sans qu'il y comprît rien. Idéalement placé pour tout voir et tout entendre, il ne savait plus s'il devait frissonner du spectacle qui se préparait en bas, ou rire du galimatias des deux tourtereaux.

Un juge monta à son tour sur l'échafaud, un parchemin à la main, et lut la sentence :

— Camus, dit le Camard, convaincu des abominables crimes de brigandage, vol, violences et rapines, en réunion et à main armée, condamné à avoir les membres rompus et à être exposé sur la roue pour l'édification des peuples…

— Tenez, monsieur, disait Éléonore, vous plairait-il de revoir le portrait de mon promis ? Hier, vous n'avez fait que l'entrevoir… Jugez si c'est un homme à renoncer à moi – et à ma dot, ajouta-t-elle avec un léger soupir.

Elle retira de son sein la petite boîte plate. Elle l'ouvrit. Balthazar, qui surplombait la scène, estima à son juste prix la perversité innocente d'Éléonore, qui remettait sous les yeux de l'amant le portrait du futur mari. Il jugea que l'artiste avait peut-être embelli le modèle, selon les règles de son art et l'habitude des peintres, mais que l'homme représenté – un quadragénaire au regard clair, d'un bleu-vert inhabituel, au poil encore noir, le regard sévère et attentif, le visage admirablement proportionné, la bouche autoritaire encadrée de rides expressives qui dénotaient une apparente cruauté, tout ce qui plaît si fort aux femmes, jugea-t-il – n'était certainement pas un couard qui s'effacerait devant les impétueux désirs de son ami. Et la perspective des conflits futurs le fit soupirer.

Le bourreau leva la barre très haut, et l'abattit sur l'avant-bras droit du Camus.

On entendit le craquement des os jusqu'à l'autre bout de la place.

Le condamné hurla.

— Ah ! cria la foule en écho – et c'était presque un cri d'extase.

Éléonore saisit soudain la main de Pierre et la serra très fort. Elle regardait devant elle, fascinée par le spectacle. Après tout, si l'homme avait été si facilement saisi, c'était grâce à elle et au fait qu'elle s'était défendue contre son agresseur.

— Je veux voir dans votre geste…, commença Pierre.

La barre s'abattit sur le bras, qu'elle rompit comme on casse une branche morte. L'os saillit entre les chairs, d'un éclat blanc au milieu des chairs sanguinolentes. Le Camus hurla encore, jusqu'à ce que son cri se mue en un gémissement continu.

Puis l'autre bras.

Éléonore serrait la main de Pierre comme si elle fût sur le point de se noyer et se raccrochât à une branche de la berge.

Elle se tourna un instant vers lui.

— Je vous promets mon amour, dit-elle d'une voix brisée. Mais pour ce qui est de ma main, elle est promise à un autre.

Et, ce disant, elle serrait la main de Pierre. Quand le bourreau rompit les jambes du condamné, elle eut une sorte de plainte étouffée que seul Balthazar entendit, tant les hurlements de damné de l'aveugle résonnaient dans la place semi-circulaire, que les façades des maisons qui la bordaient et la transformaient en amphithéâtre antique renvoyaient en réverbération en les amplifiant.

Là-bas, le bourreau détachait le corps supplicié. Avec ses aides, il le porta sur la roue, où il l'attacha de façon que les jambes brisées rejoignissent presque la tête, de part et d'autre d'une large roue de carrosse dont on avait scié le moyeu central.

L'homme n'en était plus à hurler. Il balbutiait de façon presque continue des plaintes de mort. La foule, qui avait été fort silencieuse durant l'exécution proprement dite, retournait peu à peu à ses affaires, et accompagnait son expiation d'une grande rumeur joyeuse.

Balthazar en vint à penser que l'horreur des supplices était moins un avertissement qu'une incitation. Seuls les honnêtes gens sortaient bouleversés d'un tel spectacle. Les truands y voyaient l'absolution de leurs futurs crimes : à la violence royale, répondrait la leur. Et plus intense était le châtiment promis, moins ils seraient incités eux-mêmes à la commisération. Ce ne serait plus « la bourse ou la vie », mais la vie d'abord, et la bourse après.

Le temps passé sur la roue à agoniser variait fort d'un condamné à l'autre. Certains mouraient en deux heures. D'autres y passaient plusieurs jours.

L'exécuteur passa un lacet de cuir au cou du condamné, l'attacha à une longue cheville de bois et vissa pour garrotter sa victime.

— *Retentum !* hurla la foule dépitée. *Retentum !*

Le Camus mit encore dix minutes à mourir. Les cris ne passaient plus – rien qu'une sorte de gargouillement infâme.

Quand tout son corps enfin se détendit, la main d'Éléonore abandonna celle de Pierre, qui voulut la ressaisir – mais le charme était rompu, et la jeune fille se dégagea de l'étreinte du vicomte.

— Allons, monsieur ! protesta-t-elle.

Tous se levaient. Le corps du supplicié appartenait désormais au bourreau. Les exécuteurs les écorchaient et recueillaient la graisse, qu'ils faisaient fondre afin de l'accommoder dans des fioles adéquates. Elle était vendue par la suite aux apothicaires, qui en tiraient des baumes censés soigner les rhumatismes.

Balthazar jugea qu'il ne devait pas y avoir lourd de gras dans le pauvre homme étique, poussé au crime par la misère. « Au moins, pensa-t-il avec un cynisme qui était le manteau de son extrême sensibilité, il n'aura plus jamais faim. »

— Sur ma vie, disait pendant ce temps Pierre d'Aumelas, je ne vous abandonnerai pas aux profanations de votre époux.

Éléonore se mit à rire en haussant les épaules.

— Eh bien, dit-elle, nous verrons cela. En attendant, partez. Le lieutenant général m'a promis une escorte, il faut le temps de la faire venir de Clermont, je vous ralentirais, et votre présence serait bien embarrassante aux yeux de ces hommes. Déjà, ma digne Angélique me fait les gros yeux, ajouta-t-elle en se retournant vers la dame âgée qui, en retrait, l'observait d'un regard désapprobateur.

Elle eut un sourire pour le pauvre beau vicomte.

— Croyez bien, monsieur, que si je peux encore vous dire à Paris ce que je vous ai dit tout à l'heure, j'en serai la première enchantée. Je vous ai rencontré bien tard, et mon devoir m'impose de dominer ma passion. Mais mon amour vous est acquis – à jamais.

Elle le quitta sur ces mots. Balthazar prit le bras de son ami, le sentit frissonner sous la soie du pourpoint et pensa, de nouveau, que les temps à venir seraient fort difficiles.

25

Des cirons et autres animalcules

Il était trop tard pour se mettre en selle le jour même. Ils eurent donc droit aux sarcelles, que leur hôte leur servit rôties à la broche, accompagnées d'une sauce composée du foie des volatiles, d'une large poignée d'herbes dulcifiantes, hachées et passées à la poêle avec du lard, et liées de quelques jaunes d'œufs. Une merveille, dit le vicomte avec grand appétit.

Balthazar picora. Cet homme, fin comme une lame, semblait se nourrir de miettes et de vent. Les événements de la matinée pesaient sur eux – sur le vicomte, plein de son amour si soudain et rêvant aux promesses d'Éléonore, et sur le médecin, que le spectacle de la souffrance avait fort assombri.

Ils donnèrent des ordres pour qu'on les réveillât dès l'aube, et que leurs chevaux fussent prêts.

Les brumes se dissipaient lentement. La journée serait belle. Des coqs attardés chantaient dans les hameaux.

Ils chevauchaient en silence. Pendant une heure au moins, le vicomte ne parut pas s'en apercevoir. Il échafaudait toutes sortes de projets, défiait en duel le fiancé de son amante, obtenait du roi sa grâce et convolait en justes noces avec l'élue de son cœur, la ramenant en Languedoc à la grande joie de son père…

Il souriait tout seul à son roman. Enfin, il émergea de son rêve et, se tournant vers Balthazar :

— Tudieu, tu ne dis rien ! Les sarcelles te sont restées sur l'estomac ? Tu y as à peine touché…

Balthazar regarda son ami. Il admirait en lui cette vitalité, cette insouciance, cette bonne humeur presque perpétuelle.

— Je ne crois pas aux supplices, dit-il.

— Et comment voudrais-tu les punir ? Se montrer lénifiant, c'est encourager les gueux à prendre les armes…

— Je ne sais pas. Se montrer impitoyable, c'est les encourager bien davantage.

— Voilà bien l'un de tes paradoxes ! Un malandrin roué n'y reviendra pas.

— Non – mais il engendrera, par l'exemple, dix autres malheureux prêts à risquer leurs os. La joie épaisse de cette tourbe populaire, hier matin, m'a paru lourde de menaces. Il n'y avait rien d'exemplaire, pour ces gens, dans la souffrance de ce malheureux. C'était un divertissement, une façon d'oublier qu'ils ne mangent pas à leur faim, que les impôts les dévorent et que leur mort est proche, tant ils sont accablés de maux divers. Quand je vois une foule, ajouta l'homme de l'art, je repère sur les visages les maladies dont ils sont atteints et qui les emporteront bientôt.

— Les supplices renferment les peuples dans l'obéissance, dit sentencieusement le vicomte.

— Pas même ! Écoute… J'étais collégien à Montpellier, en 1670, lorsque Anthoine du Roure, le chef de cette révolte commencée à Aubenas, fut roué. Les bons pères chez qui j'étudiais nous firent sortir en rang du collège et nous menèrent sur la Grand-Place, devant la cathédrale, pour notre édification. Du Roure était un gentilhomme, placé un peu contre son gré à la tête de cette révolte contre les taxes…

— Ils avaient lapidé le commis des fermes, à Béziers, protesta Pierre. Un crime énorme !

— Pour toi, parce que tu ne paies pas d'impôts, aristocrate que tu es ! D'ailleurs, tous les nobles de la province se joignirent très vite aux troupes du roi venues réprimer le mouvement d'humeur des paysans. Le marquis de Castries les a rassemblés, tout en feignant de négocier, afin de donner aux troupes le temps d'arriver – des troupes aguerries emmenées par ce d'Artagnan dont tu m'as parlé si souvent. Peut-être le roi a-t-il eu raison. Après le Languedoc, la Provence et le Dauphiné songeaient déjà à protester, eux aussi. Enfin… Quelques milliers de paysans mal armés contre près de cinq mille soldats aguerris… Cela n'a pas traîné. On a roué les principaux responsables, on en a pendu quelques autres aux poutres des halles, dans les villages, condamné quelques centaines d'autres aux galères à Marseille, on a violé et éventré leurs femmes. Roure se serait bien enfui, mais son avocat l'a dénoncé et l'a fait arrêter au moment où il allait passer en Espagne. On l'a laissé mourir sur la roue, tout noble qu'il fût, et cela a pris du temps. Mais en vérité, je te le dis…

— Voilà que tu prêches, à présent !

— Je sais que toi et tes pareils comptez les peuples pour rien, parce que vous êtes armés et qu'ils ne le sont pas. Mais je t'en supplie, pense à les compter pour quelque chose, chaque fois qu'eux-mêmes se compteront pour tout. Ils en sont là : ils comptent les armées pour rien, et leur force réside dans leur imagination. À la différence de toutes les autres sortes de puissances, ils peuvent, quand ils sont arrivés à un certain point, tout ce qu'ils croient pouvoir.

— Galimatias ! dit le vicomte. Tu parles comme un livre. Ou comme un frondeur !

— Oh, n'aie crainte, vicomte, aucun mouvement d'ensemble, ajouta Balthazar sans se démonter, ne sortira de ces gesticulations d'humeur. Il en est du corps social comme du corps humain : il faut que les humeurs s'échauffent partout à la fois pour que l'organisme tout entier s'embrase. Dans quelques décennies, dans un siècle peut-être. Mais si la royauté ne rafraîchit pas les membres, le cœur s'enflammera.

— Bien dit ! s'écria le vicomte. Mais par ma foi, les clochers que je vois au fond, au sommet de cette colline, doivent être ceux de la cathédrale de Clermont. On la dit curieuse, et je m'y arrêterais bien – les chevaux ont fait leur étape du jour.

Balthazar montra à Pierre un lourd sommet arrondi, sur leur gauche – le puy de Dôme.

— Je crois que c'est là-haut que Pascal prouva pour la première fois – en 1648, nous n'étions alors pas même prévus, ni toi ni moi – la pression atmosphérique et le fait que l'air pèse moins lourd au sommet de cette montagne qu'au centre de Clermont.

— C'est un peu compliqué, pour moi. Ce Pascal…

— Un immense génie, perturbé par la foi. Je l'ai toujours suspecté d'être tenté par l'athéisme et d'avoir tout fait pour se persuader du contraire – comme nombre de vrais savants.

Pierre eut un geste du bras pour désigner l'espace autour d'eux.

— Va encore qu'il n'y ait personne pour ouïr tes imprécations ! Mais garde-toi de répéter tout cela en ville, tu nous ferais écharper !

— Je lui dois beaucoup, dit Balthazar, qui ne paraissait pas avoir entendu l'avertissement mi-plaisant mi-solennel de son frère de lait. Il a développé par exemple une théorie du ciron…

— Qu'est-ce que c'est ? interrogea le gentilhomme.

— Une minuscule araignée, à peine visible à l'œil nu. Plus petite encore qu'une larve de pou.

— Eh bien ?

— Eh bien, Pascal explique qu'il voit la puissance de Dieu aussi bien dans l'organisation de l'univers que dans la perfection de cet animal minuscule. Si l'on veut. Ce que j'en ai tiré, moi, après mon voyage aux Pays-Bas et ma visite à Antonie Van Leeuwenhoek…

— Dieu te bénisse ! pouffa Pierre pour saluer le nom imprononçable, surtout pour un Languedocien, du grand spécialiste de la microscopie.

— … c'est que des formes de vie de plus en plus petites, continua Balthazar sans se démonter, sont découvertes chaque année, et qu'il n'y a pas de raison que la vie se borne en haut ou en bas. Van Leeuwenhoek a découvert, dans l'eau où baignaient les fleurs coupées, des formes de vie minuscules. C'était il y a dix ans.

Puis, trois ans plus tard, il a scruté ce qui donne la vie dans le liquide séminal…

— Le foutre ? demanda Pierre. Il y a des petites bêtes dans mon…

— Des myriades de petites bêtes ! Il me les a montrées.

— Belle expérience ! Tu as…

— Tu es indécrottable ! Le cosmos est infiniment grand, et l'infiniment petit est un monde en soi. C'est ainsi que j'ai émis l'idée qu'il existait des formes de vie qu'aucun microscope ne peut encore déceler, des formes de vie peut-être très malignes, et qu'un médecin doit se défier de ces êtres imperceptibles, parce qu'ils peuvent porter la mort aussi vite et aussi sûrement qu'une balle de mousquet. C'est la raison pour laquelle je fais bouillir tous les bandages et les instruments de chirurgie.

Ils arrivaient au pied de la colline. Leurs chevaux accélérèrent le pas – ils sentaient la fin de l'étape, ils aspiraient à l'écurie. Les deux cavaliers, qui rêvaient eux-mêmes d'une auberge confortable, d'une table bien mise et de draps blancs, relâchèrent les rênes, et ils entrèrent au grand galop dans la capitale auvergnate.

Ils eurent un peu de mal à se faire comprendre de l'aubergiste, qui parlait un patois assez rude. Mais ils dînèrent, fort bien, de larges tranches de jambon poêlées, dans lesquelles leur hôte jeta un verre d'un vin lourd assaisonné d'épices et de miel qui, en quelques instants, devint une sauce violette, épaisse comme une gelée, au goût délectable. On les leur servit avec des asperges, légumes de saison, coupées en petits dés, fricassées dans du beurre, mises à mitonner avec un oignon doux, un peu de bouillon, et liées avec de la crème.

— Pardieu ! dit le vicomte. Un délice ! Qui dit que les voyages forment la jeunesse ? Ils forment aussi le palais !

Ils repartirent le lendemain, traversant des terroirs d'une incroyable richesse. Les blés déjà hauts ondulaient sous la brise légère. Jamais les deux amis n'avaient vu des épis si serrés.

— Une terre incroyablement fertile ! dit le vicomte. Comment appellent-ils cette région ?

— Je crois que c'est la Limagne. J'ai déjà vu une telle abondance, autour de Naples, dit Balthazar. Peut-être y a-t-il ici aussi un volcan caché, qui réchauffe la terre par en dessous et combat les gelées tardives. Mais les seigneurs locaux ont bien de la chance, et leurs gens aussi : ils ne meurent pas de faim, eux !

Au nord de Clermont, à Riom, ils hésitèrent sur la route à prendre – tout droit par Moulins, Nevers et Fontainebleau, ou à gauche, par Montluçon, Bourges et Orléans. Une rumeur selon laquelle des crues avaient endommagé le pont jeté sur la Loire à Nevers les fit partir sur la gauche.

À partir d'Orléans, ce fut enfin du français que parlaient les gens – un français si pur, même dans la bouche des simples journaliers auxquels ils demandaient parfois leur chemin, qu'ils en arrivèrent à se demander s'il n'y avait pas plusieurs France, que leurs patois juxtaposés constituaient en une grande mosaïque sans unité réelle. Le souvenir de l'incompréhension avec laquelle, sur l'échafaud, le Camus avait entendu son jugement, auquel il ne comprenait goutte, leur revint et les convainquit qu'il serait bienvenu d'enseigner la langue du roi dans toutes les provinces – « afin que les gueux, dit Balthazar, sussent au moins pour quel motif on les pendait » !

Tout au long de leur périple, l'un et l'autre avaient été frappés de l'extrême solitude de ce terroir français. Même en Limagne, où la terre était grasse, les villages étaient fort épars, habités de rares manants. La France donnait l'impression, à qui la traversait du sud au nord, d'être constituée de déserts successifs, d'où toute vie était absente. Les treize millions d'habitants du royaume de Louis XIV avaient un grand espace pour s'installer et se perdre.

Ils avaient aussi remarqué l'extrême misère des paysans qu'ils croisaient. Si Pierre, en vrai aristocrate, la trouvait naturelle, Balthazar y voyait une source inépuisable de maux, et se prit à penser que sa corporation aurait moins de travail si tous les Français mangeaient à leur faim.

— Les épidémies, expliqua-t-il à son ami, trouvent dans la misère un terreau fertile. Et ce n'est pas avec des supplices et des impôts nouveaux que l'on jugulera la pauvreté.

Ils traversèrent ainsi un village qui gémissait sur la malédiction du siècle – un coup de gel tardif et très localisé avait tué le blé en herbe. Balthazar distribua quelques pièces à ces pauvres hères pour qu'ils achètent de nouvelles semences, tout en sachant qu'ils utiliseraient sans doute l'argent pour se nourrir tout de suite, et mourraient de faim un peu plus tard.

Il ne put s'empêcher de penser que la grandeur du règne s'établissait sur un champ de ruines. Le soleil lumineux de Versailles était, en province, un soleil noir. Mais il s'abstint de partager cette idée iconoclaste avec Pierre. Il aimait profondément son ami, mais il connaissait ses limites : jamais un aristocrate n'aurait accepté la remise en cause de ses privilèges. Il faudrait encore un peu de temps…

Parvenus à Étampes, ils discutèrent pour savoir s'ils se rendraient directement à Versailles, où était le roi, ou s'ils entreraient dans Paris afin d'y trouver un lieu commode pour s'installer. Sans doute séjourneraient-ils dans la capitale plusieurs semaines, peut-être plusieurs mois. Autant y avoir leurs aises – et ce serait moins cher que de vivre à Versailles où la moindre soupente, à ce que l'on disait, se louait des sommes folles aux seigneurs persuadés qu'à vivre proches du roi, à respirer le même air que lui, ils profiteraient un peu de son soleil et de ses bonnes grâces.

Ils trouvèrent, à un premier étage, rue Courtalon, dans le quartier des Halles, deux chambres reliées entre elles par une pièce à tous usages, le tout desservi par un escalier particulier qui montait sur le côté d'une maison cossue. Une écurie, dans un coin de la cour, abritait déjà la mule du propriétaire des lieux. Il restait assez de place pour leurs chevaux, qu'ils confièrent à deux valets chargés de les étriller à fond et de leur donner du foin et de l'avoine. Les deux bêtes avaient fort bien marché pendant ces trois semaines. Ils les avaient décidément bien choisies.

Le bourgeois qui leur louait cet appartement exigea d'être payé un mois d'avance. Pierre jeta un coup d'œil d'amateur sur l'épouse dudit bourgeois, fort jeune et bien en chair. Puis il observa qu'elle était mère d'une petite fille adorable, se rappela qu'il était amoureux et que tout accroc pourrait porter à sa passion un coup fatal. Il se promit d'être sage, et de se concentrer sur les moyens de retrouver et conquérir la belle Éléonore.

Ils sortirent prendre l'air de Paris. Tous deux y étaient déjà passés, Pierre en allant à la guerre, Balthazar en rentrant des royaumes du Nord. Mais c'était huit à dix ans auparavant, et tout changeait vite. Le roi, jadis fort amoureux de la Montespan, avait basculé pour la Fontanges, puis s'était rallié à la Maintenon qui, désormais, le tenait serré. Au règne du plaisir avait succédé celui de la piété, feinte ou réelle.

Ils repérèrent, près de l'église Saint-Eustache toute proche, une table d'hôte où ils pourraient se restaurer – la dernière étape avait été longue. Et tout en y goûtant une longe de veau à la marinade, ils écoutèrent les derniers ragots. Le roi, disait-on, n'allait pas bien, la Montespan avait fort grossi, elle était tombée en disgrâce, l'étoile de Madame de Maintenon, qui se desséchait chaque jour davantage, brillait au firmament de la Cour. Il se racontait même que le roi l'avait épousée dans le plus grand secret. À Versailles, on venait de mettre en branle la machine de Marly, chargée d'alimenter en eau les jardins, fontaines et bassins de Versailles et de Marly, où le roi devait se rendre incessamment et dont il ferait sa résidence privée, destinée à quelques intimes, pendant que Versailles resterait le palais officiel. Le vieux maréchal de Créquy, avec l'aide de Vauban, expert en poliorcétique, venait de prendre Luxembourg, désormais annexé par la France. Le roi s'y était rendu avec Madame de Maintenon, et en était revenu malade et enchanté.

Louvois, seul ministre après la mort de Colbert, triomphait partout. Ça, ce n'était pas la meilleure nouvelle. Parce que, s'il y avait derrière les massacres opérés en Languedoc un ordre politique, c'était forcément Louvois, ministre de la Guerre, qui l'avait donné. Ce n'était pas à lui qu'il fallait s'adresser pour réclamer réparation ou obtenir une audience.

À Versailles, tout le monde pouvait voir le roi – mais jamais d'assez près pour avoir l'occasion de murmurer à l'oreille de Sa Majesté. L'étiquette rendait infranchissables les dix derniers pieds, comme si le roi marchait au milieu d'un cercle dans lequel nul ne pouvait entrer.

Les deux amis se creusèrent la tête en se demandant comment forcer ce cercle.

— Condé ! dit soudain Pierre. Il a connu mon père, j'ai combattu moi-même sous ses ordres. Il m'aidera. Il réside à Chantilly, à présent.

— Si tu veux. Nous irons voir ton vieux guerrier. J'ai pour ma part une autre idée, plus attachée à mon état. À moi les arcanes de la médecine parisienne !

26

Les délices de maître Percerin

Encore fallait-il s'habiller au goût du jour.

Pour voyager léger, les deux compères n'avaient emporté avec eux que le strict nécessaire et s'étaient contentés, durant leur long voyage, d'un habit de cavalier, fort pratique à cheval mais qui à Paris, et *a fortiori* à la Cour, jurait terriblement avec les vêtements d'apparat et d'apparence qui s'y portaient.

Pierre se félicita de ne pas avoir cédé aux sirènes d'un tailleur montpelliérain qui lui avait fait miroiter la confection d'un habit « conforme à ce qui est porté à la Cour ». Ouiche !

La mode était alors circonscrite à un cercle parisien étroit. Pour arriver à Orléans, il lui fallait un an. Pour se faire connaître à Pézenas, trois ou quatre. Qui se serait habillé selon ce qu'il avait entendu dire trois cents lieues plus bas aurait été la risée des Parisiens, gens peu portés à la complaisance vis-à-vis des mœurs provinciales.

Balthazar était passé dans la capitale deux ans auparavant – et, déjà, les façons de se vêtir avaient fort évolué. Pour Pierre, cela faisait presque dix ans qu'il n'y avait pas mis le pied. Autant dire qu'il arrivait d'un autre monde.

Sous l'habit qui les couvrait, les gentilshommes avaient pris l'habitude, vers 1665, de porter une sorte de culotte ample d'origine allemande, appelée « rhingrave ». Cette culotte s'était considérablement élargie, au fil des années, de sorte que les personnes les plus distinguées de la Cour semblaient porter des jupes coupées au genou – une ampleur de drap destinée à mettre en valeur la jambe proprement dite, émergeant de cette avalanche de lourd tissu, entre les pans de l'habit lui-même coupé dans des étoffes surbrodées, magnifiées de rubans et de broderies en tout genre. La tête aurait paru minuscule, face à cette avalanche de velours et de soie, si désormais la perruque n'en avait augmenté le volume, en hauteur comme en largeur.

Pierre, fier de ses très beaux cheveux presque blonds, rechignait fort à les couvrir de boucles artistiquement enchevêtrées sous lesquelles, pensait-il, il devait très vite faire très chaud.

— À l'image du roi, dit Balthazar. Sa Majesté a perdu presque tous ses cheveux, par l'effet de diverses maladies que je te raconterai peut-être. Il n'a presque plus rien sur le crâne, comme il n'a presque plus de dents dans la bouche. D'où la perruque et les nourritures cuites et recuites. Et les courtisans, désireux de faire comme le roi, s'affublent des mêmes chevelures artificielles où prospèrent… les poux. Comme pour les chaussures, ajouta-t-il. Tu as vu leurs talons ? Ils devaient se trouver petits, morbleu, et ils ont cherché un moyen de se grandir à moindres frais. Il est plus facile de porter des talons démesurés que de se rendre utile à l'État.

— En attendant, dit Pierre, il nous faut nous habiller – peut-être pas à la dernière mode, mais assez bien pour passer inaperçus et ne pas sentir le provincial à première vue.

— Ah, s'amusa Balthazar, il est vrai qu'à Paris ils sentent avec l'œil ! Allons chez un tailleur. La maison Percerin, rue Saint-Honoré, passe pour être la meilleure – n'est-il pas le tailleur de Sa Majesté ?

Le premier Percerin était un huguenot, passé au service du roi Charles IX. Ce Percerin, sauvé des eaux de la Seine où les bons catholiques jetèrent près de trois mille calvinistes après les avoir égorgés, en ce 24 août 1572, était entré au service de la reine Catherine de Médicis – et, calcul ou conviction, s'était converti au catholicisme, et y avait contraint ses enfants. Il habilla donc Henri III, coquet s'il en fut, et ses mignons, puis ses héritiers se chargèrent des noces d'Henri IV et de Marie de Médicis, dont l'abondance de *pasta* gâchait précocement la taille.

Les jeunes gentilshommes de ces temps de paix voulurent s'habiller chez le tailleur qui réussissait si bien au roi et à la reine. Le Premier ministre, Concini, portait un pourpoint de Percerin quand il fut assassiné, démembré et un tout petit peu dévoré par la foule, le 24 avril 1617. Le fameux tailleur connut un moment délicat quand, en juillet suivant, on jugea pour « juiverie » l'épouse de Concini, et qu'on imputa à charge certaines étoffes sur lesquelles l'habile artisan avait fait broder le soleil et la lune : ces pratiques magiques valurent à la belle

Leonora Dori, dite Galigaï, de perdre la tête en place de Grève, puis d'être brûlée et dissoute dans l'air empesté de Paris, donnant aux badauds qui la respirèrent ce jour-là des humeurs quelque peu sorcières.

— « Juiverie » ? dit soudain le vicomte. Que me chantes-tu là ?

— On n'avait pas assez de chefs d'accusation pour l'exécuter, expliqua Balthazar. On a donc bâti de toutes pièces une accusation de sorcellerie, basée sur les étiquettes de certaines potions médicinales dont usait la belle Galigaï pour s'éclaircir le teint. La raison d'État peut parfois s'appuyer sur la superstition populaire.

— Il y a une médecine « juive » ? insista le vicomte.

— Avec quoi crois-tu que je sauve mes pratiques ? lança Balthazar en souriant. Non, pour cesser un instant de plaisanter, un grand nombre de médecins de Montpellier furent des Espagnols maures ou juifs chassés d'Espagne par les persécutions – et même avant. Un Samuel ben Tibbon, à la fin du XIIe siècle, ou Nathan ben Zakharia, appelé « Prophatius » au siècle suivant – ou Jekethiel, au XIVe siècle… Tous à Montpellier. J'y ai été formé, dois-je te le rappeler… Quelques autres à Béziers et à Pézenas, par exemple celui qui était attaché à Conti, dans notre enfance, ne l'étaient pas moins. Quand il s'est converti, le prince a voulu en changer – ma foi, il en est mort. Le médecin même de Sa Majesté, d'Aquin, est un fils de Juif converti…

— Le roi le sait ? s'étonna Pierre.

— Le roi sait tout – mais il ne s'en porte pas si mal !

— Et ce d'Aquin…

— … n’est pas si habile homme qu’il le croit, dit Balthazar avec une pointe d’ironie dans la voix. Nous le lui prouverons quelque jour. Être d’ascendance juive ou maure ne suffit pas à faire d’un âne un habile homme. En attendant, il faut t’habiller… Tiens, nous y voici ! Et n’oublie pas que nous en sommes à Percerin IV, l’arrière-arrière-petit-fils du premier, et surtout le fils du grand Percerin, qui habillait indifféremment le roi, Colbert et Fouquet. Et Condé, ajouta-t-il.

La maison Percerin respirait l’opulence. Plus d’un siècle de faveur avait permis à la famille de s’épanouir, et de traiter désormais de haut cette foule de courtisans qui voulaient se faire remarquer du roi, de même que cette armée de bourgeois qui prétendaient égaler les courtisans.

Ils entrèrent, avec l’assurance d’hommes sûrs de leur fait.

L’antichambre – le tailleur était un homme assez considérable pour faire attendre des seigneurs, et même de grands seigneurs – bourdonnait de conversations. En ce début d’après-midi, heure à laquelle un vrai aristocrate commence à envisager de sortir dans le monde, une foule hétéroclite d’hommes de cour, de belles dames, de bourgeois enrichis – mais qui n’avaient pas encore perdu leurs habitudes basses et leur empressement à céder la place à tout ce qui portait épée –, de valets affairés et de solliciteurs divers emplissait la vaste pièce d’un brouhaha considérable.

Balthazar, qui considérait l’humanité comme un vaste champ d’observation, se fit la remarque que l’oisiveté imposée par le roi à ces nobles, jadis si turbulents, avait déplacé leur énergie, jadis utilisée à la guerre ou aux conspirations diverses, vers la médisance et la surenchère vestimentaire. Les habits resplendissant sur le dos de la plupart d'entre eux – des habits signés Percerin, car jamais l'artiste n'eût accepté d'habiller un homme assez vain pour se fournir ailleurs que chez lui – paraissaient tout à fait neufs. Et sans doute l'étaient-ils : mais le roi les avait vus, le roi peut-être les avait remarqués, le roi n'aurait pas toléré que ceux qui les portaient reparussent à la Cour habillés deux fois de la même manière.

De ses années de guerre, Pierre d'Aumelas avait gardé une certaine brutalité. Il insinua adroitement la garde de la Louve entre les groupes, froissant parfois quelques côtes, ce qu'il accompagnait d'un délicieux sourire. On commençait par se récrier, mais la carrure du jeune homme, sa haute taille et son amabilité désarmaient la hargne des courtisans malmenés.

L'adroite manœuvre, répétée aussi souvent que nécessaire en s'insinuant dans l'attroupement, leur permit d'accéder à un plus petit salon où la foule était déjà moins dense.

Un seigneur magnifique s'y contemplait dans un miroir gigantesque – non pour s'y admirer, mais parce que c'était sur l'image du miroir que les aides de Percerin prenaient les mesures du gentilhomme, trop vaniteux pour se laisser toiser par des gens de peu. Balthazar perçut le nom dont le saluaient les valets – « Monsieur de Pierrefonds » – et remarqua que, comme dans une certaine comédie de Molière, il les rétribuait avec générosité chaque fois que le compliment lui paraissait bien tourné.

Le seigneur de Pierrefonds était d'une envergure considérable ; mais son habit en doublait le volume. Malignité ou simple réponse à une demande, Percerin lui avait taillé une rhingrave gigantesque, comme il ne s'en faisait plus depuis cinq ans au moins. La pièce d'habillement, coupée comme une culotte très large, arrivait au genou – si bien que les bas semblaient sortir d'une jupe. Les ajouts superfétatoires, les « galants », ces nœuds de ruban ajoutés à la taille et aux genoux, la « petite oie », un énorme nœud de ruban qui camouflait la braguette tout en la signalant à l'attention des dames, les « canons » de dentelle tombant sur les mollets ; rien de tout cela ne se faisait encore trois ans auparavant – mais notre gentilhomme habitait une durée parallèle, où la mode s'était figée vers 1665. Il arrivait tout droit de sa forêt de Compiègne, et avait de la Cour et de la mode qui y régnait une science quelque peu décalée. Dans cette pièce éclairée par le soleil tombant des hautes fenêtres, les dorures de l'habit jetaient des feux inouïs, et les rubans attachés à toutes les jointures, les dentelles jetées à profusion par l'échancrure du pourpoint ou aux poignets, composaient une aura vaporeuse, un nuage ouvragé dans lequel le somptueux seigneur se déplaçait avec une lenteur calculée, comme les dieux dans leur nuée.

Les deux amis, pouffant sous cape, se glissèrent dans le saint des saints où Percerin IV, au-dessus d'un magnifique morceau de tissu posé à plat sur une immense table, officiait, les ciseaux à la main. Balthazar songea qu'un chirurgien qui va trancher dans le vif, son scalpel à la main, doit présenter à peu près le même spectacle et la même concentration.

Enfin, le tailleur se lança et trancha selon des lignes invisibles, connues de lui seul. En quelques instants, les éléments d'un futur habit avaient été pensés, préparés, découpés. Un aide les emporta religieusement vers l'atelier, quelque part à l'arrière du bureau de l'artiste.

Percerin leva les yeux. Il cligna des paupières, comme s'il ne croyait pas ce qu'il voyait.

— Maître Balthus ! balbutia-t-il. Maître Balthus !

Le médecin sourit – moins à Percerin qu'à Pierre, étonné de voir son ami si bien en cour auprès de l'un des hommes les plus demandés de Paris. Puis le jeune vicomte se rappela que Balthazar avait séjourné deux ans auparavant à Paris : aurait-il alors rencontré et soigné le tailleur ?

— Maître Balthus ! répéta Percerin. Quelle joie !

— Maître Percerin ! Quel bonheur de vous revoir si… fringant… !

Pierre connaissait par cœur son Balthazar. Il savait qu'aucun mot n'échappait à son ami sans qu'il y ait, dans sa bouche, une intention secrète. Le médecin était de ces hommes qui mettent des mots sous les mots, et des sous-entendus sous le moindre propos. Fringant ?

— Ah ! dit Percerin. Ah, si vous saviez !

Il avait rosi de bonheur.

— Mais je me doute, mon cher ! Je me doute ! Ainsi, madame Percerin…

— Nous sommes tout à fait réconciliés, dit le tailleur. Elle m'a donné un fils ! Quelle joie… Mais que puis-je…

— Toutes mes félicitations ! dit Balthazar. Voilà. Mon ami ici présent aura besoin, d'ici à quelques semaines, d'un habit de cour raisonnablement élégant

– à ceci près qu'il est plus homme d'épée que courtisan. Quelque chose d'assez propre pour se rendre chez le roi, mais qui n'empêche pas de dégainer.

— Oh, cela, c'est facile, dit Percerin.

Il se tourna vers le vicomte avec une réelle amabilité.

— L'un de mes assistants prendra vos mesures, mon jeune ami. Du bleu, peut-être, avec ces cheveux blonds… Oui, du bleu. Mais vous, maître Balthus ? ajouta-t-il. Que puis-je…

Pierre se dit que c'était la façon de parler du tailleur – ce « que puis-je » qui restait en l'air et encourageait les confidences. Il se rappela que Balthazar, à ce qu'il lui avait un jour confié, quand il recevait un nouveau malade, surtout s'il s'agissait d'une femme, ne lui demandait jamais ce qui n'allait pas – il fallait être bien maladroit pour demander à un patient une réponse à la question même qu'il se posait –, mais lui murmurait : « Racontez-moi… »

— Rien pour le moment, dit Balthazar. J'ai encore le joli habit que vous me fîtes – entre le médecin galant et l'abbé de Cour. Une merveille, et que j'ai fort peu portée. Je ne viens pas pour demander audience, moi. Si vous voulez que nous renouvelions…

— J'en serais très honoré, dit Percerin. Mais tout va bien. Tout va au mieux ! Les… dragées… Une merveille ! Et mon épouse…

— Je suis ravi de vous avoir été agréable. L'habit de mon ami, donc…

— Dans dix jours, dit le tailleur. Foi de Percerin.

Il se tourna vers un aide qui revenait de l'atelier.

— Prenez les mesures de monsieur… monsieur ?

— Vicomte d'Aumelas, dit Pierre en saluant avec déférence.

Il saluait moins le bourgeois enrichi dans son commerce que l'artiste qu'il sentait frémir en cet homme de ciseaux. Percerin comprit l'hommage, et lui rendit son salut.

Les deux amis prirent congé ; le tailleur avait déjà été fort prodigue d'un temps qui lui était compté.

— Vas-tu m'expliquer enfin ! s'exclama Aumelas en sortant de la boutique.

— Oh, rien de bien compliqué. Percerin, à quarante-deux ans, a épousé une jeunette et s'est trouvé… empêché. L'aiguillette nouée. Mariage blanc, impossibilité d'assurer sa descendance, une maison centenaire disparaissait avec lui. Désolation. L'effet fâcheux d'un phimosis, comme nous disons, nous hommes de l'art – en clair, il avait l'extrémité du prépuce à demi collée depuis l'enfance –, rien qui l'empêchât d'uriner, mais toute érection lui était impossible, et d'ailleurs si douloureuse qu'il avait fini par se persuader qu'il ne pourrait jamais – et, dans les faits, il ne pouvait plus. Quand la tête ne va pas, le corps suit. J'ai donné un coup de bistouri, le même que les Juifs dont nous parlions tout à l'heure, ou les mahométans, appliquent sur les enfants mâles – et que l'on fit subir au Christ, à telle enseigne que moi qui te parle, j'ai vu deux fois le prépuce de Jésus, à Calcata, au nord de Rome, et à Conques. Mais on le revendique au moins dans une douzaine d'autres lieux : au fils de Dieu, rien d'impossible !

— Tu finiras sur le bûcher ! dit Pierre en riant.

— Pour faire bonne mesure, continua Balthazar, je lui ai aussi fourni des pastilles fourrées avec de la cantharide, une poudre obtenue en broyant des mouches sèches – des mouches attrapées par des Arabes quelque part en Afrique. Ne fais donc pas cette tête, si tu savais ce que nos médecins nous ont fait avaler dans notre enfance ! Pour lui et pour madame, avec une ordonnance précise afin qu'il ne soit pas tenté de dépasser la dose. La combinaison de l'opération – très facile, et parfaitement réussie, mais que j'ai quelque peu enveloppée de mystère pour en relever le prix – et d'un aphrodisiaque puissant est venue à bout du désespoir de notre tailleur. Puis je l'ai jeté entre les mains expertes d'une fille dûment chapitrée, qui lui a fait réciter son alphabet charnel sur le bout des doigts, si je puis dire. Ainsi, rassuré sur sa parfaite fonctionnalité, désormais savant sur le comment et le pourquoi, il a honoré son épouse jusqu'à l'heureuse conclusion dont il nous a fait part tout à l'heure. J'irai voir son marmot, et je le trouverai merveilleusement ressemblant à son père. Bon. Ton habit sera disponible dans dix jours. Habille-toi en cavalier coquet – là, tu dois avoir de quoi – et rendons visite au prince de Condé, en son château de Chantilly.

27

L'affaire Jabirowska

Ils rentrèrent chez eux. Leur hôte les couvrit d'attentions et leur offrit à boire de son vin de Touraine – un vrai velours, leur dit-il.

— Savez-vous, leur expliqua-t-il, qu'il s'est tout récemment passé dans cette rue des choses…

Les deux amis comprirent que le bonhomme rêvait de leur raconter une belle histoire et lui tendirent une oreille complaisante.

— C'était il y a deux ans à peine, dans la maison voisine. Mais peut-être faut-il que je vous explique… Cela faisait quelques mois que Paris était le théâtre d'un événement ténébreux, qui se répétait semaine après semaine. Des jeunes gens, tous bien mis et fortunés, disparaissaient dans les rues de la capitale – et on ne les retrouvait jamais. Ni eux, ni leurs dépouilles. Le premier n'avait pas donné d'inquiétude, ni peut-être le second. Mais au moment où commence mon histoire, on en était au vingt-sixième !

— Mais la justice du roi… commença Pierre.

— Ouiche ! La justice ! Mais vous avez raison, monsieur le vicomte. La justice finit par s'émouvoir le jour où un jeune gentilhomme fut parmi les disparus. Les rumeurs allaient bon train. Une princesse étrangère, qui aurait souffert d'une maladie particulière, aurait pris des bains de sang humain, comme autrefois Gilles de Rais. Puis on accusa des Juifs de s'emparer de ces jeunes gens afin de les crucifier pour rééditer la mort de Notre-Seigneur. Puis…

— Au fait, au fait ! dit Pierre.

— Le lieutenant général de police, monsieur de La Reynie, celui même qui a fait griller la Voisin, s'en émut. Il confia l'enquête à son plus fin limier, un certain Lecocq. Ce dernier avait un fils de bonne mine, d'une vingtaine d'années. Un garçon à l'esprit vif, qu'on nommait justement l'Éveillé. Le garçon s'habilla à la dernière mode, s'attifa comme un petit marquis, mit à son cou un joli collier précieux, prit une large montre dorée qu'il sortait à tout propos avec ostentation et s'en alla fureter dans les rues de la capitale, appât des malandrins supposés. Pendant plusieurs jours, ce fut en vain. Enfin, aux Tuileries, il croisa une jeune fille d'une très grande beauté, accompagnée comme il se doit de sa duègne – laquelle narra au jeune homme un joli conte selon lequel la gamine était la fille naturelle d'un noble polonais et d'une mercière de la rue Saint-Denis, que son père, rappelé en Pologne, avait été assassiné par des brigands, et que son immense fortune était restée à la jeune beauté. Après s'être dûment informée de la fortune du jeune homme, qui se prétendait l'héritier unique d'un riche médecin, la bonne femme s'offrit à présenter l'Éveillé à la mère de la jeune fille, qui couvait le garçon d'un regard velouté. Rendez-vous est pris pour le soir même, à neuf heures, devant l'église de Saint-Germain-l'Auxerrois – c'est à deux pas, en allant vers le quai du Louvre. Le jeune homme, bien sûr, prévient son père, qui monte autour du quartier une souricière discrète. Au soir, la duègne retrouve sa future proie et, après maints détours, l'amène dans notre rue.

Le bonhomme s'enorgueillissait visiblement d'avoir été le voisin d'un fait divers crapuleux.

— La supposée personne de qualité, reprit-il, se faisait appeler la princesse Jabirowska. Sitôt l'Éveillé introduit dans la demeure, qui jouxte la mienne, elle apparaît, vêtue d'un déshabillé qui, pour une fois, méritait tout à fait son nom…

Le conteur laissa passer quelques secondes, afin que son auditoire ait le temps d'imaginer cette Jabirowska vêtue de quelque gaze arachnéenne et impalpable.

— L'Éveillé, pour prudent qu'il fût, en perdit l'usage de son bon sens. Après quelques moments de fureur amoureuse, la jeune fille, qui ne l'était plus guère en vérité, se relève et lance à son amant d'un soir : « Attends-moi là. » Le jeune homme reprend ses esprits et, mettant à profit l'absence de la créature, fouille soigneusement la pièce. Derrière un paravent se dissimulait une armoire – et dans l'armoire, messeigneurs, il trouve les têtes momifiées de quelques-uns des disparus. Comprenant que c'est là le sort qui l'attend s'il tarde à réagir, il ouvre la fenêtre et fait entrer son père, suivi de ses agents. Bien lui en prit. La « princesse » revenait déjà avec quatre sbires qui allaient se jeter sur leur proie. Tout ce beau monde est désarmé et amené au Grand Châtelet. Le simple spectacle des apprêts de la torture les fit parler d'abondance. La bande utilisait les charmes de la « Polonaise » – elle était en fait anglaise, mais qui fait ici la différence ? – pour attirer des jeunes gens de bonne constitution : ils étaient proprement égorgés, leurs têtes momifiées et vendues, un bon prix, à des anatomistes allemands, leurs corps proposés à des étudiants en médecine parisiens afin qu'ils y fassent le brouillon de leurs études. Je ne retiendrai pas plus avant Vos Seigneuries. Les quatre hommes et la duègne furent pendus. Pour ce qui est de la jeune fille, elle a peut-être partagé leur sort, mais d'aucuns prétendent l'avoir rencontrée paradant aux fêtes organisées par Monsieur, frère du roi !

— Mmmh, fit Balthazar. Tout le monde sait bien que Monsieur…

L'hôte eut un geste de doute. Qui peut savoir ce qui se trame dans l'esprit d'un grand seigneur méchant homme ?

— Il est vrai que les étudiants manquent de matériel humain pour étudier l'anatomie, expliqua plus tard Balthazar. Les décrets religieux qui interdisent en France les autopsies, alors qu'elles sont pratiquées chaque jour dans les pays protestants, créent une carence regrettable de sujets d'étude…

— Tu ne vas tout de même pas justifier…

— Certes, non ! Mais nous sommes la risée des Anglais, des Allemands et des Hollandais ! Il m'a fallu aller assez loin pour étudier le corps humain dans ce qu'il a de plus intime – et vérifier la fragilité des hypothèses médicales, quand elles ne s'appuient pas sur une expérimentation pratique. Enfin ! J'espère que tu ne rêveras pas trop, cette nuit, aux charmes de mademoiselle – comment l'appelait-il, déjà ?

— Jabirowska ! Qu'elle fût polonaise participait sans doute de l'attrait qu'elle exerçait. Non, rassure-toi, j'ai l'esprit trop plein d'Éléonore pour penser à une autre femme qu'elle !

Mais les rêves se jouent de nous et, pendant une bonne part de la nuit, Pierre para sa dulcinée du fameux déshabillé vaporeux porté par le vampire féminin dont on leur avait conté l'histoire.

28

Un mari et un amant, c'est un de trop

Éléonore de Flavin, qui voyageait en voiture et dépendait des relais et des changements d'attelage, arriva à Paris huit jours après le vicomte d'Aumelas, charmant fantôme, désormais, de ses jours et surtout de ses nuits. Elle mesurait bien l'inconvénient, pour une fille presque mariée à un autre, de tomber amoureuse d'un étranger, de fort bonne mine sans doute, et d'une bravoure à toute épreuve. Certes, il n'était pas ce marquis de Souvré qui lui était promis. Mais ses sens avaient pris le pas sur sa raison.

Son cousin Nicolas d'Onet, l'un de ces hommes à tout faire qui pullulaient dans l'entourage de Louvois, lui avait réservé un bel appartement dans une hostellerie, à deux pas de l'hôtel du ministre où lui-même logeait. Anne de Louvois lui fit remarquer qu'il était fort inconvenant de livrer à elle-même une jeune provinciale fraîchement débarquée dans une ville dont elle ne connaissait rien, et que l'hôtel de Louvois était, Dieu merci, bien assez vaste pour qu'on lui trouvât un appartement convenable, ainsi qu'à sa suivante.

On installa donc Éléonore dans une chambre commode, à quelques pas de celle de l'épouse quelque peu délaissée. Elle était meublée succinctement d'un lit à baldaquin et d'un coffre pour ranger les vêtements, et décorée de façon spartiate d'un trophée d'armes de diverses époques encadrant un écu portant le blason du ministre, avec étoiles et lézards.

Nicolas d'Onet avait déjà procédé à divers arrangements sans aller toutefois jusqu'à lui commander sa robe de mariée, dont il savait bien qu'aucune fille n'aurait accepté de ne pas en décider elle-même. Il avait à plusieurs reprises rencontré Souvré, à qui il avait trouvé toutes les qualités souhaitables – surtout lorsque le marquis, convié à Versailles, avait été remarqué par le roi. Le comte d'Onet appartenait à une petite noblesse orgueilleuse et besogneuse. Sa cousine allait épouser un homme honoré de la faveur du roi. Par elle, il pouvait espérer que le comté de Flavin serait quelque jour changé en duché, et que par ricochet il épouserait à son tour une héritière convenable dont la dot lui permettrait de réparer son château de Canac – ses murailles rouges menaçaient ruine.

Il rapporta à Éléonore, quand enfin elle arriva à Paris, la façon dont son futur époux avait été remarqué par Sa Majesté. À sa grande stupéfaction, la belle Éléonore en conçut presque de l'humeur. Plus Souvré s'élevait, plus il lui serait difficile de refuser d'être sa femme. Une autre aurait accepté son sort, en se promettant de faire du jeune homme un amant convenable. Mais Éléonore ne savait pas se partager ; elle avait vécu toute sa vie dans le cadre d'une morale stricte où l'on est fidèle à son mari. Elle avait lu l'année précédente le roman de madame de La Fayette, *La Princesse de Clèves*, et elle avait été frappée, comme tout le monde, par l'obstination de fidélité de l'héroïne, quand bien même son cœur n'appartenait-il plus à son mari. Mais, alors que les gazettes bruissaient du scandale que causait cette obstination (pourquoi, demandaient les lecteurs les plus audacieux, ne fait-elle pas comme tout le monde en prenant un amant sans rien en dire à son époux ?), Éléonore avait fort bien compris le désir de madame de Clèves de rester fidèle à son mari – et même, après la mort de ce dernier, de ne pas céder aux sirènes de son amour. Comme elle, Éléonore avait d'elle-même une estime assez haute et une vertu assez exigeante pour contrarier toutes les passions.

Elle avait intuitivement senti que ce n'était pas à son cousin qu'il fallait demander des nouvelles du vicomte : il était homme à défier l'amant pour sauver l'honneur du mari. Et, quoiqu'elle eût la plus haute estime pour la bravoure de Pierre d'Aumelas, elle connaissait l'adresse de Nicolas à l'épée.

Elle tâcha donc, via la bonne demoiselle qui ne l'avait pas quittée, de savoir où était le maître de son cœur. Comme à vrai dire Pierre en faisait autant, ces deux cœurs, aimantés l'un vers l'autre, devaient fatalement se retrouver. Le vicomte la savait liée à la maison de Louvois, et il avait hanté l'une après l'autre, à l'heure de la messe, les églises entourant l'hôtel du ministre – dont Notre-Dame-des-Victoires, lieu de culte le plus proche de la fastueuse demeure. Une église toute neuve, édifiée par Gabriel Le Duc et consacrée en 1666.

Les architectes et les artistes lui apportaient encore, en 1685, des finitions en fonction des fonds qui leur arrivaient. Les messes s'y tenaient dans les intervalles entre les travaux.

29

Du bon usage des églises et autres lieux de perdition

Pierre s'était donc mis à fréquenter les églises à l'heure de la seconde messe, vers 10 heures. Il sillonnait les alentours de l'hôtel de Louvois, allant d'un édifice à l'autre, guettant les robes qui entraient, dévisageant celles qui sortaient – en vain durant plusieurs jours.

Ce fut pour lui une vision bien douce quand il entra, ce matin-là, dans Notre-Dame-des-Victoires, que de voir à genoux sur un prie-Dieu la maîtresse de son cœur, comme on disait dans le jargon précieux. Il reconnut dans l'instant, sous la mantille qui la couvrait, l'opulente chevelure brune, à demi relevée sur la nuque et à demi coulant sur l'épaule, selon la mode qu'avait lancée malgré elle Mademoiselle de Fontanges du temps où elle était la favorite du roi. Éléonore, soit coquetterie soit ignorance des aléas de cette mode qui avait depuis longtemps été enterrée avec la Fontanges, mais qui était arrivée en province avec un effrayant retard, avait jugé que ce faux négligé lui seyait assez.

Le vicomte progressa à pas de loup dans l'allée latérale, jusqu'à se retrouver à la hauteur d'Éléonore. Quelques instants, il resta immobile, en contemplation de ce qui, pour lui, était le plus haut point de la perfection.

Le soleil matinal de cette fin mai passait obliquement à travers un vitrail, irisant les boucles noires et soyeuses. Éléonore était agenouillée, en pleine oraison, à côté de sa duègne. Et si Angélique priait pour son âme, il n'était pas évident, à observer la rêverie qui se lisait sur l'adorable minois, ses yeux fixes, perdus dans une contemplation mélancolique, qu'Éléonore pensât à des choses saintes.

À vrai dire, Pierre lut surtout, sur le visage de sa bien-aimée, ce qu'il avait envie d'y lire. Sans bruit, il traversa la nef et s'agenouilla tout à côté d'elle, au mépris des convenances les plus élémentaires.

Éléonore jeta un œil sur l'insolent qui prenait la liberté d'effleurer sa robe, et faillit bien pousser un cri qui, réprimé, devint un soupir.

— Vous, monsieur ! murmura-t-elle.

La gouvernante, plongée dans la prière, n'avait rien entendu.

— Moi, mademoiselle. Moi encore, moi pour toujours.

— C'est une terrible imprudence, souffla la jeune fille. Mon… mon fiancé doit me rejoindre à la sortie de la messe. Peut-être même s'aventurera-t-il dans l'église… S'il vous voyait…

— Eh bien ?

— Il vous tuerait, savez-vous… J'ai découvert cela depuis qu'il est à Paris : il commandait les dragons qui…

— Je le savais, dit Pierre. Des… des personnes me l'ont dit, à Lodève…

— Oh, j'imagine bien quelles personnes peuvent donner ce genre de renseignement dans une ville de garnison. Mais peu importe. Monsieur de Souvré est l'un des favoris du marquis de Louvois ; il doit avoir dans sa poche toutes les absolutions du monde pour dépêcher dans l'au-delà ceux qui contrarient ses projets. Et je suis son projet du jour, ajouta-t-elle.

L'honorable Angélique, le front perdu dans ses mains croisées, semblait ne rien entendre de ce dialogue si peu chrétien. Ou peut-être n'en perdait-elle pas une miette, ravie d'assister pour de vrai à l'une de ces rencontres chevaleresques dont ses livres lui avaient farci l'esprit. Elle ne bougeait pas – elle semblait même ne plus respirer, dans l'attente de la réplique suivante.

— Je vous en veux, reprit Éléonore. J'étais innocente, encore un mois et j'étais mariée à un gentilhomme tout à fait convenable, même si je n'ai pas bien compris qui était sa mère… Le ministre me loge de façon splendide, son épouse est devenue ma grande amie et m'entretient de mon bonheur à venir – elle a, pour mon futur époux, une tendresse qui dépasse celle d'une grande sœur. Non, taisez-vous ! Vous êtes un obstacle à mon bonheur… Et en même temps, ajouta-t-elle avec un lumineux sourire, je ne saurais plus imaginer de bonheur en dehors de vous.

Pierre était accablé par ce flot d'éloquence. Il n'avait rien entendu, sinon l'affirmation finale. Une angoisse le saisit : quels mots trouverait-il pour répondre à ceux d'Éléonore ? Il était homme d'épée, pas courtisan ni poète.

Il pensa que la seule réponse appropriée eût été de la prendre dans ses bras. Mais dans une église, au moment de l'Élévation…

— Je vous aime, murmura-t-il trop haut.

Quelques personnes levèrent la tête, malgré la solennité de l'instant.

— Je vous aime, répéta-t-il plus bas.

Il avait conscience que ce « je vous aime » était bien plat, bien en deçà de ce qu'une jeune fille pouvait attendre. Mais du galimatias à la mode, il ignorait tout, sinon qu'il aurait dû s'y plier. Il se serait giflé d'être aussi peu éloquent.

Éléonore semblait attendre. Il hésita encore un instant et saisit, en tremblant, la main gauche de la jeune fille. Un instant, elle tenta d'échapper à la main du jeune homme, mais finalement elle lui abandonna ses doigts.

La vieille Angélique, de l'autre côté du couple, tressaillit comme si sa propre main s'abandonnait à celle du vicomte. Autant Éléonore se retenait, par décence, de manifester l'émoi qui la saisissait, autant Angélique se laissait aller à l'émotion de l'instant.

L'instant ne dura qu'un instant, mais parut un siècle. Enfin, Éléonore dégagea sa main et parut se reprendre.

— Nous sommes unis à présent, murmura-t-elle au moment même où elle se dégageait de l'étreinte de Pierre. Je suis à vous, et vous êtes mien.

Elle soupira – et jamais soupir ne fut plus éloquent.

— Je ferai de mon mieux pour ne pas laisser le marquis de Souvré arriver à ses fins. À vous de trouver le vrai moyen de l'écarter. Je peux prétexter des malaises, retarder de quelques semaines l'échéance, mais cela ne durera pas éternellement. Je m'en remets à vous, monsieur. Je m'en remets à vous.

— *Ite missa est*, proclama alors, de sa voix de fausset, le prêtre qui officiait.

Les gens autour d'eux se levaient. Angélique fit un mouvement significatif. Éléonore se releva, sourit adorablement au jeune homme et prit l'allée centrale, dans un grand froissement de soie.

Elle toucha du bout des doigts l'eau du bénitier, juste avant de sortir, se retourna et se signa, en regardant directement non Jésus sur la Croix, mais Pierre d'Aumelas, pétrifié d'amour. Quand il sortit à son tour, il plongea sa main tout entière dans l'eau lustrale, comme s'il voulait y saisir l'ombre de celle qui l'avait effleurée.

30

Sur la route de Chantilly

À soixante-trois ans, Monsieur le Prince, mangé de rhumatismes et dévoré de goutte, s'était cloîtré dans son fabuleux domaine de Chantilly.

Il l'avait fait à son image. Il aurait pu être roi de France, si son royal cousin Louis et son bougre de frère, Philippe, étaient morts en bas âge. Il était le suivant en ligne de succession, héritier d'une longue lignée qui comprenait des Bourbons et des Montmorency. Il y avait sans doute pensé lorsque, pendant la Fronde, il avait pris le parti des Espagnols, espérant qu'une défaite de la France le ramènerait à Paris – à Paris où il y a le Louvre, le Louvre où il y a un trône.

Ses ambitions s'étaient brisées sur le comte d'Harcourt, qui l'avait chassé d'Aquitaine, puis sur Turenne, qui l'avait défait à la bataille de Bléneau, en Bourgogne – puis de nouveau à Étampes et sous les murs de Paris, au faubourg Saint-Antoine. Condé s'était alors mis à la tête des troupes espagnoles, qui espéraient beaucoup d'un homme qui les avait si souvent écrasées dans le passé. Mais ces mêmes troupes trahirent les espérances de leur nouveau chef sous les murs d'Arras, puis enfin à la bataille des Dunes, en 1658. De la paix des Pyrénées, signée l'année suivante, Condé ne rapporta qu'un pardon accordé du bout des dents par son royal cousin, qui feignit de l'oublier pendant dix ans.

Le prince rongea son frein en s'occupant de son château de Chantilly et de ses hôtes – tous de la meilleure compagnie. Son père déjà avait amassé une fortune colossale. Louis II de Bourbon-Condé, duc d'Enghien, Monsieur le Prince comme on l'appelait désormais, avait donc convoqué les meilleurs architectes et décorateurs de son temps pour se construire un écrin à la hauteur de sa puissance. À moins de vingt lieues de Paris, il régnait en second. Il avait, au fil des ans, construit une sorte de contre-pouvoir, dont le libertinage le plus effréné était la clef et la serrure. Molière y vint pour y jouer une première version du *Tartuffe* interdite à Paris. La Fontaine y écrivit ses *Contes*. C'était au fond la Fronde qui continuait, mais une Fronde libertine, joyeuse et littéraire. Faute d'être devenu roi, Condé régnait sur les arts. Hommes de lettres et de science y échangeaient pensées vagabondes et découvertes iconoclastes.

C'était une tradition familiale, tenant à la personnalité et aux mœurs des membres du clan et à la hauteur de leurs ambitions. Henri II de Montmorency, avant de perdre la tête un jour sur l'échafaud de Toulouse, avait hébergé à Chantilly Théophile de Viau, condamné à Paris au bûcher pour des faits de sodomie et d'irréligion notoire.

Le domaine, confisqué un temps par Richelieu pour cause de révolte d'un vassal trop puissant, avait été restitué à Charlotte de Montmorency, femme d'Henri II de Bourbon-Condé – les parents de Monsieur le Prince. C'était en 1643, au moment où l'enfant prodige remportait les batailles qui mettraient le royaume définitivement à l'abri des ambitions espagnoles.

Dis-moi à qui on te compare, je te dirai qui tu es. « Monsieur le Prince est né capitaine, ce qui n'est arrivé qu'à lui, à César et à Spinola », écrit le cardinal de Retz. D'autres thuriféraires du héros l'assimilent à Alexandre le Grand – dont il partageait, disent les méchantes langues du temps, un certain goût pour les garçons. Une morale fort élastique l'avait amené, dans son adolescence, à avoir pour Anne-Geneviève de Longueville, sa sœur, une passion au-delà des purs sentiments fraternels. Son frère, le prince de Conti, n'était pas en reste – à ceci près que Condé avait capté l'intellect aiguisé et le puissant physique de la famille, et n'avait rien laissé à son cadet, quoiqu'ils fussent tout aussi libertins l'un que l'autre.

Conti avait cru bon de se convertir plusieurs années avant de mourir : il avait fait amende honorable, couché sur la pierre froide d'une église, aux pieds du mari de sa maîtresse. Le cocu magnifique avait relevé le prince, il l'avait embrassé, et tous deux avaient conduit l'épouse infidèle dans un cloître afin qu'elle y réfléchît à son inconduite. Puis Conti avait demandé la tête de Molière, qui l'avait fort diverti durant ses années piscénoises mais qui, décidément, en prenait un peu trop à son aise avec Dieu et ses saints.

Quand le roi, après avoir bien ri au spectacle de *Dom Juan*, conseilla au comédien de ne plus jamais le jouer, c'est à Chantilly que la troupe de l'Illustre Théâtre alla représenter la pièce.

Condé avait décidé, dans ses vieux jours, de se réconcilier avec l'Église, afin d'assurer à ses descendants, quoiqu'il fût bien conscient du manque de valeur de son fils aîné, un lignage pur de tout reproche. L'Église catholique pardonne tout à qui se repent. Bossuet, ancien précepteur du Dauphin, désormais évêque de Meaux – si bien qu'on ne l'appelait plus que « l'Aigle de Meaux », à cause de son éloquence et de la profondeur de sa pensée –, s'était fixé la tâche de ramener à Dieu cette âme noire. Ces conversions s'opéraient moins par conviction que par sens des convenances, mais Dieu, à cette époque, n'y regardait pas de si près. Surtout le Dieu des jésuites.

Le château de Chantilly est à quinze lieues de Paris. Il y en avait pour trois bonnes heures, d'autant que le vicomte voulait ménager les chevaux. Il se félicitait chaque jour d'avoir si bien choisi le sien, bête de fatigue mais aussi bête de guerre, qui ne s'était pas émue des coups de feu tirés par les manants de Margeride et par l'ineffable Éléonore.

Ce furent les chevaux, plus que Condé chez qui pourtant La Fontaine résidait à temps partiel, qui amenèrent Balthazar à évoquer l'auteur des *Fables*, écrites pour l'instruction de tous, et des *Contes*, rédigés pour le plaisir de quelques-uns. Le poète venait enfin, après bien des échecs auxquels le roi, rancunier de l'affaire Fouquet, n'était peut-être pas étranger, d'être reçu à l'Académie française. Il avait adressé aux Immortels son remerciement traditionnel et y avait ajouté un poème de son cru, un certain *Discours à madame de La Sablière*, où il contestait avec humour la théorie cartésienne des animaux-machines.

— Peux-tu croire un instant que ton cheval ne pense pas ? Regarde, il te suffit de te pencher sur son cou, et de lui parler à l'oreille pour qu'il s'arrête, suive chaque inflexion de ta voix en orientant ses oreilles, et réponde à tes sollicitations sans que tu aies besoin d'un seul coup d'éperon.

— De là à lui prêter une âme ! objecta le vicomte, qui en matière de religion en restait à l'opinion commune, le plus sûr moyen, pensait-il, de ne pas perdre son temps en disputes stériles.

— Ah ! C'est que de l'âme de ton cheval à la tienne, il n'y a pas si loin !

— Tu finiras sur le bûcher ! dit Aumelas en riant d'autant plus fort que la perspective n'était en rien gratuite.

Louis XIV n'avait-il pas commencé son règne, en 1661, en faisant brûler un poète, Claude Le Petit, accusé d'irréligion et de sodomie, les deux allant de pair dans l'esprit timoré des juges ?

— Prends la question à l'envers, suggéra Balthazar. Au lieu de penser que les chevaux ont une âme, demande-toi si tu n'es pas toi-même une machine. Sais-tu, ajouta-t-il, pourquoi ces imbéciles nous interdisent les dissections, ce qui donne aux pays qui les autorisent – la Hollande ou l'Angleterre, ou l'Orient – une avance médicale incomparable ? Parce qu'ils ont peur qu'à force de chercher dans quel recoin Dieu a casé notre âme nous finissions par la trouver… ou par ne pas la trouver, ce qui serait bien pire !

— Sur le bûcher ! répéta Pierre. Sous-entendrais-tu que…

— Suppose que la perdrix qui feint d'être blessée pour éloigner le chien de son nid, avant de s'envoler à son nez et à la barbe de son maître, ou que les castors qui « construisent des travaux / Qui des torrents grossis arrêtent le ravage », comme dit notre poète, n'aient jamais qu'un instinct développé et ne pensent pas grâce à leur âme immortelle. Pourquoi ne pas admettre que les galanteries que tu débitais il y a quelques jours à la belle Éléonore sont tout uniment le produit de quelque instinct du sexe, qui nous entraîne vers les objets les plus aimables et nous fait négliger les Maritorne ?

Comme nous l'avons dit, Pierre d'Aumelas n'avait pas lu *Don Quichotte* et ignorait donc qu'une Maritorne est, dans le roman de Cervantès, une servante laide et crasse. Mais l'inflexion de voix de son ami le lui fit comprendre.

— Mais le pur instinct, objecta-t-il, m'aurait conduit à la… Je préfère ne pas l'imaginer !

— Parce que tu l'imagines fort bien, hypocrite ! Le pur instinct t'aurait conduit à la traiter sur l'heure au gré de tes désirs animaux ! Que nous ayons couvert de décence nos premiers réflexes est à mettre sur le compte de la civilisation, qui a modéré nos pulsions, mais pas sur je ne sais quel sentiment inné du Bien ! Ce sont mes ancêtres maures, ajouta-t-il, qui ont appris à vos poètes du Moyen Âge à mâtiner les désirs physiques d'un langage séduisant, et à faire la cour au lieu de prendre tout de suite ! Crois-tu que tes ancêtres, du temps où vous partiez aux croisades les poches vides et le cœur ardent, contaient fleurette aux belles qu'ils rencontraient ? Les chevaliers errants se satisfaisaient de ce qu'ils rencontraient, et ne demandaient pas l'autorisation ! Paysanne ou demoiselle, tout faisait ventre !

— Donc, d'après toi, nous sommes…

— Des machines modelées par la coutume, le coupa vivement Balthazar. Des animaux dénaturés. Il faut prendre Descartes à l'envers – c'est ce qu'a compris La Fontaine. L'âme, vois-tu, n'est nulle part dans le corps humain…

— Parce qu'elle est partout ! s'exclama Pierre, que ces conversations théologiques ennuyaient parce qu'elles le déconcertaient. Mais dis-moi, si jamais nous rencontrons à Chantilly ce monsieur de La Fontaine… J'ai bien lu quelques-unes de ses *Fables*, et même son conte de la veuve d'Éphèse. Mais est-ce suffisant pour l'entretenir…

— Avec les auteurs, dit Balthazar avec sagacité, il suffit de leur laisser entendre que tu les as lus pour qu'ils meurent de bonheur. Figure-toi que ce merveilleux poète est venu tout récemment sur mon terrain, avec un poème sur le quinquina, dont je t'ai maintes fois chanté les louanges ! Peu importe qu'il attribue à Apollon le don de l'écorce d'un arbre qui pousse aux Amériques. Mais il combat en vers – chacun ses armes – la détestable habitude de saigner à chaque poussée de fièvre. J'ai dû intervenir, et pas plus tard qu'hier, pour chasser à grands coups d'étrivières un médecin appelé par notre hôtesse au chevet de leur petite fille, affectée d'une forte fièvre. Ce boucher l'avait déjà saignée par deux fois et il allait réitérer, ce qui aurait sans nul doute achevé l'enfant, qui n'a pas dans le corps autant de sang que nous.

— Tu as mesuré la quantité de sang qui coule en nous ?

Le vicomte était abasourdi. La science de son ami, parfois, lui paraissait presque inadmissible.

— Qui y *circule*, Pierre ! Oui, nous n'avons guère plus de six pintes[1] de sang en nous, et nous mourons lorsque nous en perdons à peu près le tiers. Ces charcutiers d'enfants leur tirent une demi-pinte à chaque incision – sans parler des cicatrices qu'ils laissent sur les bras ! À la troisième ou quatrième saignée, c'en est fait, et ils mettent sur le compte d'une maladie à laquelle ils donnent un nom latin, pour esbaudir les profanes, un décès qui n'est que le produit de leur ignorance.

— Tu as donc soigné la petite Louison ? Mais quand ?

— Il y a trois jours. J'ai combattu la fièvre avec du quinquina – j'en ai toujours sur moi, dans ces fioles que j'emporte partout, parce qu'il n'est pas si aisé d'en trouver dans des contrées où la Sorbonne impose encore ses superstitions galéniques. Cela suffit souvent pour que le corps, débarrassé du souci de lutter contre cet échauffement qui n'est jamais qu'un symptôme, se consacre tout entier à combattre sa cause.

— En l'occurrence ?

— En l'occurrence, une angine qui lui enflammait le palais et les amygdales. L'illustre faquin appelé par les parents angoissés – ils ont déjà perdu deux enfants, te l'ont-ils dit ? – avait si bien fourré ses doigts crasseux

1. La pinte de Paris valait 952,146 millilitres – à ne pas confondre avec la pinte anglo-saxonne, 0,568 millilitres. Six pintes, cela fait donc à peu près cinq litres et demi.

dans la bouche de la petite fille que l'angine dégénérait en cynancie, lui gonflait la langue et menaçait de l'étouffer.

— Comment diable…

— Comment je l'ai traitée ? Une infusion répétée de thym, de sureau et de calendula – et un peu de pavot pour l'aider à dormir. En deux jours, il n'y paraissait plus. Les maladies viennent de la nature. Je demande donc à la nature de me fournir de quoi la combattre. La médecine n'est jamais qu'une façon d'aider la nature. Assassins ! lança-t-il soudain. Lamentables assassins ! Charlatans ! Il nous faudra bien des années pour comprendre les ressorts des maladies et commencer à les combattre. Mais combien de siècles seront nécessaires pour extirper les superstitions et les fausses certitudes !

Et il mit son cheval au galop, comme s'il voulait fuir la médecine balbutiante de son temps, qui tuait bien plus sûrement encore que la maladie – ce qui, de nos jours, ne saurait plus arriver…

Le cheval de Pierre parut interroger son cavalier, qui lui rendit les rênes et le laissa partir comme une flèche à la poursuite du petit barbe fougueux de Balthazar.

31

Amours princières

Ils avaient quitté Paris par Saint-Denis, où reposaient les dépouilles de tant d'anciens rois. Ils prirent alors la route de Creil, Chantilly se trouvant sur le chemin. Une immense forêt occupait une partie du trajet, mais c'était une forêt policée, où l'on ne risquait pas de faire de mauvaises rencontres.

— Parle-moi un peu de Condé, demanda Balthazar.

— Je crains l'état dans lequel nous le trouverons, dit Pierre. La dernière fois que je l'ai vu, c'était il y a presque dix ans – quand il est venu à Versailles se faire féliciter par le roi de ses succès dans cette guerre de Hollande qui a bien failli me coûter un bras.

— De quoi souffrait-il ? demanda maître Balthus.

— Des rhumatismes l'empêchaient presque de marcher. Il ne pouvait plus monter seul à cheval. Mais une fois en selle, il était toujours aussi…

— Royal ? hasarda Balthazar.

— Impérial, renchérit Pierre. Sous sa cuirasse, ses crampes étincelaient au soleil. Peut-être chargeait-il moins vivement à la tête de ses troupes. Mais enfin, il était sans cesse sur la ligne de front. C'est un nouvel Alexandre, sais-tu. Un héros. On dit qu'il se laisse accaparer par les prêtres. Faiblesse sénile ou adresse politique, nous le saurons bientôt.

Ils arrivaient à Coye, qui touche à la forêt de Chantilly. L'ancien secrétaire personnel de Mazarin, Toussaint Rose, y avait acheté une gentilhommière dont il ne cessait d'agrandir le domaine, au grand déplaisir de Monsieur le Prince dont il grignotait le territoire, arbre par arbre et bosquet par bosquet. Condé le haïssait d'autant mieux que Rose avait été chargé, en 1650, d'équiper une flotte pour contrer les initiatives des Frondeurs bordelais, dont le prince était l'âme. Deux ans plus tard, ses intrigues dissuadèrent le duc de Lorraine de joindre ses troupes à celles de Condé, stationnées en Bourgogne. Nommé secrétaire particulier du roi, Toussaint Rose eut l'habileté d'imiter à la perfection l'écriture de Sa Majesté, de sorte que les papiers qu'il présentait à la signature royale semblaient rédigés par le souverain lui-même. Cette merveilleuse capacité lui avait valu d'être élu à l'Académie française, en 1675, sans avoir rien écrit d'autre que le courrier du roi.

— Il y en a tant, acheva de raconter Pierre, qui y sont sans avoir rien écrit du tout…

— La Fontaine y a été reçu l'année dernière. Cela remonte le niveau, objecta Balthazar. À vrai dire, il a dû patienter longtemps, quels que fussent ses mérites. Le roi ne lui a jamais pardonné d'être le poète préféré de Fouquet. Connais-tu sa fable du Loup et de l'Agneau ? C'est le procès du surintendant dans le monde des animaux – la raison du plus fort, au mépris de toute justice.

— Ne t'avise pas de tenir de tels propos le jour où nous parviendrons à voir Sa Majesté ! s'esclaffa Pierre. Déjà que tu es un impie en médecine comme en religion, tu serais brûlé une seconde fois !

— On peut vivre plusieurs vies, répliqua Balthazar, dont la voix prit une étrange intonation mélancolique. Mais on ne meurt qu'une fois.

Enfin, quand ils arrivèrent sur une butte d'où le regard, occulté jusque-là par les chênes et les pins, put couvrir d'un coup le vallon au fond duquel s'élevait le château des Condé, ils firent souffler leurs bêtes. Malgré l'heure tardive et le bruit lointain des bûcherons, ils avaient rencontré force chevreuils, des hardes de sangliers et même un daim, venu par curiosité regarder ces passants, et qui ne paraissait guère effarouché de leur présence.

— C'est une forêt enchantée, dit Pierre. Les animaux n'y sont point farouches, ce sont des hommes jadis transformés par quelque enchanteresse…

— En tout cas, ce n'est pas par la princesse de Condé, lança Balthazar.

— Tu connais cette lamentable histoire ?

— Je sais qu'elle était la nièce de Richelieu. Que ce dernier, qui attisait l'inimitié entre le roi et la reine, rêvait peut-être que le duc d'Enghien serait le successeur de Louis XIII si l'union de ce dernier restait stérile – et nous en prenions le chemin, tant le roi évitait de coucher avec sa femme. Que cela mettrait sa famille sur le trône de France… Je sais que le duc, amoureux par ailleurs, résista tant qu'il put à cette union avec une enfant de treize ans. Qu'elle lui donna trois enfants, dont ne survit que l'héritier actuel. Et que son mari, la surprenant un jour dans les bras d'un valet, fit tuer l'impudent par un autre des anciens amants de sa femme, et exila à tout jamais cette dernière à Châteauroux.

— Il l'y a fait enfermer, plus serrée que dans un cloître. On peut être libertin et ne pas aimer être cocu, surtout par un homme de peu. Je crois, en fait, qu'il voulait se venger d'avoir été séparé de Marthe du Vigean, son éternel amour de jeunesse. Faute d'avoir pu l'épouser, elle est entrée au Carmel…

— Où elle a eu fort à faire à prier pour l'âme mécréante de son ancien amant ! dit malicieusement Balthazar. Et elle est morte depuis plus de vingt ans. Mais à force de deviser, nous voici arrivés. À toi de jouer, maintenant !

32

Le lion devenu vieux

L'après-midi était belle, et Condé, installé dans une sorte de petite voiture que poussaient ses valets, était sorti pour profiter d'un soleil encore timide mais qui faisait, partout, éclore des violettes. Le printemps serait tardif, comme tous les printemps du règne de Louis XIV. Et l'ancien homme de guerre songeait avec nostalgie que c'était en cette saison qu'il rassemblait jadis les armées, pour marcher à l'ennemi…

Il vit arriver les deux cavaliers avec curiosité. La plupart de ses hôtes arrivaient en carrosse. Il plissa les yeux, pour discerner au plus tôt quels étaient ces gens. Et sans doute avait-il ce regard d'aigle, si souvent chanté par les poètes, car il reconnut le vicomte au premier regard.

— Eh bien, vicomte, vous avez fait un bien long chemin pour me voir mourir !

— Monseigneur, répondit Pierre, le chapeau à la main et courbé jusqu'à l'encolure de son cheval, jamais une telle pensée n'aurait pu me venir, il y a beau temps que je vous sais immortel !

Condé était, comme on a dit, blasé sur la louange. Mais le compliment lui parut seyant.

— Hélas, mon ami, je ne suis plus qu'une ombre ! Et même l'ombre d'une ombre. Prêt à rendre des comptes devant mon Créateur, qui ne montrera guère d'indulgence pour mes fautes, j'en ai peur. Je n'arrive pas à les énumérer toutes à Monseigneur de Meaux. Et je le vois bien frémir, le cher homme, à chaque turpitude qui me revient en mémoire.

— S'il les compare à vos titres de gloire, monseigneur, il verra très vite où penche la balance.

— Vicomte, à la vérité, vous n'avez pas fait un voyage de quatre cents lieues pour me débiter des fadaises, si bien tournées soient-elles. Me direz-vous enfin ce qui vous amène chez moi ? Et d'abord, me présenterez-vous à votre compagnon ?

— Maître Balthus, dit Pierre, est mon frère de lait – et par ailleurs le plus excellent médecin que je connaisse. J'ai pensé aux maux qui déjà vous assaillaient il y a huit ans, à ceux que l'âge inflige aux pauvres êtres que nous sommes, et je vous l'ai amené.

Balthazar s'inclina fort bas. Depuis une minute, il dévorait des yeux la physionomie remarquable de Condé.

Le prince était une ruine. Un lion devenu vieux, aurait dit le bon La Fontaine. Condé avait toujours été d'une complexion nerveuse. Mais les muscles qui soutenaient jadis cette admirable machine de guerre s'étaient dissous. De son visage d'oiseau de proie ne subsistait que le nez, arqué et arrogant, qui paraissait gigantesque entre les joues creusées par l'âge et l'absence de dents, sillonnées de rides profondes, comme un champ labouré.

La fine moustache, désormais blanche, soulignait la quasi-absence des lèvres, repliées vers l'intérieur. Les yeux, autrefois remarquables par leur affleurement et leur taille, s'étaient enfoncés dans les orbites creusées par les souffrances journalières. L'arthrose, qui avait frappé le prince assez tôt dans sa vie, à force de veilles dans les nuits humides des camps et d'exploits guerriers, avait déformé ses mains, et ce qui sortait encore des flots de dentelle ornant ses poignets ressemblait davantage à des serres. « Un oiseau de proie, pensa Balthazar. Un aigle devenu vautour sur le tard. »

— Quoi qu'il en soit, reprit le prince, je vous sais gré d'être venus me demander à souper. Ce n'est plus mon bon Vatel qui règne sur mes cuisines, mais le service est tout de même passable. François, dit-il en se tournant vers l'un des valets, trouvez donc deux chambres commodes pour nos amis. Nous nous retrouverons à table, où vous voudrez bien avoir de l'appétit pour moi, qui n'en ai plus guère.

Le valet les conduisit au château et, avec cette science des serviteurs auxquels il n'est point besoin d'expliquer les choses, il trouva à nos deux compagnons deux chambres communicantes, fort proches de celle de son maître. Ils y firent quelques ablutions rapides, se changèrent au mieux de l'étroite garde-robe qu'ils avaient emportée avec eux et se rendirent, à neuf heures du soir, dans la grande salle où le prince traitait ses invités.

— Qu'en penses-tu ? demanda Pierre à son ami en traversant les salons somptueux de Chantilly.

— Je pense qu'il mourra bientôt, dit Balthazar sans s'émouvoir. Hâte-toi de le mettre dans la confidence.

— Eh bien, tu me le ressusciteras, s'il te plaît, aussi longtemps que possible !

— Tu connais *L'Iliade* ? « Le Père prit ses balances d'or. Il mit sur l'un des plateaux l'âme d'Achille au pied léger, et sur l'autre celle d'Hector dompteur de chevaux. Il prend par le milieu sa balance, la lève, et c'est le jour fatal d'Hector qui soudain penche et descend vers le royaume des Morts… » Je cite de mémoire. Jupiter est en train de peser l'âme du prince, et crois-moi, médicalement parlant, elle va déjà vers l'abîme.

— Dieu nous le gardera en vie encore quelque temps !

— *Deus sive natura*, dit sentencieusement Balthazar, qui pendant son voyage de Hollande avait rencontré un tailleur de lentilles quelque peu philosophe, un nommé Spinoza, qui l'avait pris en amitié. Dieu, c'est-à-dire la nature. Et la nature appelle le prince, comme la terre appelle les feuilles mortes à l'automne.

— Bah, sur notre chemin, et malgré l'hiver qui fut rude, les chênes avaient encore leurs feuilles, toutes mortes qu'elles fussent.

Et sur cette considération fort exacte, ils entrèrent dans la salle du dîner.

Depuis sa réconciliation avec son royal cousin, Monsieur le Prince, qui n'était pas seulement le plus grand guerrier de son siècle mais aussi un homme raffiné, sensuel et intelligent, s'était constitué à Chantilly une cour qui valait bien celle de Versailles. Tous ceux que la science ou la littérature officielles tenaient en suspicion trouvaient là un accueil chaleureux, et un maître de maison fort versé dans les productions de l'esprit.

Il avait ramené à lui l'essentiel de la maison de Fouquet, depuis que ce dernier avait été envoyé compter les hirondelles dans la lointaine forteresse de Pignerol. L'ancien homme à tout faire du surintendant, Gourville, était tout naturellement passé au service de Condé. Il avait su attirer là des comédiens comme Molière, en délicatesse avec le clergé, des poètes comme La Fontaine, ostracisé par le roi pour avoir jadis chanté les plaisirs de Vaux-le-Vicomte, et toute une variété de savants qui contestaient à haute voix la science officielle. Le médecin personnel de Condé, Pierre Michon, dit l'abbé Bourdelot, avait écrit un *Catéchisme de l'athée* qui, s'il n'avait été protégé par le prince, l'aurait conduit tout droit place Maubert pour y être brûlé avec son livre.

Ce médecin, savant homme, avait constitué très tôt une Académie des sciences qui rassemblait, de façon épisodique, les meilleurs esprits de son temps. Il venait de mourir, ce qui laissait le prince fort dépourvu car Michon le suivait depuis son enfance. Mais certains des savants de sa confrérie avaient encore leurs habitudes à Chantilly, qu'il s'agît de Joseph Guichard Duverney, l'anatomiste qui à force de fouiller les corps n'y avait décidément pas trouvé d'âme, de Nicolas Sténon, le géologue qui avait saisi que les couches inférieures d'un terrain ne pouvaient avoir été serrées là que bien avant les couches supérieures, et qui en déduisait que la Terre avait bien davantage que les quatre mille quatre ans que lui concédait la Bible, ou de Ole Borch le Danois, chimiste et médecin. Jan Swammerdam, le grand savant hollandais qui avait systématisé l'usage du microscope en biologie et avait, le premier, observé et décrit les globules rouges, y avait aussi été reçu souvent.

Le libertinage du XVIIe siècle n'avait pas grand-chose à voir avec son cousin dégénéré du siècle suivant. On se souciait moins de séduire les dames que de révolutionner la pensée. Évidemment, saper les fondations des croyances qui formaient les assises de la morale finissait par autoriser bien des désirs jusque-là refoulés. Et Chantilly fut le noyau dur de cette crise de la conscience européenne, qui annonce si fort les Lumières du XVIIIe siècle.

Pierre d'Aumelas ne s'étonna donc pas de la société fort relevée qu'ils trouvèrent à table. Maître Balthus non plus : il avait rencontré plusieurs de ces bons esprits, et entretenait avec eux une correspondance érudite. Ils saluèrent des visages nouveaux, un certain Fontenelle, dont le grand front précocement dégarni semblait contenir le savoir du siècle passé et celui du siècle à venir, et un monsieur de La Bruyère, chargé d'enseigner l'histoire, la géographie et les institutions françaises au jeune duc de Bourbon, petit-fils de Condé. Le prince venait de faire construire à Versailles, face au château de son cousin, un bel hôtel particulier où il hébergeait ses amis lorsqu'ils avaient à faire dans la seconde capitale du royaume – étant entendu que le roi répugnait à venir à Paris, la ville dont il avait dû s'enfuir, de nuit, caché dans un carrosse, pendant la Fronde : Sa Majesté n'avait jamais pardonné aux Parisiens, et les privait de sa présence.

C'était d'ailleurs du tout prochain mariage de ce jeune héritier avec la toute frêle fille du roi et de Madame de La Vallière, Mademoiselle de Blois, qui n'avait que onze ans, que l'on s'entretenait lorsque nos deux amis pénétrèrent dans la salle à manger, décorée de panneaux célébrant les victoires du prince. Le duc de Bourbon, épileptique et fantasque, paradait avec une grande inintelligence. Condé, qui présidait le souper, le couvait d'un œil affectueux et désillusionné. Que pouvait-il attendre d'un petit-fils né des œuvres d'un fils lui-même fort limité – et atteint de lycanthropie, qui le faisait se prendre, les soirs de pleine lune, pour un chien dont, dit Saint-Simon, « il imitait les façons » ?

Au milieu de ce cénacle de beaux esprits, l'évêque de Meaux s'occupait du salut du prince, qui avait nombre de péchés mortels à se faire pardonner. Habillé pour la circonstance en prêtre discret, il participait aux échanges avec une pertinence que l'on n'attendait pas d'un prince de l'Église.

Bossuet était déjà fort célèbre, depuis qu'il avait prononcé en 1670 l'oraison funèbre de Madame, la jeune épouse de Monsieur, frère du roi et inverti notoire. « Madame se meurt, Madame est morte ! » – chacun se rappelait l'exclamation du prélat. Un décès précoce et inattendu que les bien-pensants attribuaient à une péritonite, et les esprits chagrins à un empoisonnement à l'arsenic, cette « poudre de succession », disaient les beaux esprits, qui permit à tant de jeunes aristocrates impécunieux d'hériter plus vite de leurs parents, et à tant d'époux et d'épouses lassés de leur conjoint de l'expédier vers un monde meilleur.

L'« Aigle de Meaux » combattait plusieurs ennemis en même temps : l'évêque Fénelon, son grand rival quoiqu'il le courtisât, le clan de la Maintenon, qui circonvenait l'esprit du roi, et les jansénistes, toujours actifs. Il avait pensé qu'obtenir sur son lit de mort la conversion de Condé, libertin notoire, ajouterait à sa gloire. Que le prince fût ou non sincère n'était pas le problème : il faisait une fin conforme à son rang ; il laisserait à ses enfants l'image d'un chrétien rigoureux et, s'il ne gagnait pas dans le Ciel un paradis auquel il ne croyait guère, il ferait la nique ici-bas à ceux qui le tenaient pour un suppôt du diable.

Il y avait peu de femmes à table, mais l'une d'elles attirait les regards par sa beauté et surtout par les grâces de sa conversation. La marquise de Sévigné n'était pas encore connue pour l'immense correspondance qu'elle entretint, toute sa vie, avec sa fille. Monsieur de Grignan, gouverneur de Provence, l'avait emmenée avec lui dans son château drômois où la marquise se rendait chaque été, quand la Cour se dispersait sous les feux du soleil. Elle interrogea Pierre sur la route qu'il venait de parcourir depuis le Sud, et qu'elle allait bientôt faire en sens inverse. Elle fut fort dépitée d'apprendre que nos deux amis étaient passés par Clermont, et non par Auxerre. Mais sa déception s'exprima avec tant de douceur et d'esprit que le jeune vicomte fut désolé de ne pouvoir mieux informer sa voisine de table.

Madame de Sévigné – riche et veuve précocement d'un mari qui s'était allé faire tuer en duel – se tourna alors vers Bossuet.

— On parle fort, dit-elle, d'un traité que votre protégé, monsieur de Fénelon, vient d'écrire sur l'éducation des filles… Croyez-vous donc, monseigneur, que les filles d'Ève soient éducables ?

— Madame, répondit l'évêque, si je ne le croyais pas, votre exemple me démentirait dans l'instant.

La marquise se mit à rire.

— Monseigneur, je ne vous savais pas si galant ! Mais toute galanterie n'est-elle pas une dérobade ? Allons, la femme est-elle susceptible d'éducation ?

— J'entends bien où vous voulez me mener, madame la marquise. Si l'éducation ne peut être envisagée que pour des êtres libres, concerne-t-elle la femme, qui est sans cesse sous la dépendance d'un père, d'un frère, d'un époux ? Et que serait une éducation qui enseignerait d'abord l'obéissance à laquelle est assigné votre sexe ? Mériterait-elle encore ce nom ?

Ayant posé le problème, et conscient qu'un souper n'est pas le lieu d'une dissertation savante *in modo et figura*, comme dit Rabelais, il se déroba encore une fois.

— Qu'en pense notre hôte ?

Le prince mangeait peu, et buvait moins encore. Il avait toujours été fort sobre, la vie des camps ne prédisposant pas à la bonne chère, et depuis un an ou deux, les aliments passaient mal dans son corps torturé par les crampes et une hernie hiatale. Il avait suivi la conversation avec attention.

— Je *crois*, dit-il en insistant sur le verbe comme Dom Juan lorsqu'il affirme *croire* que deux et deux font quatre, je crois qu'il y a des femmes d'exception comme il y a des hommes d'exception. Et que seuls ceux-là sont susceptibles d'être éduqués. Pour les autres…

Il eut un geste désinvolte de la main.

— J'ai mené une vie un peu rude, reprit-il, mais vertubleu ! je n'ai vu autour de moi que les passions les plus animales. On peut sans doute dresser les hommes comme on dresse des chiens – mais pour ce qui est de les éduquer… Quant aux femmes, ajouta-t-il, elles obéissent elles aussi à des instincts perfectionnés.

Elles sont, comme nous, des machines auxquelles Dieu a insufflé une âme qui s'absente souvent. S'il plaît à Dieu de les éclairer, ou de les sauver, c'est fort bien – mais c'est fort rare, et je ne suis pas sûr que, tout éduqués que nous soyons, nous ayons un droit naturel d'accès au paradis.

— Monseigneur, dit Bossuet avec vivacité, ce sont là des points de vue qui frisent le jansénisme !

— Et quand cela serait ? J'ai connu des jansénistes qui valaient bien des jésuites – et parfois même bien mieux !

La parole du prince tombait comme une lame, et personne n'osa répliquer. L'évêque de Meaux rumina une réponse et la garda pour lui, estimant sans doute qu'il valait mieux attendre d'être en privé pour redresser les idées du prince sur la Grâce suffisante.

Au fil du souper, la conversation dériva sur les sujets médicaux dont le prince, comme tous les mourants, était fort amateur. Fontenelle venait de publier, l'année précédente, des *Dialogues des morts* inspirés de Lucien de Samosate où il faisait s'entretenir William Harvey, dont la théorie de la circulation du sang s'imposait lentement à une Sorbonne réticente, et le médecin antique Érasistrate. Aux affirmations scientistes du Britannique s'opposaient les considérations philosophiques du Grec, qui estimait que la découverte d'un canal de plus dans le corps équivalait à celle d'une nouvelle étoile : rien qui pût brimer, au fond, l'éternel empire de la mort.

— Qu'en pense donc votre compagnon, monsieur d'Aumelas ? Un médecin, tout érudit soit-il, peut-il repousser la Grande Faucheuse ?

Balthazar s'attendait depuis cinq minutes à cette interpellation, et avait pris la précaution de ne manger que du bout des dents pour être prêt à répondre. Le prince, d'une grande politesse, n'avait pas voulu sonder d'emblée son hôte. Il l'avait contourné, comme il contournait autrefois les armées ennemies pour les attaquer par l'arrière.

— On ne mourra pas moins, monseigneur, répondit-il. Mais on mourra mieux, et plus tard. La médecine nous conservera en meilleur état, et surtout, elle combattra le sentiment d'inexorabilité devant lequel les médecins d'aujourd'hui baissent les bras – sans même offrir à leurs patients les secours de la religion, ajouta-t-il en s'inclinant devant Bossuet, qui sourit de l'hommage.

— Ah, que m'importe ! jeta le prince. C'est l'inéluctabilité de la mort qu'il faudrait combattre.

— Ce n'est pas du ressort de la médecine, intervint l'évêque. C'est le jugement divin : « *Pulvis es et in pulverem reverteris.* »

— Ou comme l'a très bien dit Montaigne, dit le prince, le but de notre carrière, c'est la mort.

— Monseigneur me permet-il une réflexion ? lança Balthazar.

Toute la table se retourna vers ce freluquet au teint olivâtre qui osait interpeller un prince du sang. L'étiquette de ces repas princiers supposait qu'un inférieur ne prît la parole qu'en réponse à une question, et ne se permît point d'intervenir dans une conversation entre convives socialement bien supérieurs.

Balthazar ne se soucia guère d'être, dans l'instant, l'objet de l'attention générale. Il savait, d'expérience, que tous ces gens étaient fort peu de chose quand ils faisaient appel à lui, qu'ils lui confiaient sans pudeur leur corps tremblant de fièvre et d'appréhension, et qu'ils révéraient fort ses ordonnances. Il estimait déjà, depuis quelque temps, que son talent le mettait à égalité avec ces aristocrates bouffis d'orgueil jusqu'à ce qu'une indisposition les mette à sa merci.

— Dites, monsieur, soupira le prince avec une certaine condescendance.

— La mort est bien le bout, non pas pour autant le but de la vie. C'est sa fin, son extrémité, non pas pour autant son objet. Et pour le médecin que je suis, il y a deux façons de considérer cette fin. Soit voir la mort comme la conclusion inéluctable de toute existence – les feuilles se détachent de l'arbre, l'homme s'éloigne de la vie. Mais les feuilles détachées forment l'humus qui fournira une nouvelle vie à l'arbre au printemps. De notre être de chair naîtront des vies nouvelles qui nourriront d'autres vies. Ou, comme le disait déjà Ronsard, « la matière demeure et la forme se perd ». Le but de la vie, c'est la perpétuation de la vie – à travers ses enfants, par exemple, à travers ses exploits ou ses monuments. Dans le souvenir de nos amis – ou de nos ennemis, ajouta-t-il en regardant le prince de façon fort significative. Ce qui vous assure, monseigneur, l'éternité sur cette terre. Pour ce qui est du Ciel, je laisserai monsieur de Bossuet vous guider vers la vie éternelle. Si vous m'en croyez, vous vivrez donc à jamais, dans le souvenir des hommes et dans l'éternité de la gloire de Dieu.

Le caractère parfaitement orthodoxe de cette dernière proposition, et son enrobage dans une flatterie de bon aloi, fit impression. Il courut autour de la table un murmure approbateur.

— C'est décidé, dit le prince en riant, je m'en vais me hâter de passer dans l'autre monde, assuré que je suis de rester à jamais dans celui-ci.

— Le plus tard possible, monseigneur, lança le jeune Fontenelle. Nous chérissons votre présence, et Dieu, qui a l'éternité pour lui, peut bien attendre encore un peu.

Condé laissa passer les rires, et s'adressant directement à Balthazar :

— Passez donc dans ma chambre, ce soir. Je dors fort peu, et fort mal : nous jaserons.

C'était, comme pour le roi, un honneur insigne d'être convié au coucher du prince. Balthus s'inclina, puis regardant le prince :

— Il est des maux pour lesquels la médecine d'aujourd'hui ne peut rien. Mais pour ce qui est de l'insomnie, je crois pouvoir assurer monseigneur que, cette nuit et les prochaines, il dormira bien.

— Vous êtes donc sorcier, sourit le prince, car aucun de mes médecins n'a trouvé le moyen de me faire sommeiller. Un tel pouvoir, à Versailles, chez mon royal cousin, vous amènerait à la plus insigne faveur – ou au bûcher, si l'hypothèse de votre collusion avec les puissances infernales germait dans l'esprit de madame Scarron.

Le souper s'acheva fort tard. Monsieur de La Bruyère donna lecture d'un portrait du prince qu'il venait d'écrire, qui devait paraître dans un ouvrage intitulé *Les Caractères* et où, sous le nom d'Æmile, il célébrait son hôte – et le grand-père de son élève : « Æmile était né de ce que les plus grands hommes ne deviennent qu'à force de règles, de méditations et d'exercices ; il n'a eu dans ses premières années qu'à remplir des talents qui étaient naturels et qu'à se livrer à son génie... » Il fut fort applaudi, et le prince lui-même condescendit à sourire.

Balthazar suivait avec un intérêt passionné les efforts de Condé pour rester aimable et attentionné, et il lut avec un intérêt clinique, sur le visage du prince, les stigmates de douleurs réprimées mais de plus en plus fortes.

Sans doute ne fut-il pas le seul. Gourville se pencha un instant vers son mécène et lui murmura quelque chose. Condé, maître de lui, se mit à sourire pour donner le change. Mais quelques minutes plus tard, il donnait, en se levant avec une immense difficulté, le signal de la fin du festin.

Pendant tout le repas, Balthazar avait lorgné, en douce, un homme d'une quarantaine d'années, d'un physique fort ingrat et quelque peu simiesque, mais splendidement habillé, comme un tableau raté est encadré d'or pour faire oublier ses défauts. Henri-Jules de Bourbon, fils aîné du prince et son héritier, portait son âme sur son visage. Il avait, à plusieurs reprises, piqué de sa fourchette le bras de son épouse, la belle Anne de Bavière, une femme d'une quarantaine d'années, assise à sa droite. On savait qu'il la battait volontiers, avec des inventions cruelles. Balthazar, de son regard aiguisé, avait entraperçu, sous les flots de dentelles qui couvraient les avant-bras de la bru du prince, les marques des coups de fourchette que le terrible rejeton infligeait régulièrement à son épouse.

— Lycanthropie, murmura-t-il entre ses dents.

Pierre le regarda en l'interrogeant du regard. Balthazar secoua la tête. Il lui expliquerait plus tard.

Et de fait, Henri de Bourbon passait les nuits de pleine lune à hurler dans le parc du château, déchirant parfois de ses dents les paisibles animaux domestiqués par son père. Ce caractère épouvantable n'était pas le moindre des maux qui accablaient Condé, désespéré de laisser un si beau nom et un si grand domaine entre les mains d'un dégénéré mental, auquel il avait pourtant fait donner les titres de lieutenant général et de chef d'état-major de l'armée du Rhin lors de la campagne de 1672 – veillant toutefois, avec Louvois, à ce qu'il n'eût aucun commandement réel.

Pierre confirma à son ami le diagnostic posé pendant le repas.

— On l'appelle « Condé-le-Fol », ou encore « le Singe vert », lui confia-t-il quand ils furent seuls. Son épouse, ses valets et sa maîtresse même, Françoise de Montalais, éprouvent dans leur chair ses emportements. Cela dit, il a hérité de la bravoure de son père, et je l'ai vu charger à la tête de ses hommes, s'enivrant de l'odeur du sang et de la volupté de tuer. Comme son père, au fond, ajouta-t-il. Mais ce qui chez Monsieur le Prince est héroïsme est devenu dépravation chez lui.

Balthazar réfléchit longuement à ce que lui avait dit son ami. Il avait observé bien souvent des caractères héréditaires dans certaines familles, qui se répercutaient sur leurs aptitudes physiques et mentales. Et observé aussi que les mariages aristocratiques, entre cousins proches, ne faisaient aucun bien à ces dispositions naturelles – les aggravant le plus souvent.

« Il y a là quelque chose à creuser », pensa-t-il.

33

Où Balthazar fait enfin la preuve de son génie

Ses valets avaient déshabillé le prince et lui avaient passé une chemise de nuit de fin linon, le couvrant d'un châle de laine dont il pourrait, à volonté, s'envelopper ou se défaire. La tête émergeait de ce flot de blancheur comme celle d'un hibou. Condé, loin des regards, se laissait aller à l'accablement du mal qui le rongeait. Balthazar, introduit dès que le prince avait été couché, écouta la respiration sifflante, étudia les mouvements maladroits qui témoignaient tous de l'extrême douleur qui lui tordait les membres et les reins, et secoua la tête comme s'il se parlait à lui-même.

Le prince le regarda avec attention. Dans ce corps délabré, le cerveau marchait toujours fort bien.

— Au moins, vous ne feignez pas, monsieur, et je vous en sais gré.

Puis, revenant sur l'élément central de leur conversation du souper :

— Quand mourrai-je ? demanda-t-il doucement.

Balthazar ne lut aucune peur sur ce visage buriné par les batailles. Le prince traitait son corps comme il avait autrefois traité ses ennemis, cherchant le point faible, la moindre résistance où s'engouffrerait la Grande Faucheuse. Il moissonnait autrefois les bataillons ennemis, il était désormais lui-même le champ de bataille du dernier combat.

— D'ici à quelques mois, dit Balthazar. Si je veux être tout à fait franc, vous ne passerez pas l'hiver.

Le jeune médecin avait estimé en un éclair que la franchise la plus totale était le meilleur moyen de complaire à son hôte.

Le prince sourit.

— J'espère au moins voir l'automne, il est si beau à Chantilly.

Puis il s'assombrit.

— Cela fait bien des nuits de souffrance en perspective, dit-il. Le Dieu de Monseigneur Bossuet est vraiment impitoyable. Je crois qu'à tout prendre je préfère les Hollandais.

Enfin, avec une curiosité non feinte :

— Et de quoi suis-je en train de mourir à petit feu ?

— Monseigneur me permet-il une question ?

— Certainement. Vous êtes le premier qui, depuis trois ans, ait répondu à ma demande. Vous avez acquis tous les droits, monsieur Balthus !

Balthazar le regarda bien en face.

— Quand avez-vous ressenti les premières douleurs dans les orteils, monseigneur ?

— Vous avez deviné cela ? Eh bien, il y a une dizaine d'années, je pense. En mettant le pied à l'étrier.

Mon corps, qui m'avait si bien servi, m'a trahi tout d'un coup.

— Dix ans ? Permettez-moi de dire à Votre Altesse qu'elle a une constitution particulièrement robuste – c'était d'ailleurs mon diagnostic principal. Un autre aurait succombé à la goutte depuis bien des années.

— La goutte, oui – mais comment me tue-t-elle ?

— Elle n'est qu'un symptôme, monseigneur. Votre sang s'est peu à peu empoisonné parce que vos reins se dégradent. Vous devez avoir des douleurs insoutenables, parfois, au bas du dos, n'est-ce pas ?

— « Insoutenables » est le mot. La nuit, en particulier.

— Je ne peux sauver Votre Altesse – on ne revient pas sur dix ans d'errements médicaux. Mais je peux soulager ses douleurs.

— Faites cela et je vous en serai éternellement reconnaissant – pour ce qu'il me reste d'éternité ! s'exclama Condé.

Il grimaça soudain, attaqué par l'une de ces pointes de feu qui le transperçaient à l'improviste et qu'il parvenait à cacher en public. Comme son cousin Louis XIV, le prince avait à cœur d'offrir à ses hôtes un visage inaltérable.

Balthazar fouilla dans la sacoche qu'il avait apportée, et en sortit une minuscule fiole pleine d'un liquide verdâtre et quelque peu pâteux.

— Vous allez respirer ce flacon, dit-il. Trois fois. Vous vous endormirez aussitôt. Et si vous le permettez, je serai à votre réveil, et nous parlerons plus à cœur.

Le prince tenta de se redresser sur les coussins maintenant son dos douloureux, mais y renonça et laissa

Balthazar se pencher sur le lit et approcher la fiole, qu'il déboucha au dernier moment et plaça sous les narines dilatées par la souffrance de ce nez magistral, busqué comme un bec d'oiseau de proie.

— Ah ! murmura le prince après avoir respiré ce qui émanait de l'étrange liqueur, c'est la vie que vous me tendez !

Sa tête retomba sur les coussins. Il ferma les yeux. Quelques instants plus tard, il dormait.

Balthazar fit signe aux laquais qui se tenaient au chevet du prince.

— Mouchez tous les bougeoirs, ordonna-t-il avec autorité. Je veux le noir complet. Et le silence. Que l'un de vous reste au chevet du prince. Relayez-vous toutes les trois heures, comme des sentinelles. Venez me chercher dès qu'il sera sur le point de s'éveiller. Je lui rendrai compte demain de votre obéissance.

Il referma la trousse, qui contenait bien des fioles étranges, non étiquetées. Il avait une suprême confiance en son art, appris de longue main. Les rudiments lui avaient été enseignés à Montpellier, il avait approfondi ses connaissances à Pise, et s'était haussé au niveau de la magie durant ces cinq années où il avait disparu de la surface du monde chrétien : mais comme ce secret ne nous appartient pas, nous en reparlerons quand nous lèverons le voile sur ces cinq ans d'initiation aux derniers secrets de la physiologie et de la cruauté humaines.

Puis il sortit, sans faire de bruit, et rejoignit le vicomte dans sa chambre.

34

La politique de Condé

— Alors, comment va Monsieur le Prince, en vérité ? demanda Pierre d'Aumelas quand Balthazar l'eut rejoint.

— Il va mourir, dit sereinement le médecin, j'imagine que je ne t'apprends rien. Mais pas tout de suite. Avançons nos affaires.

— Mmmh… Et qu'ai-je à mettre dans la balance qui soit à la hauteur du service que je pourrais lui demander ?

— Il va bien dormir cette nuit, répondit l'Hippocrate de Pézenas. Vraiment bien. Et beaucoup rêver. Pour lui, ce sera une expérience fantastique.

— Que lui as-tu donné ?

— Je lui ai fait respirer les émanations de l'une de mes fioles. Un mélange d'opium et de diverses plantes qui poussent en Orient. Juste l'émanation. S'il en buvait trois gouttes, il mourrait. Et je n'aspire pas à être tiré à quatre chevaux pour avoir attenté à la vie d'un prince du sang.

Il ôta son habit. Sans être maigre, il était incroyablement svelte.

— Je n'arrive pas à suivre toutes tes pérégrinations. Tu es vraiment allé en Orient ?

— Allons, mon cher, c'est un secret professionnel que tu me demandes de divulguer ! Oui, je suis allé en Orient. Et fort loin.

— Ces cinq ans…

— Je te les raconterai un jour. En attendant, je tombe de sommeil – et je n'aurai pas besoin de drogues extravagantes, moi, pour converser avec Morphée ce soir !

Mais quand Pierre se réveilla, le lendemain, Balthazar n'était déjà plus là. Un jour éblouissant se faufilait à travers les lourds rideaux. Il alla à la fenêtre et contempla le spectacle inouï des jardins du château. Le soleil se réfléchissait obliquement sur la grande pièce d'eau, de sorte que, par un effet de miroir, il semblait y avoir deux astres en même temps pour illuminer cette journée splendide. À vue d'œil, il pouvait être dix heures.

Honteux comme un soldat surpris à dormir pendant la garde, le jeune vicomte se prépara en hâte et sortit à la recherche de son ami. En vain : Balthazar semblait avoir disparu, ce qui, dans un château aussi enchanté que celui de Chantilly, n'était pas pour étonner.

Vers midi, enfin, l'Esculape se montra au bras du prince.

— Monsieur d'Aumelas, l'interpella Condé, c'est à vous que je dois de m'avoir fait rencontrer ce magicien de vos amis. Quoi que vous me demandiez, vous l'aurez ! Je n'ai jamais aussi bien dormi de ma vie !

Et encore ce matin, je ressens à peine les élancements des divers maux qui m'accablent.

Pierre s'inclina en saluant jusqu'à terre. Que Balthazar fît des miracles, il le savait. Mais qu'un grand en eût de la reconnaissance, voilà qui était bien plus extraordinaire.

Non seulement le prince allait visiblement mieux, mais il passa une bonne part de sa journée à chanter les louanges du « magicien ». Les invités de la veille félicitèrent bruyamment le jeune homme, qui fit semblant de rougir sous son hâle, et lui extorquèrent des consultations, ce à quoi il se résigna galamment.

Le prince prit familièrement le bras du vicomte pour faire quelques pas sur l'esplanade du château. Courtisans et intimes, comprenant qu'il avait quelque chose à dire au jeune homme en particulier, refluèrent.

— Et maintenant, mon cher lieutenant, dit Condé en donnant à Pierre le titre qu'il portait lorsqu'ils guerroyaient ensemble, dites-moi tout.

Pierre raconta l'horreur d'Aumelas, la fontaine aux pétrifiés, les corps calcinés dans le temple, et les exactions commises au nom du roi dans tout le Languedoc.

— Sa Majesté, conclut-il, n'imagine pas par quels procédés on convertit ces gens. Peu me chaut que l'on se montre énergique avec des parpaillots, même si je suis revenu de bien des certitudes. Mais quand on narre au roi des conversions de masse, aussi spectaculaires qu'improbables…

Le prince sourit.

— Oui, on m'a raconté à moi aussi comment nos soldats étaient en tous lieux accompagnés de la Vierge

Marie. Outre le fait qu'il soit étonnant qu'elle le soit restée au milieu de ces soudards…

— Monseigneur ! Si l'évêque de Meaux vous entendait ! dit Pierre en éclatant de rire.

— Il en a entendu bien d'autres. L'Église a de quoi ensevelir en son sein les méfaits les plus éclatants. Voyez mon vieil ami le cardinal de Retz, disparu il y a six ans maintenant. Je me souviens l'avoir entendu proclamer qu'il avait choisi de faire le Mal par dessein, « ce qui est certainement le plus criminel devant Dieu, mais le plus sage devant les hommes », ajoutait-il. Vous avez raison : on trompe mon royal cousin avec des contes de bonne femme, tout juste bons à satisfaire celle qu'il a épousée…

— Le roi ! Épouser Madame de Maintenon ? La veuve Scarron ?

— Oui, l'année dernière. Scarron, que j'ai bien connu, a dû lui apprendre les procédés utiles pour réveiller les morts. Mais baste, autant ne plus vivre dans le péché… C'est ce qu'a dû lui souffler ce gouffre d'ambitions en jupons – et les cagots qui la conseillent.

Condé s'arrêta.

— Louvois est forcément derrière ces tueries, réfléchit-il à haute voix. Louvois, et l'une ou l'autre de ses créatures. N'importe pour l'instant. Il faut que vous parveniez au roi. Mais comment ?

Il eut soudain l'air d'être frappé par une idée.

— Maître Balthus ! appela-t-il.

Balthazar était à portée de voix. Il se rapprocha dans l'instant, le chapeau à la main.

— Que savez-vous du mal qui frappe Sa Majesté ? lui demanda le prince.

— Je sais que si on ne le soigne pas très vite, le roi mourra, dit tranquillement le médecin.

— Et… vous sauriez le soigner ?

— Je saurais le guérir, monseigneur.

Il n'y avait aucune forfanterie dans la voix du médecin. Juste la certitude de son savoir et de son talent. Le prince se retourna vers Pierre d'Aumelas.

— Voilà le meilleur moyen d'approcher le roi. Connaissez-vous d'Aquin, par hasard, Esculape ?

— Le surnom me convient, dit Balthazar en souriant, quoique je n'aie pas l'ambition de partager sa fin. Oui, je connais cet illustrissime faquin. Qu'il soit parvenu à être le médecin attitré de Sa Majesté est la juste rémunération de son incompétence, comme il arrive si souvent.

Condé se prit à rire.

— C'est ce que pensait mon pauvre Michon, bon médecin et homme d'esprit. Eh bien, d'Aquin a atteint les limites de son maigre savoir. Il n'ose plus rien proposer au roi. Je vais suggérer à mon cousin de se laisser au moins examiner par mon médecin personnel, qui a fait sur moi cette nuit un miracle de première grandeur. En d'autres circonstances, si j'étais pape à la place de cet Innocent XI qui taille des croupières à la France, cela vous vaudrait une canonisation immédiate – *santo subito* ! À propos, si vous partez pour Versailles, vous me laisserez bien de cet élixir de sommeil que vous m'avez fait respirer hier soir ?

— Je m'en garderai bien, monseigneur ; la moindre erreur dans sa manipulation vous serait fatale. Bien des médicaments sont, quand on les administre mal, des poisons mortels. Et les supplices que l'on m'infligerait ne seraient rien en regard de la peine que j'aurais d'avoir écourté la vie de Votre Altesse. Mais il me suffira d'en imbiber un buvard. Votre Altesse le respirera chaque soir, l'effet peut durer un certain temps. D'ici que le buvard sèche, je serai revenu.

Il regarda Pierre.

— Je partirai dès demain pour reprendre quelques contacts dans le milieu médical parisien. Si Votre Altesse veut bien pendant ce temps écrire au roi, afin que je sois bien accueilli à Versailles d'ici à la fin de la semaine…

— Sans faute, monsieur. Et soyez déjà remercié pour les soins que vous coûtent ma personne et celle du roi.

Puis il se retourna vers Pierre.

— Vous avez une bien belle épée, vicomte ! Puis-je la voir ?

Pierre dégaina, saisit la Louve par la pointe et la présenta au prince. C'était une épée bien lourde pour le bras débile de Condé, mais il la brandit comme si l'arme lui transmettait, un instant, la vitalité dont elle était investie. Il examina la lame avec un œil de connaisseur.

— C'est curieux, dit-il. J'ai vu la même qualité de métal sur une épée que mon frère, le prince de Conti, avait rapportée de son séjour en Languedoc. Je me rappelle avoir pensé que c'était donner des perles aux pourceaux, une telle lame entre les mains débiles de Conti. D'où tenez-vous une telle merveille ?

Balthazar s'immisça dans la conversation.

— Monseigneur, mon père est forgeron à Pézenas. Il a fourni autrefois votre frère. Et il a bien voulu forger cette épée pour mon ami le vicomte.

Le prince étudia un instant l'équilibre parfait de la lame, qui au soleil de mai jetait de véritables éclats fauves.

— À ce niveau de perfection, dit-il, ce n'est plus de l'artisanat, c'est de l'art. Conti aurait dû faire de votre père un baron ou un marquis. Du reste, passer sa vie à forger de telles armes vous ennoblit naturellement.

Il rendit l'épée à Pierre.

— Faites-en bon usage, vicomte. On sent qu'elle a soif de sang.

35

Le corps du roi

La santé du roi fut la grande affaire du règne de Louis XIV. Sa Majesté avait surmonté toute jeune la gale et l'érysipèle, maladies de peau consécutives à une hygiène déjà déplorable. À neuf ans, il avait vaincu la variole, qui tuait un malade sur trois. Dix ans plus tard, il résista à la scarlatine, à peine moins létale.

Le médecin de Sa Majesté, Fagon, était venu à bout de l'une et l'autre de ces maladies graves. Quand il accéda enfin au pouvoir après la mort de Mazarin, en 1661, Louis XIV donna toutes les apparences d'une bonne santé éclatante. Il aimait les exercices du corps, montait à cheval avec volupté et chassait de même. À quinze ans, il avait dansé six rôles, dont celui d'Apollon, divinité solaire qui lui convenait bien, dans le fameux *Ballet de la Nuit*. Sa Majesté y rayonnait…

En 1670, Louis XIV renonça à mettre en scène son pouvoir sur les corps et les choses. Antoine Vallot, son médecin formé à Montpellier, qui avait guéri la variole royale contre l'avis de tous ses confrères, mourut sur ces entrefaites. Antoine d'Aquin, un âne qui avait eu l'habileté d'épouser la nièce de son prédécesseur, lui succéda. À partir de ce moment, les altérations de la santé du souverain se précipitèrent.

« La nation ne fait pas corps en France, elle réside tout entière dans la personne du roi », écrit ce dernier dans les *Instructions* qu'il rédigea pour son petit-fils. Si tout délit était une offense à la majesté royale, toute maladie du souverain avait des conséquences sur la conduite du pays. La France était désormais menée par un homme souffrant dans sa chair, au point d'envisager, plusieurs fois, sa fin prochaine.

Le roi fut d'abord sujet à de graves vertiges, à des maux de dents incessants, et ponctuellement à des attaques de dysenterie, maux que ses médecins ne savaient soigner. Il tint enfin, en 1680, son éternelle promesse à la reine Marie-Thérèse de lui être fidèle : son corps, désormais hanté par la goutte, ne lui permettait plus les prouesses amoureuses auxquelles l'avait habitué la Montespan.

Le roi vit un signe du Ciel dans la disparition de la reine en 1683, morte d'une tumeur bénigne au bras gauche que d'Aquin n'avait osé opérer et qui, soignée par des saignées et des emplâtres, avait dégénéré en septicémie. « Voilà le premier chagrin qu'elle me cause », avoua-t-il alors dans un grand élan de naïveté égoïste.

Maintenon, épousée moins de deux mois après les funérailles de la reine, le fortifia dans cette idée de sa mort prochaine – et, en tout cas, inéluctable à court ou moyen terme : personne n'eut alors l'idée que le règne durerait encore trente années. Louis chercha, dès lors, les moyens politiques de se réconcilier avec le Ciel, devant lequel il pouvait être convoqué prochainement. La goutte le travaillait, il se rappelait que ce bon cardinal Mazarin en était mort en 1661, à cinquante-neuf ans – et qu'il en aurait bientôt lui-même cinquante. La maladie du Premier ministre l'avait fait roi ; elle pouvait demain le faire cadavre.

Alors, il signa l'édit de Fontainebleau le 18 octobre 1685, révoquant l'édit de Nantes octroyé jadis aux protestants par son grand-père Henri IV. Les parpaillots devaient désormais se soumettre, ou s'attendre à une répression impitoyable – lancée dans les semaines qui suivirent. Par les souffrances d'autrui, le roi expiait ses péchés. Plus grandes étaient les violences exercées sur les calvinistes, plus sûre serait la rédemption royale de toutes les fautes, vénielles ou mortelles, accumulées durant les quarante-sept années précédentes. Curieuse arithmétique, où les supplices infligés à autrui devaient éviter à Sa Majesté les tourments de l'enfer.

Mais Dieu en voulait davantage. Le roi, au début de l'année 1686, eut des saignements fort suspects que détecta le chevalier de la serviette, chargé, chaque jour, de torcher le royal derrière. D'Aquin examina l'anus royal avec force courbettes et supplications, et dut constater l'horreur : Sa Majesté avait, dans l'ampoule rectale, une fistule qui s'infectait sans cesse et qui, si elle n'était pas rapidement opérée, le mènerait sans faute à la tombe. D'autant que, malgré les bains que lui faisait prendre l'archiatre, l'hygiène de Sa Majesté n'était pas des plus exemplaires.

D'Aquin n'osait pas toucher à ce corps sanctifié. Les remèdes tout extérieurs qu'il appliquait étaient autant de cautères sur une fesse de bois. Fagon, Premier médecin à partir de 1693, n'avait pas encore assez de pouvoir, dans le jeu d'intrigues compliquées de la Cour, pour combattre la réputation fort usurpée de d'Aquin, qui se maintiendrait encore quelques années auprès du roi, malgré sa grande incompétence et grâce à son art consommé de la courtisanerie.

Il était urgent d'opérer le roi – mais qui pouvait s'y risquer ? Dans la hiérarchie des savants de l'époque, le médecin – qui n'opère pas – a barre sur le chirurgien, et d'Aquin l'emportait sur Charles-François Félix, chirurgien de Sa Majesté. Il recevait d'ailleurs, en sus d'avantages divers, une pension de 3 000 livres, soit trois fois plus que le chirurgien.

Le risque de faire mourir le souverain était bien trop grand. Personne n'avait encore réussi une telle opération, et les gueux saisis par les hommes de Louvois tombaient les uns après les autres au champ d'horreur de la médecine, sous le scalpel des chirurgiens qui se faisaient la main sur eux, cherchant la bonne courbure de l'instrument qui permettrait de découper les chairs lésées et à demi pourries, avant de recoudre la faille rectale.

C'est ce que Balthazar, qui entretenait une importante correspondance avec les hommes de l'art et connaissait à fond les débats agitant le microcosme des médecins de Versailles, expliqua à Pierre pendant qu'ils revenaient à Paris.

— Mais toi, disait le jeune seigneur d'Aumelas, toi, tu saurais…

— Peut-être, répondait Balthus avec l'un de ces sourires énigmatiques dont il avait le secret. J'ai l'instrument qu'il faut.

Comme Vallot, Balthazar Herrero avait été formé à Montpellier. Et, comme d'Aquin, il avait des origines exotiques. Le médecin du roi était l'arrière-petit-fils d'un fripier juif de Carpentras, le petit-fils d'un professeur d'hébreu nommé Mordekhaï Crescas, qui s'était prudemment converti et avait été baptisé à Aquino, en Italie. Il avait tout aussi prudemment pris le nom de cette localité du Latium avant de faire un faux témoignage sur les pratiques magiques de Leonora Galigaï, ce qui avait permis d'envoyer à l'échafaud la maréchale d'Ancre, tout aussi détestée que son époux assassiné sur l'ordre du jeune Louis XIII.

Mais, à la différence de Vallot et d'Aquin, Balthazar avait peaufiné ses connaissances en faisant le tour des grandes universités médicales, allant même chercher des savoirs enfouis dans des pays bien peu catholiques. Et contrairement à l'usage du temps, qui dissociait médecins et chirurgiens, il possédait ces deux arts à la perfection – dans les limites d'une science qu'il pressentait plus ardue que ce qu'il en savait.

— La vraie science se distingue de la charlatanerie parce qu'elle doute de tout, alors que l'autre prétend tout savoir, dit Balthazar à Pierre, tout en cheminant vers Paris.

Puis, insensiblement, il tomba dans un profond silence.

— À quoi penses-tu ? demanda enfin le vicomte.

Il fallut une bonne poignée de secondes au médecin pour revenir à la conversation.

— Je réfléchis au plus efficace enchaînement de coups, répondit-il enfin.

Pierre d'Aumelas écarquilla les yeux.

— Explique-moi !

— Voilà… Quand tu te bats en duel et que tu décides de porter une botte décisive – ou que tu espères telle –, tu prépares ton coup par toute une série de mouvements qui t'amèneront dans la position idoine, celle où tu pourras frapper tout en t'exposant le moins possible…

— Certes ! Mais le rapport…

— Je ne dois pas me tromper, continua Balthazar. Quel coup dois-je porter dont la conclusion sera de m'amener près du roi – dans son intimité même… Moi, ver de terre inconnu de Sa Majesté, comment puis-je accéder à sa chambre à coucher, où se déroulera l'opération dans les prochaines semaines ou les prochains mois ? La lettre de Condé est un passeport précieux, mais je dois le faire valoir à plein, et au bon moment. Étant entendu que la botte finale sera mon intervention, quels mouvements dois-je entreprendre pour y arriver… Tu vois, ce n'est pas simple. Une seule erreur, et l'adversaire prendra le meilleur sur moi.

— L'adversaire ? Quel adversaire ?

— La mort, dit Balthazar sans emphase. La mort qui, pour le moment, a le visage de ce faquin de d'Aquin, l'incompétence faite homme, mais Premier médecin du royaume par la grâce du roi.

Il secoua la tête, comme s'il finissait de se parler à lui-même.

— Mais parlons un peu de toi. Nous rentrons à Paris, où séjourne la belle Éléonore. Réfléchis toi-même aux coups suivants qui te rapprocheront d'elle sans heurter de front ni son fiancé, dont nous savons désormais quel monstre il est, ni le tout-puissant ministre qui le couvre. Tu n'as jamais appris à jouer aux échecs, Pierre…

C'est un exercice passionnant. Tant d'obstacles pour arriver au roi… ou à la reine, ajouta-t-il en souriant avec malice.

— J'avoue, dit le vicomte, que je n'ai devant les yeux qu'une solution : aller trouver monsieur le marquis de Souvré, et lui planter la lame de mon épée dans la gorge.

— Excellente idée pour se faire décapiter en place de Grève et précipiter mademoiselle de Flavin dans un couvent où elle dépérirait à coup sûr ! Vous autres, gens d'épée, devriez de temps en temps coudre la peau du renard à votre peau de lion !

— Eh bien, toi qui es stratège, trouve-moi une idée !

— Cela peut se faire, répondit Balthazar avec une confiance en lui qui confinait à la naïveté. Cela peut se faire. Il est même possible que le coup que je devrai jouer soit ce que l'on appelle aux échecs une fourchette, et menace en même temps la reine de cœur et le roi de pique !

36

Conversation durant une messe

Dès le lendemain matin, Pierre courut entendre la messe, ce qui aurait contribué à sauver son âme si ses intentions avaient été pures. Mais utiliser une église comme coquille de ses amours imprudentes ne témoignait pas d'une foi bien vive.

Éléonore fut ravie de voir s'agenouiller à côté d'elle le jeune homme qui emplissait ses songes et ses insomnies. Elle lui abandonna sa main, tout en le sermonnant.

— Deux grands jours sans vous voir ! Dans Paris déserté, quel devint mon ennui !

Le jeune homme prit au premier degré ce qui n'était qu'un détournement d'un vers fameux de *Bérénice*.

— J'avais laissé mon cœur entre vos mains, dit-il. Ne l'avez-vous senti qui palpitait sous vos doigts ?

Pierre faisait de rapides progrès dans l'esthétique du madrigal.

Éléonore sourit, ce qui, vu de l'extérieur, pouvait paraître surprenant, et presque hérétique, au moment même où le prêtre psalmodiait un extrait du Livre de

Job traduit par saint Jérôme. « *Si dormiero dico quando consurgam et rursum expectabo vesperam et replebor doloribus usque ad tenebras*… » Ce qui se serait admirablement appliqué à Éléonore de Flavin, si elle avait compris le latin : « Je me couche et je dis : “Quand me lèverai-je ? Quand finira la nuit ?” Et je suis rassasié d'agitations jusqu'au point du jour. » Quant au détournement des pensées chastes et saintes de Job pour illustrer les songes d'une amoureuse, nous laisserons le lecteur en juger par lui-même : la haute teneur morale de cet ouvrage nous interdit de surenchérir sur les imaginations nocturnes d'une jeune fille sensuelle et imaginative.

— Il nous faut être fort prudents, murmura Éléonore. Monsieur de Souvré a pris l'habitude de venir parfois m'attendre au sortir de la messe, et parfois d'entrer dans l'église. S'il vous voyait ainsi près de moi…

— Eh bien, ce serait sans doute une façon expéditive d'en finir !

— Oui – et vous finiriez tué. Il m'a conviée hier à assister à un assaut dans la salle d'armes où il s'entraîne chaque jour. Cet homme est effrayant. Il a embroché, l'un après l'autre, quatre des maîtres d'armes les plus célèbres de Paris. Par chance, c'était avec des fleurets mouchetés. Sinon, il les aurait tués comme on enfile des ortolans sur une broche !

— Mais que connaissez-vous à l'escrime ? sourit Pierre, avec une condescendance qu'il ne put tout à fait cacher.

— Monsieur, rétorqua la jeune fille, on s'ennuie fort en province, et j'ai été initiée par mon père à tous les jeux guerriers. Les soldats dont j'ai été entourée dès mon plus jeune âge m'ont toujours regardée avec le plus grand respect. Il m'est arrivé, à l'âge où l'on ne me forçait pas encore à porter un corset, de les boutonner en plein corps. Eh bien, je peux vous affirmer que le marquis de Souvré est un homme terrifiant. Il aime se battre, il aime tuer – cela se sent, cela se voit ! Et je ne tiens pas à ce que mon futur mari tue mon futur amant avant que je ne sois épouse ou maîtresse !

Elle avait élevé la voix, furieuse que Pierre eût des doutes sur son expérience en fait d'escrime.

— Dans quelle salle le marquis va-t-il s'exercer ? demanda Pierre.

— Rue des Boucheries-Saint-Germain. Dieu me pardonne, le quartier entier sent le sang des animaux qui y sont égorgés chaque jour ! Y avoir situé une salle d'armes n'est pas tout à fait un hasard. C'est un certain Wernesson qui dirige cette salle et règle les assauts, précisa-t-elle. Je l'ai entraperçu deux à trois fois à l'hôtel de Louvois. Mais je vous en conjure, ne vous y risquez pas.

Pierre songea un instant à l'inconséquence ou à la duplicité des femmes. Celle-ci, pour le dissuader de s'aventurer sur le terrain du marquis, lui donnait tout de même, et dans la même phrase, tous les renseignements qu'il pouvait désirer sur l'endroit le plus propice pour rencontrer son rival, tout en lui recommandant de n'en rien faire. Par ailleurs, il avait besoin de pratiquer : depuis qu'il avait sauvé la jeune fille des griffes des truands auvergnats qui l'avaient attaquée, il n'avait pas eu l'occasion de tirer l'épée, et il sentait qu'il se rouillait plus vite que sa lame.

Il se promit d'aller s'inscrire dans cette académie. Quitte à rencontrer un jour sur le pré le marquis de Souvré, autant le croiser tout de suite.

— Mais je n'y pensais pas ! jura-t-il à la belle Éléonore.

Le crut-elle ? Elle serra soudain ses doigts plus fort.

Là-bas, le prêtre annonçait la fin de l'office.

37

L'Académie Wernesson

En cette même année 1686, André Wernesson de Liancourt venait de publier un traité intitulé *Le Maistre d'armes, ou l'Exercice de l'épée seule, dans sa perfection*, dédié à Monseigneur le duc de Bourgogne, fils de Sa Majesté. Il y enseignait la belle manière de se mettre en garde, de rompre et d'attaquer. Les duels véritables étant interdits, Wernesson faisait de l'escrime une sorte de ballet de cour, et cette esthétique renouvelée lui valut un grand succès.

Outre sa propre académie, sise rue des Boucheries-Saint-Germain, aujourd'hui rue de l'École-de-Médecine, ce spadassin de profession enseignait aussi dans l'Académie de François du Gard de Longpré et de Jean Bernardy, rue de l'Égout, et encore à l'École des pages de la Petite Écurie du roi, à Versailles. Son blason – deux épées croisées surmontées d'un heaume à dextre empanaché – lui tenait lieu d'enseigne.

Bien des duellistes avaient appris leur art de ce maître incontesté, de sorte qu'ils en arrivaient parfois à se combattre en miroir, reproduisant l'un et l'autre sur le terrain les bottes que leur avaient enseignées Wernesson et ses pairs. C'est ainsi que l'on se retrouve à faire des coups fourrés, en s'embrochant l'un l'autre en même temps.

Cela dit, Wernesson, qui avait beaucoup pratiqué, n'était pas dupe de son art, et s'il avait eu à se battre pour de bon, il aurait abandonné les joliesses qu'il enseignait et en serait revenu à une escrime peut-être plus rustique, mais plus efficace.

Pierre avait fait part à Balthazar de son projet. Celui-ci l'avait encouragé à s'exercer, et à faire infiniment de contres de quarte et de contres de tierce – sans toutefois dévoiler sa vraie capacité, démontrée au camp de Sète contre Malatesta.

— La peau du renard cousue à celle du lion, lui avait-il rappelé. Garde toujours un coup en réserve. Si un jour tu dois te battre contre le marquis, qu'il n'ait pas connaissance de tes vraies capacités. Je crois même que s'il te tenait pour un godelureau sans épaisseur, un galantin mieux exercé aux belles manières qu'aux exercices vigoureux, ce serait une bonne chose.

Le vicomte était trop raisonnable pour ne pas entendre le conseil de son ami et, dès le lendemain après-midi, il se rendit rue des Boucheries-Saint-Germain avec les dentelles des petits-maîtres et les belles manières des courtisans accomplis. Il avait même emprunté à son ami une huile parfumée à la rose qui faisait de lui un être quelque peu équivoque, plus apte à séduire le chevalier de Lorraine, amant et pourvoyeur de gitons de son maître Philippe d'Orléans, frère de Sa Majesté, qu'à faire sa cour à la belle Éléonore, laquelle prisait davantage les guerriers que les mignons d'Henri III.

Pour parfaire son image de freluquet, il avait laissé la Louve à l'hôtel et s'était équipé d'une épée anonyme, bonne lame mais garde dorée, plus propre à parader dans la galerie des Glaces que sur le pavé d'une salle d'armes.

Wernesson vit donc débarquer dans son Académie ce godelureau attifé à la dernière mode, dont le large jabot de dentelle encadrait un visage juvénile. Mais le maître d'armes avait un coup d'œil infaillible, et quelques mots échangés avec le nouveau venu, la façon dont il avait dégainé l'épée de la main gauche, l'aisance manifeste du corps lui donnèrent à penser. Était-il possible…

Pierre expliqua qu'il venait se perfectionner, ayant eu trop peu d'occasions de tirer l'épée dans sa vie. De surcroît, un accident stupide avait débilité son bras droit, dont il ne se servait jamais que pour les dames, ajouta-t-il d'un air fat.

Le spadassin consentit à croiser le fer avec lui, lança une botte rapide que Pierre contra, par réflexe. Il s'en voulut aussitôt, et se laissa effleurer à l'assaut suivant. Il ne fallait pas que Wernesson ait une trop belle idée de ses capacités.

Le maître d'armes, pourtant, le félicita à la fin de l'engagement.

— Tirer contre un gaucher n'est jamais aisé, commenta-t-il à l'intention de quelques gentilshommes qui avaient assisté à l'assaut.

Pierre eut le bon sens d'affecter de rougir, épongeant d'un joli mouchoir brodé une sueur imaginaire.

Le vicomte revint le lendemain, puis le surlendemain, galantin comme on ne l'est pas, précieux comme on ne l'était plus, affecté comme un amateur de garçons, mais tirant l'épée avec compétence contre des jeunes pages friands de la lame, comme on disait alors, et d'autant plus motivés que les duels se raréfiaient sous l'effet des ordonnances du roi.

Ce n'est qu'au troisième jour que Souvré se montra.

Un murmure signala à Pierre, le dos tourné à la porte, qu'une personnalité de marque était entrée. Il se retourna et comprit que c'était son rival qui arrivait.

Souvré était vêtu, lui, pour combattre. Il déboutonna son pourpoint et resta en chemise. L'épée qu'il avait dégainée, à laquelle il venait d'ajouter un bouton, était une épée de guerre. Pierre ne put s'empêcher d'admirer la prestance du marquis, le geste parfait avec lequel il avait sorti sa lame et, au premier assaut, l'impétuosité froide avec laquelle il toucha, en pleine poitrine, l'impudent qui avait osé le défier.

En même temps, il sentit une antipathie instinctive pour cet homme. Ce n'était pas seulement un rival. C'était une créature infernale, une bête qui aimait tuer – cela se voyait. Pierre avait rencontré, à l'armée, maints tueurs professionnels. Mais même Malatesta, créature de la nuit, ne l'avait pas fait frissonner comme il frissonnait en cet instant – moins de peur que de dégoût. Souvré ne se contentait pas d'avoir la beauté du diable : il *était* le diable.

L'un après l'autre, le marquis châtia les jeunes gens venus tâter de la lame. Et il avait, de toute évidence, plaisir à le faire.

Pierre, l'air détaché, regardait ces échanges comme s'il s'intéressait surtout aux éphèbes embrochés l'un après l'autre en pleine poitrine.

Wernesson, enfin, proposa à Souvré de combattre contre un nouvel arrivant, un provincial mal dégrossi mais valeureux. Il fit les présentations. Le marquis toisa le vicomte avec un mépris presque palpable. Le surmâle qu'il voulait être n'avait que peu d'estime pour un petit-maître parfumé comme une courtisane. Il résolut d'infliger une leçon à ce provincial prétentieux.

Pierre adopta avec affectation la position requise par les règles qu'avait formalisées Wernesson, « pied droit en avant, main gauche en arrière à hauteur de la tête » – sauf que, tirant de la main gauche, c'est la droite qu'il positionna élégamment au-dessus de son crâne.

Souvré ne fit même pas semblant de se plier aux afféteries de l'escrime de cour. Il chargea, avec la violence impétueuse qui était sa marque. Il chargea de façon à faire reculer d'emblée le manant, et de le toucher dans le dégagement.

Pierre fut, un court instant, tiraillé entre la nécessité de rompre, pour se conformer à son personnage emprunté, et la volonté de résister à celui qui prétendait lui ravir Éléonore. Et, malgré lui, ce dernier sentiment l'emporta. Le marquis poussait, le vicomte résista, ils se trouvèrent nez à nez, les épées croisées entre eux, garde contre garde, s'affrontant du regard.

— Ciel ! Quelle violence, monsieur ! lui lança Pierre d'un ton précieux, alors même qu'ils étaient nez à nez et refusaient l'un comme l'autre de céder un pouce de terrain.

Il rompit soudain, en choisissant le moment le plus adéquat, comme Souvré tentait de pousser encore pour déstabiliser son adversaire. Il rompit, s'effaça en une demi-volte et toucha son adversaire, que son élan emportait, sur le flanc.

Wernesson, impassible, sourit dans sa barbe. Il avait vu juste. C'étaient de vrais muscles qui se dissimulaient sous les dentelles du vicomte. Dans un combat réel, Souvré serait mort, ou grièvement blessé, ce qui était parfois pire à une époque où l'on ne guérissait que par hasard, où les blessures s'infectaient et où les infections dévoraient le corps tout entier.

Il y eut un murmure flatteur dans l'assistance. Souvré était le champion de la salle. Qu'il fût malmené dès le premier assaut était inédit.

Le marquis se retourna comme un tigre et chargea de nouveau. Son œil verdâtre flamboyait d'une rage mal contenue.

Pierre ne s'en émut guère et rompit, parant en homme soucieux de son épiderme, sans laisser à son adversaire la moindre ouverture. Le combat sembla se stabiliser pendant une minute.

Enfin, Souvré perdit patience. La créature odorante qu'il avait pensé essoriller faisait mieux que résister, et la résistance, déjà, était pour Souvré une humiliation. Il multiplia les grands coups d'épée, comme s'il voulait cravacher son adversaire.

Pierre se rappela le conseil que César avait donné à ses hommes, à la bataille de Pharsale : « Frappez au visage ! » Le grand homme savait bien que les soldats de Pompée, jeunes patriciens imbus de leur beauté adolescente, ne résisteraient pas à pareil traitement, alors que ses légionnaires, aguerris par vingt ans de guerres dans les Gaules, n'étaient plus à une cicatrice près. Il adopta une garde haute, menaçant sans cesse l'œil ou la joue de son adversaire.

Souvré, menacé d'être éborgné, rompit à son tour – et Pierre, oubliant toutes ses promesses de duplicité, jeta la dépouille du renard et fit parler le lion : il se fendit et toucha Souvré en pleine gorge, jetant son bras comme s'il voulait véritablement traverser le cou.

Le marquis recula, hoquetant. Le bouton avait frappé pile sur la pomme d'Adam. La force du coup lui avait coupé le souffle.

Wernesson intervint aussitôt. Le maître d'armes avait bien senti qu'il y avait, entre les deux hommes, un je-ne-sais-quoi de résolument hostile qui dépassait la simple émulation. Une rivalité dont il ne saisissait pas l'origine, mais qui pouvait dégénérer dans l'instant.

— Joli coup ! dit-il à Pierre, qui haletait un peu.

Puis il se tourna vers Souvré.

— Diable, monsieur le marquis, il est des provinciaux plus coriaces que d'autres… Ne l'auriez-vous pas un peu sous-estimé ?

Souvré fit un effort manifeste pour se maîtriser. Des flammes sillonnaient ses yeux verts. Il tendit la main à son adversaire.

— Par ma foi, monsieur, vous vous êtes bien battu. M'offrirez-vous une revanche ?

— Monsieur le marquis, répondit Pierre en affectant, lui, de donner son titre à son adversaire, ce sera toujours avec un très grand plaisir. Mais pour aujourd'hui, vous voudrez bien m'excuser, je dois partir, il se fait tard. On m'attend !

Souvré le salua sans un mot. Pierre remercia Wernesson, le complimenta sur la haute qualité de son académie et s'en retourna raconter à Balthazar sa matinée – bien certain que l'austère et machiavélique médecin trouverait à redire à la manière dont s'était déroulée cette première rencontre. Il l'entendait d'ici maugréer :

— Le renard ! Tu as oublié le renard !

38

Médecins et chirurgiens

Mais au lieu de la mercuriale à laquelle il s'attendait, Pierre trouva Balthazar dans un tel état de rage qu'il préféra s'abstenir de lui raconter ses exploits de duelliste.

— Ce d'Aquin est un sot ! Une buse ! Une triple buse ! Encore un effort, et il tuera le roi !

Depuis qu'ils étaient rentrés de Chantilly, Balthazar avait contacté le médecin de Sa Majesté, offrant ses lumières. Mais d'Aquin, fort imbu de sa charge de Premier médecin du roi, affecta de traiter par le mépris cet inconnu. Certes, il se recommandait de grands maîtres ; mais si jamais il se révélait compétent, ne risquait-il pas d'affaiblir sa position à la Cour ?

Tout ce que Balthazar obtint, ce fut un tableau à peu près complet de l'état réel du royal patient.

— D'honneur, le roi mourra dans les trois mois, si nous ne faisons rien ! Ce disciple de Galien prétend le soigner avec des saignées qui l'affaibliront davantage !

Et avec des remèdes de bonne femme qui sont autant de cataplasmes…

— Sur une jambe de bois ? suggéra Pierre, jamais en retard d'une expression toute faite.

— … des cataplasmes résolutifs de farine d'orobe…

C'était le nom d'une lentille sauvage qui servait surtout à l'alimentation des chevaux.

— … pour dissoudre la tumeur ! Des graines de lin bouillies, additionnées de fèves ! Et, pire que tout, de l'oxycrat…

C'était un mélange d'eau et de vinaigre.

— … supposé servir d'onguent « corrosif et dessiccatif » – il en avait plein la bouche en me disant cela ! Imagine qu'on te verse du jus de citron sur une plaie ouverte ! Ce régicide y ajoute de l'huile de vitriol, censée aspirer l'eau des suintements et dessécher la plaie ! De l'acide ! Comment le roi y résiste-t-il ? C'est un certain Lemoyne qui lui a suggéré ce moyen… et il a décidé d'en faire son second !

L'indignation était rare, chez cet être de sang-froid. Il fallait que le procédé de d'Aquin fût scandaleux.

— Je vais aller voir Félix, continua Balthazar, le chirurgien de Sa Majesté. Peut-être trouverai-je une oreille plus attentive. Après tout, il ne peut lui déplaire de se montrer plus efficace que cet âne bâté !

Balthazar se ressaisit. Il écouta enfin ce que Pierre avait à lui raconter. Le médecin secoua la tête en apprenant le bel exploit de son ami.

— Rééditerais-tu avec une lame non boutonnée ? demanda-t-il. Et le marquis, se battrait-il de la même façon ?

— Certes non ! Cet homme aime tuer, dit Pierre. Ça se sent, ça se voit. Il affecte une froideur de surface, mais dessous, il a la passion du sang. Alors oui, je crois que je pourrais le battre, à condition de rester lucide.

— Je te donnerai, le moment venu, ce qu'il faut pour ne pas t'échauffer trop vite. Tu as raison, que ce soit aux échecs ou sur le terrain, la colère est mauvaise conseillère.

— Quel produit miraculeux as-tu encore dans tes fioles ?

— Oh, rien de bien compliqué. Un extrait de digitale pourpre. Une goutte très diluée, et ton cœur se régule. Trois gouttes, tu meurs.

— Tu finiras brûlé ! dit Pierre en riant. En place de Grève !

Balthazar alla donc voir Félix.

Charles-François Félix de Tassy était un homme du Midi, mais il était surtout le fils de son père, qui avant lui avait été Premier chirurgien de Sa Majesté.

Dans la hiérarchie de l'époque, le chirurgien, nous l'avons dit, était bien en dessous du médecin – au même niveau que l'apothicaire. La confrérie des « chirurgiens-barbiers » était de constitution récente, et le fait que ces hommes de scalpel fussent aussi des gens de rasoir donnait une idée de leur rang accessoire. On distinguait les chirurgiens à robe courte, chargés des opérations de surface, de ceux à robe longue, qui intervenaient en profondeur.

Félix avait souffert durant toute son enfance les récriminations de son père, homme de l'art humilié de passer toujours après des médecins dont il sentait bien qu'ils ne valaient pas grand-chose. Se hisser en quelque sorte par héritage à la même place ne lui suffisait pas. Avoir soigné la mâchoire du roi en cautérisant la plaie qu'il avait à la gencive, et qui attaquait l'os, en lui imposant des fers rouges pour brûler les chairs malades, n'avait guère amélioré sa réputation, tant le roi avait souffert. Et d'Aquin régnait en maître sur la tripe de Sa Majesté, à qui il insinuait presque chaque jour des clystères « insinuatifs, préparatifs, et rémollients, pour amollir, humecter, et rafraîchir les entrailles », comme disait plaisamment Molière… Cela lui conférait une autorité absolue sur Sa Majesté, qui aimait fort manger mais avait la digestion lente et l'encombrement fréquent – d'où les lavements dont on rafraîchissait les entrailles royales…

Voir se présenter chez lui un médecin qui révérait fort la chirurgie fut, pour Félix, une musique céleste. La lettre de recommandation signée par Condé, que Balthazar n'avait pas montrée à d'Aquin, l'impressionna. Enfin, il désespérait d'apporter une réponse adéquate à la maladie du roi. Il savait bien, lui, ce qu'une fistule non soignée pouvait entraîner de conséquences fatales.

— Mais enfin, monsieur, vous affichez une compétence peu en rapport avec votre jeune âge.

— La compétence se mesure-t-elle à la longueur de la barbe, monsieur ? Je ne suis ni barbon, ni grison. Mais j'ai acquis, dans des facultés plus ouvertes à l'expérience que celle de Paris, et dans des pays barbares qui conservent les secrets des anciens Grecs, des savoirs bien particuliers.

— Écoutez, dit le chirurgien. Faisons une expérience. Au point où nous en sommes… Venez avec moi demain opérer l'un ou l'autre des gueux fistuleux que la police de Louvois me fournit. Et vous me ferez *in vivo* la démonstration de vos talents !

La police royale raflait dans tous les mauvais lieux des malandrins affligés d'une maladie plus ou moins semblable à celle du roi et les ramenait au Châtelet. Sur promesse d'une pièce d'or, les malheureux étaient contraints d'offrir leurs postérieurs puants au bistouri du chirurgien, qui les massacrait assez pour qu'on n'eût pas à régler la somme promise. Ne restait plus qu'à les balancer à la voirie, dans ce maelström de cadavres anonymes que Paris, ville de toutes les lumières et de tous les abîmes, alimentait chaque jour. On y jetait indifféremment les gueux trouvés morts au hasard des rues, les pauvres incapables de s'offrir des funérailles décentes, les prostituées et les comédiens – deux professions considérées comme proches en ces temps barbares, et qui entraînaient, l'une et l'autre, l'excommunication. Il avait fallu un ordre du roi pour qu'on n'y jetât pas Molière. Et encore, l'Église n'avait-elle consenti à l'ensevelir en terre consacrée qu'à condition que ce scandale inouï se déroulât de nuit.

Afin que l'expérimentation demeurât secrète, les morts étaient enterrés au petit matin, et sans faire sonner les cloches. Ils avaient vécu de façon anonyme, ils mouraient pour le service du roi, et devenaient humus sans faire parler d'eux.

Après avoir écumé les bas-fonds de la capitale, les hommes du tout-puissant ministre avaient élargi leur quête aux environs de Paris, poussant de plus en plus loin leur recherche. De pauvres hères étaient ainsi arrachés à la glèbe. On leur faisait miroiter devant les yeux un louis d'or portant le profil du monarque, et ils se laissaient embarquer vers l'antre où ils seraient opérés avant d'être laissés, en général, plus morts que vifs – voire tout à fait morts.

Les tissus sur lesquels Félix intervenait étaient à ce point recouverts d'ordure qu'à peine pouvait-on reconnaître les chairs. On ne repérait l'orée de la fistule que par le pus qui s'en écoulait et se frayait un chemin à travers les strates d'excréments solidifiés. Le chirurgien déblayait en gros les couches accumulées par une hygiène déplorable et des conditions de vie bien rudes, puis tentait d'introduire dans l'anus son instrument, afin de couper les parties lésées et reconstituer un conduit canonique.

Le résultat de ces opérations incertaines ne se faisait pas attendre. Dans les vingt-quatre heures, les opérés développaient des infections qui se généralisaient très vite, dans ces organismes dévastés par des vies cabossées et des alimentations incertaines, minés depuis l'enfance par des maladies successives qui les laissaient, chaque fois, à demi mourants. Ils défunctaient les uns après les autres, au grand dam de Félix, désespérant d'arriver à un protocole susceptible d'être reproduit sur le royal derrière.

Balthazar lui expliqua quelques règles d'hygiène élémentaires. Avant d'opérer, dit-il, il faut nettoyer ces gens, afin qu'ils offrent aux praticiens une surface lisible. Puis, il faut passer la zone à opérer à l'alcool.

— Pourquoi ? demanda Félix.

— À vrai dire, dit Balthazar, je ne sais pas la raison, mais j'ai remarqué qu'en suivant ce protocole je diminuais sensiblement les infections. Mon hypothèse est que des corpuscules invisibles, plus petits encore que ceux que j'ai observés au microscope chez Antonie Van Leeuwenhoek, en Hollande, résistent à l'eau et au savon, mais cèdent devant l'esprit-de-vin.

— Et comment…

— C'est très simple. Il y a… quelques années, je voyageais en Méditerranée quand mon bateau a été attaqué par une galère turque. Le combat fut assez vif. Quand les pirates obtinrent notre reddition, il y avait quelques morts et une foule de blessés, dans leurs rangs et dans les nôtres. Je me suis fait connaître comme médecin auprès du capitaine maure – j'avais appris leur langue pour déchiffrer d'anciens traités. Il m'a demandé de rafistoler ses gens – les chrétiens blessés avaient été purement et simplement passés au fil de l'épée, et jetés par-dessus bord. J'ai alors eu l'idée d'essayer mon hypothèse : j'ai composé deux groupes parmi les blessés. J'ai recousu les uns à l'ordinaire, et pour les autres, j'ai passé leurs plaies à l'eau de mer d'abord, et à l'eau douce ensuite. Vous savez combien le sel détruit toute vie. Eh bien, de ces gens ainsi traités, un seul est mort ultérieurement – mais sa blessure était assez grave, une balle de pistolet l'avait transpercé et avait introduit en lui des fragments des haillons fort douteux qu'il portait. Tous les autres ont cicatrisé admirablement. À l'inverse, dans le premier groupe – le groupe témoin, en quelque sorte –, sept sur dix ont eu des complications rapides,

des infections purulentes, et quatre sont morts d'une fièvre intense.

— Ce n'était pas charité chrétienne, dit Félix en riant.

— Mon cher, c'étaient des barbaresques ! Des mécréants ! Qu'importe à Dieu ? Bien sûr, ajouta Balthazar, ce n'étaient pas des nombres assez grands pour que je puisse en tirer des conclusions certaines. Alors j'en ai tiré des conclusions incertaines – mais, après tout, notre art est fait de balbutiements successifs. Il vaut donc mieux passer à l'alcool les surfaces à opérer.

Balthazar et Félix firent ainsi confectionner une grande quantité de charpie plongée dans l'eau bouillante, exigèrent du savon et une grande bouteille d'eau-de-vie, et l'on nettoya en détail, pour la première fois de leur vie, ces champs opératoires. Puis on les purgea, afin qu'aucune matière fécale ne vînt trop vite souiller les parties fraîchement opérées.

— En chirurgie, expliqua Balthazar, il faut s'intéresser à l'avant et à l'après de l'opération. Intervenir ne suffit pas. Il faut préparer le patient, et le suivre après.

Enfin, on les passa à l'alcool – et on les autorisa à en avaler quelques lampées.

Le jeune médecin requit des bougies et des cierges en quantité.

— De la lumière, beaucoup de lumière ! ordonna-t-il.

Félix, qui allait sur ses cinquante ans et devenait lentement mais sûrement presbyte, ne se risqua pas à le contrarier.

Enfin, Balthazar tira de sa providentielle trousse un scalpel étrange, recourbé comme une faux. Une plaque d'argent protégeait la lame, afin de ne pas léser les chairs pendant l'introduction. Une fois l'instrument en place, on la faisait glisser pour découper les chairs viciées de l'intérieur et rétablir l'intégrité de l'ampoule rectale.

Les deux premiers présentaient bien une fistule, mais assez éloignée de ce que l'on trouverait chez le roi. Balthazar les opéra tout de même, pour retrouver les gestes qu'il avait appris mais qu'il n'avait pas répétés depuis longtemps. Félix s'émerveilla, sans rien dire, de la sûreté de main du jeune homme. Lui-même n'intervenait qu'en balbutiant, et l'idée seule d'opérer le roi le faisait trembler d'appréhension.

Plusieurs hommes du guet se chargeaient de maintenir les malheureux dans la position adéquate. On opérait à vif, et la zone anale est fort riche en terminaisons nerveuses. Sans les soldats qui pesaient sur eux de tout leur poids, leur bloquant les bras et les jambes, écrasant leur poitrine, les opérés eussent fait des bonds de cabri en tentant d'échapper au bistouri qui taillait à vif leur organe. On ne pouvait, en revanche, leur interdire de hurler, et les vieilles voûtes répercutaient les cris de damnés des malheureux. Elles en avaient l'habitude : c'est au Châtelet que les bourreaux procédaient aux interrogatoires.

Entre la chaleur dégagée par les nombreux luminaires et l'angoisse de la situation, Balthazar ruisselait littéralement. Il eut le geste d'essuyer la sueur qui ruisselait sur son visage.

— Non, monsieur, murmura Félix en arrêtant son bras – et il ordonna à un assistant de passer un linge propre sur le front du chirurgien et le sien, afin qu'ils ne se souillassent pas au contact de leur propre peau.

Les flammes des bougeoirs et des torches jetaient des ombres violentes sur la scène, qui semblait empruntée aux plus extravagantes représentations de l'enfer. La pierre nue de la salle où était installée la table d'opération, les colonnes qui soutenaient le haut plafond, le visage buriné des sbires qui les assistaient – certains avaient gardé leurs casques, dont le métal mat reflétait encore les lueurs fantomatiques –, tout évoquait l'ambiance d'un au-delà infernal.

Balthazar, après avoir réédité l'opération, tendit le scalpel au chirurgien royal, qui répéta les gestes sur un troisième patient et s'en débrouilla le mieux du monde. Ils épuisèrent ainsi le matériel humain obligeamment mis, ce jour-là, à leur disposition.

Ils patientèrent deux jours, ne retournant dans les geôles du Châtelet, où étaient retenus les étranges cobayes de monsieur de Louvois, que pour refaire les pansements. Quand ils constatèrent que les opérés de frais se remettaient assez bien, que la fièvre se maintenait dans des limites raisonnables puis finissait par s'estomper, ils surent qu'ils étaient prêts.

Les misérables opérés, désormais convalescents, reçurent, les premiers, la pièce d'or promise – et furent menacés de la corde s'ils racontaient à qui que ce fût l'opération à laquelle ils avaient été soumis.

Ravis du succès, les deux chirurgiens n'en renouvelèrent pas moins le nouveau protocole une bonne quinzaine de fois, dans les quatre mois qui suivirent, pour affiner leurs gestes. Chose incroyable, dans un monde où le mot *asepsie* ne serait inventé que deux siècles plus tard, un seul des malheureux soumis à la découpe mourut.

Deux fois, ils durent réintervenir sur un malade qui présentait encore des incommodités persistantes – et avec succès. Quand ils communiquèrent enfin les résultats à l'autorité suprême de Louvois, le tout-puissant ministre sut que les temps désormais étaient proches, qu'ils allaient pouvoir opérer le roi, et que le Grand Dauphin, qui lui était résolument hostile, ne serait pas de sitôt le successeur de Louis quatorzième du nom.

39

Malatesta réapparaît

Souvré n'avait pas reparu à l'académie d'escrime de Wernesson, ni dans aucune autre. Pierre d'Aumelas retournait s'y entraîner, escrimant contre les maîtres d'armes qui, par curiosité, venaient tâter la lame de ce provincial vanté par Wernesson. Les pages, qui constituaient l'essentiel de la clientèle payante, après un ou deux essais calamiteux, évitaient de se frotter à ce gaucher imprenable.

— Franchement, vicomte, lui demanda enfin le maître d'armes, qui vous a enseigné ? Je pensais connaître tous les styles, mais le vôtre, quoiqu'il me rappelle… Mais c'est impossible !

— J'ai appris avec mon père, expliqua Pierre. Il a fait toutes les guerres des deux feus cardinaux.

— Et personne d'autre ?

— Gardez-moi le secret, maître. J'ai pris quelques leçons à Sète avec un Napolitain diabolique…

— Malatesta ! soupira Wernesson. J'en étais sûr !

L'emploi du temps de Pierre était désormais invariable. Il allait en milieu de matinée ouïr la messe, et passait ainsi une heure avec sa dulcinée, comme disait Don Quichotte. Puis il s'entretenait avec Balthazar, car il suivait fort attentivement les progrès du jeune médecin-chirurgien, conscient que c'était sans doute par lui que se ferait l'accès à Sa Majesté.

L'après-midi, quand il n'escrimait pas, il poussait parfois jusqu'à Versailles. Il avait aperçu plusieurs fois le roi, qui se promenait dans les jardins installé dans une étrange machine, un fauteuil sur roues, rembourré de coussins, poussé par des valets, afin de se promener et de jouir du printemps, et surtout de se montrer. Louis XIV avait très tôt fait de lui-même un spectacle permanent.

Le roi n'était-il pas le Soleil ? On s'approchait de ses rayons pour tenter de s'y réchauffer. Le souverain avait compris que le pouvoir tenait surtout à son apparence. Il souffrait parfois le martyre, mais rien sur son visage ne témoignait des ravages de la maladie, sinon parfois l'expression d'un ennui que ses servants savaient interpréter : ils ramenaient alors au plus vite le roi dans ses appartements, où « cette buse de d'Aquin », comme disait Balthazar, lui administrait sur le fondement quelque emplâtre « insinuatif et rémollient » pour soulager ses douleurs extrêmes. L'effet durait quelques minutes, parfois une heure, ce qui permettait au roi de sommeiller en attendant le dîner. Alors la fonction de représentation, reprenant le dessus, contenait la souffrance.

Il y avait, autour du roi, des cercles invisibles qui délimitaient chacun le degré d'intimité avec le monarque. Les courtisans étaient ainsi comme des planètes de plus ou moins grande importance, gravitant autour d'un soleil inatteignable.

— J'ai peur pour vous, chuchotait Éléonore, agenouillée à côté de lui sur le prie-Dieu. Le marquis a fait venir à Paris un maître d'armes réputé, à ce que l'on dit, avec lequel il s'entraîne chaque jour. L'hôtel est plein du fracas lointain des épées.

— Un maître d'armes personnel ? Vraiment, son aventure n'est pas digérée ! Il prépare sa revanche ?

— Riez, monsieur, riez ! J'ai croisé deux ou trois fois cet homme, et j'ai cru frôler la mort elle-même.

— Allons ! Il est si terrible ?

— Il porte son âme sur son visage ! On dirait qu'il a été labouré par quelque charrue divine…

— Il s'habille toujours de noir ? demanda Pierre, soudain intéressé.

— Comment le savez-vous ?

— Malatesta ! s'exclama le jeune homme. J'en étais sûr !

« Malatesta ! pensa-t-il. Il a fait venir Malatesta pour lui donner des leçons. Bien sûr, ils ont dû se connaître en Languedoc… Le spadassin aura formé les hommes de Souvré… J'aimerais être petite souris pour voir quelles bottes nouvelles ce diable d'homme lui a enseignées… Et si jamais nous nous battons un jour, ce sera élève contre élève – Malatesta contre lui-même ! Comme sur cette digue de Sète où il aimait s'entraîner. »

Malatesta s'était fait expliquer par Souvré les circonstances de sa mésaventure chez Wernesson.

La description fort fidèle de l'adversaire du marquis était pour lui d'une évidence claire : le vicomte d'Aumelas était à Paris.

— *Un' mancino, vero ?* avait-il demandé à plusieurs reprises à Souvré. Un gaucher… *Piena gola ?* Mmmh…

Il n'avait fait aucun autre commentaire. L'identité de ses élèves était couverte par le secret professionnel. Il n'allait pas raconter à celui-ci qu'il avait aussi enseigné à celui-là – au risque de perdre une pratique qui payait bien.

Malatesta tirait indifféremment des deux mains. Il s'était donc contraint à tenir l'épée de la main gauche, pour habituer son élève à riposter en contre-miroir. Habituellement, deux droitiers face à face s'opposent à un reflet d'eux-mêmes qui tiendrait son épée de la main gauche, et les épées se croisent dans la diagonale : écarter la lame de l'autre permet, en même temps, de se couvrir. Là, c'était le contraire : le bras droit de l'un rencontrait celui de l'autre sur le même côté, et l'écarter revenait à ouvrir le champ sans plus se protéger la poitrine. Il fallait donc inverser le processus et écarter l'épée du gaucher vers l'intérieur, de façon à continuer de protéger le buste. Le maître italo-espagnol (Souvré non plus n'avait pu démêler la nationalité composite de Malatesta) cherchait à renverser les réflexes de son élève, qui mettait à se battre un enthousiasme attentif des plus plaisants – pour un maître d'armes.

Souvré désespérait un peu de venir à bout de Malatesta – et, à travers lui, du jeune vicomte. Parfois, il touchait Malatesta au bras ou à la cuisse – et, en retour, se faisait boutonner en plein corps.

— *Non è attento, marchese*, disait Malatesta.

Enfin, le maître d'armes eut recours à un procédé dont il avait maintes fois constaté l'efficacité : il suggéra à Souvré de se battre désormais à lames réelles. Les blessures, s'il y en avait, seraient de vraies blessures.

— *Matadme, señor*, lui suggéra-t-il.

Ce n'était pas l'envie qui manquait à Souvré. Mais le fait d'avoir, face à lui, une lame qui pouvait à tout instant l'embrocher, le rendait circonspect sur les assauts.

— *Non ha fatto la guerra, signore ?* demanda un jour Malatesta.

— Mais si ! En Languedoc, depuis bientôt trois ans…

— *Nein !* le coupa l'homme noir. *Una vera Krieg…*

Et il expliqua, dans son rude langage, la différence entre renverser des paysans armés de battoirs à blé et affronter des soldats entraînés. Des hommes qui se battent pour tuer, parce qu'ils sont payés pour cela, et non pour défendre désespérément leurs familles.

— Eh bien…

— *Vedo*, avait dit Malatesta.

C'était le mot, on s'en souvient, avec lequel le spadassin, qui ne tenait pas non plus à tuer la poule aux œufs d'or en argumentant face à son élève, coupait court aux mauvaises excuses.

Le maître d'armes, bien sûr, retenait son bras ; il n'était pas sot au point de tuer sa pratique. Mais il le retenait au tout dernier moment. Sa lame piquait Souvré en surface, entaillant à peine la peau, et se retirait aussitôt. Ils se battaient en chemise et, un matin, Souvré finit couvert du sang qui sourdait de dix à douze entailles faites sur la poitrine ou le ventre par l'épée du mercenaire.

Les yeux de Malatesta, au fil des assauts, devenaient de plus en plus sombres. Cet homme d'ombres laissait filtrer la nuit qu'il avait en lui – une nuit macabre, faite de sang et de hurlements.

— Assez, monsieur, assez ! cria soudain Souvré en faisant deux pas en arrière. Je n'en puis plus !

— *Lui rides, marquées*, répliqua le maître impassible, qui n'était pas même essoufflé. *Pensa il suo avversario lasciate you respirar ?* Il guettera votre fatigue, continua Malatesta dans son sabir coloré, et vous tuera dès que vous baisserez la garde… *Così* – comme ça !

Il se fendit et toucha encore une fois Souvré, entre la cinquième et la sixième côte à gauche, à la limite du sternum. Il avait retenu son bras : quelques pouces de plus, et il fendait le cœur en deux.

— *Mañana !* gémit Souvré en reculant. Nous reprendrons *mañana* !

Il en perdait lui-même son français.

Malatesta sut alors quelle serait l'issue du combat que Souvré disputerait un jour contre le vicomte – malgré les édits du roi qui, en 1679, avait déclaré les duels non amnistiables. Il se rappelait fort bien que Pierre, tout infirme qu'il fût, n'avait jamais demandé merci, et que, dans son épuisement, il était resté concentré sur la meilleure manière de tuer son adversaire. Il se rappelait fort bien l'épée d'Aumelas : il avait la même dans son bagage, même si ce n'était pas celle avec laquelle il jouait contre le marquis.

« Ce n'est pas l'épée qui tue, pensa-t-il dans sa langue native de Napolitain, soudain décantée de tout charabia, tandis que Souvré sortait, haletant, serrant contre lui sa chemise sanglante. L'épée porte la volonté de celui qui la tient. Et ce vicomte tuera le marquis, ou je ne m'appelle plus Malatesta ! »

40

Cas de conscience

Souvré se remettait de ses plaies superficielles quand il reçut une lettre inattendue de son fidèle Harcourt, le lieutenant auquel il avait confié leur mission civilisatrice dans le haut Languedoc. L'officier avait régulièrement expédié des rapports succincts sur les progrès de la Vraie Religion face aux protestants des Cévennes, faisant état de conversions nombreuses, de temples brûlés et d'églises reconstruites. « Nous tissons un manteau de chapelles sur ce territoire jadis rongé par la lèpre huguenote », écrivait le lieutenant dans l'une de ces missives. La formule, transmise à la Maintenon, avait beaucoup plu, et valu à Souvré une rallonge de subsides qu'il avait expédiée à Harcourt.

La lettre reçue en ce début juin fut une surprise d'autant plus totale.

Monsieur le marquis, écrivait Harcourt, *je demande instamment à être relevé de mon commandement. L'armée va très prochainement s'embarquer à Sète et à Toulon pour cingler vers Alger. J'aimerais avoir la permission de servir mon roi contre les infidèles.*

À vrai dire, j'ai de plus en plus le sentiment de ne pas faire œuvre sainte dans l'exercice de la mission que vous m'avez confiée en Languedoc. Nous avons certes extirpé la Religion prétendument réformée de nombre de bourgades. Mais elle renaît dès que nous nous retirons, faute d'avoir été extirpée des cœurs. Et les pires violences renforcent la conviction de ces gens simples, profondément religieux, même s'ils errent à côté de la Croix, persuadés qu'il vaut mieux mourir en martyrs que vivre dans le mensonge.

J'ai fait déporter les hommes les plus valides à Marseille, afin qu'ils rament sur les galères de Sa Majesté. J'ai fait enfermer à Aigues-Mortes, dans la tour de Constance, les femmes les plus entêtées. Les enfants les plus beaux ont été confiés à d'honnêtes familles catholiques pour être élevés dans les règles de notre sainte religion. Quant aux autres…

Nos hommes deviennent chaque jour plus sauvages, alors même qu'ils devraient apporter la foi et la confiance. Plusieurs d'entre eux se sont confectionné des colliers d'oreilles, découpées sur des paysans hâtivement essorillés. D'autres coupent les annulaires des morts et des prisonniers, pour leur arracher leur anneau nuptial, qui n'est pourtant la plupart du temps qu'en mauvais argent. D'autres enfin…

Il y a dix jours, nous nous sommes rendus, avec moult difficultés, à Montdardier, dans la région dite du causse de Blandas, près des gorges de la Vis. Passant dans une bourgade fidèle au roi que les gens d'ici nomment Sant Maurise de Navacèlas, j'avais appris que Montdardier, plus haut sur les collines, était retourné à la RPR. Les troupes du duc de Rohan avaient conquis le château du lieu en 1628. Mais ces régions, que vous connaissez bien, sont si reculées que des prédicants, comme disent les rebelles aux ordonnances de Sa Majesté, sont revenus les prêcher dans la foi calviniste.

Les hommes ont été soit tués, soit faits prisonniers, et je les ai avant-hier joints à une chaîne qui partait pour Marseille. Les femmes – vous savez bien comment nos hommes respectent les femmes... Mais les enfants ont été l'objet d'un traitement particulier.

Par un effet du hasard, il y avait beaucoup de nourrissons à la mamelle dans ce hameau. Nos soldats ont trouvé plaisant d'en couper plusieurs en deux, selon l'antique menace de Salomon. Les plus petits ont été jetés dans une soue, où une harde de cochons noirs, comme ils élèvent dans ces campagnes, en ont fait leur ordinaire.

Monsieur le marquis, leurs cris, les grognements affamés des bêtes et les rires de mes soldats résonnent encore à mes oreilles au moment où j'écris. J'ai voulu intervenir, mais il ne restait que quelques traces sanglantes dans la boue.

Je ne me suis pas engagé dans l'armée du roi pour assister à ces massacres. Que j'y aie participé depuis trois ans sera ma honte éternelle. Le roi sait-il les crimes que l'on commet en son nom ? Mon père, Henri d'Harcourt, a vaillamment combattu pour la couronne. Approuverait-il, s'il vivait encore, une guerre menée contre de si pauvres gens en raison d'une foi qui, à vrai dire, n'offense guère Sa Majesté ?

Monsieur de Ginestous, branche de Montdardier, a solennellement protesté auprès de moi, et compte bien en référer au roi. Je crains qu'il ne soit pas le seul. Monsieur de La Garde de Chambonas, évêque de Lodève que vous connaissez bien, m'a prévenu un peu tard que peu après votre départ, un certain Pierre d'Aumelas était venu se plaindre à lui de ce que nous avions fait subir à ses gens dans un village perdu – peut-être vous rappelez-vous ces paysans enchaînés nus sous la fontaine de leur village et leurs femmes brûlées dans le temple. Ce Pierre d'Aumelas a lui aussi menacé d'aller se plaindre au roi. Quoiqu'il soit apparemment bon catholique, il n'accepte pas que nous nous soyons substitués à lui en termes de haute justice. Avez-vous par hasard vu arriver ce drôle à Paris ou à Versailles ?

Je vous demande donc, monsieur le marquis, de me délivrer de mes remords et de m'autoriser à me joindre aux troupes royales qui vont incessamment s'embarquer pour Alger. Je règle en attendant les affaires courantes, et vous remercie fort des subsides qui nous sont parvenus : nos hommes, cantonnés à Lodève, en font bon usage avec les catins du cru.

En vous suppliant d'accepter mon humble requête, je suis, monsieur le marquis, votre dévoué serviteur.

La lettre donna de l'humeur à Souvré, mais elle ne l'étonna pas. Il avait remarqué, chez les hommes les plus loyaux, cette propension à la mélancolie. À force de donner la mort *in nomine Patri*, un ver rongeur entre dans l'âme des soldats les plus convaincus, des reîtres les mieux blanchis sous le harnois. Les râles des mourants, les cris des femmes violées, les enfants agonisants, tout cela finit par constituer un concert permanent dans l'oreille des bourreaux.

— Harcourt est bien faible, dit-il tout haut.

Il alla montrer la lettre à Louvois.

— Celle-là, dit le ministre en souriant, nous ne la montrerons pas à Sa Majesté ni à sa religieuse épouse. Le roi, effectivement, y trouverait à redire. Sa Majesté se berce de l'illusion que la force de conviction seule doit convertir ces mécréants. Mais nous savons bien, vous et moi, qu'ils préfèrent mourir que de renier la religion de leurs pères, et qu'ils ne se convertissent que du bout des dents. Quant à l'allusion à son père, elle est claire. Votre lieutenant est le frère de Philippe de Lorraine, le favori intouchable de Monsieur. Il est susceptible d'avoir l'oreille du frère du roi. Lequel a pour son frère, tout bougre qu'il soit – et Dieu sait si Sa Majesté a le goût italien en horreur –, une tendresse profonde.

Il relut les derniers paragraphes de la lettre, cherchant un mot.

— Cet Aumelas… Entendu parler de lui ?

Souvré hésita. Louvois savait lire dans les cœurs. Il vit cette hésitation, et comme un léger nuage de honte sur le front de Souvré.

— Eh bien, mon neveu ?

— Je l'ai croisé il y a peu, avoua Souvré.

Et il raconta à Louvois le duel chez Wernesson.

Le ministre resta impassible. Il n'était pas mécontent que Souvré ait reçu une leçon.

— J'en sais davantage, dit-il en tirant un rapport de police d'un tiroir de son bureau. Un certain Pierre d'Aumelas était chez le prince de Condé il y a deux semaines. Ils ont combattu ensemble il y a dix ans. Ah, vous l'ignoriez ? Il faudrait toujours disposer de l'historique des gens que nous croisons. Il vous a traité comme un Hollandais ! Fouillez Paris, ordonna-t-il. Guettez aux portes des églises – un Aumelas doit communier comme les autres. Donnez un signalement précis à ma police. Surtout, ne l'arrêtez pas, il est inutile de créer un scandale là où, pour le moment, il n'y a pas même une rumeur. Quant à ce lieutenant d'Harcourt… Tenez, voici un brevet en blanc de capitaine. Mettez-y son nom, ça lui sera un cataplasme suffisant pour cicatriser ses scrupules. Et autorisez-le, bien sûr, à aller se faire tuer à Djidjelli ou ailleurs.

Il se remit au travail et, d'un geste hautain de la main, renvoya Souvré, humilié, rageur et tout plein d'un désir de revanche et de mort.

41

Où, avec une lettre de cachet et un carrosse, on va plus vite qu'avec une épée

— Je ne vis que pour ces moments, murmura Pierre en étreignant la main d'Éléonore. En dehors des instants où je suis agenouillé à côté de vous, je n'existe pas. Je laisse mon cœur sur le pavé de cette église, et je le retrouve le lendemain lorsque vous paraissez. Mais est-ce une vie que de soupirer d'amour à vos pieds, et d'expirer sans cesse de désirs inaboutis ?

Le vicomte avait fait de beaux progrès dans l'art distingué de parler d'amour. Balthazar, qui toute sa vie avait pris le temps de lire, lui avait donné *La Princesse de Clèves* : le roman, depuis dix ans, avait imposé le nom de madame de La Fayette. Le vicomte, instruit par la jeune fille elle-même du fait qu'elle tenait en grande considération les amours de ladite princesse et du duc de Nemours, avait appris nombre de phrases qu'il réinsérait adroitement dans sa conversation.

Et comme il murmurait parfois à voix haute, l'honnête Angélique, friande de ces jolis riens qui sont tout, favorisait la passion de sa maîtresse tout en veillant à ce que les choses n'allassent pas trop loin, et soupirait de bonheur avec elle en écoutant les madrigaux du jeune homme.

Il y avait bien entendu quelque chose de très frustrant, pour ces deux natures ardentes, que de se limiter à l'étreinte de leurs doigts. On ne s'embrasse pas dans une église. Pierre, parfois, s'imaginait pressant contre les siennes les lèvres entrouvertes d'Éléonore, serrant contre son corps sa taille souple et son buste gracile. Parfois, même…

En attendant, il en était réduit à faire l'amour avec ses doigts, en pressant ceux de son amante. Et à roucouler comme les volatiles de ce bon La Fontaine : « Deux pigeons s'aimaient d'amour tendre… »

Le lecteur qui est, avec nous, penché sur l'épaule de ces jeunes gens amoureux, voudra bien se redresser un moment et jeter un coup d'œil vers les portes de l'église. Il y verra un cavalier pétrifié, entré depuis quelques instants, appuyé au bénitier qui jouxte l'entrée. Le marquis de Souvré, dont les plaies cicatrisaient encore, avait ce matin-là décidé de reporter à demain son assaut contre Malatesta, et de faire à sa fiancée la surprise de la retrouver sur les lieux de ses dévotions.

Lui aussi avait reconnu la chevelure retenue en chignon instable et, à côté d'elle, la vénérable dame de compagnie. Mais il avait aussi vu, avec ce coup d'œil imparable de l'homme jaloux, l'homme agenouillé à côté d'Éléonore. Il avait bien saisi l'étreinte des mains, les confidences chuchotées, la tête de la jeune fille qui s'inclinait presque sur l'épaule de…

De qui, d'ailleurs ? Quel était cet homme dont il allait faire de la charpie ?

Il posa la main sur la garde de son épée. Le caractère sacré du lieu et la perspective d'un immense scandale l'empêchèrent de mettre tout de suite sa lame à la main. Il se glissa sur la travée de gauche de l'église et remonta lentement vers le chœur, afin que ses éperons ne sonnent pas sur les dalles. Ses yeux verts, en s'étrécissant dans l'effort qu'il faisait pour percer les ombres, jetaient des éclairs jaunâtres. Les piliers occultaient l'un après l'autre la scène, pour mieux la révéler chaque fois plus précise, au fur et à mesure de sa progression. Et quand Pierre se remit de profil, Souvré sut alors qui était l'audacieux qui prétendait lui dérober sa promise.

Une bouffée de rage le saisit tout entier. Mais, si le marquis avait parfois des mouvements violents, il savait les maîtriser. Il ne resta dans l'église que le temps de se persuader de son infortune. Puis, en faisant bien attention de ne pas heurter aux dalles la longue épée qui lui battait les talons, il revint vers le fond et sortit de l'église.

Le premier mouvement de Souvré, en rentrant à l'hôtel de Louvois, fut de convoquer l'homme monté avec lui du Languedoc, de le prier de dénicher quelques argousins et de tuer bien proprement, en s'y mettant à huit ou à dix, le manant qui osait lui ravir sa fiancée.

Puis il pensa qu'on ne réglait pas ses comptes de la même façon à Paris qu'à Lodève. Le meurtre à quelques lieues de Versailles d'un bon catholique, noble de surcroît, ne bénéficierait pas de la même mansuétude royale que le massacre de quelques centaines de parpaillots cévenols.

Il pensa alors à Malatesta. Mais dès qu'il s'ouvrit au maître d'armes, ce dernier se rebella hautement.

— *Ich bin ein spadassino*, dit-il dans sa langue babélique, *non soy un'assassino*.

Souvré eut l'impression de se heurter à une muraille et recula.

Il alla finalement retrouver le ministre, qui travaillait dans son cabinet. Louvois leva la tête pour savoir quel intrus le dérangeait et jugea d'un coup d'œil l'état d'esprit de son quasi-beau-frère.

— Eh bien, monsieur, vous paraissez bien agité. Qu'est-ce qui vous émeut au point de me poursuivre ici ? Vous êtes tout pâle. Que se passe-t-il ?

Souvré n'hésita pas. Le ridicule de sa situation – pas encore marié et déjà trompé – ne suffisait pas à occulter sa rage, et il raconta tout au tout-puissant ministre.

— Ce n'est que cela ?

Louvois sourit.

— Tenez, dit-il en prenant un papier dans une pile, prenez et faites-en bon usage. Aujourd'hui, il est sans doute trop tard. Mais demain, je vous donnerai quatre gardes et vous vous saisirez de l'importun. Il en est des hommes comme des gros cailloux que l'on rencontre parfois sur le chemin : il est plus simple de les ôter que d'essayer à toute force de passer par-dessus, ou de les réduire en poudre.

Souvré jeta un œil sur le parchemin que lui tendait Louvois. C'était une lettre de cachet, dûment signée, qui ordonnait d'embastiller en la bonne prison de la Bastille un individu dont le nom était laissé en blanc. « Car tel est mon bon plaisir. » Le marquis apprécia l'épaisseur de la liasse où le ministre avait saisi la feuille : il y avait là de quoi mettre en prison la moitié de Paris.

— Merci, monsieur. J'en ferai bon usage. Mais une fois à la Bastille…

— Quand on est à la Bastille, dit plaisamment le ministre, on ne pose pas de question sur ce qui se passera « après ». Il n'y a pas d'après, à la Bastille, quand on y est emprisonné sur ordre du roi. Votre matamore y pourrira. Croyez-moi, quand il sortira, vous serez grand-père. Nous nous préoccuperons ensuite de faire la leçon à votre future épouse. Ma femme, votre sœur, s'y emploiera. Prenez la peine, toutefois, de mener une enquête afin d'inscrire le nom adéquat sur ce papier. Le roi et moi aimons les choses faites dans l'ordre et la justice.

Et le ministre de la Guerre congédia le marquis d'un geste amical en l'accompagnant d'un effrayant sourire.

Le lendemain, le curé articula le *Ite missa est* comme les autres jours. Comme les autres jours, Pierre et Éléonore sortirent du rêve éveillé qui leur faisait vivre par anticipation des étreintes plus réelles que celles auxquelles ils s'abandonnaient. Comme les autres jours, le jeune homme précéda la jeune fille et lui offrit de l'eau bénite au bout de ses doigts. Il resta un instant immobile, dans la magie de ce dernier contact. Puis il secoua la tête et remit son chapeau.

Souvré l'attendait dans la rue. Derrière lui, un carrosse était arrêté. Quatre sergents l'escortaient.

Pierre allait se mettre en garde, tant l'attitude de son rival était menaçante. Mais ce dernier le précéda.

— Je vous arrête au nom du roi, monsieur d'Aumelas, dit-il. Veuillez me remettre votre épée.

La foudre serait tombée sur Pierre sans lui faire plus d'effet. Résister était hors de question.

Éléonore s'était retournée. Elle vit la scène, fit un pas.

— Mademoiselle, lui jeta Souvré, rentrez tout de suite à l'hôtel. Nous reparlerons de tout cela tout à l'heure. Quant à vous, ajouta-t-il en s'adressant à la dame de compagnie, vous tâterez plus tard de ma colère.

— Monsieur ! s'exclama la jeune fille. Monsieur…

— Taisez-vous, grinça le marquis. Surtout, taisez-vous. Car c'est sur vous que pèserait le poids de mon ressentiment !

Souvré poussa Pierre dans le carrosse et y monta après lui.

— À la Bastille ! cria-t-il au cocher – et aussi à l'intention des curieux attroupés en un instant, comme le font toujours les Parisiens quand un événement quelconque sollicite leur curiosité.

La foule s'égailla. On ne plaisantait pas avec la Bastille.

Il fallait traverser tout Paris, et Pierre vit comme dans un cauchemar les rues défiler les unes après les autres, les visages des passants apparaître un court instant, le ciel de ce début d'été resplendir encore quelques minutes – puis le carrosse arriva, au galop, à l'entrée donnant sur la rue Saint-Antoine. C'était le premier filtre. Le cocher mit l'attelage au pas, jusqu'au premier pont-levis, où une seconde escouade de gardes visa à son tour l'ordre d'incarcération. La voiture entra enfin dans la première cour, où l'on fit descendre le prisonnier.

Pierre parcourut à pied l'avenue ceinturée de murailles qui menait à la grande cour intérieure. Là, un lieutenant prit en charge le vicomte et l'accompagna dans une chambre haut perchée, au second étage de la tour Berthaudière – celle même où, vingt ans auparavant, avait été enfermé le fameux Masque de fer. Seule consolation pour le pauvre jeune homme, il voyait à travers les barreaux de l'étroite fenêtre le panorama de ce Paris hostile où, désormais, Éléonore l'attendrait en vain.

Il fondit en larmes et se jeta sur le lit de sangles. Après quelques instants de désespoir, il releva la tête. Comment faire connaître à Balthazar cet effroyable retournement de sort ? Comment même lui faire savoir où il était ?

Il tourna et retourna la question dans sa tête jusqu'à ce que, vers six heures, on vînt lui proposer une sorte de brouet infâme qui serait son repas du soir. Le geôlier lui expliqua que s'il avait les moyens de payer « la pistole », l'ordinaire de la Bastille pouvait s'améliorer, mais qu'en attendant…

Pierre avait fort peu d'argent sur lui.

— Mon ami, dit-il, je suis entré ici sans penser à faire provision de ressources. Mais si tu veux prévenir un médecin du nom de Balthus, qui loge rue Courtalon, tu seras amplement récompensé de tes services…

— Oui-da ! grommela l'homme, rendre service à un ennemi du roi ! J'y perdrais ma place et même la liberté ! Vous vous contenterez de l'ordinaire.

Et il se retira, laissant Pierre en proie à sa maigre pitance et à son noir chagrin.

42

Désespoir

Balthazar s'inquiéta fort, le soir, en ne voyant pas le vicomte. Mais il était trop tard pour courir les rues – et d'ailleurs, où courir ? Où ne pas courir ? Il passa une nuit agitée.

Il eut l'idée, le lendemain, de se rendre lui aussi à l'église Notre-Dame-des-Victoires, et d'y croiser la belle Éléonore. Mais il ne vit pas la jeune fille – ce qui l'inquiéta derechef. Ce fut enfin du curé, à la fin de l'office, qu'il obtint des renseignements positifs. L'arrestation du vicomte avait fait assez de bruit pour que le prêtre en fût informé. Le cri du marquis, « À la Bastille ! », n'était pas passé inaperçu des paroissiens du bon père.

Balthazar fut au fond rassuré. Pierre était sous la protection du roi, en quelque sorte. La vengeance du marquis ne l'atteindrait pas sous les voûtes sombres du château médiéval de la porte Saint-Antoine.

Il eut la prévenance de faire porter au greffe de la prison une somme d'argent rondelette, afin d'atténuer les rigueurs de la détention. Cela améliora pour Pierre l'ordinaire de la prison, mais ne diminua en rien son désespoir. Il passa des jours en lamentations à fendre les murailles – jusqu'à ce qu'il constate, non sans amertume, qu'aucun sanglot n'entamait les pierres énormes de la Bastille ; elles en avaient entendu bien d'autres. Il faudrait bien plus que des larmes pour ébranler un jour cette forteresse.

Éléonore ne partageait pas, on s'en doute, la sérénité de Balthazar. La jeune fille était rentrée rageuse et désespérée à l'hôtel de Louvois. Anne de Souvré, l'épouse du ministre, l'attendait. Sans mot dire, elle la prit par la main et l'entraîna chez elle. Alors seulement, Éléonore éclata en sanglots.

— Là, là, dit madame de Louvois, quel chagrin, ma chère !

Elle la prit contre elle pour la consoler, ce qui redoubla les pleurs d'Éléonore.

Anne de Souvré laissa passer la crise. Elle était partagée entre son amour pour son frère, bafoué dans son futur hymen, et l'affection qu'elle avait développée, ces dernières semaines, pour cette oiselle de province qui lui avait été confiée afin qu'elle la formât. Sans doute revivait-elle à travers Éléonore quelques-unes des illusions de sa jeunesse, perdues l'une après l'autre au contact d'un homme tout-puissant et froid, perdues aussi dans la fréquentation de la Cour et de gens qui n'étaient que calculs et intrigues.

Elle n'avait jamais eu d'affection vraie que pour son demi-frère mais, avec le temps, elle avait pris la mesure exacte du marquis, de sa cruauté et de sa démesure.

Elle n'avait pas reporté son affection sur ses enfants – l'amour maternel n'existait guère, au XVIIe siècle, dans l'aristocratie. Mariée à seize ans, mère à dix-sept puis de nouveau les deux années suivantes, elle passait pour une sotte à la Cour – pour avoir eu, un jour, la langue qui avait fourché, et dit « sourde comme une grive » au lieu de « soûle comme une grive » : un lapsus avait tué sa réputation. Elle avait accouché encore, en 1675, d'un garçon fort peu masculin dont son père fit un gentil abbé, et enfin, en 1678, d'une fille pour laquelle elle ne ressentait rien : l'enfant avait été confiée à une nourrice, sa mère ne l'avait vue que par épisodes. La vie de Cour et les nécessités de représentation, en tant qu'épouse de l'un des hommes les plus puissants de France, l'occupaient à plein temps.

Ce qu'il restait de ressources de tendresse enfouie dans ce cœur flétri s'était donc reporté sur cette ardente jeune fille tombée du ciel. Elle avait joué à la poupée avec elle, l'habillant à la dernière mode. Elle l'avait prévenue des embûches de la Cour. Souvré, entré dans les bonnes grâces de la Maintenon qui avait fort prisé ses récits de conversion, avait présenté sa future épouse au roi. L'ex-amateur de jeunes filles avait regardé la belle enfant et lui avait octroyé l'ombre d'un sourire. Dans la seconde, toutes les dames présentes ce jour-là avaient ressenti vis-à-vis de la nouvelle venue l'une de ces jalousies d'autant plus vives qu'elles ne reposent sur rien, sinon la crainte de la concurrence.

Anne accoucha peu à peu Éléonore des sentiments qu'elle éprouvait.

— Mais quelle idée, chère enfant, de tomber amoureuse *avant* vos noces ! Il faut attendre d'être mariée pour se laisser aller à des passions. Allez, mon frère n'a pas vocation à rester à la Cour. Sa vraie vie est de convertir par le fer et le feu les hérétiques languedociens. Il y retournera bientôt et vous laissera ici, après vous avoir planté un héritier. Alors, vous pourrez vous livrer à tous les débordements amoureux.

Éléonore en était à ce stade de l'amour où l'on ne calcule pas. Attendre deux à trois mois pour revoir Pierre d'Aumelas lui paraissait au-dessus de ses forces.

— Qu'en ont-ils fait ! gémissait-elle. Où est-il ? Quand le reverrai-je ?

— Où il est ? Mais… à la Bastille, ma chère. Il en sortira quand le roi ou mon époux le voudront – et si vous n'êtes pas sage et complaisante, il n'en sortira jamais. Mon frère a deux très belles qualités d'homme d'État : il a de la mémoire, et il aime le sang. Dites un mot et votre Céladon mourra, croyez-moi. Il a pour le moment une belle chambre inondée de soleil. Mais il suffit d'un mot de Louvois pour qu'on le jette dans un cachot qui vaudra son pesant d'arsenic, comme disait madame de Rambouillet. Alors, tenez-vous ! Feignez ! Souriez – ou vous n'êtes qu'une sotte !

Éléonore comprit la puissance de ce raisonnement. Elle laissa passer quelques jours puis demanda à voir Souvré et fit amende honorable. Elle versa des larmes de désespoir, qu'elle fit passer pour des pleurs de contrition. Elle mit son aveuglement passager sur le compte de sa jeunesse, arguant que ses sentiments avaient été surpris par cet homme qui lui avait sauvé la vie : elle raconta au marquis l'aventure vécue dans les bois de Saint-Flour, l'intervention du vicomte, l'exécution du malandrin.

Tout en parlant, elle évoquait dans son for intérieur l'image de son amant, et ses larmes coulaient naturellement. Le marquis, on s'en souvient, aimait fort voir pleurer des pucelles. Il se sentit enclin à la mansuétude. Il reprocha toutefois vivement à Éléonore son inconséquence et lui imposa une visite du curé de la paroisse pour la confesser et lui imposer une pénitence en rapport avec l'énormité de son crime. Le bon père, dûment chapitré, écouta le récit de la belle jeune fille éplorée, prit lui aussi ses larmes pour une preuve palpable de ses remords, et lui imposa de se flageller huit jours de suite.

Éléonore obéit sans y mettre beaucoup de conviction et, ainsi que devait le remarquer l'abbé Boileau quelques années plus tard dans son *Histoire des flagellants*, ces coups de discipline – ainsi appelait-on le fouet avec lequel on se punissait des pensées impures – appliqués sur le bas du dos eurent pour effet d'exciter les « esprits animaux », au lieu de les refouler. En conséquence de quoi Éléonore pensa encore plus souvent à son bel embastillé, rêvant parfois que, dans sa passion extrême, son âme partait nuitamment par-dessus les toits de Paris et s'en allait rencontrer celle de son amant, de l'autre côté des murs de la Bastille.

Et dans les faits, Pierre rêvait si souvent à Éléonore que peut-être, après tout, ces deux désirs contrariés parvenaient, dans l'espace du songe, à se retrouver et à s'unir enfin.

43

Où monsieur de Souvré donne sa pleine mesure

Le marquis avait passé sur Angélique une partie de sa rage et l'avait bâtonnée, comme on faisait alors avec les domestiques désobéissants, ce que la bonne dame de compagnie avait mal supporté. Elle s'était alitée, meurtrie dans son âme comme dans son corps.

Éléonore n'en pleura que davantage. Esseulée dans sa chambre de l'hôtel de Louvois, elle se laissait aller à son désespoir.

Le soir du premier jour de son isolement, comme elle refusait toute nourriture et s'abandonnait aux larmes, elle vit la porte de sa chambre s'ouvrir. Souvré entra. Au-delà du visage si beau et si détesté à présent, ce qui fit tressaillir la jeune fille fut de le voir arriver les vêtements en désordre, la robe de chambre flottant sur le pourpoint largement ouvert, la chemise délacée et l'œil incandescent d'ivresse et de désir.

Il était évident qu'il avait bu. Mais l'alcool qui allumait des feux chez les autres attisait, chez cet homme à sang froid, des flammes glacées.

— Alors, mademoiselle…

Il est impossible de rendre l'ironie glacée dont Souvré avait enveloppé le mot. Il reprit.

— Alors, pantoufle à manants, comment vont vos rêves ?

Elle tressaillit sous l'injure, d'une vulgarité tout étudiée. Le marquis s'avança vers le lit où était à demi allongée Éléonore. La jeune fille avait ôté elle-même, avec moult difficultés, la robe avec laquelle elle était sortie le matin. Elle n'avait gardé que sa chemise, par-dessus laquelle le corset était encore serré, et ses bas. Elle se couvrit en hâte de la courtepointe étalée sur le lit.

— Fais donc la pudique, hé, Messaline !

Le passage au « tu » était une injure majuscule. Souvré s'avança à la toucher. Alors, Éléonore comprit ce que projetait le marquis. Il s'était senti trompé par la simple pression des mains entre Éléonore et Pierre. Il allait se rattraper en la forçant à tromper son amant – à son corps défendant.

Et, pour se défendre, Éléonore se défendit. Elle avait été élevée comme un garçon, elle avait appris à se battre contre les garnements de Flavin, fils de gueux qui jouaient avec elle. Comme le marquis se penchait sur elle, elle lui laboura la joue d'un coup de griffe.

— Angélique ! cria-t-elle. Angélique !

Le marquis se mit à rire. La bonne duègne était enfermée à double tour. En même temps, l'idée que sa beauté pouvait être menacée par une femme qu'il ne considérait plus que comme une fille l'enflamma. Il la frappa à son tour, le poing fermé.

Éléonore fut jetée en arrière par la force du coup. Sa tête porta sur l'un des épais montants qui soutenaient le ciel de lit. À demi assommée, elle assista comme dans un rêve à ce qui se passa ensuite.

Le marquis la retourna comme une poupée de chiffon et, saisissant le poignard qu'il conservait toujours dans sa botte droite, il entreprit de couper les lacets du corset. Puis il la remit sur le dos, et il cisailla en deux la chemise, dont il rejeta les deux pans de part et d'autre du corps dénudé de la jeune fille.

Peut-être perdit-il quelques secondes à contempler les trésors offerts à sa concupiscence. La honte ramena Éléonore à la vie. Roulant sur elle-même, elle se réfugia dans la ruelle du lit, cherchant désespérément quelque chose qui lui servirait d'arme. Elle pensa à la cheminée – mais c'était l'été, et on l'avait débarrassée des accessoires qui permettaient, l'hiver, de tisonner les bûches ; il ne restait que les lourds chenets.

Souvré sourit. Il lui aurait déplu qu'elle s'abandonnât comme une victime expiatoire. Il se rua sur elle, la saisit à bras-le-corps, la renversa de nouveau sur le lit. Puis, lui tenant d'une main les poignets au-dessus de la tête, il la regarda avec la passion qui anime le chasseur au moment de porter le coup de grâce.

— Éprouve bien dans ta chair tout ce qui va se passer, parce que tu ne l'éprouveras qu'une fois dans ta vie – et ce sera avec moi, fille de joie !

Il pesa sur elle, la forçant, malgré ses contorsions, à ouvrir les jambes… Éléonore eut une sorte de saut de carpe et se faufila sous le corps du marquis. Elle se contorsionna et parvint à glisser de l'autre côté du lit. Courant à la muraille, elle tira du trophée d'armes qui encadrait l'écu des Louvois – d'azur, à trois lézards d'argent posés en pal, cousu d'un chef de gueules chargé de trois étoiles d'or – une vieille rapière du XVIe siècle, une épée interminable et terriblement lourde.

On l'avait assez initiée à l'escrime pour savoir qu'elle ne tiendrait pas dix secondes contre un homme entraîné. Elle saisit la garde à deux mains et darda l'arme devant elle.

Le marquis éclata de rire. Il se releva, ôta sa robe de chambre et tira son épée.

— Eh bien, gourgandine, tu veux que je te fasse d'autres pertuis pour saigner par plusieurs fentes à la fois ?

Éléonore ne prit pas la peine de répliquer. Elle fixait le marquis sans ciller, quoiqu'elle fût gênée par une longue mèche qui lui revenait sur l'œil. Tout ce qui peut passer de haine dans un regard brûlait dans sa pupille.

Souvré dégaina. Il fouetta l'air devant lui en approchant, jusqu'à ce que sa lame heurte celle d'Éléonore. Il avait opté pour une garde haute, qui menaçait Éléonore au visage. La jeune fille recula d'abord puis, sentant la muraille dans son dos, choisit de tenir bon.

C'était une bien étrange chose que le combat de cet homme aux trois quarts vêtu et de cette jeune fille quasi nue.

Éléonore tint deux minutes, pendant lesquelles Souvré joua avec la lame qu'elle brandissait devant elle. Enfin, il écarta le fer et s'engagea dans un corps à corps dont il ne pouvait sortir que victorieux. Il glissa l'un des quillons de son épée dans le pas-d'âne de celle d'Éléonore et la désarma, d'un mouvement violent qui lui arracha son arme et presque le bras.

La rapière traversa la chambre et alla tinter contre les lourds chenets de la cheminée.

Elle se retrouvait nue, prête à être épinglée à la muraille.

Le marquis fit voleter sa lame et lui fit trois incisions superficielles, sur l'épaule, au sein gauche et à la hanche. Éléonore hurla encore une fois et, encore une fois, il la frappa de son poing fermé.

La jeune fille s'évanouit.

Ce fut la douleur qui la fit revenir à elle.

Souvré prit un malin plaisir à faire durer l'étreinte. Enfin, il se releva et contempla le beau corps étendu, pantelant, ensanglanté.

— Te voilà semblable à toi-même, paillasse ! lança-t-il. Je ne sais ce qui me retient de te faire sans attendre passer sur le ventre par mes valets ! Mais je ne peux tout de même pas infliger cela à celle qui, dans un mois sera, mon épouse ! J'aurais de la vergogne à emprunter un pertuis que des gueux auraient foré, petite putain ! Et que diraient-ils dans ton dos – et dans le mien !

Il récupéra la robe de chambre qu'il avait jetée à terre, l'enfila et sortit sans même jeter un œil sur sa victime.

44

Où Balthazar soigne aussi les cœurs

Éléonore, dès le lendemain, n'alla plus à la messe qu'étroitement encadrée. Sa vieille gouvernante restait consignée à l'hôtel de Louvois. Souvré obligeait sa future épouse – et, à présent qu'il l'avait consommée avant même ses noces, il était sûr de son fait – à fréquenter l'église escortée de deux soudards chargés d'épier ses moindres mouvements.

Balthazar se demanda comment communiquer avec la jeune personne. Il se plaça près de la sortie, cherchant à capter son attention. Deux fois, elle passa devant lui sans rien remarquer. Le troisième jour, il eut l'idée de manipuler sa bourse, comme pour y chercher une aumône, et de laisser maladroitement tomber à ses pieds quelques pièces, que les deux sbires se mirent en souci de ramasser. Éléonore, arrêtée devant lui, le regardait avec indifférence – et rougit soudain, en le reconnaissant. Vivement, Balthazar passa derrière elle et lui glissa dans la main un billet soigneusement plié que, tout aussi prestement, la jeune fille dissimula dans son corsage.

Les deux hommes, enrichis de quelques livres, s'étaient redressés ; la marche d'Éléonore, encadrée de ses sbires, reprit, et elle disparut dans la rue.

Éléonore attendit d'être rentrée et passa dans sa chambre. Elle ouvrit le billet, dans lequel était roulée une pastille brune.

Mademoiselle, je n'ai pas besoin de vous rappeler notre aventure de Saint-Flour. Je suis assez l'ami de Pierre d'Aumelas pour veiller sur ses amours pendant son incarcération. Pour l'instant, il est à l'abri de son ennemi. Mais vous ne l'êtes pas. Le marquis fera tout son possible pour hâter votre hymen, faites ce que vous pouvez pour le reporter. Avalez sans peur la pilule ci-jointe. Elle vous donnera tous les symptômes d'une hémorragie mensuelle. Feignez une grande indisposition bien féminine, plaignez-vous bien haut, afin d'éloigner les hommes qui vous surveillent, et faites-moi appeler : je réside rue Courtalon. Je suis et demeure votre fidèle serviteur.

La lettre était signée « Docteur Balthus ».

Éléonore eut envie de baiser ce billet. Un allié lui tombait du ciel et elle songea, non sans impiété, que Dieu favorisait son adultère au lieu de l'en dissuader. Mais bientôt, le caractère audacieux d'une telle idée la frappa, et elle se rappela la physionomie de Balthazar, que le soleil du mois de juin avait comme passé au brou de noix. « Tant pis, songea-t-elle, s'il faut me donner à Satan pour éviter d'être mariée à ce monstre, je n'hésiterai pas un instant. »

Elle eut pourtant, comme saint Pierre après l'arrestation du Christ, un instant d'hésitation. Avaler la médecine de cet homme aiguisé comme une lame, au regard de flamme froide… Ce n'était pas un mince risque qu'elle prenait. Mais mieux que saint Pierre, qui renia trois fois le Christ, elle prit un verre d'eau et avala le mystérieux remède en frémissant. L'amour d'un homme peut être plus entraînant que l'amour d'un dieu.

Vers le début d'après-midi, elle fut indisposée pour de bon, et les linges habituellement utilisés pour éponger le flux menstruel se révélèrent insuffisants. Anne de Souvré, prévenue, convoqua son médecin personnel qui hésita, parla latin pour la forme, et préconisa une tisane composée à parts égales de bourse-à-pasteur et d'achillée millefeuille. Éléonore obéit avec docilité – et, comme Balthus le lui avait promis, le saignement continua. Le médecin fut reconvoqué, hésita avant de suggérer une saignée – et Anne de Souvré, qui ne manquait pas de bon sens, jugeant que seul un médicastre pouvait songer à soigner une hémorragie par une saignée, le remercia fort, le gratifia généreusement et le congédia.

— L'un de vos gens, gémit Éléonore avec un sens inné de la comédie, m'a parlé d'un médecin nouvellement installé, rue Courtalon je crois, dont on dit merveilles… On l'appelle Balthus…

Anne la regarda avec attention. Était-il possible que cette demi-ingénue… Mais elle obtempéra et envoya quérir ce « Docteur Balthus » que réclamait Éléonore.

Balthazar arriva donc en toute fin de journée. Il faisait un temps splendide, et le soleil n'en finissait pas de se coucher sur Paris. Le médecin s'était habillé de noir, sans se donner le ridicule de la longue robe et du chapeau pointu des plus traditionnels de ses confrères.

Madame de Louvois le reçut et le jaugea. Elle pensait avoir le coup d'œil assez sûr, mais ne décrypta rien dans ce visage énigmatique, sinon une grande intelligence – un trait de caractère qu'elle avait rarement relevé chez les médecins.

Elle expliqua la situation. Balthazar écouta avec patience, admirant les euphémismes par lesquels la marquise parlait de règles abondantes. Bien sûr, les prêtres racontaient que c'était là l'une des manifestations de la colère divine après la faute d'Ève : tout ce qui venait du bas corporel était maudit, des menstrues à l'accouchement – et, bien sûr, la fornication. « Pauvre humanité ! » pensa-t-il pendant qu'on lui expliquait, par des expressions convenues et entortillées, ce qu'il connaissait précisément. La grande pitié qu'il avait de l'humaine condition donna à son regard une lueur d'intérêt et d'attention qui plut à madame de Louvois. Elle conduisit Balthazar dans la chambre d'Éléonore. Celle-ci eut le bon sens de feindre une grande pudeur, et ne consentit à parler de ses symptômes qu'avec les mêmes circonvolutions langagières. Et cette fois, Balthazar apprécia l'esprit d'à-propos de la jeune fille aimée de son ami.

— Voyons, dit le docteur en s'asseyant sur le bord du lit où était allongée la jeune fille et en lui prenant la main sous couleur de sentir son pouls. Confiez-vous à moi. Ne vous aurait-on pas rudement blessée ces derniers temps ? Une mauvaise nouvelle ? Une grande contrariété ? Ou redoutez-vous un événement qui doit infailliblement se passer ?

Éléonore admira la ruse du médecin. Balthazar admira la mine défaite d'Éléonore, qui ne se forçait guère pour avoir l'air attristée. Et Anne de Souvré admira l'art quasi divinatoire du praticien. La conversation dura tant que la marquise se rassura, et qu'elle décida de laisser Éléonore seule avec ce médecin si courtois, ayant entendu le retour du carrosse de monsieur de Louvois.

— Avez-vous de ses nouvelles ? demanda vivement Éléonore quand ils furent enfin seuls.

— Hélas non – la Bastille est un seuil difficile à forcer. Mais peut-être ma robe me permettra-t-elle d'y entrer, comme elle m'a permis d'entrer ici. N'ayez crainte, il est bien protégé : les menaces les plus sérieuses, vous le savez, sont dehors et non dedans.

— Monsieur de Souvré le tuera ! s'enfiévra Éléonore.

— Je ne crois pas, répliqua aussitôt Balthazar avec sa sagacité habituelle. Je crains même que ce ne soit le contraire, ce que ni monsieur de Louvois, ni le roi ne pardonneraient. Pierre est entre deux feux. Soit le marquis parvient à ses fins, vous épouse et l'oublie dans son cul-de-basse-fosse. Soit notre ami sort et le tue – et se retrouve sur l'échafaud où fut, jadis, décapité monsieur de Bouteville, sous le feu roi. C'est pourquoi il nous faut jouer serré, ne pas risquer un faux pas, et gagner du temps. Votre indisposition présente s'apaisera dans vingt-quatre heures. Feignez une grande faiblesse : les hommes ne comprennent rien aux maux des femmes, et monsieur de Souvré respectera votre santé fragile. Dès que vous irez mieux, reprenez l'une de ces pilules, ajouta-t-il en lui présentant une jolie boîte d'argent ciselé qui en contenait une demi-douzaine. Une seule à la fois !

— Monsieur, je ne sais comment…

Balthazar sourit.

— Nous reparlerons de cela lorsque vous épouserez Pierre d'Aumelas. En attendant, faites-moi appeler sous quelque prétexte, quand vous aurez quelque chose à me communiquer. Cet habit est un merveilleux alibi pour contourner les obstacles. Qu'ils soient marquis ou ministres, les hommes ont peur de la mort, et se livrent aveuglément à ceux qui prétendent la combattre.

— Si vous saviez, osa Éléonore, ce que ce monstre a…

Les mots mouraient sur ses lèvres. Balthazar la scruta avec attention. Une rougeur exquise colorait les joues de la jeune fille.

— Il aurait…, commença-t-il.

— Il a, articula Éléonore dans un murmure à peine audible.

— Eh bien, dit soudain Balthazar, le remède qui vous a causé cette indisposition violente aura au moins eu un effet positif. Il aura éliminé tout… germe que le marquis aurait pu avoir déposé en vous.

Balthazar expliqua succinctement à Éléonore les principes de la reproduction. Mais la jeune fille, qui avait vu copuler dans son enfance tous les animaux du château paternel, des chats aux chevaux, n'était ni sotte, ni ignorante.

— Grâces vous soient rendues ! s'exclama-t-elle. Je mourais d'inquiétude à l'idée de porter en moi le bâtard de ce…

— Violeur ? suggéra Balthazar.

Elle rougit violemment. Puis ils se regardèrent et se sourirent.

Ils parlèrent encore un quart d'heure. Éléonore n'aurait pas voulu le voir partir.

— Plus nous parlerons aujourd'hui, objecta Balthazar, plus vite je deviendrai suspect aux yeux des espions qui vous surveillent. Laissez-moi donc aller. Ah, prenez aussi ceci – il lui tendit une fiole pleine d'une poudre jaunâtre – et attribuez-lui votre rétablissement.

Elle sourit à travers ses larmes.

— Qu'est-ce ?

— Du sucre mélangé à de l'extrait d'orgeat. Rien que de très agréable – et sans incidence sur la santé ! Mais vous le présenterez comme un remède miraculeux : plus vous direz du bien de ma cure, plus facile sera notre communication. Et surtout, n'avalez rien d'autre ! Les médecines que l'on vous a conseillées sont des poudres de perlimpinpin.

Il se leva, la salua avec déférence. Il allait sortir, il se retourna.

— Nous aurons besoin de votre gouvernante… comment s'appelle-t-elle, déjà ?

— Angélique ! Mais elle est consignée dans… Ce monstre l'a battue !

— Réclamez-la. Vous avez besoin d'elle, affaires de femmes, vous me comprenez. C'est par elle que nous communiquerons désormais.

Il la salua de nouveau, avec un demi-plissement des lèvres qui chez lui était la forme supérieure du sourire.

Anne de Souvré l'attendait dans le vestibule de l'hôtel de Louvois.

— Eh bien, monsieur ? s'enquit-elle.

— Eh bien, madame, j'ai bon espoir que les symptômes disparaissent d'ici à vingt-quatre heures. Il faut… – Balthazar allait prononcer le nom d'Éléonore, et songea soudain qu'on ne la lui avait pas présentée –, il faut à la jeune personne beaucoup de repos et abondance de viandes rouges pour réparer le sang qu'elle a perdu.

Balthazar eut presque honte d'avoir recours à un tel subterfuge. Il savait fort bien que ni la viande rouge, ni le verre de sang frais que certains médecins faisaient avaler à leurs malades anémiés n'avaient le moindre effet sur la recomposition du sang, qui s'effectuait de façon mécanique et autonome. Mais il avait choisi de parler une langue que son interlocutrice pouvait comprendre.

— Ce serait un résultat magnifique, monsieur…

— Balthus, dit gravement Balthazar en saluant. Docteur Balthus.

Il allait partir. Il se retourna vers la femme du ministre.

— Vous avez du mal à dormir, madame… Avec des suées nocturnes fréquentes, de grandes bouffées de chaleur, et votre humeur se ressent de ces insomnies si fréquentes…

Ce n'était pas une question, mais une affirmation.

À vrai dire, il ne fallait pas être grand prophète pour déceler chez Anne de Souvré tous les signes extérieurs d'une ménopause déjà bien avancée. Elle avait quarante ans, avait donné naissance à son dernier enfant huit ans auparavant, sa vie érotique était désormais derrière elle, et les grandes occupations de son mari, passionnément aimé dans les débuts de leur mariage, qui avaient coïncidé avec les belles années du règne, ne laissaient plus guère au ministre le temps de faire du sentiment avec son épouse, consignée dans de strictes fonctions de représentation mondaine. Mais elle n'en jeta pas moins sur Balthazar un regard admiratif : sans doute ce jeune médecin sans barbe avait-il lu dans son œil les pensées tristes qui l'accablaient, et les symptômes divers dont elle était poursuivie.

— Je vous enverrai, continua Balthazar, de quoi soulager vos maux. Non, ne me remerciez pas : l'honneur de vous soigner est une gratification en soi.

Il salua la marquise et disparut. Mais il sentit sur ses épaules, tandis qu'il traversait la cour de l'hôtel particulier, le regard presque énamouré d'Anne de Souvré. Il en sourit intérieurement jusqu'aux oreilles – mais sans rien en montrer, tant il était attentif à se composer un masque permanent pour tromper jusqu'aux plus habiles. Et il sifflotait en regagnant la rue, imaginant dans sa tête la belle panacée qu'il enverrait à la marquise, composée de sauge médicinale, cônes de houblon et actée à grappes noires importée d'Amérique – toutes plantes censées traiter les symptômes, encore qu'il sût d'expérience que leur effet était pour l'essentiel psychologique : l'assurance du praticien qui prescrivait ces infusions et la foi du patient étaient, en combinaison, le gage de leur efficacité, parfois réelle. « L'esprit peut tout », avait-il coutume de dire. Et il regagna son domicile en réfléchissant à la part purement psychologique de son art, bâti sur un ensemble d'attitudes, de regards, d'effets de voix qu'il maîtrisait à merveille. Et maintenant, conclut-il, essayons de nous rapprocher de Pierre. Allons, mon garçon, tu as fait des choses plus difficiles que de traverser comme un lutin les murailles de la Bastille !

Et l'évocation brûlante de certaines de ses expériences orientales, la façon dont au dernier moment il avait échappé au pal dont le menaçait un dignitaire arabe, heureusement atteint d'hydropisie, le fit de nouveau sourire – tant il est vrai que les drames, quand ils sont passés, deviennent des souvenirs plaisants.

45

De la carence de divertissements à la Bastille

François de Montlezun, seigneur de Besmaux, était gouverneur de la Bastille depuis 1658. Ce Gascon sans fortune, capitaine des gardes de Son Éminence, avait payé 90 000 livres au cardinal Mazarin, qui ne détestait pas l'argent quelle qu'en fût l'origine, pour obtenir cette charge qu'il conserva jusqu'à sa mort, en 1698. Il était déjà fort âgé, surtout selon les critères de l'époque : né vers 1610, il avait déjà plus de soixante-seize ans, et toutes les maladies que peuvent engendrer une trop grande sédentarité et l'excès de nourriture. Il mangeait en effet fort bien et, quoiqu'il ne partageât point sa table avec ses prisonniers, il abandonnait libéralement aux plus illustres les ressources de sa cuisine.

Balthazar laissa mille livres au greffe de la prison, afin de pourvoir aux besoins de son ami. Le statut de Pierre d'Aumelas se modifia en conséquence aux yeux du gouverneur, qui veillait sur ses prisonniers de marque mais se remboursait, et au-delà, des libéralités dont il les privilégiait. En conséquence, dès la seconde semaine de sa captivité, Pierre fut invité à partager avec d'autres prisonniers de qualité les fastes de la table du gouverneur. Puis, ayant eu l'habileté de se plaindre de maux d'estomac violents, qui pouvaient être un symptôme mortel, il réclama une consultation de son médecin. Et le geôlier qui avait d'abord refusé toute aide au malheureux fut chargé d'aller quérir ce docteur Balthus, que le prisonnier réclamait à grands cris.

La Bastille, comme toutes les prisons royales, avait plusieurs régimes, selon la notoriété du prisonnier. Les princes y étaient magnifiquement traités – pour cinquante livres par jour, tout de même –, les ducs et les comtes presque sur le même pied, les marquis et les vicomtes à peine moins bien – tant qu'ils payaient. Évidemment, les pauvres hères en restaient à la paille des cachots. Et encore ne changeait-on cette paille qu'une fois par mois, quand elle baignait dans l'ordure.

Pierre d'Aumelas était gentilhomme. À la sévérité initiale de son incarcération succéda un régime très assoupli, qui lui laissait quelques loisirs, le droit à une promenade quotidienne, l'accès à une bibliothèque riche en ouvrages d'histoire et en romans précieux, et à quelques visites – dont le détail était toutefois fourni au ministre qui l'avait fait embastiller.

Balthazar dissuada Éléonore de s'exposer à la vindicte de Souvré et servit volontiers d'intermédiaire entre les deux amoureux. Quant à la douce Angélique, requise par Éléonore pour s'occuper de sa maîtresse alitée, elle vit son régime s'assouplir. Elle put déambuler de l'hôtel de Louvois au logement du docteur Balthus, et le marquis de Souvré qui, dans les premiers temps, l'avait fait suivre, fut vite rassuré : la bonne dame ne s'arrêtait pas, ne musardait pas, elle filait tout droit de la rue de Richelieu à la rue Courtalon et repartait en sens inverse, petite souris grise traversant Paris sous le soleil de ce début juillet.

Angélique portait bien son nom, mais elle n'était point sotte. Prévenue, elle avait remarqué que des hommes, si anonymes qu'ils en devenaient suspects, la suivaient. Ils se donnaient tant de mal pour ne pas se faire remarquer – accoutrés en crocheteurs désœuvrés, valets affairés, mendiants de toutes origines, badauds dont le nez en l'air revenait infailliblement sur terre, argousins officiels et espions officieux – qu'il devint assez vite facile de les repérer. C'était un jeu : la bonne demoiselle empruntait une rue peu passante et, quand elle se retournait, un homme faisait mine de rajuster ses chausses ou de s'intéresser passionnément à une porte close.

Elle prévint Balthazar de l'étrange cortège qu'elle drainait chez lui. Le médecin ne s'en inquiéta pas, il avait une couverture idéale : docteur en titre d'Éléonore de Flavin et d'Anne de Souvré, il était normal qu'une femme attachée à l'une ou l'autre de ses pratiques vînt le retrouver pour récupérer une ordonnance, qu'il ne manquait jamais de griffonner afin de donner de la consistance au récit d'Angélique, si le marquis avait eu la fantaisie de l'interroger. Mais ce dernier était bien trop hautain pour s'adresser à une femme qu'il considérait comme une servante, et il se fiait entièrement aux dires des espions que le ministre avait mis à sa disposition.

Balthazar était, de fait, un homme très occupé. Ses visites régulières à son ami, qui feignait intelligemment d'avoir l'une après l'autre toutes les indispositions possibles, celles à l'hôtel de Louvois, les opérations menées au Châtelet avec Félix, quelques allers-retours à Chantilly pour soigner au mieux les maladies – vraies, celles-là – du prince de Condé, tout cela l'occupait au-delà de son temps. Et, avec une merveilleuse agilité, il jonglait avec le temps et l'espace.

La moindre de ses obligations n'était pas de répondre à la correspondance enfiévrée que lui adressait journellement Éléonore, confinée dans sa chambre mais atteinte d'une logorrhée amoureuse incontrôlable. Balthazar transmettait les lettres enfiévrées des deux amants, et répondait avec une amabilité exquise à celles que la jeune fille lui adressait quand elle avait fini d'épancher son cœur ensanglanté.

46

Un roman par lettres

Du Docteur Balthus à Éléonore de Flavin :

Mademoiselle,

J'ai vu notre ami aujourd'hui. Il avait eu l'heureuse idée de feindre de grands maux de ventre, et a requis la présence d'un praticien. La Bastille n'ayant pas d'homme de l'art, on lui a adressé le médecin dont il a donné l'adresse – c'est bien le moins que l'on puisse faire pour un gentilhomme.

Je ne l'ai jamais vu si rugissant. « Dis-lui... dis-lui... », répétait-il, mais il avait tant de choses à vous dire que les mots ne sortaient pas. Résumons toutefois. Il vous aime, il vous interdit bien de vous marier à monsieur de Souvré, ou à qui que ce soit, il percera bientôt les murailles pour vous retrouver – et mille autres billevesées.

Il m'a fallu un certain temps pour le persuader de feindre désormais la plus complète soumission. Les geôliers sont des gens simples, ils jugent si un prisonnier leur pose des problèmes ou non. Et ils préfèrent traiter avec mansuétude ceux qu'ils voient résignés et patients.

Je crains toutefois que ce rôle de composition ne dure pas très longtemps. Pierre a le sang vif.

Il a le droit de recevoir du courrier, mais, si m'en croyez, ne lui écrivez pas : toute correspondance est lue avant d'être remise, et la liste des scripteurs est remise au ministre. Parfois même, on recopie la lettre entière. Il sera bien plus simple de passer par moi.

J'espère que votre santé s'est rétablie. Il vaut mieux attendre un certain temps entre deux écoulements de sang.

Votre dévoué...

Balthus

D'Éléonore de Flavin à Pierre d'Aumelas :

Je meurs d'inquiétude de vous savoir prisonnier. Habitant l'hôtel de Louvois, intime de l'épouse du ministre, je vois chaque jour à quel niveau d'autorité et d'arbitraire s'élève la toute-puissance quand rien ne la réfrène. Le marquis est l'âme damnée du ministre. Il est son agent en Languedoc : notre ami le docteur Balthus m'a expliqué pour quelle noble cause vous êtes à Paris, sachez que ce qui est arrivé à vos gens n'est qu'un détail dans la liste des exactions sanglantes opérées par les troupes royales commandées par Souvré – la plume m'échappe en écrivant le nom de cet être exécré.

Ne me demandez pas ce que je fais : je pense à vous, et quand j'en ai fini, je pense encore à vous.

Mais je vous promets bien de n'aimer et de n'épouser personne d'autre que vous.

Vôtre, aujourd'hui mieux qu'hier et bien moins que demain

Éléonore de Flavin

De Pierre d'Aumelas à Éléonore de Flavin :

Peut-être avez-vous vu des lions en cage dans la ménagerie du roi. Je suis à leur image. Rugissant sans espoir, couché, l'œil éteint, attendant que la porte s'ouvre, je conserve toutes mes forces pour vous étreindre et terrasser notre ennemi.

Balthazar – c'est son vrai nom – me dit que vous pouvez presque indéfiniment reporter votre mariage. C'est la meilleure nouvelle que j'aie reçue depuis un mois que j'ai été jeté entre ces murs. Conservez-vous pour moi. Il n'est pas possible que le bon droit ne soit un jour reconnu.

Quant au marquis... Non, je n'écrirai pas ce que je ferais de cet homme si je l'avais aujourd'hui devant moi.

La vie à la Bastille est terriblement routinière. On me traite bien, à la hauteur des subsides que notre ami a déposés au greffe de la prison. Mais ses fonds ne sont pas infinis. Il n'importe : j'espère que je serai à vos pieds avant que sa bourse ne s'épuise.

Ne me demandez pas ce que je fais : je pleure et je vous aime.

Pierre d'Aumelas

Le lecteur voudra bien nous dispenser de donner le détail de cette correspondance qui courut sur quatre mois : les amoureux se satisfont de la répétition sans trêve de leurs serments, mais un romancier se doit de couper court dans les roucoulades des tourtereaux, surtout quand elles sont répétitives, ce qu'elles sont toujours.

Si le marquis de Souvré avait pensé que l'absence éteindrait la passion de mademoiselle de Flavin, c'était un bien mauvais calcul : moins elle voyait Pierre d'Aumelas, et plus elle en était amoureuse. Ce n'était plus le gentilhomme de chair et de sang qu'elle aimait, mais l'image qu'elle s'en faisait désormais – chevalier enfermé dans un donjon par un enchanteur tout-puissant, mais qu'elle parviendrait à délivrer comme jadis Roger avait délivré Angélique, dans les romans de sa bonne gouvernante.

Le seul risque était que Pierre, après des mois d'incarcération, ne soit pas à la hauteur de la représentation quasi mythifiée que s'en faisait désormais Éléonore… Les princes charmants ne connaissent pas les petites misères du quotidien, qui sont le lot des pauvres humains que nous sommes. Et s'apercevoir peut-être que l'être aimé éternue ou a les yeux cernés au réveil brise parfois le cristal dont on l'a entouré.

Nous citerons pourtant l'une des lettres qu'Éléonore envoya à Balthazar – car il ne lui suffisait pas de lui parler à chaque visite, elle meublait son attente d'une frénésie d'écriture, entre deux imprécations adressées au marquis.

Monsieur,

Je suis à la lettre le traitement que vous m'avez conseillé. Je vous obéis comme une nonne s'abandonne au Christ qui vient la visiter dans sa cellule. Mais j'aimerais fort savoir par quel miracle vous pouvez, à votre gré, commander à mon corps – et, j'imagine, au corps des autres. Jamais aucun des docteurs que j'ai pu fréquenter n'a manifesté une telle puissance. D'où vous vient ce savoir ? Est-ce l'œuvre de Dieu ou...

Pardonnez-moi d'avoir de telles idées. Je vous suis si reconnaissante des soins que vous avez pour moi que je ne saurais trop vous obéir. Mais ma maudite curiosité...

À quoi l'homme de l'art répondit :

Mademoiselle,

Mes confrères sont de grands ignorants, j'imagine que vous n'en doutiez pas. De la nature humaine, ils ne connaissent pas grand-chose. De la nature en général, ils ne connaissent rien.

Il y a quatre ans, ce bon monsieur de La Fontaine, que j'ai rencontré chez Monsieur le Prince, a écrit un poème du quinquina, pour glorifier les vertus de ce médicament tiré d'un arbuste américain. Il a la capacité d'agir sur la fièvre bien plus sûrement que les saignées dont les médicastres accablent leurs patients. Gageons que d'ici à quelques années, une infusion de quinquina se substituera à l'incision barbare des veines, et que les belles demoiselles n'auront plus besoin de dissimuler sous des flots de dentelle des bras lacérés par les couteaux de ces vampires.

J'ai percé un certain nombre des secrets de la nature. Je sais quelles plantes, distillées de façon adéquate, agissent sur telle ou telle partie ou faculté du corps. Par ailleurs, j'ai beaucoup voyagé, dans des pays fort peu chrétiens qui ont conservé les secrets des Anciens, et y ont ajouté le fruit de nouvelles recherches. Ce qui paraîtrait de la magie à des esprits moins éclairés que le vôtre – en fait, l'essentiel de ma profession – n'est que le produit de mes recherches et de mes pérégrinations.

Je tiens cependant la plupart de mes procédés secrets. Nous sommes à la croisée des siècles, accablés par le poids des traditions et des routines, mais nous apercevons dans le lointain des lumières nouvelles. J'ai confiance en l'avenir, qu'il s'agisse de la médecine, de l'esprit d'examen ou de l'heureuse issue de vos peines présentes. En attendant, jouons serré, ne nous dévoilons pas, avançons masqués, et croyez-moi, tout s'éclaircira bientôt.

47

L'ambassade du Siam

Un an auparavant, le 15 mai 1685, le doge de Gênes, Francesco Mario Lercaro, habillé de velours rouge et flanqué de quatre sénateurs vêtus de noir, était venu faire allégeance à Louis XIV. Le roi, dans un accès de mauvaise humeur, avait fait pilonner la ville italienne l'année précédente par sa flotte, pour bien signifier à ces mangeurs de *pasta* qu'il était *primus inter pares*, le premier de tous et le soleil unique qui éclairait l'Europe.

Reçu dans la galerie des Glaces en cours d'achèvement, et dans laquelle le roi, pour impressionner son hôte, avait fait exposer sa somptueuse vaisselle d'argent, le doge s'était incliné bien bas devant la majesté française. Puis on lui avait montré Versailles en détail, les appartements, les jardins, la ménagerie, le Grand Canal et le Trianon.

— Il y a un an, nous étions en enfer, s'était-il écrié, et nous voici au paradis !

Cette démonstration de puissance avait donné à penser aux divers pouvoirs qui rêvaient de renverser la monarchie française. On savait le roi malade, on le crut mourant. Hollande, Suède et Bavière, auxquelles se joignirent l'Angleterre, le Danemark et l'Espagne, se liguèrent à Augsbourg, le 9 juillet 1686, pour affronter ce roi omnipotent dont le soleil leur faisait de l'ombre.

C'est dans ce contexte belliqueux que le roi malade, épuisé par la fistule dont les douleurs étaient si intolérables qu'il ne se déplaçait plus que dans sa petite voiture tirée par des valets, reçut fin août les ambassadeurs du Siam.

Louis XIV, en étendant le cercle de ses États liges à l'Extrême-Orient, prétendait attaquer la Hollande, toujours menaçante, dans ses possessions lointaines. Il voulait en même temps, par le faste de la réception, montrer à tous qu'il demeurait le grand roi, le successeur d'Alexandre, le représentant de Dieu sur Terre. *Nec pluribus impar*.

Balthazar, qui avait enfin été introduit à la Cour par Félix, sous le regard jaloux de d'Aquin, fut présenté à Sa Majesté, et put enfin lui remettre les lettres de Condé qui le recommandait fort à son royal cousin. Le roi toisa ce médecin dont on lui contait merveilles mais dont le teint presque noir, à force d'être exposé au soleil de cet été torride, ne lui disait rien qui vaille.

— On me dit grand bien de vous, monsieur, lui avait-il lancé.

Balthazar avait salué très bas le souverain, non sans examiner de biais les paupières lourdes qui témoignaient des insomnies du roi, les contractions fréquentes des lèvres, chaque fois que la douleur le transperçait, le tremblement maîtrisé de la main. Louis XIV tenait à paraître tel qu'en lui-même, au moment même où son corps le trahissait.

Pendant ce temps, les ambassadeurs siamois s'étaient allongés au sol en signe d'allégeance. Les commentaires des courtisans allaient bon train.

— Ces vêtements ! Ma chère, ces tissus ! Et ces perles ! Mon Dieu, portées par des hommes ! Mais pourquoi diantre se couchent-ils sur le sol ? A-t-on déjà vu une telle impertinence ? Comment peut-on être siamois ?

Et mille billevesées de même farine.

Comme pour l'ambassadeur génois, on fit découvrir Versailles à ces étrangers exotiques. Comme le doge, ils s'extasièrent, presque dans les mêmes mots :

— Après les trois grandeurs de l'Homme, de Dieu et du Paradis, je connais désormais celle de Versailles ! s'exclama l'un des ambassadeurs.

Mais l'ambassade n'eut pas le résultat escompté. Pendant que ses émissaires s'extasiaient à Versailles, le roi siamois, Phra Naraï, était renversé par une révolution de palais et remplacé par un tyran redoutable, Pitracha, qui ferma longtemps le Siam aux Occidentaux – à l'exception de la Hollande, décidément invulnérable dans ces terres lointaines qui lui assuraient le contrôle total de la lucrative route des épices.

Balthazar avait jaugé le roi, qui avait cru mesurer le médecin. En même temps, il avait joué serré : à deux pas de lui, Éléonore de Flavin, sortie de son lit par Anne de Souvré au bras de laquelle elle s'appuyait, serrée de près par le marquis de Souvré, avait échangé avec le médecin l'un de ces regards brûlants d'intelligence et de passion que tout le monde aurait remarqué si tout le monde n'avait pas eu l'attention monopolisée par les chapeaux pointus des ambassadeurs, leurs vêtements exotiques et le coffret splendide dans lequel avait été transportée la missive de paix de Phra Naraï.

Le jeune homme, après avoir salué le roi presque aussi bas que les Siamois, s'était glissé dans la foule des courtisans et s'était rapproché d'Éléonore.

— Il va bien et il vous aime, avait-il glissé dans un souffle à l'oreille de la jeune fille, tout en lui glissant dans la main l'un de ces billets doux que le pauvre prisonnier écrivait à la chaîne.

Éléonore rougit comme une pensionnaire lisant en cachette l'*Histoire amoureuse des Gaules*, ce pamphlet fort libertin dans lequel le comte de Bussy-Rabutin, par ailleurs cousin de Madame de Sévigné, racontait sous des pseudonymes transparents les intrigues passionnées de la Cour des années 1660.

Puis le jeune médecin avait glissé plus loin. Balthazar avait la capacité de se faufiler comme une ombre, dont il portait la livrée, sans bruit ni mouvement, captant tout ce qui se disait sans avoir l'air de tendre l'oreille. Il observa que le marquis de Souvré paraissait au mieux avec la veuve Scarron, et donc avec le roi ; que Louvois paradait en ministre tout-puissant, mais qu'il jetait de temps à autre un regard inquiet sur le souverain, dont l'épuisement commençait à se manifester ; que Louis ne parvenait plus à s'intéresser au spectacle coloré de ces Orientaux étonnants et dissimulait mal la douleur qui le ravageait.

Balthazar capta le regard de Félix, qui du menton lui indiqua d'Aquin, tout occupé à se faire saluer par des courtisans du second rayon, et peu attentif à l'épuisement de son royal patient. Balthazar répondit d'un signe à la question muette de Félix. Tous deux se rapprochèrent du roi, faisant signe aux valets qui attendaient avec la chaise roulante de la présenter au souverain. Louis s'y assit précautionneusement, puis s'y laissa aller avec une satisfaction sensible. De l'œil, le roi remercia Félix, qui avait si discrètement donné l'ordre – juste assez fort pour que Sa Majesté l'entende. Déjà, les ambassadeurs étaient entraînés dans une visite à grand spectacle du palais et de ses jardins, pendant que Madame de Maintenon, qui avait elle aussi suivi les efforts surhumains de son royal époux, faisait ramener le roi dans ses appartements.

D'Aquin tourna la tête et chercha son malade. Ne le voyant plus, il eut un instant de panique – d'autant plus forte qu'il ne vit pas Félix non plus, et soupçonna le Premier chirurgien de s'être approprié le roi.

D'Aquin, qui savait bien qu'il faudrait, à un moment ou à un autre, en passer par le bistouri de son confrère, dont on commençait à chanter les merveilles, s'inquiéta, non de la santé du roi mais de la perte possible de sa prépondérance. Quelques années plus tard, un médecin appelé d'urgence auprès d'une patiente dont l'accouchement se passait mal eut l'audace de lui fendre la matrice, comme on disait, d'un coup de scalpel, pour opérer une césarienne dans les règles de l'art : ses confrères le traînèrent en justice parce qu'il s'était dégradé jusqu'à usurper les fonctions dégradantes d'un chirurgien, alors qu'il aurait dû en appeler un, quitte à perdre, et la mère, et l'enfant.

Félix avait entraîné Balthazar à sa suite au chevet du roi. Louis XIV avait sur lui-même un empire étonnant, mais il était allé au bout de son courage. Une sueur glacée coulait sur son front, des spasmes couraient sur son visage ; il ne parlait plus, toute sa volonté était tendue pour contrôler les gémissements qui montaient en lui.

— Sire, dit Félix, mon assistant, le docteur Balthus, a de quoi soulager vos douleurs dans l'instant.

Le roi jeta sur le jeune homme le regard qu'un naufragé porte sur la bouée qui passe à sa portée. En même temps, sa dignité lui interdisait de demander, surtout à un homme qu'on lui avait présenté, certes, mais qu'il ne connaissait pas et qui n'avait pas même de barbe au menton. Il reporta son attention sur son chirurgien.

— Il va falloir que vous consentiez à exercer sur moi vos talents, monsieur, lui dit-il dans un souffle.

— Nous le ferons bientôt, dit Félix. En attendant…

Il fit un signe à Balthazar, qui fouilla dans sa poche et en sortit cette fiole minuscule, aux reflets verdâtres, que nous lui avions vue entre les mains chez le prince de Condé.

— Si Votre Majesté, dit-il, veut bien respirer ce flacon…

Pour rien au monde, le roi n'aurait montré d'empressement. Il prit son temps pour se pencher sur la fiole que lui tendait le jeune médecin.

— Ah ! s'exclama-t-il, c'est la vie que vous me tendez là !

C'était l'expression même dont avait usé Condé.

Le roi allait inhaler une seconde fois le flacon. Balthazar le revissa et le remit dans sa poche.

— Une seule fois, Sire, dit-il.

Le roi se rejeta sur les coussins et s'y enfonça. Son regard se porta sur Madame de Maintenon.

— Madame, il faudra penser à faire quelque chose de ce jeune homme…

Il ferma les yeux et s'assoupit.

Félix saisit le poignet de son royal patient et mesura son pouls.

— Le roi s'est endormi, madame, dit-il en se relevant. Il serait sage de laisser Sa Majesté se reposer. Tout répit, désormais, est bon à prendre. D'ici peu, nous tenterons la grande opération, et avec l'aide de Dieu, nous la réussirons.

48

Le secret de Balthazar

— N'avez-vous donc jamais aimé ?

La question d'Éléonore fit passer sur le visage de Balthazar l'un de ces fins sourires qui, chez lui, dissimulaient des nuages.

— Mais si, mademoiselle. Je sais ce qu'est la passion ! Il le fallait bien, pour étudier la souffrance des autres. Je sais ce qui fait battre le cœur plus vite, dilate les pupilles et… J'ai ouvert moi aussi les portes du paradis. Et celles de l'enfer, ajouta-t-il dans un souffle.

Éléonore se cala dans ses oreillers.

— Racontez-moi, demanda-t-elle.

Balthazar n'avait jamais rien dit à personne. Ni à son père, ni à Pierre. Cela faisait des années qu'il se refermait comme une huître, gardant une perle ignorée au plus profond de lui. Il contempla le visage ravissant et naïf d'Éléonore.

— Je ne voudrais pas gâcher votre vision de l'amour, soupira-t-il.

— Vous ne pouvez rien gâcher, monsieur, dit-elle. J'aime Pierre de tout mon cœur. Il n'y a pas place en moi pour le doute. Juste pour la douleur d'être privée de lui.

— C'est que la douleur est l'autre face de l'amour, murmura Balthazar – mais si bas qu'elle dut deviner les mots sur ses lèvres. L'envers de la pièce…

Il arrive que l'on confie des choses très intimes à de parfaits inconnus, justement parce qu'ils sont inconnus. Balthazar en était arrivé là. Le visage adorable d'Éléonore, la chaleur qui les enveloppait tous deux, dans cette fin d'été torride, la solitude de cette chambre dans l'hôtel de Louvois, tout concourait à lui faire divulguer les secrets si longtemps renfermés.

— Il y a cinq ans, commença-t-il, je rentrais d'Orient quand le bateau où j'étais embarqué fut attaqué par une galère barbaresque au large de l'île de Malte, où nous devions relâcher…

Le bateau était une goélette marchande, remplie jusqu'à ras bord de denrées précieuses rapportées d'Orient par les caravanes et embarquées à Tyr. Il y avait bien, à bord, quelques soldats embauchés pour garder la cargaison dans les moments où le capitaine accostait un port ou un autre pour faire de l'eau et prendre des vivres, mais ils ne pouvaient en aucune manière s'opposer aux trente ou quarante gredins qui lancèrent des grappins pour lier le navire à leur galère et investirent le bord l'arme à la main.

Personne ne tenta de leur opposer de résistance. Ils tuèrent ou blessèrent tout de même quelques hommes, histoire de manifester leurs bonnes intentions.

Le capitaine du navire, seul, voulut se battre ; il entailla d'un coup de sabre le bras gauche de l'un des gredins, qui le transperça de son yatagan. La démonstration fut suffisante : les négociants plus ou moins meurtris par les attaquants préférèrent négocier leur reddition sans condition.

Le pirate qui avait reçu le rude coup de lame agonisait dans un coin. Balthazar se pencha sur lui et exerça un point de pression en haut du bras blessé. Le sang, qui jaillissait par intermittence – mauvais signe suggérant que l'artère brachiale était atteinte –, coula soudain avec moins de hâte.

Le capitaine barbaresque arrivait.

— Je peux le sauver, dit Balthazar dans cette langue mêlée d'arabe et de turc, avec des pointes de maltais, qui servait alors de *lingua franca* à toute la Méditerranée.

— Fais-le, répliqua le pirate, et tu auras la vie sauve. Il est mon second et mon frère.

Balthazar le fit. On sait qu'Ambroise Paré, le premier en Occident, avait mis au point une ligature des artères par cautérisation. Balthazar, en Orient, avait perfectionné cette technique, héritée de l'Antiquité et répandue par Avicenne, et après lui les médecins arabes. En ces années 1675, c'était loin d'être une routine, et nombre de chirurgiens s'y refusèrent encore pendant un siècle.

Le jeune homme ordonna à l'un des janissaires d'opérer un point de compression sous l'aisselle et fit chauffer au rouge un poignard très effilé. Puis, après avoir demandé à deux hommes de maintenir fermement leur camarade, il l'inséra dans la plaie, qui fuma horriblement. Le pirate blessé hurla et choisit de s'évanouir.

— Il est mort ! s'exclama le capitaine.

— Du tout, dit Balthazar calmement.

Il recousit le malandrin en faisant des points serrés. Il arrivait au bout de son travail de fermeture quand le bandit rouvrit les yeux.

— Ah ! s'exclama le capitaine. S'il vit, je n'ai qu'une parole.

Puis Balthazar alla s'occuper des autres blessés, avec l'idée d'expérimenter sur eux ses intuitions sur le nécessaire nettoyage des plaies, comme nous l'avons raconté plus haut.

Le jeune médecin fut emmené à Alger et offert, avec moult recommandations, à l'émir qui dirigeait la ville et prenait son pourcentage sur les cargaisons et les esclaves. C'était un homme d'un certain âge, affligé des maux des puissants sédentaires – en particulier, une obésité morbide. Il décida de garder pour lui ce roumi dont on lui chantait merveilles.

Balthazar se garda bien de le guérir. Les médecins soignent plus volontiers qu'ils ne vous guérissent, vous leur êtes ainsi redevables des efforts qu'ils font pour vous – *ad libitum*, disent les musiciens. Il modifia le régime, à base de pâtisseries emmiellées, dont se régalait l'émir, et lui fit faire des promenades qui d'abord l'épuisèrent, puis auxquelles il prit goût, tant la conversation du médecin était originale. Il l'engagea à faire des armes contre les bons escrimeurs de sa Cour, qui avaient garde de toucher leur seigneur et eurent le bon goût, parfois, de se laisser pourfendre. Et il lui fit ainsi perdre une douzaine de livres, ce qui améliora sensiblement son état.

Entré dans les bonnes grâces de l'émir, Balthazar avait une liberté de mouvement dont bien peu d'esclaves jouissaient. Il visita la ville, toute blanche, qui s'étageait à partir de la mer en escaladant la colline. Le château de l'émir dominait le panorama. C'était une forteresse imprenable ; seul un bombardement massif, pulvérisant les murs d'argile sèche, aurait pu entamer ses défenses. Mais sa situation élevée rendait cette hypothèse hasardeuse. Il renfermait, sur son aile ouest, une demeure somptueuse pour l'émir et ses favorites – et, au cœur de ce palais des *Mille et Une Nuits*, un jardin secret, verdoyant sans cesse sous ce soleil impitoyable, dont les fontaines étaient alimentées en eau par un système ingénieux de différentiel : des ingénieurs avaient capté la vie dans les montagnes de l'Atlas tellien, au-dessus de Blida, et par un réseau de conduites de briques l'apportaient quarante milles plus bas, dans la capitale de l'émirat. Balthazar songea que rien ne s'invente vraiment – sinon la première fois, dont on a en général perdu la mémoire. Ce dont l'émir jouissait n'était qu'une reprise du vieux système des Perses pour apporter l'eau dans les jardins suspendus de Babylone, un procédé qu'il avait vu de ses yeux à Bagdad, où il était allé confronter sa science neuve aux savoirs antiques conservés par les érudits arabes. Et même si la ville n'avait plus la splendeur acquise sous le règne de Haroun al-Rachid, il en restait assez pour en faire un lieu de délices.

Ses pérégrinations avaient même conduit Balthazar dans le massif de l'Alborz, au sud de la mer Caspienne. Il avait escaladé la montagne pour visiter les ruines d'Alamut, « le Nid de l'aigle », la forteresse enchantée édifiée là, huit siècles auparavant, par Hassan ibn al-Sabbah, le maître des *Hassanjins*, un mot imprudemment traduit par « Assassins ». L'émir nizârite faisait miroiter à ses disciples les délices d'Allah dans cette vie afin qu'ils se sacrifient plus aisément, dans l'espoir de revivre dans l'au-delà les merveilles entrevues entre les murs du château enchanté.

On comprend sans peine que, pour un esprit aussi avide de réponses que celui de Balthazar Herrero, le palais interdit au cœur du palais officiel fût un objet de curiosité aiguë. L'émir, dans leurs promenades, lui avait désigné cette zone d'un geste englobant, expliquant qu'il y logeait ses quatre femmes et ses innombrables concubines – un luxe d'autant plus étrange que Balthazar savait, de science pure, que le seigneur obèse eût été bien en peine d'en satisfaire une seule. Il avait eu recours à toutes les ressources de la pharmacopée pour redonner quelque vigueur à cette branche morte, mais elle avait obstinément refusé de reverdir.

Le harem était une forteresse dans la forteresse. L'émir le lui fit visiter par l'extérieur.

— Ici, disait-il, loge Aïcha, ma première épouse. Le mortier des murs a été mélangé à de l'essence de rose. Ici, Juwariya, nommée d'après l'une des femmes du Prophète : les murs de son appartement ont été scellés avec un mortier parfumé au jasmin. Ici…

Le Turc fit ainsi défiler Balthazar devant des murs aveugles, décrivant sans les détailler les merveilles qu'ils cachaient. Enfin, à l'extrémité sud, il caressa la muraille.

— Ici, dit-il, entre ces murs parfumés de vanille mexicaine, habite ma favorite, Hasna, la Très Belle.

C'est moi qui l'ai ainsi nommée, son vrai nom était un nom de roumi, nous l'avons prise sur les côtes françaises…

Balthazar sut dans l'instant qu'il était de son devoir de libérer cette femme, et de s'enfuir avec elle. Mais comment pénétrer ces murs clos ?

L'occasion se présenta un mois plus tard.

— La petite vérole, expliqua-t-il à Éléonore, était entrée dans la ville, et jusque dans la citadelle. J'aidai les médecins de l'émir à la combattre, quoique nous eussions de bien faibles armes. Par miracle, je ne l'attrapai pas. Un matin, l'émir fit irruption dans la chambre qu'il m'avait donnée. Un homme affolé, le turban de travers, essoufflé par sa course. La maladie était dans le harem, il me demandait, les larmes aux yeux, de soigner ses épouses… C'est ainsi que je suis entré dans ce lieu interdit, où les seuls mâles étaient de grands nègres privés de l'essentiel de ce qui fait la différence entre un homme et une femme. Ce fut sous leur surveillance attentive que je prodiguai mes soins à des créatures de tous les âges – encore que la plus vieille n'eût pas plus de quarante ans. Quand j'arrivai, je mesurai dans l'instant le désastre. La maladie se caractérise par des bubons qui éclatent à la surface de la peau, souvent sur le visage. La beauté fort réelle des concubines s'écoulait comme du sable, elle était creusée de rigoles, de coulées de lave qui les défiguraient parfois jusqu'à l'os. Dans ces visages ravagés, réduits à l'état de bouillie, seuls vivaient les yeux, qu'elles s'obstinaient à souligner avec un khôl très noir, un onguent composé de plomb, de cuivre et de girofle, amalgamés avec de l'huile, qu'elles passent entre leurs paupières closes, encadrant ainsi le regard. Au milieu de leur détresse, elles conservaient ainsi le souci de leur ultime beauté... Et il n'y avait rien à faire, sinon sauver leur vie en m'efforçant de combattre la montée inexorable de la fièvre. C'est ainsi que je fis la connaissance d'Hasna. Elle était l'une des dernières à ne pas être touchée. J'interdis, en conséquence, que personne d'autre que moi l'approchât. Ni homme, ni femme. J'expliquai à l'émir les principes de la contagion, et il se plia à mes demandes. J'eus ainsi l'occasion de lui parler. Prise très jeune sur la côte provençale, elle avait oublié en grande partie sa langue maternelle. Mais je la lui rappelai, par lambeaux. Je suis un homme du Sud et je parle le patois du Languedoc, fort proche de celui de la Provence. Elle m'apprit ainsi que son vrai nom était Madeleine. Les gens de ces régions ont une dévotion particulière pour cette sainte, qui est censée avoir abordé leurs rivages, et être morte dans une grotte située à une trentaine de lieues de Marseille. Et en vérité, elle portait toutes les séductions de celle qui nettoya les pieds du Christ et les essuya de ses cheveux...

La voix de Balthazar se cassa, se réduisant à un murmure. Les yeux du jeune médecin brillaient d'une flamme interne, comme s'il revoyait la belle Madeleine. Éléonore comprit alors combien il avait dû être amoureux de cette femme réduite en esclavage...

— Nous avons fait des plans pour nous sauver. J'ai corrompu des marins, j'ai cru pouvoir compter sur leur amour de l'or. J'avais gagné de l'argent, à soigner les amis de l'émir de leurs maux et de leurs blessures. Les marins devaient nous recevoir dans une felouque et nous faire passer en Espagne. En fait, ils nous ont dénoncés. J'étais parvenu à faire sortir Madeleine de la forteresse, en la dissimulant dans un large panier d'osier où je transportais mes différents remèdes. Mais, arrivés sur le port, nous avons été cernés par les hommes de l'émir, et jetés séparément dans les fers.

Il se tut. Éléonore comprit que la suite du récit serait épouvantable. Elle posa sa main sur celle du médecin, qui s'abandonna à cette caresse sans réagir. Enfin, il respira à pleins poumons, comme pour prendre son élan.

— Curieusement – ainsi l'ai-je pensé, mais je me trompais, bien entendu –, nous avons été incarcérés à quelques pas de distance. Nous pouvions nous parler, et tout ce que l'amour peut conseiller pour rassurer une âme inquiète, croyez-moi, je l'ai dit, et redit, trois jours durant. En fait, ce rapprochement faisait partie du projet sanglant de l'émir. Il voulait que je l'entende – et que je l'imagine, ce qui s'est avéré bien plus terrible que de la voir. Ce que ce barbare lui a fait subir est à peine descriptible. Je n'en ai connu que les hurlements qui déchiraient les voûtes de ma prison. Des hurlements, puis des gémissements, puis plus rien.

— Dites-moi, murmura Éléonore.

Elle voulait savoir, elle appréhendait de savoir, elle ne voulait pas savoir.

— Elle a été écorchée vive, dit sourdement Balthazar. Et selon le procédé en usage chez les Turcs, sa peau, passée au sel, a été clouée sur les murs du harem, pour l'instruction de ses compagnes. Quoique… Défigurées comme elles l'étaient, mais vivantes pour la plupart, grâce aux soins que je leur avais prodigués, elles ont sans doute été répudiées par l'émir et abandonnées à leur sort. À l'heure qu'il est, elles doivent parcourir, en mendiantes, les rues d'Alger, dissimulées derrière leur voile – pour une bonne raison, enfin !

Il se tut pendant de longues minutes. Éléonore, tourmentée par les images que la voix égale de Balthazar avait fait surgir devant ses yeux, comprit soudain que ce supplice atroce était la clé de la froideur du jeune homme, de sa voix si posée, détachée, si souvent sarcastique. Sans cette froideur, la distance qu'il établissait ainsi entre lui et le monde, sans cet humour désespéré, aurait-il survécu ?

Enfin, il reprit son récit.

— J'ai été condamné à être empalé, dit-il avec la même absence d'émotion. C'est un procédé courant sous ces latitudes, auquel j'avais assisté plusieurs fois, en Orient. On couche la victime sur le ventre à même le sol, avec un lourd maillet on lui enfonce un pieu aiguisé de huit pieds de long par le fondement, et quand la pointe est ressortie, soit par le cou, par l'épaule ou même par la bouche, on dresse ainsi le corps du supplicié, souvent sur une éminence, et on le regarde mourir – parfois en deux à trois jours, si l'on n'a pas eu la chance d'avoir le cœur ou une artère lésés par cette intromission monstrueuse. Le premier coup allait être porté, quand un émissaire est venu interrompre le supplice. L'émir, à son tour, était atteint de la vérole. Il voulait bien suspendre le châtiment, pourvu que je lui sauve la vie. Après tout, n'avais-je pas sauvé celle de ses femmes ? C'est étrange, continua-t-il, de constater combien ces potentats, à deux doigts de la mort, s'accrochent à l'existence. L'émir était condamné à terme par son extrême obésité ; je n'avais fait que retarder l'instant fatal. Il était atteint d'une maladie que nous appelons « diabète » – le nom qu'Hippocrate lui a donné. Praxagoras le premier a compris qu'elle provenait d'un excès de sucre – même l'urine des malades est sucrée. Les plus gros vaisseaux du corps sont touchés, puis les patients deviennent souvent aveugles, ils ont aux pieds des plaies qui, curieusement, ne les font pas souffrir, tant les nerfs sont corrompus. Il faut alors les amputer, ce qui n'est jamais de bon pronostic. L'émir, grand consommateur de ces gâteaux au miel qu'affectionnent les Orientaux, avait dépassé le stade critique de la maladie. La petite vérole s'est ajoutée à son mauvais état général.

— J'étais traversé de sentiments contraires, reprit-il après une pause. Je le souhaitais mort, et mort dans d'immenses souffrances, en mémoire de ma bien-aimée. Mais ma propre délivrance dépendait de mon art : il m'avait bien fait comprendre que je serais libre s'il vivait, et exécuté s'il mourait. J'ai peu d'espoir pour le paradis, dit-il en souriant. Mais je ne m'imaginais pas me présenter aux Enfers accompagné de ce monstre. Je lui ai appliqué, sur les plaies qui le défiguraient, un onguent à base de poudre de plomb, dont je savais qu'elle combattait le principe actif de la maladie, tout en passant dans le sang et en empoisonnant peu à peu le patient, qui éprouve d'intenses douleurs abdominales et des maux de tête insupportables. Et cela a réussi : il a survécu, le visage creusé par la lave de la vérole, le teint verdâtre – mais vivant. Pour quelques mois encore. Il a tenu parole. On m'a embarqué sur une galère, et ses marins m'ont jeté sur les côtes de Sicile. Vivant et désespéré. Voilà ce que furent mes amours, mademoiselle. « Passion » vient d'un mot latin qui signifie « souffrance ». Et en vérité, les mots ne mentent pas. Toute passion est souffrance, et Épicure n'avait pas tort de vouloir nous épargner cette ordalie en nous conseillant des passions mesurées… Mais c'est une contradiction insoluble. La passion est démesure, n'est-ce pas ?

Il eut à nouveau son étrange sourire. Éléonore comprit que le récit avait fait revivre, pendant quelques instants, la belle esclave de l'émir. « Oui, pensa-t-elle, les mots ravivent la souffrance, mais en même temps ils perpétuent ceux qui nous sont chers quand nous les avons perdus – ou quand ils sont absents », ajouta-t-elle pour elle-même.

Et le charmant fantôme de Pierre vint s'asseoir au bord de son lit, comme il le faisait chaque soir.

Mais elle fit, cette nuit-là, des cauchemars abominables.

49

Comment on se divertissait à la Bastille en 1686

Nous espérons fort que le lecteur, accaparé comme nous par les grands événements qui, en cette année 1686, manquèrent, sous l'influence d'une fistule mal placée, de renverser l'ordre européen, n'a pas tout à fait oublié le pauvre prisonnier de la Bastille.

On s'ennuie fort en prison, les divertissements y sont rares, même si un homme de qualité, à cette époque, n'était pas soumis aux mêmes contraintes atroces que les gueux ordinaires. Le jeune vicomte d'Aumelas se levait avec l'aurore, et parfois même avant, quand l'aube se déchirait aux barreaux de sa cellule. Le temps, cet été-là, se maintenait beau et chaud, et ce qui restait des moissons, après les gelées tardives du mois de mai, avait pu être récolté dans de bonnes conditions : les paysans ne mourraient donc de faim qu'à demi.

Pierre avait longtemps tourné comme un fauve dans les cent pieds carrés de la chambre où le logeait la générosité royale. Puis, lorsque les visites de Balthazar Herrero s'étaient faites régulières et que la correspondance avec Éléonore de Flavin fut assurée, le jeune homme s'était consacré à l'écriture de lettres enflammées.

Il avait naturellement commencé par imiter les amphigouris que les Précieuses avaient mis à la mode. Cyrano de Bergerac avait publié, en 1654, des *Lettres d'amour* factices qui en outraient les travers métaphoriques. Qu'on en juge. Pour dire qu'il pleurait sur les rigueurs que lui imposait sa maîtresse, l'immortel auteur des *États et Empires de la lune* osait écrire : « N'avez-vous pas fait deux alambics de mes deux yeux, par où vous avez trouvé l'invention de distiller ma vie et de la convertir en eau toute claire ? »

Puis, glissant de l'eau à son contraire, il poursuivait : « En vérité, je soupçonnerais (si ma mort vous était utile, et si ce n'était pas la seule chose que je ne puis obtenir de votre pitié) que vous n'épuisez ces sources d'eau, qui sont chez moi, que pour me brûler plus facilement : et je commence d'en croire quelque chose, depuis que j'ai pris garde que, plus mes yeux tirent d'humide de mon cœur, plus il brûle. »

Enfin, parce qu'il faut bien conclure une lettre d'amour, même si elle se réécrit toujours, il achevait sur des baisers en cascade ininterrompue : « Mademoiselle, si les baisers s'envoyaient par écrit, vous liriez ma lettre avec les lèvres[1]. »

---

1. À la fin du XIXe siècle, un écrivain sans lecteurs, homme de théâtre sans spectateurs, a eu connaissance de cette correspondance et l'a adroitement utilisée dans une pièce qui a eu un certain succès…

Ce galimatias impressionnait Éléonore, qui n'avait jamais lu que les romans précieux de sa bonne nourrice. Elle y décelait pourtant quelque chose d'artificiel : l'amour véritable ne s'embarrasse pas nécessairement d'images outrées et d'une syntaxe complexe.

Le vicomte le sentit peut-être. Assez vite, son style évolua vers plus de naturel, conforme en cela à la littérature de son temps, qui justement fuyait les excès de ce que l'on appellerait, plus tard, le baroque. Il envoya à sa dulcinée un court billet portant ces seuls mots : « Vous me demandez ce que je fais : eh bien, tout comme vous, je pleure et je vous aime. » Et comme, en réponse, Éléonore s'étonnait de cette concision après les déluges et les embrasements précédents, Pierre lui expliqua, dans une lettre qui est restée et dont nous avons eu connaissance :

Ce serait insulter l'amour même que de continuer à parler comme un billet doux de Voiture, en entassant l'une sur l'autre des images froides à force d'être excessives et recherchées. Je veux face à vous me désarmer de tout artificiel. Je crains que, dans l'alchimie exquise des alambics précieux, le vrai du sentiment ne se volatilise, et que le fin du fin ne soit la fin des fins. J'avais commencé une lettre pleine de larmes et de flammes, et j'ai compris que chaque mot précieux que je disais m'attristait. Broder autour de mon amour, ce serait le trahir. Je vous aime, vous êtes ma vie en ce lieu qui ressemble à un tombeau. L'aube se lève au-delà des barreaux de ma prison, elle se lève pour vous comme pour moi, et je communie, par-dessus les toits, avec les sentiments que vous avez pour moi. Alors il n'y a plus de Bastille, il n'y a plus de gardes ni de barreaux. Mon âme vous rejoint, vous étreint et vous murmure que je vous aime.

Et pour dire le vrai, Éléonore fut bien plus émue de la vérité naturelle de cette missive, et de toutes celles qui suivirent, que des arrangements alambiqués que le vicomte avait crus un moment nécessaires. Elle recevait les lettres de son amant dans le secret des consultations factices de Balthazar, elle avait assez d'empire sur elle-même pour ne pas les dévorer tout de suite, mais elle passait ses nuits à les lire et à les relire, et chaque mot en elle infusait son venin. Si elle avait fort peu de bonheur en vérité, elle en avait des flots en songe et en mensonge – comme l'avait si joliment écrit Louise Labé, au siècle précédent.

Et cela lui donnait, chaque nuit, de quoi effaroucher son confesseur. Elle lui avait raconté, avec une ingénuité feinte, la façon dont les mots de son amant se transmuaient pour elle en images, et comment ces images engendraient des troubles physiques. Le bon père lui fit le mal si grand qu'elle en conclut, non sans logique, que le plaisir de l'acte, dont elle n'avait pour le moment que la fumée, devait être immense. Et elle cessa de tourmenter le pauvre homme avec des récits qui mettaient à mal son vœu de chasteté.

Pierre ne passait toutefois pas ses journées entières à écrire d'amour. Il avait remarqué que la magnificence dont le faisait profiter Balthazar, et qui se manifestait surtout dans la bonne chère, allait inévitablement, à court terme, gâcher ses bonnes dispositions naturelles.

Lui qui, de toute sa vie, n'avait jamais mangé que sur le pouce, et était parfois bien content d'avoir un bol de soupe pour dîner, comme tous les hobereaux à demi ruinés de cette époque de fer, profitait à plein des cuisines de la Bastille, si clémentes pour ceux qui, comme lui, disposaient de ressources déposées au greffe de la prison.

Il se rappela qu'Hannibal s'était perdu dans les délices de Capoue et y avait égaré, à jamais, sa combativité et celle de ses troupes. Peut-être le destin de Rome n'a-t-il tenu qu'à quelques orgies trop arrosées de vin de Campanie, qui ont miné les Carthaginois plus sûrement que dix batailles.

Il résolut donc de se prendre en main et d'entretenir un corps auquel il devrait demander, à terme, deux performances bien distinctes : l'une vis-à-vis d'Éléonore, le jour où il pourrait enfin lui prouver sa flamme ; l'autre face au marquis de Souvré, qu'il rêvait volontiers de découper en morceaux. Et au diable les édits du roi !

Il avait emprunté un vieux balai oublié dans un coin et avait poliment demandé à l'un de ses geôliers d'en couper un bâton de trois pieds et demi de long. Avec cette arme factice, il s'entraînait à s'escrimer contre son ombre, projetée contre le mur nu de la cellule par les rayons du soleil qui, par chance, entraient à flots dans sa chambre. Certes, le pauvre bout de bois n'avait pas tout à fait le poids ni la vivacité d'une lame d'acier, mais il suffisait à entretenir les muscles de son bras. Il s'astreignait même à se battre de la main droite, afin de fortifier son épaule débilitée jadis par la balle hollandaise.

Quand on le prévint, vers la mi-août, qu'il avait une visite, il s'étonna. Ce ne pouvait être Balthazar, dont il savait qu'il était parti à Chantilly veiller sur la santé déclinante de Monsieur le Prince. Quel qu'il fût, le visiteur avait eu le pouvoir de passer outre aux interdictions et au secret de la détention.

On conduisit Pierre dans une salle où l'attendait la haute silhouette noire de Malatesta. La vue du terrible bretteur, dont le vicomte avait appris qu'il était à Paris et donnait des leçons à son mortel ennemi, fit courir un frisson dans les veines du jeune homme. D'autant qu'il avait non seulement l'épée qui lui battait le mollet, mais une autre flamberge dans son fourreau, à la main. Était-il venu pour…

— *Buon giorno, caballero !* le salua le mercenaire.

Pierre le salua avec respect. Il n'oubliait pas ce qu'il lui devait en termes de science duelliste.

— *Il marchese vuole matarte*, continua Malatesta, dans cette langue chatoyante qui sentait bon l'Europe tout entière. *Sono aquí per enseñarte l'arte d'uccidere. Ma mi dispiace. Ritornerà pronto a Napoli o Madrid. But antes de partire, voglio teach to you une stivale distintiva* – une botte secrète, traduisit-il avec un effort visible sur lui-même.

Il jeta à Pierre l'épée qu'il tenait à la main et tira sa propre lame.

— *In guardia, señor !* s'exclama-t-il.

Les gardiens devaient avoir le mot. Personne ne s'étonna d'entendre le choc des deux lames, personne ne passa la tête par le guichet pour voir ce qui se passait entre les murs vénérables de la prison royale. Les deux duellistes s'escrimèrent quelques minutes avec acharnement. Mais il était visible que Malatesta tenait compte du fait que les épées n'étaient pas mouchetées et auraient pu infliger de vraies blessures. Enfin, comme il pressait le vicomte, il s'arrêta soudain.

— *Guarda bene*, dit-il.

Il reprit le combat, enchaîna quelques coups précis pour amener le bras de son adversaire en position basse puis, soudain, pivotant sur lui-même, fit passer l'épée de sa main droite à sa main gauche et, se retournant, toucha le vicomte en plein front, sans appuyer – se contentant, comme il l'avait fait si souvent en joutant contre Souvré, de lui griffer la peau.

— *Capisce ?*

Le vicomte se rejeta en arrière, haletant. Un peu de sang lui descendait au coin de l'œil.

— *Vamos a reanudar*, dit Pierre en espagnol – une langue apprise dès l'enfance au contact de son père, qui n'avait jamais oublié la langue de ses aïeux. Reprenons !

Malatesta répéta l'enchaînement avec la même efficacité – alors même que Pierre guettait la rotation et le changement de main.

Cela tenait de la magie.

— *Maravilloso*, s'extasia le vicomte en sentant pour la seconde fois le froid de l'acier sur son front – pile entre les deux yeux.

— *Ahora, à voi !*

Pierre avait compris par quel processus Malatesta était arrivé à la position qui lui permettait de pivoter tout en changeant de main – contre toute défense. Il répéta la combinaison, tournoyant comme un danseur, saisissant au bon moment l'épée de la main droite. Et il effleura le spadassin en plein front, retenant sa main comme Malatesta avait retenu la sienne.

— *Molto bene !* s'écria ce dernier.

Il paraissait très satisfait d'être potentiellement mort.

Et, comme chaque fois qu'il prenait congé, il repassa à un français tout à fait académique.

— J'ai inventé cette botte pour Philippe Mancini, duc de Nevers, l'un de mes élèves. L'année dernière. Il est le seul à la connaître.

Puis, revenant à l'italien :

— *Mancini, è Aumelas ! Solamente ! Addio, signore !*

Il salua Pierre d'un large mouvement de l'épée, la glissa dans son fourreau, récupéra la seconde lame et se retira comme l'ombre qu'il était.

50

Où l'on s'aperçoit que le docteur Freud n'a rien inventé

De la volumineuse correspondance des deux amants, deux lettres ont survécu entières. Par hasard, elles furent écrites en même temps, et se croisèrent – Balthazar apporta l'une au prisonnier qui, au même instant, lui en confia une autre, avant d'avoir pris connaissance de celle qu'on lui remettait.

Mon aimé, écrivait Éléonore, *vous êtes l'éclaircie que j'attendais dans ce long tunnel sombre qu'a été ma vie jusqu'ici. Non que mon enfance n'ait pas été choyée. Ma mère est morte en me mettant au monde, et mon père a reporté sur moi l'affection qu'il avait pour son épouse. J'ai donc été élevée dans une parfaite liberté, comme le fils dont mon père rêvait. J'ai été pour mon père, encore enfant, une compagne dévouée, si bien qu'il n'a jamais pensé à se remarier. Il a accumulé des ressources considérables pour me constituer une dot, tout en m'enseignant à tirer l'épée et à monter à cheval comme un homme.*

Mon père a même toléré, depuis deux ans, que mes liens avec notre Sainte Mère l'Église se distendent quelque peu... À vrai dire, les filles ne manquent pas de pères : elles ont leur géniteur, puis le curé qui les confesse, et Dieu là-haut qui les regarde, nous dit-on.

Mais à présent, je vous ai, vous. Et je n'ai plus besoin de père, sinon pour me mener à l'autel. Ça lui sera sans doute une douleur bien douce que de me voir mariée avec un gentilhomme aussi accompli, même s'il avait donné sa parole au marquis de Souvré. Il faudra d'ailleurs trouver un moyen de le délier de sa promesse.

Ma mère m'aurait affreusement manqué, sans les déluges d'amour de la bonne Angélique, dont vous avez pu apprécier la discrétion. Elle est vieille fille, et vit une passion à travers la mienne. Elle m'a façonnée, au fond, pour le grand jour du grand amour – et ce jour est arrivé.

Notre ami m'a appris que la fenêtre de votre cellule donne sur l'ouest – vers moi. Sachez que je suis et reste votre fidèle et déplorable amante, au-delà des murs qui vous enserrent et des toits que vous surplombez.

Éléonore de Flavin.

Hasard ou contiguïté de pensée entre amants, Pierre d'Aumelas, ce même jour, avait abordé un sujet similaire. La prison permet de faire remonter tous les manques de la vie, puisqu'elle est le manque absolu.

Amour de ma vie !

Je n'ai jamais été amoureux jusqu'à ce jour. Peut-être parce que je n'ai pas connu l'amour maternel, qui est le brouillon des amours futures.

En effet, je coûtai la vie à ma mère : elle mourut très peu de temps après ma naissance, et mon père, qui l'adorait, m'en a terriblement voulu. J'ai poussé comme une plante sauvage, vivace et incontrôlée, une mauvaise herbe. Le comte me regardait, revoyait en moi l'épouse morte et frémissait du désir de m'anéantir, d'effacer à jamais cette image.

J'ai su très tôt que je ressemblais fort à ma mère, et que mon visage était une sorte de rappel douloureux de sa disparition. Le vieux guerrier qu'est mon père était tombé amoureux de sa femme et n'a jamais voulu lui donner de remplaçante, quelles qu'aient été les incitations de la chair. Mais l'enfant qui poussait auprès de lui était, malgré son sexe, une image de la femme aimée. Pour cela, je crois qu'il m'a détesté.

J'ai grandi dans cette haine de mon père, au lieu de m'élever dans l'amour d'une mère.

J'ai usé et abusé des liqueurs fortes pour me dissimuler, et ce vide d'affection en moi, et la peine que me causait l'attitude hostile de mon père.

Ce n'est donc pas un hasard s'il m'a incité, alors que j'étais tout jeune, à rejoindre l'armée de Monsieur le Prince, qu'il avait servi lui-même vingt ans auparavant. Je ne sais s'il a souhaité que je meure dans cette guerre, au milieu de la boue hollandaise. Je me souviens seulement que lorsque je suis revenu, blessé, de cette campagne victorieuse, il a accueilli le soldat que j'étais sans emphase ni manifestations de joie.

J'ai donc vécu jusqu'ici sans être aimé, sinon de quelque paysanne languedocienne que je ne pensais pas à regarder. Balthazar a été la seule vraie affection de ma vie. Notre amitié est née de part et d'autre de la poitrine de la robuste paysanne qui nous a allaités ensemble. Elle nous raconta, plus tard, combien nous nous disputions ses seins, allant jusqu'à nous griffer l'un l'autre, et à la labourer, elle, de notre rage affamée et de nos ongles d'enfants.

À vrai dire, nous formons ensemble un être à deux visages, comme les masques antiques. Je suis le bras – ou du moins je l'étais jusqu'à ce qu'une balle batave me brise en partie l'épaule, qui ne s'en est jamais bien remise. Et il est la tête. Suivez ses conseils, il raisonne mieux que monsieur Descartes.

Vous êtes la première robe qui passe dans ma vie. Et elle y restera, aussi longtemps que je vivrai.

Faute de pouvoir vous baiser la main en vérité, je vous embrasse à vous étouffer dans mes rêves.

Pierre d'Aumelas.

Ils étaient deux orphelins – une situation courante au XVIIe siècle. Que le lecteur veuille bien se rappeler que les pièces de Molière, qui connaissait la France mieux que le roi son maître et protecteur, racontent souvent, du *Tartuffe* au *Malade imaginaire* en passant par *L'Avare*, des intrigues de pères remariés ou en passe de l'être. Malgré les épidémies, les famines et les guerres, les hommes mouraient bien moins densément que les femmes, que leurs grossesses tuaient une fois sur trois – chiffre abominable, quand on y pense.

Cela générait une formidable quantité d'orphelins et d'orphelines, malgré l'effrayante mortalité infantile. Pierre et Éléonore n'avaient rien d'exceptionnel. En même temps, ce qui serait aujourd'hui source de traumatismes durables glissait en grande partie sur ces enfants sans mère : ils s'accommodaient de nourrices mercenaires et de précepteurs stipendiés, car les pères s'occupaient fort peu de l'éducation de leurs rejetons.

Ils ne leur en voulaient pas pour autant, et se construisaient une personnalité sans rancœur. Il faudra attendre le siècle suivant, l'invention de l'amour conjugal et filial, et les plaintes de Rousseau regrettant toute sa vie de ne pas avoir connu sa mère, pour qu'émerge peu à peu l'idée que l'éducation passe d'abord par les parents, et que les carences affectives ont une ombre portée sur toute la vie.

51

Hésitations cliniques

Cela faisait plus de deux mois que Félix et Balthazar étaient prêts à opérer le roi. Le chirurgien de Sa Majesté s'en était ouvert à Louvois, qui leur avait conseillé d'attendre. Balthazar ne comprenait guère que l'on attendît, le roi souffrait chaque jour davantage, son mal s'aggravait et pouvait à tout instant dégénérer en septicémie, comme on ne disait pas encore à cette époque : mais, quoique ne connaissant pas le mot, les médecins n'ignoraient rien de ces infections qui se généralisaient et emportaient un malade en peu de temps.

Pire que tout, cela commençait à se voir. Louis XIV, de plus en plus souvent, ne paraissait plus aux dîners qu'il affectionnait. Il ne se promenait plus, dans sa petite voiture poussée par les laquais, sous les frondaisons du parc qu'avait planté Le Nôtre. Madame de Maintenon veillait sur lui, dans ses voiles de veuve, comme le mauvais ange attend sa victime. Et les courtisans regardaient passer de loin le roi souffrant, tout en échangeant entre eux des murmures qui enflaient en rumeurs, des rumeurs qui se gonflaient en médisances, des médisances qui se faisaient vérités.

— Mais pourquoi Louvois ne nous laisse-t-il pas opérer ? demandait Balthazar. Pourquoi perdre du temps ? Chaque jour désormais peut amener…

— Je sais, le coupait Félix, tout aussi sombre que le jeune médecin maure. Mais vous ne faites pas la part des préséances. Cet âne bâté de d'Aquin l'emporte sur moi, et il veut, avant de me passer la main, essayer tous les remèdes de bonne femme que lui soufflent les charlatans qu'il consulte dans tout le royaume. C'est une balance difficile pour lui, continuait le chirurgien du roi avec une amertume sensible. Accepter l'opération, c'est avouer que son art est impuissant, et qu'il ne reste plus que la chirurgie. En même temps, faire mourir le roi – et nous savons l'un et l'autre que quelques jours, quelques semaines de plus conduiront infailliblement Sa Majesté au tombeau –, c'est prendre le risque d'en être seul tenu pour responsable. Il cherche donc à épuiser le roi, afin que celui-ci meure sous mon bistouri – ou plutôt, sous le vôtre. La médecine sera ainsi disculpée, et le poids de la faute retombera sur cet art mineur – à ses yeux ! – que constitue la chirurgie. Mais un autre obstacle se dresse devant lui. Fagon, le médecin de Madame la Dauphine, qui vient d'accoucher avec bonheur cette femme sans cesse mourante d'un troisième fils, le duc de Berry, guigne le poste de médecin de Sa Majesté. Si le roi meurt, il l'aura à tout coup, tant il est proche du Grand Dauphin, qui deviendra roi pour le plus grand déplaisir de monsieur de Louvois. Comme vous le voyez, ce sont là des enjeux plus politiques que médicaux. Et le roi risque fort…

— Il faut passer par-dessus la tête de ce faquin… s'écria Balthazar.

— Tiens ! le mot rime agréablement avec d'Aquin !

— … et prévenir Sa Majesté, sans passer par l'autorité du Premier médecin. C'est de lui que vous devez recevoir l'autorisation d'opérer.

— Quitte à lui dire…

— … qu'il va mourir si vous n'intervenez pas, oui ! Sa Majesté est trop chrétienne pour ne pas voir dans des atermoiements supplémentaires un péché mortel. Un bon catholique doit chercher à préserver sa vie. Et, pour gagner son paradis, il ne suffit pas de faire mourir quelques centaines de protestants dans les Cévennes !

Félix sourit. Balthazar s'était peu à peu ouvert au chirurgien, et lui avait raconté pourquoi Pierre d'Aumelas et lui se retrouvaient à Paris.

— Vous m'aviez parlé d'une lettre du prince de Condé…

— La voici, dit Balthazar, tirant de son pourpoint le précieux papier qui ne l'avait pas quitté.

Il jugeait qu'il était enfin temps de jouer cette pièce maîtresse.

Félix parcourut la lettre, qui n'était point cachetée, même si elle portait le sceau du prince. Elle avait été dictée à un secrétaire, mais portait la signature de Condé, le « Louis » en toutes lettres et le « de » attaché à « Bourbon ».

— C'est cela, murmura-t-il, c'est cela…

Balthazar l'interrogea du regard.

— Ce n'est pas moi qui passerai par-dessus la tête de d'Aquin. C'est Monsieur le Prince, c'est le propre cousin du roi ! Cette recommandation est un passeport pour nous deux, jeune homme.

Il sonna.

— Ma voiture, à l'instant ! ordonna-t-il.

Et à Balthazar :

— Soyez prêt dans un quart d'heure. Je vous emmène à Versailles – et nous forcerons la porte du roi… Fistule, nous voilà ! s'écria-t-il.

52

Où Sa Majesté prend une décision capitale

L'automne était bien avancé et couronnait d'or les frondaisons du parc de Versailles, disaient les poètes. On avait eu soin de planter des arbres déjà adultes, de telle façon que le roi pût jouir de leur ombre dans les chaleurs de l'été, et du chatoiement de leurs cimes jaunissantes à l'approche de l'hiver.

Le roi se promenait dans sa petite voiture, entouré d'une foule de courtisans empressés, le chapeau à la main. Il vit venir Félix, qui n'était pas un habitué des obséquiosités ordinaires.

— Ah ! monsieur mon chirurgien, dit-il avec une sollicitude qui étonna Balthazar, qui suivait Félix, trois pas derrière.

Les courtisans comprirent, au ton du roi, qu'il voulait s'entretenir avec l'homme de l'art et reculèrent de quelques pas, comme une vague en plein reflux.

— Sire…, commença Félix.

— Je vous entends. Il est temps, n'est-ce pas, de procéder à cette grande opération que d'Aquin remet sans cesse.

— Oui, Sire. Dans l'intérêt de la santé de Votre Majesté.

Le roi leva les yeux.

— Ah, je crois reconnaître le jeune homme que vous m'amenez…

— Sire, dit Félix, le docteur Balthus est le médecin personnel de Monsieur le Prince, qui a bien voulu se passer de lui pour quelques jours afin qu'il me serve de second. Votre cousin vous a écrit une lettre pour vous le recommander.

— Voyons cela, dit le roi.

À bientôt cinquante ans, le roi était naturellement presbyte, mais n'aurait jamais, par dignité, chaussé une paire de lunettes. L'une des fonctions de Madame de Maintenon était de lui lire les dépêches les plus secrètes – sinon, l'un ou l'autre de ses secrétaires s'en acquittait. Mais la veuve Scarron était absente ce jour-là, et ce fut Félix lui-même qui se saisit de la précieuse missive que Balthazar avait tirée de son pourpoint.

— Ah ! Très bien, dit le roi. Si mon illustre cousin, qui est lui aussi aux portes de l'au-delà, a trouvé en vous quelque consolation et un remède à ses maux, je m'en remets à vous, monsieur, ajouta-t-il en regardant Balthazar.

Le jeune homme s'inclina jusqu'à terre. Il n'y avait rien à répliquer à la parole royale.

Cependant, tout en saluant fort bas le souverain, il l'observait dans le détail, sans avoir l'air de le dévisager, ce qui eût été de la dernière inconvenance.

Balthazar lisait sur les visages à livre ouvert et, sur la face un peu empâtée du roi, il observa l'extrême fatigue, mêlée à la volonté de paraître, de tenir son rang, de forger l'illusion qu'il était toujours « maître de lui comme de l'univers », comme disait le grand Corneille. Le menton s'écroulait en fanons qui faisaient couler le visage tout entier vers le cou ; les lèvres s'affaissaient, tirées vers le bas par un double pli amer, et disparaissaient presque entièrement, avalées par cette bouche édentée ; les paupières étaient gonflées par les insomnies ; et toute la mauvaise graisse du roi, due au manque d'exercice physique, depuis qu'il ne pouvait plus monter à cheval, ressortait sur les joues grêlées du souverain en minuscules bulles jaunâtres.

En même temps, le roi conservait, dans le regard impérieux, dans cette articulation calme, bien timbrée, quoiqu'il n'élevât jamais la voix, habituée qu'il était de parler toujours dans le silence respectueux des courtisans, une autorité majestueuse qui imposait le respect, surtout quand on savait à quel point la souffrance physique le déchirait sans répit.

— Je dois aller jeudi à Fontainebleau, reprit le roi. Avec toute la Cour. J'en reviendrai discrètement pour me livrer à vous, messieurs. Il est inutile de faire connaître à grands cris ma légère indisposition et le procédé par lequel vous m'en débarrasserez. Car vous m'en débarrasserez, n'est-ce pas ? ajouta-t-il d'un air joyeux qui camouflait parfaitement son anxiété.

Sous cette apparente légèreté, le roi dissimulait son appréhension de la mort, qu'il sentait se rapprocher de lui depuis un an. Non par crainte de l'au-delà, sa foi en Dieu était inébranlable. Mais sa succession ne lui paraissait guère assurée. Il savait que le Grand Dauphin avait été fort bien dressé à son métier de roi par ses précepteurs, le sévère Charles de Sainte-Maure, duc de Montausier, et l'évêque de Meaux, Bossuet. Tous deux avaient fait de leur mieux pour éclairer de leurs lumières le grand garçon blond que lui avait donné Marie-Thérèse quelques mois après son mariage, en 1661.

L'héritier présomptif du trône venait d'avoir vingt-cinq ans. Le duc de Saint-Simon, qui avait l'œil assez sûr, expliqua à sa mort en 1711 que « sans avoir aucune volonté de mal faire, il eût été un roi pernicieux ». La perspective de laisser le royaume entre les mains d'un garçon aussi peu doué pour régner assombrissait le roi : il savait fort bien qu'il pouvait mourir sous le bistouri de son Premier chirurgien, et n'avait d'autre choix que de s'en remettre à Dieu.

Certes, le souverain croyait, au plus profond de lui, que la cérémonie du sacre, en faisant descendre l'esprit divin sur la personne du futur roi, pouvait pallier les insuffisances de la nature. Mais il appréciait, mieux que tout le monde, mieux que Louvois lui-même, la situation de la France, minée à l'intérieur par la question religieuse, menacée à l'extérieur par les appétits des monarchies émergentes. C'en était fini des ambitions des Habsbourg, laminés par la guerre de Trente Ans. L'Espagne, exsangue, livrée à un roi débile et sans enfants, tomberait tôt ou tard, grâce à la prévoyance de Mazarin, dans l'escarcelle des Bourbons. Les princes allemands étaient trop divisés pour être une vraie force. Mais l'Angleterre – l'Angleterre ! Peu avant de mourir, trois ans auparavant, Colbert l'avait prévenu : ces marchands drapiers pour lesquels le roi avait un infini mépris lui disputeraient bientôt la suprématie européenne, sans compter les comptoirs lointains des Antilles et des Indes.

Louis XIV se fiait peu à son successeur désigné. Il lui fallait encore une vingtaine d'années pour former le Grand Dauphin. Mais les maux qui l'accablaient lui en laisseraient-ils le temps ? L'opération qu'il savait nécessaire, et devant laquelle il ne reculait pas, car toujours Louis XIV méprisa la douleur, comportait des risques insensés. La technique chirurgicale de l'époque ne garantissait rien, sinon la mort à brève échéance. Et s'il disparaissait aujourd'hui – après tout, il avait déjà cinq ans de plus que son père à sa mort –, qui prendrait le pouvoir ? Sa veuve ? Son fils, encore trop jeune et qui le serait toujours ? Verrait-on un retour des disputes entre grands féodaux, qui s'étaient, des siècles durant, posés en concurrents directs de la monarchie, malgré Philippe-Auguste, malgré Louis XI, malgré Richelieu et Mazarin – et malgré lui ?

Balthazar lisait ces pensées sur le front du roi, où elles dessinaient des rides qui ondulaient, se creusaient, disparaissaient comme les nuages sur un ciel changeant.

— Sire, dit-il soudain, j'engage ma vie sur la réussite de cette opération. Je jure à Votre Majesté qu'elle sera au mieux après cette épreuve que lui envoie Dieu, mais qu'avec l'aide des hommes vous surmonterez.

Le roi perçait les cœurs. Il regarda droit dans les yeux le jeune médecin, qui soutint le regard du souverain juste assez pour ne pas avoir l'air de fuir l'examen, sans paraître insolent.

— Je vous crois, monsieur, dit lentement le roi. Et je me remets entre vos mains, ajouta-t-il en s'adressant à Félix.

Il respectait la prééminence de la fonction du Premier chirurgien. Mais il n'avait pas fallu deux minutes à Louis XIV pour comprendre que c'était cet étranger, quelque peu maure, qui tiendrait le scalpel.

Et il s'en remettait à lui, comme il s'en remettait à Dieu.

53

La Grande Opération

La Grande Opération, comme on appela plus tard l'intervention de Félix sur le royal postère, eut lieu le 18 novembre de cette année 1686, à sept heures du matin.

Comme il l'avait annoncé, le roi était rentré la veille, en catimini, de Fontainebleau, où la Cour qui l'avait suivi ignorait son retour à Versailles. Il n'avait avec lui que son valet de chambre, et Madame de Maintenon. C'était moins pour se protéger des commérages des courtisans que pour éviter d'alimenter les rumeurs dans les cours européennes qui espionnaient sans cesse le souverain français, misant sur sa santé déclinante pour préparer une attaque générale. Si le roi mourait des suites de l'opération, les armées conjuguées des Anglo-Hollandais et des troupes du Saint Empire romain germanique envahiraient la France dès que la fatale nouvelle serait ébruitée.

Félix savait qu'une guerre universelle pouvait naître d'un coup de bistouri malchanceux, ce qui augmentait encore son appréhension. Balthazar qui, pour une fois, avait revêtu l'ample robe noire des médecins et s'était coiffé d'un chapeau pointu, observa, d'abord amusé puis de plus en plus inquiet, le tremblement des mains du chirurgien. Il comprit très vite qu'il lui faudrait être un peu plus qu'un second.

D'Aquin avait été prévenu et se trouvait là, maugréant et prédisant en sourdine l'apocalypse.

L'opération se passa dans la chambre du roi. Couché sur le ventre, les reins exhaussés par un large coussin, le roi attendait patiemment, avec un courage physique que même ses détracteurs ne pouvaient s'empêcher de saluer.

Balthazar avait une longue expérience de ces opérations. Il savait qu'il eût été plus commode d'installer le roi sur le dos, en lui faisant replier les jambes sur la poitrine. Mais cette position, que l'on appelle aujourd'hui « gynécologique », ne pouvait convenir à un souverain, pour lequel elle se serait apparentée à une soumission féminine. Il fallait donc se contenter de mettre le roi sur le ventre, en priant le Ciel que la fistule se situât sous un degré d'ouverture compatible avec le scalpel recourbé qu'ils avaient mis au point.

Félix avait été converti par Balthazar aux règles d'hygiène. Le mot n'existait pas dans l'usage courant, il n'entra dans les dictionnaires français qu'au siècle suivant – et, s'il n'existait pas, c'est que la pratique était fort rare. Balthazar exigea donc que l'on nettoie fort précisément la zone à opérer, à grand renfort d'eau tiède et de savon. Le roi, peu habitué à cette pratique, la supporta avec impatience. Le « gentilhomme de la serviette », chargé par sa fonction – fort enviée – de torcher chaque jour le royal derrière, n'avait pas été ramené à Versailles, et ce furent donc les aides de Félix qui se chargèrent de la toilette intime du roi – ce qui frôlait le crime de lèse-majesté. D'Aquin fit d'ailleurs des mines indiquant qu'il se désolidarisait tout à fait d'une telle inconvenance.

Balthazar avait lui-même stérilisé le bistouri réservé à l'opération, et l'écarteur qui devait permettre d'accéder au site du problème. Il mesurait la souffrance que pouvait engendrer une incision dans une zone fort innervée. Il fit donc respirer au roi l'une de ses fioles magiques, puis lui fit ingérer un gobelet d'un vin dans lequel avaient infusé de la mandragore et du pavot – un procédé mis au point par le médecin grec Pedanius Dioscoride, au Ier siècle avant Jésus-Christ, renouvelé par Paracelse, mais oublié après eux.

Puis il tira de la mallette qui ne le quittait jamais une éponge sur laquelle il versa quelques gouttes d'une liqueur sombre, qui fumait à l'ouverture du flacon. Il fit respirer au roi la vapeur de l'éponge, et le regard de Sa Majesté dériva comme une barque qui rompt ses amarres. L'éther – *dulcification*, disait-on alors, du vitriol dans l'alcool – était connu des Arabes depuis le VIIIe siècle et avait été resynthétisé en Europe au XVIe siècle par Valerius Cordus, disciple du grand Paracelse. Mais son utilisation restait très confidentielle.

Balthazar capta le regard courroucé que lui lança d'Aquin. Le mélange, dans l'œil du Premier médecin, de la haine, de la bêtise et du désir de nuire lui fit passer un frisson dans tout le corps. Il fallait que cela marche. Sinon, le médecin, qui se sentait spolié de sa prééminence, ne lui ferait aucun cadeau.

Sa Majesté se sentit tout de suite mieux – presque impatiente que cela commençât. Le roi était conscient, mais flottait en quelque sorte au-dessus de lui-même. Il serra doucement la main de Madame de Maintenon, qui se tenait à son chevet. Pour la rassurer, tant il baignait lui-même dans une douce euphorie.

Une fistule est un abcès, provoqué par une inflammation locale – causée probablement, dans le cas du roi, par l'insertion régulière de canules administrant les clystères dont les intestins paresseux de Louis XIV étaient friands : quand on autopsia le roi après sa mort, le 1er septembre 1715, on s'aperçut que son gros intestin était anormalement dilaté, presque trois fois le calibre de celui d'un homme normal, par les lavements qu'on lui avait administrés toute sa vie afin d'évacuer les matières décomposées résultant de sa goinfrerie.

Les canules des seringues de deux pieds de long qui servaient à injecter l'un de ces « clystères carminatifs » dont parle Argan, le « malade imaginaire » de Molière – auquel on en injecte une vingtaine par mois, chiffre à peine supérieur à ce qu'on insinuait au roi – étaient d'une propreté suspecte. On les lavait à grande eau froide, on les trimballait dans des sacoches poussiéreuses. Que les malades aient survécu à de tels traitements prouve assez que les gens qui passaient la phase enfantine, où l'on décédait avec facilité, avaient l'âme chevillée au corps – ou, si l'on préfère, un système immunitaire renforcé.

L'irritation avait produit une inflammation, l'inflammation avait engendré un abcès qui avait dégénéré en fistule – un canal parallèle au rectum, qui se chargeait de matières décomposées. L'opération consistait – et consiste toujours, sauf que ce qui était inédit en 1686 est aujourd'hui devenu une routine – à « mettre à plat » ce canal en l'incisant sur toute sa longueur, puis à le débarrasser des déchets organiques qui l'infectaient, et enfin à découper les bords de l'abcès pour éliminer les éléments en voie de pourrissement – avant de colmater le tout avec un pansement à renouveler chaque jour pendant des semaines, en attendant une problématique cicatrisation. Dans des conditions modernes, le geste chirurgical, très maîtrisé, n'est pas complexe, encore que les suites puissent être fort longues, de plusieurs semaines à plusieurs mois. Au XVIIe siècle, c'était un pari bien plus risqué que celui de Pascal : les chances de réussite, jusque-là, avaient été nulles.

Mais pour Balthus, l'expérience acquise sur les malheureux raflés par la police de Louvois devait s'avérer décisive. Une fois le roi installé et convenablement préparé, les chirurgiens introduisirent donc un écarteur dans l'anus, qu'ils manœuvrèrent en douceur, et s'ouvrirent une voie d'intervention. Balthazar badigeonna la zone d'intervention d'une crème de son invention, anesthésique local ramené de ses explorations en terres barbares.

Alors Félix, à la grande satisfaction de d'Aquin, ne put plus contenir le tremblement de sa main. Il resta le bras en l'air, saisi d'une agitation incoercible. Le roi comprit que l'opération était suspendue et s'écria :

— Est-ce fait, messieurs ? Achevez et ne me traitez pas en roi ; je veux guérir comme si j'étais un paysan[1].

Balthazar saisit le bistouri recourbé qui allait tomber de la main tétanisée de Félix et opéra lui-même. Il surimposa dans son esprit l'image de ces derrières roturiers qu'il avait jadis incisés, jusqu'à abolir de son esprit la conscience du caractère royal de son patient du jour. Il incisa le canal de la fistule, en fit sortir les matières décomposées qui y croupissaient, nettoya la plaie et la zone avec un mélange d'eau et d'esprit-de-vin, puis appliqua un emplâtre cicatrisant, avant de tourner la vis sans fin de l'écarteur et de libérer le patient.

Le roi n'avait pas émis le moindre gémissement. Les gens présents attribuèrent à son courage cette fermeté d'âme dans l'épreuve. Les chirurgiens, eux, savaient à quoi s'en tenir. Quant à Madame de Maintenon, qui avait prié le Ciel tout au long de l'opération, elle remerciait sans doute le Père éternel de Sa mansuétude.

Les chirurgiens expliquèrent enfin qu'il faudrait renouveler le pansement deux fois par jour, le matin et le soir. Que cela prendrait du temps, mais que le résultat était infaillible – ce en quoi ils s'avançaient quelque peu. Le roi se coucha sur le côté, son valet de chambre ôta prestement le coussin qui lui avait relevé les reins. Sa Majesté était encore sous l'influence de l'anesthésique de Balthazar, et voyait la vie dans des couleurs chatoyantes. Mais sa conscience de souverain résistait à l'endormissement qui le gagnait. Il s'adressa à Félix.

1. Authentique.

— Je ne saurais… trop… vous remercier de… de vos soins, monsieur. Je saurai m'en souvenir.

D'Aquin devint jaune de jalousie. Le fiel s'extravasait sur son visage.

Puis, regardant Balthazar, Sa Majesté reprit :

— Et vous, de votre… dextérité et de votre… savoir. Revenez… demain… tous les deux.

De jaune, d'Aquin devint livide.

Enfin, le roi s'abandonna aux bras de son épouse et ferma les yeux.

— Que le roi dorme, dit Balthazar. C'est pour l'instant la meilleure médecine.

D'Aquin, qui avait préparé une infusion d'herbes supposées dulcifiantes et apaisantes, crut en crever de jalousie. Sa Majesté s'était endormie sans lui.

— Sortons, dit Félix, qui ressentait lui-même l'effet de ce que Balthazar avait fait respirer au roi. Monsieur le Premier médecin, je vous remercie de votre collaboration et de votre patience.

D'Aquin eut envie de tuer sur le coup son confrère, dont la politesse était d'une grande impertinence. Mais il se contenta de lui adresser un sourire qui ressemblait aux grimaces que Jheronimus Bosch prête à ses damnés.

Dans les semaines qui suivirent, des dizaines de courtisans, qui parfois n'avaient aucune pathologie particulière, demandèrent à Félix d'intervenir sur leur conduit anal pour imiter la Passion du roi. Ils offraient parfois des sommes très élevées pour que le chirurgien répétât sur eux les gestes qui avaient sauvé le souverain. Ce que l'on n'appelait pas encore le snobisme alimentait des comportements aberrants : quelques décennies plus tard, un nobliau de province « monté » à Versailles, constatant que les abords du château puaient parce qu'on avait oublié d'installer des latrines dans la demeure royale et que les courtisans se soulageaient dans les bosquets, demanda à ses gens, de retour sur ses terres, de décharger leurs intestins et leur vessie contre les murs de sa masure, afin de vivre dans la même ambiance olfactive que le roi.

Quoi qu'il en soit, Charles-François Félix de Tassy refusa toutes les propositions. Mieux : affligé d'un tremblement permanent de la main, il ne tint plus jamais un bistouri de sa vie et délégua ses pratiques à son fils, Charles-Louis, nommé Premier chirurgien dans la décennie suivante, afin d'asseoir la dynastie. Sans doute pensait-il que la gloire récoltée en ce jour de novembre 1686 suffisait à sa réputation, et que les biens dont le couvrit le roi suffisaient à sa fortune – non sans raison[1].

L'opération, réussie, fit tout de même un mort. Partout, on célébra la miraculeuse guérison. Place des Victoires, Martin Desjardins réalisa une grande statue du roi, foulant du pied un Cerbère qui symbolisait à la fois les nations vaincues par les armées royales et

1. L'opération eut une répercussion scientifique inattendue : elle ouvrit à la curiosité du public le champ jusque-là confidentiel de l'anatomie. Ceux que l'on appellerait plus tard les Encyclopédistes se passionneraient pour le corps humain, et l'esprit scientifique qui gagna peu à peu toute la France est en partie né de cette opération jugée « miraculeuse », qui était surtout une immense réussite technique.

la maladie qui avait menacé la vie du souverain – avec une inscription dithyrambique, « À l'homme immortel ». Et pour ne pas être en reste, Lully, le musicien de la Cour dont la faveur avait souffert de ses goûts quelque peu « italiens », composa un *Te Deum* pour chanter la résurrection du roi. En dirigeant les répétitions, il heurta son pied avec la lourde canne qui lui servait à conduire les musiciens : la plaie s'infecta vite – Lully avait une hygiène aussi déplorable que celle de son maître –, et dégénéra en une gangrène qui le tua le 22 mars 1687.

On sait que la musique composée pour célébrer la victoire du roi sur sa fistule fut empruntée par Haendel pour composer la version finale du *God Save The King*, de sorte que tout orchestre britannique jouant ce qui est désormais l'hymne non officiel de l'Angleterre célèbre la victoire d'un roi français sur un problème périanal.

54

La reconnaissance du roi Louis XIV

Le roi dormit presque vingt-quatre heures.

Félix et Balthazar s'étaient installés dans un logement de Versailles, afin de prendre un peu de repos sans s'éloigner du royal patient. Ils sommeillèrent plus qu'ils ne dormirent, tant la tension nerveuse de la Grande Opération tardait à retomber. Ils s'ébrouèrent enfin, et Félix jeta sur Balthazar un regard où entraient, à parts égales, la reconnaissance et l'anxiété. Le jeune homme répondit surtout à ce dernier sentiment.

— Tout s'est bien passé, dit-il. Ayez confiance, tout continuera de même.

— Mais ce sommeil qui n'en finit plus…

— Avec ce que je lui ai administré, dit Balthazar, il dormira tout le jour et toute la nuit. Reposons-nous, les émotions de la victoire sont presque aussi rudes que celles de l'appréhension.

Enfin, vers dix heures le lendemain matin, on vint les chercher. Le roi s'était réveillé, avait de l'appétit et les demandait sur l'heure. Il avait fait remonter les oreillers de son lit et s'était installé commodément.

— Messieurs, dit Sa Majesté dès qu'ils entrèrent, je suis content de vous.

Combien de serviteurs de Louis XIV s'étaient fait tuer pour cette seule récompense ! Les deux chirurgiens s'inclinèrent très bas. D'Aquin, revenu assister au triomphe de son concurrent, rougit, pâlit, jaunit et manqua de se trouver mal.

— Avez-vous un malaise, monsieur mon Premier médecin ? lui demanda le roi, peu dupe de ce qui se passait dans cette âme maladivement jalouse, et qui avait un certain plaisir à l'aiguillonner.

— Sire, je… défaille de joie de… voir Votre Majesté si vaillante ce matin…

Louis XIV sourit. Il avait la prétention, justifiée, de percer les cœurs d'un seul regard. Il se retourna vers Félix.

— Monsieur mon Premier chirurgien, nous vous allouons une gratification immédiate de 10 000 livres. Ce que vous venez d'accomplir est presque à la hauteur des miracles de mon glorieux ancêtre. Enfin, le seigneur de Stains est mort sans héritier, je vous confère donc le titre de seigneur de cette terre, pour vous et vos enfants. On m'a dit que votre fils marchait sur les traces de son père, vous voudrez bien me le présenter.

Félix, sous cette avalanche de bienfaits, pâlit, rougit, mais ne jaunit pas : tout ce que l'ambition pouvait souhaiter tombait sur lui d'un coup.

Le roi, enfin, se tourna vers Balthazar.

— Je sais ce que je vous dois, monsieur. Vous voudrez bien rester quand ces messieurs, continua-t-il en désignant de la main le médecin et le chirurgien, seront sortis pour fêter ma convalescence et exprimer leur commune joie.

Resté seul avec le jeune homme, le roi le fixa avec insistance. Balthazar soutint hardiment le regard hautain du roi.

— Vous m'avez été présenté, monsieur. Mais je préférerais entendre de votre propre bouche les détails de votre formation.

— Sire, répondit Balthazar, je suis le docteur Balthus – un nom imaginé pour impressionner des esprits moins pénétrants que celui de Votre Majesté. Je m'appelle en fait Balthazar Herrero, et j'arrive de la bonne ville de Pézenas, qu'a si longtemps administrée votre cousin le prince de Conti.

— Où avez-vous appris la médecine et la chirurgie ? s'enquit le roi.

— À Montpellier d'abord, à Pise ensuite. Puis j'ai voyagé dans des pays barbares qui gardent jalousement des secrets millénaires. C'est avec cette science que j'ai contribué à soigner Votre Majesté.

— Des pays barbares... du côté du Levant ?

— Et bien plus loin encore, dit Balthazar. Sire, les Arabes ont eu de la grandeur à l'époque de Charlemagne. Depuis, ils dégénèrent. Quelques-uns ont sauvé des bribes de ce que fut jadis la science d'un Avicenne. D'ailleurs, qu'ont-ils trouvé par eux-mêmes ? Ils ont pillé les bibliothèques et les savoirs antiques. Ils ont rapporté dans leurs caravanes les secrets de peuples lointains... C'est chez ces nations que je suis allé perfectionner mon art. Dans les Indes et en Chine.

— Mais comment… quelle langue parliez-vous dans ces contrées ? Dieu me pardonne, je n'ai rien compris aux discours fort pompeux que m'a adressés l'ambassadeur du Siam ! Et sans l'intervention d'un interprète…

— Sire, j'ai appris l'arabe, le persan, un peu de bengali et enfin le chinois des mandarins.

Balthazar avait eu l'adresse de dire cette phrase, qui aurait pu paraître d'une fatuité insupportable, sur le ton avec lequel il aurait donné l'heure. Le roi le regarda.

— Je ne sais, monsieur, dit le roi, si je dois vous garder auprès de moi comme mon médecin ou comme mon interprète !

Sa Majesté consentit à sourire. Le roi, comme la plupart des gens à l'époque, se contentait de plisser les lèvres pour éviter d'exhiber sa bouche édentée.

— Mais enfin, reprit-il, quel prix voulez-vous pour votre miraculeuse intervention ? Je ne pouvais faire autrement que de récompenser Félix. Mais je sais ce que je vous dois.

— Sire, répliqua Balthazar, vous ne me devez rien. Un sujet doit tout à son roi. Et je serai fort satisfait si, dans un mois, vous voulez bien vous souvenir que j'existe.

— Allons donc, monsieur ! Au moment où vous pouvez tout obtenir, vous auriez la vertu de ne rien demander ?

— Pour moi, Sire, je ne veux rien. Mais j'ai une requête à vous adresser, une requête qui n'est pas mienne, mais qui est la cause de ma présence à Paris.

— Parlez donc, monsieur ! Nous sommes seuls, ajouta-t-il en désignant de la main la vaste chambre où s'affairaient des valets, gens de peu dont la présence ne comptait guère.

Et Balthazar parla. Il évoqua le petit village enseveli sous la neige et la glace, les corps suppliciés, les exactions répétées des soldats, les tortures et les viols, et les hauts faits du marquis de Souvré. Puis, tout à la fin, il mentionna l'embastillement de son ami Pierre d'Aumelas, venu demander justice.

Il eut même l'intuition qu'il ne fallait rien cacher au roi, et il narra, avec les joliesses convenues et les métaphores de circonstance, la rencontre fortuite avec mademoiselle de Flavin, l'exécution de Saint-Flour, les serments échangés, les entrevues discrètes et la correspondance enflammée.

Le roi regarda le jeune médecin. Il ne disait rien. Le froncement de ses sourcils n'était pas un signe de mauvaise humeur, mais de concentration.

— Que Votre Majesté m'entende, s'enhardit Balthazar. Je suis un vrai catholique, et la conversion de ceux qui se fourvoient dans la Religion prétendument réformée me paraît une nécessité. Mais la conversion n'est pas la mort, elle est même son contraire, elle est régénération. Massacrer ceux qui sont dans l'erreur est une étrange politique, à la fois pour ces âmes que l'on ne gagne pas à la religion du roi, et pour leurs coreligionnaires, que l'on dissuade par les tortures et la mort au lieu de les persuader par la force des convictions. On convainc peut-être les corps, mais pas les âmes. Enfin, ajouta-t-il, qu'une troupe armée entre sur les terres de l'un de vos gentilshommes est un coup de force contraire à toutes les règles de basse et haute justice. C'est cela que mon ami Pierre d'Aumelas

(Balthazar répétait le nom afin qu'il s'imprégnât dans la mémoire du roi) est venu dire à Votre Majesté. Quant aux forces qui l'ont jeté en prison, elles n'ont pu le faire avec l'aval d'un souverain éclairé, mais dans son dos, pour camoufler une politique qui ne peut être la sienne.

Louis XIV prit le temps de réfléchir – ou plutôt, il s'en donna l'apparence. En fait, il avait décidé. Il fit un signe à son premier valet de chambre, debout à son chevet.

— Une feuille, une plume et une écritoire, dit-il.

On lui apporta les trois objets dans l'instant.

Le roi griffonna quelques lignes, plia la feuille et la cacheta de son sceau.

— Allez délivrer votre ami, dit-il. Dans l'instant. Et revenez demain, à dix heures, avec lui.

Balthazar salua très bas.

— Merci, Sire, dit-il. Vous êtes bien le digne fils de celui que l'on appelait Louis le Juste.

55

Procès à huis clos

Balthazar, au lieu de prendre une voiture, emprunta un cheval dans les écuries royales, utilisant le sceau de sa missive comme talisman. Et il partit à franc étrier jusqu'à Paris. Le temps s'était remis au beau ; il gelait à pierre fendre, en ce 20 novembre 1686. Les sabots ferrés du cheval glissaient sur les plaques de givre, et le jeune médecin crut mourir vingt fois. Mais il arriva à la Bastille vers trois heures de l'après-midi.

Il était temps, les levées d'écrou ne se faisaient plus après quatre heures.

Le gouverneur François de Montlezun le reçut immédiatement. Balthazar, féru de littérature arabe, avait eu l'occasion, en 1679, de rencontrer à Constantinople Antoine Galland, chargé de mission auprès de l'ambassadeur de France, Gabriel de Guilleragues. Ce dernier avait commencé à rassembler les textes des *Mille et Une Nuits*, dont la traduction fit sa célébrité. Il pensa au Sésame de l'histoire d'Ali Baba. « Plus un régime est tyrannique, pensa-t-il pendant qu'il patientait dans l'antichambre du gouverneur, et plus un mot suffit à défaire ce qu'un mot a construit. Alors que les régimes parlementaires en passent par des complications interminables… C'est un coup à vous faire aimer le despotisme ! »

Pierre d'Aumelas apparut enfin. Il était très pâle, même sous le soleil voilé de cette fin d'après-midi hivernale.

— Toi ! s'exclama-t-il en serrant son ami dans ses bras. Et tu es venu me délivrer !

Balthazar n'était jamais dupe. Il entendit bien ce que signifiait la joie de son ami : Éléonore, enfin, redevenait accessible ! Et, dans le mouvement que fit Pierre pour serrer dans ses bras l'ami venu à son secours, il sentit bien qu'à travers lui, c'était la jeune fille aimée qu'étreignait le vicomte.

Il expliqua en quelques mots à Pierre comment il était, grâce à un bistouri recourbé, devenu le favori du roi. Et comment celui-ci, touché du récit des horreurs languedociennes, convoquait le vicomte à Versailles.

— Il nous reste la soirée et la nuit pour te requinquer, te redonner des couleurs et t'habiller d'une façon décente. Ma parole, on croirait, à te voir, que tu arrives de l'autre monde !

— C'est tout comme, répliqua Pierre. Par la mort de Dieu, être enfermé entre ces murs, c'est être enterré vivant ! Et encore, grâce à toi, j'ai joui de douceurs refusées à des prisonniers moins favorisés que moi.

Ils rentrèrent dans leur logement de la rue Courtalon. Fiévreusement, après avoir pris un bain pour se débarrasser de la crasse et de l'odeur de sépulcre de la

Bastille, Pierre rassembla la courte liasse des titres et documents prouvant ses prétentions nobiliaires et ses possessions. Puis il tenta, en vain, de dormir quelques heures. L'excitation de cette idée, « il allait voir le roi », et l'exaltation de cette autre idée, « il reverrait bientôt Éléonore », le mettaient en transe. Et toute la nuit Balthazar, dont la raison n'avait pas les mêmes prétextes que la passion de Pierre pour entrer en ébullition, entendit son ami se tourner et se retourner, et soupirer et bredouiller tout seul dans le noir, comme s'il faisait et refaisait et défaisait, sans cesse, le brouillon de ce qu'il dirait le lendemain au roi, et le surlendemain à sa belle.

Au matin, Pierre s'habilla avec soin et passa à son côté la Louve, qu'il avait retrouvée comme un amant retrouve sa maîtresse. Balthazar, pour le coup, frissonna. Dans le triangle antagoniste de Pierre, Éléonore et Souvré, l'épée forgée par son père ouvrait des perspectives sanglantes.

Ils partirent tôt. Ils avaient caressé l'idée d'y courir à franc étrier, mais l'hiver s'appesantissait sur Paris, des flocons voletaient sous le ciel bas et lourd, pesant comme un couvercle, et ils préférèrent prendre une voiture qui, en trois heures, les conduisit à Versailles, juste à temps pour l'audience qu'avait fixée Sa Majesté.

Balthazar commençait à être connu des huissiers, et nul ne vint se mettre sur le chemin des deux hommes. Enfin, ils se trouvèrent à l'orée du cabinet du roi. Alors seulement, un secrétaire s'interposa.

— Sa Majesté travaille avec monsieur de Louvois, leur expliqua-t-il, et vous prie d'attendre quelques instants.

Ils rongeaient leur frein quand la voix du roi, une voix chargée de colère rentrée, passa à travers les lourdes portes. On n'entendait pas distinctement le propos, mais le sens général était clair : Sa Majesté était furieuse. Louis XIV ne criait jamais ; mais, comme les dogues qui n'aboient pas et vous regardent en se demandant quel morceau de vous ils croqueront d'abord, il avait des colères blanches, dont la froideur faisait bien davantage frissonner qu'une mercuriale explosive.

Enfin, la porte se rouvrit, et le secrétaire pria ces messieurs d'entrer.

Balthazar saisit la scène en un clin d'œil. Le roi était debout, et dominait un marquis de Louvois qui pliait sous la réprimande. Il devina combien le tout-puissant ministre était humilié d'être vu ainsi, écrasé par le mécontentement royal.

Silencieuse, assise sur un fauteuil disposé dans un angle du grand bureau, Madame de Maintenon semblait indifférente à ce qui venait de se dire. Mais Balthazar sentit bien que, comme un chef d'orchestre qui ne joue pas mais sans lequel les violons se désorganisent, elle canalisait le discours du roi, lui suggérant en silence d'insister ici, de laisser glisser là.

Deux pas derrière Louvois se tenait le marquis de Souvré. Ses yeux verts viraient au jaune. Tout son corps frémissait de rage. Il avait, sans en avoir conscience, posé la main sur la garde de son épée, un geste de la dernière inconvenance en présence du roi.

— Ah, monsieur d'Aumelas, je suis bien aise de vous voir ! s'exclama le roi sur un ton dangereusement débonnaire quand il vit entrer les deux plaignants.

Et, de fait, il s'agissait bien d'un procès. Louvois était l'accusé, Souvré était ravalé à son rang d'exécuteur, le roi était tout à la fois juge et accusateur, Madame de Maintenon était le juré muet, soupesant dans sa main un peu décharnée le glaive de la Justice et la plaidoirie de la défense.

Si Louis XIII s'était fait appeler Louis le Juste, ce n'était pas sous ce vocable que l'on pouvait désigner son fils. Les colères de Louis XIV étaient brutales, et quoiqu'elles s'exprimassent à mots couverts, elles n'en étaient pas moins redoutables. Le surintendant Fouquet en avait fait l'amère expérience en 1661 : condamné au bannissement, il avait vu sa peine aggravée par le roi et avait fini ses jours dans la forteresse de Pignerol, où les rigueurs de l'hiver piémontais lui firent regretter, vingt ans durant, les fastes de son château de Vaux-le-Vicomte, trop beau pour que Sa Majesté pût pardonner à un sujet d'être plus riche qu'elle.

Tous les personnages présents dans le bureau se souciaient fort peu du sort des protestants des Cévennes. Il faudrait plus d'un siècle pour que la notion de droits de l'homme commence à se manifester dans le discours politique. Mais les massacres opérés par Souvré, dont *a posteriori* les lettres édifiantes, narrant des conversions miraculeuses, s'avéraient des faux grossiers, étaient des offenses personnelles à la majesté royale. Par ailleurs, une intervention non motivée sur des terres appartenant à un hobereau local était une offense qui pouvait mener loin celui qui s'y était livré. Enfin, le roi rayonnait de toute évidence de s'être remis si vite de la Grande Opération, et tenait à faire savoir à la Cour tout entière qu'il était bien le souverain devant qui tout se courbait, le ministre de la Guerre comme un autre.

Louvois savait qu'il ne craignait pas grand-chose. Il avait connaissance de trop de secrets. Il savait bien, lui qui avait tenté, quatre ans auparavant, d'empoisonner le roi à l'arsenic. Et qui faisait dire des messes noires pour tenter de rattraper l'amour enfui de Sa Majesté. Il était si indispensable au roi dans toutes les actions de basse et de haute police, et la guerre qui menaçait le rendait si essentiel au recrutement des troupes, qu'il se savait pratiquement intouchable.

Mais Souvré, c'était autre chose. Le demi-frère bâtard de son épouse, ce demi-beau-frère dont il connaissait le potentiel maléfique, était un bouc émissaire de choix.

— Sire, répondit le vicomte, je remercie Votre Majesté de ses bienfaits. J'ai là…

— Laissons cela, monsieur, vous avez toute ma confiance. Mais, ajouta le roi en se tournant avec un sourire vers son épouse, résumez donc à Madame et à ces messieurs ce que vous avez vu dans votre belle province.

Pierre d'Aumelas n'était pas un conteur, mais l'impression que lui avait laissée le village ruiné par les troupes de Souvré, les paysans transformés en fontaine de glace, leurs compagnes et leurs enfants brûlés vifs dans le temple, était encore à vif en lui. Il raconta donc son serviteur blessé, leur chevauchée vers Aumelas-le-Vieux, l'odeur de la mort qui planait sur ces territoires de neige. Il eut la sagesse de ne pas impliquer l'évêque de Lodève, qui avait peut-être des amis fort haut placés dans la hiérarchie ecclésiastique qui tenait la Maintenon en sous-main, et fit porter l'essentiel de la charge sur Souvré.

Celui-ci n'y tint plus.

— Sire, cria-t-il soudain, cet… cet imposteur a inventé cette histoire de toutes pièces ! Et la vraie raison de son hostilité à ma personne tient à son sentiment pour mademoiselle de Flavin, qui a eu l'honneur d'être présentée à Votre Majesté. Elle doit être mon épouse, et monsieur, ajouta-t-il avec une expression de mépris impossible à rendre, compte bien faire d'elle sa maîtresse !

Le roi, avec la hauteur et l'acuité de vue qui étaient les siennes, savait déjà à quoi s'en tenir. Balthazar avait eu l'habileté de ne rien lui cacher de l'histoire d'amour qui enlaçait si étroitement l'intrigue politique. Mais il fit semblant de découvrir une histoire dont il connaissait déjà les ressorts.

— Eh bien, monsieur d'Aumelas, vous ne me disiez rien de cette… aventure !

— Sire, répondit Pierre, j'avais garde de mêler ma passion à la défense des intérêts du roi. Mais s'il faut tout vous dire…

— Inutile, le coupa le roi en riant, nous savons tout cela.

Il se retourna vers Souvré.

— Eh bien, monsieur ?

Louvois crut venu le moment d'intervenir.

— Sire, le marquis de Souvré est le… frère de mon épouse…

— Cela le dispense-t-il d'avoir une conduite honorable quand il s'agit de l'honneur du roi ?

Louvois s'inclina. Il avait fait, pour défendre son infernal beau-frère, tout ce que la décence et la prudence exigeaient.

— Sire, lança soudain le marquis, je demande à Votre Majesté l'autorisation de défendre mon honneur par les armes.

— Un duel ? Vous n'y pensez pas, monsieur, j'ai rendu des édits qui l'interdisent sous peine de mort.

Puis, d'une voix qui n'était pas exempte de sarcasme, il ajouta :

— Si je vous autorise à défendre votre honneur, comme vous dites, je vous fais trancher la tête ensuite.

Souvré se tourna vers la Maintenon.

— Madame, plaida-t-il, je ne demande rien d'autre que la restauration du jugement de Dieu !

— Dieu vous jugera bien assez tôt, dit la quinquagénaire desséchée par le rigorisme de sa foi. Comme Il nous jugera tous.

Le roi, alors, intervint.

— Ma foi, monsieur le marquis, je serais presque tenté de vous autoriser cette folie.

Il se tourna vers l'épouse qui lui servait de conscience.

— Et ce serait un divertissement délicieux pour fêter ma convalescence, ma chère.

La Maintenon connaissait le roi par cœur. Elle comprit, à l'intonation, qu'il avait pris une décision et que, pour déraisonnable qu'elle fût, il n'en changerait pas.

— Alors, le plus discrètement possible, Sire. Avant que la Cour ne rentre de Fontainebleau.

Le roi toisa Souvré, puis regarda Pierre.

— Ce soir, dit-il. À six heures, au bosquet des Trois Fontaines…

— … que vous avez dessiné et conçu vous-même, Sire, dit la vieille maîtresse.

— Je crois que vous avez raison, madame. Ah, et faites donc venir cet excellent père La Chaise, au cas où il faudrait prononcer une absolution *in articulo mortis*… Le docteur Balthus, qui fait des merveilles, s'occupera de maintenir en vie le blessé jusqu'à ce que les saintes huiles lui ouvrent le paradis.

Il y avait une intonation railleuse dans la voix du roi. Il se retourna vers les deux champions.

— Et celui qui en sortira vivant, ajouta-t-il avec hauteur en couvrant du regard les deux champions, aura raison devant Dieu et devant moi… Et il épousera mademoiselle de Flavin, ajouta-t-il, non sans malice.

56

Le jugement de Dieu

Il faisait un froid à ne pas mettre un loup dehors. Il avait recommencé à neiger vers midi puis, la température baissant avec le jour, la neige avait cessé de tomber, le gel l'avait durcie, et on ne se déplaçait qu'à grand-peine.

Balthazar et Pierre n'étaient pas rentrés à Paris. Ils avaient trouvé une bonne chambre, bien chauffée, dans l'hôtel que Condé venait de faire construire à deux jets de pierre du château – un bel hôtel particulier où Jean de La Bruyère, qu'ils avaient rencontré et apprécié à Chantilly, s'occupait de l'instruction du jeune et abominable Louis de Bourbon, petit-fils de Monsieur le Prince.

La Bruyère désespérait de venir à bout du « méchant garnement », comme il l'appelait, qui avait hérité de tous les vices de son père, celui que l'on appelait « le Singe vert », et d'aucune des qualités de son grand-père. Le futur héritier toisa les arrivants, les salua d'une très brève inclinaison de tête et se renferma dans ses appartements avec sa très jeune épouse, qu'il soumettait à un esclavage précoce et initiait à toutes les fantaisies que lui suggérait sa nature cruelle.

Pierre dormit trois heures, veillé par Balthazar à qui il avait fait promettre de l'éveiller à temps : il voulait écrire à Éléonore, lui dire dans une belle lettre tout ce qu'il ne lui avait pas encore dit, répétition sans fin de tout ce qu'il avait déjà proféré de serments et de déclarations enflammées.

Balthazar regardait son ami dormir. Il admirait le soldat capable de sommeiller à quelques heures d'une bataille. Il était irrationnellement confiant, et raisonnablement inquiet. Il ne croyait pas à la puissance du « bon droit » ni à l'équité des jugements divins. Il avait d'ailleurs, avec Dieu, des relations distantes et sporadiques. Il connaissait la force de son ami à l'épée. En même temps, il savait que Malatesta avait formé Souvré, et que ce duel serait, au fond, une compétition entre deux héritiers du spadassin – la lutte pour le titre suprême.

À trois heures, il secoua doucement le dormeur. Pierre, depuis qu'il avait cessé de boire, avait retrouvé la capacité de s'éveiller dans l'instant, comme les chats passent en un clin d'œil du sommeil le plus profond à l'attente de la proie.

Le vicomte demanda une feuille et une plume, et jeta sur le papier tout ce que son cœur oppressé par cinq mois de Bastille tenait encore enfermé. Balthazar l'entendait murmurer les mots d'amour qu'il griffonnait – « je suis né pour vous aimer, je meurs en vous aimant » –, et pour une fois, vu les circonstances, ne les trouvait ni exagérés, ni ridicules.

À cinq heures et demie, il faisait nuit. Ils sortirent de l'hôtel sis rue des Réservoirs – on y avait creusé les trois grands réservoirs qui alimentaient les bassins du parc, particulièrement les jeux d'eau de la grotte de Téthys que l'on venait de détruire pour édifier l'aile du nord du château : pendant tout le règne du grand roi, Versailles fut un chantier permanent, où ce qui avait été édifié la veille était sacrifié le lendemain à de nouvelles merveilles. Ainsi, de la grotte de Téthys ne subsistent que les groupes sculptés qui l'ornaient, *Apollon servi par les nymphes* et deux groupes de chevaux tirant le char du dieu, nés les uns et les autres sous le ciseau de Girardon et de Regnaudin. Les courtisans qui avaient admiré Apollon n'avaient aucun doute sur le fait que le jeune dieu, à peine couvert d'un linge et servi par six muses en grande partie dénudées, était la représentation du roi entouré de cet essaim de jolies femmes qui veillèrent, dans les deux premières décennies du règne, à exaucer dans l'instant les désirs de leur seigneur et maître.

La neige avait unifié le paysage, et brillait d'un éclat un peu mauve sous le ciel noir comme du charbon. Elle crissait sous les pas – un froissement d'abord, en surface, puis le craquement du gel, en profondeur. Les deux hommes s'emmitouflèrent plus étroitement dans leurs manteaux.

Pierre ne disait plus mot. Il était tout entier tendu vers le combat. Balthazar respectait ce silence et serrait contre lui la trousse miraculeuse, espérant ne pas avoir à s'en servir pour sauver son ami ou ramener à la vie le marquis de Souvré – ce qu'il aurait néanmoins accompli, en toute conscience.

Le bosquet des Trois Fontaines se trouve dans la zone nord du château, juste au-dessus du bassin du Dragon. Louis XIV l'a effectivement dessiné lui-même, et Le Nôtre s'est chargé de le réaliser. À la fontaine supérieure, éminemment baroque dans son architecture comme dans ses rocailles, succède une pièce d'eau carrée, d'une grande sobriété, puis une fontaine en polygone régulier où les jets d'eau convergent vers un groupe central. Un siècle d'art était résumé dans ces trois bassins.

C'était évidemment autour du bassin carré que devaient se réunir les duellistes et les spectateurs. Le roi s'y était fait emmener dans la chaise qu'il affectionnait, emmitouflé de fourrures. Madame de Maintenon, après avoir décliné l'invitation de se joindre au spectacle, s'était laissée fléchir : peut-être avait-elle, au fond d'elle, un goût du sang qu'elle camouflait sous les simagrées religieuses. Le père La Chaise, en jésuite consommé, avait fermement réprouvé le procédé, avant de l'autoriser « pour la plus grande gloire de Dieu et la confusion de ses ennemis » – quoi que cela pût vouloir dire. Il n'avait pas manqué de rappeler que l'Église avait condamné depuis le concile de Latran, en 1215, l'ordalie judiciaire. Mais il avait souligné en même temps qu'en 1547 le baron de Jarnac avait, devant toute la Cour, affronté en duel judiciaire François de Vivonne, seigneur de la Châtaigneraie. Et que, certes, les édits du cardinal de Richelieu, renforcés par ceux du présent monarque… Mais qu'en même temps l'affaire en suspens était si embrouillée, les témoins si introuvables – et pour cause, Souvré ne laissait rien survivre derrière lui –, qu'il était peut-être sage de recourir à la voie des armes pour démêler le vrai du faux…

Les deux amis furent sur place à six heures moins le quart. La rue des Réservoirs longe le château, et ils n'avaient à parcourir qu'une vingtaine de perches d'arpent pour arriver sur place. Le marquis était déjà là, entouré de serviteurs obligeamment prêtés par Louvois. Le roi se fit attendre, mais la procession souveraine parvint sur les lieux, à travers la neige fraîche, peu après six heures.

Il faisait nuit noire. Le roi y avait remédié en faisant placer des valets porteurs de torches devant chaque bosquet.

Les trois fontaines, bien sûr, étaient silencieuses. Hier comme aujourd'hui, on coupait l'eau pendant les fortes gelées, pour éviter qu'elle ne fît éclater les conduites de plomb.

Les deux adversaires se débarrassèrent de leurs lourds manteaux et restèrent en pourpoint, à frissonner dans le froid mordant. Quant aux valets immobiles, ils claquaient des dents – mais qui se soucie des valets ? Les torches jetaient sur la neige des lumières dorées et de grandes ombres noires.

Le père La Chaise prit la parole pour rappeler les principes du combat. Contrairement aux règles médiévales, il n'était pas question d'exiger un duel à mort. L'abandon sur blessure était autorisé sans que l'honneur s'en trouvât offusqué.

Puis, un héraut désigné par Sa Majesté prononça les paroles fatales :

— Laissez aller !

Pierre et Souvré étaient de trop fins duellistes pour tâter l'adversaire. Ils engagèrent le fer avec férocité, cherchant à en finir le plus vite possible, avant que le froid n'ait raison d'eux.

Dans les ombres portées par les flambeaux, les épées se cherchaient, se devinaient, et des étincelles jaillissaient par bouquets de leurs frottements. Pierre tirait de la main gauche. Souvré s'était équipé d'une rapière des années 1650, avec une garde en *cazoleta*, ce bol renversé en forme de coquille qui protège la main. Une arme lourde, qu'il maniait avec dextérité, et dont il avait lui-même aiguisé le fil. Même si l'idéal des duellistes était le coup d'estoc définitif, on se souvient que Souvré aimait détailler son adversaire en lui infligeant des estafilades successives.

Pierre, la Louve à la main, ne chercha pas à finasser et lança la combinaison apprise de Malatesta, qui s'achevait par un coup en plein front.

Souvré para le coup. Balthazar, qui avait suivi l'enchaînement, pensa que le maître d'armes, stipendié par Souvré, avait scrupuleusement rempli les devoirs de sa charge et enseigné à l'un et à l'autre les mêmes bottes, ainsi que les parades qui les rendaient vaines.

L'épée de Souvré, soudain, fouetta le bras gauche de Pierre, entamant le pourpoint et la peau. Une giclée de sang s'écrasa sur la neige fraîche dans laquelle les combattants s'enfonçaient jusqu'aux mollets, et où ils dérapaient parfois légèrement. Mais c'était une blessure sans conséquence, et Pierre n'eut même pas l'air de la ressentir.

Madame de Maintenon saisit la main du roi. La vue du sang faisait bouillir le sien.

Balthazar, cependant, s'inquiétait. Il avait misé sur un combat rapide. Son ami, après cinq mois d'incarcération, n'avait pas les mêmes capacités qu'à son arrivée à Paris. Il s'essoufflait plus vite, il était légèrement plus lourd. On s'ennuie en prison, alors on mange.

« Ce qui l'emportera, se dit-il, ce sera la volonté de tuer, certes, *et* le désir d'Éléonore. Une femme absente va décider du combat. »

Pierre piqua au même instant Souvré à l'épaule. Mais c'était là aussi une blessure bénigne, et le marquis ne parut pas même s'en apercevoir.

Le champ de bataille, d'un blanc immaculé presque velouté quand ils étaient arrivés, était à présent labouré par les deux hommes.

On n'entendait que le choc des épées et le crissement de la glace sous le poids des combattants.

Souvré enfin perdit patience, et osa de grands coups qui laissaient à découvert de notables portions de son anatomie. Il pressait son adversaire, tout en prenant le risque d'une riposte. Sa vivacité seule lui permettait de rester hors d'atteinte.

En reculant devant l'un de ces assauts impétueux, Pierre glissa et se retrouva sur le genou droit, parant maladroitement, de la main gauche, les coups que lui portait Souvré.

Le marquis se replia d'un demi-pas, pour préparer son geste, et se précipita en avant, l'épée haute, la pointe vers le bas, comme un matador qui porte l'estocade finale.

Pierre, sans tenter de se relever, fit passer la Louve de sa main gauche à la droite et, faufilant son bras sous la garde de Souvré, le transperça sous les côtes, à gauche, en remontant – en plein cœur.

La lame, dont la charge de Souvré accrut la puissance, traversa le corps du marquis en diagonale et ressortit de quelques pouces sous l'omoplate droite. Pierre sentit la Louve vibrer dans sa main, comme si elle se chargeait, frémissante, de l'âme défunte de Souvré.

Le marquis sembla flotter un instant, l'épée encore brandie, étonné d'être mort. Puis il tomba, comme une masse.

La Maintenon serra la main de son royal époux à la broyer.

La voix du roi tonna dans l'air glacé.

— Mon père, lança-t-il à La Chaise, occupez-vous de ce malheureux marquis de Souvré, dont l'âme me semble compromise.

Puis, se retournant vers le vicomte :

— Vous avez triomphé, monsieur, et je vous en félicite. Je vous demande toutefois de ne rien laisser filtrer de cette rencontre. Et je vous souhaite beaucoup de bonheur : le plus simple serait que, dans les plus brefs délais, vous retourniez dans vos solitudes, afin d'apporter quelque consolation aux malheureux dont vous avez la charge. Portez-leur la parole du roi, qui est le père de tous les Français, quoi qu'il pense des errements religieux de certains.

Les serviteurs de Louvois soulevaient déjà le corps du marquis, auprès duquel le père La Chaise prononçait les paroles rituelles :

— *Ego facultate mihi ab Apostolica Sede tributa, indulgentiam plenariam et remissionem omnium peccatorum tibi concedo, et benedico te. In nomine Patris, et Filii, et Spiritus Sancti. Amen.*

« C'est cela, pensa Balthazar en souriant sans plisser les lèvres. Indulgence plénière et rémission de tous tes péchés – tu en auras besoin, assassin ! »

Le roi rentrait déjà au château, escorté par les valets porteurs de torches. La nuit et le silence retombèrent sur le bosquet. La neige foulée par les combattants portait, çà et là, quelques traînées d'un rouge sombre qui virait au noir, et témoignait seule de l'âpreté du combat.

Balthazar prit le bras de son ami.

— Rentrons, dit-il. Il faut que je te raccommode. Et tu as une autre lettre à écrire. Tu dois, dès demain matin, annoncer à mademoiselle de Flavin qu'elle a l'autorisation du roi et la bénédiction de l'Église pour devenir ton épouse !

57

La mort de Monsieur le Prince

Ils rentrèrent à cheval à Paris, en prenant cette fois toutes les précautions rendues nécessaires par le gel intense. Ils avançaient dans la vapeur qui sortait des naseaux de leurs chevaux. La campagne, autour d'eux, n'était que blancheur et désolation. De la fumée montait de quelques-unes des masures édifiées çà et là, mais la plupart du temps, les paysans qui y vivaient, et que l'on devinait parfois, comme des spectres, allant donner à boire à leurs bêtes, se contentaient de se calfeutrer dans leur misère, couchés les uns sur les autres dans ces tanières animales où s'édifiait la France du Grand Siècle. La Bruyère a très bien dit qu'« il y a une espèce de honte d'être heureux à la vue de certaines misères ». Et pourtant, Pierre d'Aumelas, porté par le nuage sur lequel il flottait depuis la veille au soir, ne voyait devant lui que l'image d'Éléonore. « L'amour est aveugle aux souffrances des autres », constata Balthazar.

Ils arrivèrent à Paris vers deux heures de l'après-midi, transis et heureux.

Une lettre attendait Balthazar. Il reconnut les armes de Condé, l'ouvrit rapidement et la parcourut plus vite encore.

— Le prince est mourant, dit-il. Je repars pour Chantilly.

— Va, lui dit Pierre. Moi…

— Oui – toi ! Toi ! Toi !

Balthazar se mit à rire. Leur voyage à Paris s'achevait sur un double succès. Justice était rendue à la vieille famille d'Aumelas, même si ça ne ressusciterait pas les dizaines de pauvres gens sacrifiés à la gloire de notre Sainte Mère l'Église. Et Éléonore de Flavin devait encore obtenir l'assentiment de son père, ce qui ne présenterait plus que des difficultés mineures, à présent que le prétendant officiel était mort et qu'elle s'était trouvé un mari selon son cœur. Le bonheur de Pierre effaçait les malheurs adjacents.

Pour Condé, c'était autre chose. Balthazar, en six mois, avait fait quinze à vingt fois le voyage de Chantilly. Il avait, chaque fois, trouvé Monsieur le Prince plus affaibli. Ses reins ne fonctionnaient presque plus, l'arthrose le dévorait, ses mains et ses pieds étaient glacés en permanence. Du magnifique gentilhomme qui chevauchait en tête de ses troupes à Rocroi, il ne restait qu'une ombre, que Bossuet ramenait doucement à Dieu.

Balthazar avait pallié, de son mieux, les inconvénients des maux qui accablaient le prince. Il lui permettait de dormir sans trop de gêne, de se déplacer un peu, d'assister, à table où il ne mangeait plus guère, aux conversations brillantes de ses invités, tous tenus de parler comme à l'ordinaire, sans paraître inquiets de l'état de leur hôte – suprême politesse due à l'homme qui les traitait si bien.

Le jeune médecin était arrivé bien trop tard dans la vie de Condé pour prendre en main, avec une espérance de résultats, cette grande machine usée par quarante années de guerres civiles et étrangères, et d'excès de tous ordres. Déjà en 1674, après la bataille de Seneffe où Condé, avec des forces inférieures, avait contenu puis renversé l'armée de Guillaume d'Orange, le roi, pour bien marquer qu'il pardonnait enfin tout à fait à son cousin son attitude durant la Fronde, l'avait reçu à Versailles. Fait inouï, Sa Majesté s'était avancée en haut de l'escalier des Ambassadeurs pour attendre le général vainqueur. Et, événement plus inouï encore, Condé avait fait attendre Louis XIV, ce qui avait généré chez les courtisans présents des rumeurs scandalisées.

En fait, il était déjà si rongé de rhumatismes et de goutte qu'il ne marchait plus qu'avec de grandes difficultés. En guerre, tout allait bien, on le mettait à cheval et il redevenait le jeune homme qui avait relégué la monarchie espagnole au second rang européen. Mais à pied, redescendu du nuage sur lequel la guerre le faisait marcher, il paraissait bien plus que ses cinquante-trois ans. Et, comme il s'excusait de son retard : « Sire, je demande pardon à Votre Majesté de La faire attendre si longtemps », le roi lui avait lancé :

— Mon cousin, ne vous hâtez pas. Lorsqu'on est chargé comme vous de tant de lauriers, on ne peut marcher que difficilement.

La gloire avait, un instant, remis de la synovie dans les articulations figées du vieux capitaine. Mais il avait compris que le temps des belles cavalcades était terminé, et il s'était replié dans son beau château de Chantilly.

C'est là que Balthazar, au soir, le retrouva, couché dans son lit, adossé à des coussins.

— Ah ! monsieur, vous avez fait diligence, c'est aimable à vous après cette soirée si fertile en événements…

« Comment le prince, se demanda Balthazar, est-il au courant de faits qui se sont déroulés à l'exact opposé de Chantilly ? »

— Il faudra que vous me racontiez cela, reprit Condé, quand vous m'aurez remis sur pied.

Balthazar ausculta son patient en détail. Puis il releva la tête et le regarda droit dans les yeux.

Le prince était doué d'une brillante intelligence. Il fixa le médecin.

— Combien de temps ? demanda-t-il. J'aimerais disposer d'un mois pour mettre diverses affaires en ordre, et mon âme en conformité avec les règles de l'Église… Je ne peux laisser à mon héritier le poids d'un libertinage impénitent…

— Monseigneur, dit Balthazar, ce mois, il faut le demander à Dieu. Mais la médecine vous donne trois semaines.

— C'est bien, dit le prince. J'aurais détesté que, par amitié pour moi, vous me mentiez sur les délais. Alors, ce duel judiciaire… Comment diable mon royal cousin a-t-il pu l'autoriser ? Et comment cela s'est-il passé ?

Balthazar ne rentra pas à Paris dans les trois semaines suivantes. Il correspondait par lettres avec son ami

Pierre d'Aumelas, qui avait un peu forcé la porte de l'hôtel de Louvois, et filait le parfait amour avec sa dulcinée.

Chose étrange ! Le tout-puissant ministre ne paraissait pas lui en vouloir d'avoir tué Souvré. « Mon épouse est fort affligée de la mort de son frère, lui avait-il dit, abstenez-vous de paraître devant elle. » Et ce fut là toute l'oraison funèbre du marquis. Louvois se sentait débarrassé à la fois d'un vague parent qui avait trop pesé sur son couple, et d'un homme de main devenu en grande partie incontrôlable.

Le 6 décembre, Louis XIV pria Condé de venir à Fontainebleau, où il résidait. « Mon cousin, disait en substance le roi, on m'apprend que vous êtes au plus mal. Je tiens à vous avoir près de moi, et à vous prodiguer les secours de mes médecins. » Condé, alerté par Balthazar sur la science de ces prétendus hommes de l'art, grimaça un sourire, mais organisa dans l'heure son départ pour Fontainebleau, où il mourut le 11 décembre. Balthazar, en accord avec lui, l'avait dispensé de souffrir – quitte à abréger sa vie de quelques jours. Condé, qui en toutes choses suivait désormais l'avis de l'Église, demanda à Bossuet s'il y avait péché à entraver les souffrances que Dieu nous envoyait. Le prélat, qui connaissait la vie aussi bien que la mort, lui murmura à l'oreille que, s'il y avait péché, il le prenait sur lui.

Et le vainqueur de Rocroi, de Lens, de Nördlingen et de cent autres batailles quitta ce monde dans les vapeurs d'un composé d'opium qui lui fit voir le paradis avant même qu'il n'en poussât la porte.

58

L'oraison funèbre de Condé

Pierre d'Aumelas serait bien reparti de Paris tout de suite, et il aurait volontiers regagné le Languedoc, comme le lui avait suggéré le roi, non seulement pour complaire à Sa Majesté mais aussi pour épouser enfin son Éléonore, et l'étreindre pour de bon au lieu de n'en avoir que l'ombre – qu'elle lui abandonnait volontiers sans rien lui concéder d'autre, en jeune fille bien élevée. Mais il lui fallait attendre l'autorisation et la bénédiction du baron de Flavin, et surtout que l'hiver consentît à les laisser passer. On ne fait pas voyager une belle fiancée dans les conditions aventureuses que l'on aurait acceptées pour soi.

Les deux amoureux fixèrent donc leur départ au début avril.

Cela leur donna l'occasion, comme à toute la Cour, d'assister aux obsèques officielles de Condé, organisées le dimanche 2 mars 1687 à Notre-Dame-de-Paris. Après la réconciliation dans le monde des deux cousins, c'était la réconciliation de l'autre monde, dans l'au-delà de la vie. Et, en toute logique, le roi demanda à l'évêque de Meaux, qui avait conduit Monsieur le Prince sur les routes ardues de la conversion, de prononcer l'oraison funèbre du héros disparu.

Louis XIV, complètement rétabli de la Grande Opération, y assista, et ce fut plus qu'une oraison funèbre : ce fut le spectacle du nouveau monde, celui de la monarchie absolue, enterrant pour de bon l'ancien monde, celui des grands aristocrates rivaux du roi. Avec Condé, c'était le dernier témoin de la Fronde que l'on portait en terre. Le cardinal de Retz était mort en 1679, Beaufort avait disparu dans un combat contre les Ottomans devant Candie, en 1669. Le frère de Condé, l'infernal Conti, était mort prématurément, à trente-sept ans, en 1666 ; sa sœur, la trop belle Longueville, qui elle aussi s'était bien repentie du libertinage effréné de sa jeunesse, était décédée en 1679 – laissant les jansénistes, qu'elle avait toujours protégés, subir les foudres de Louis XIV et du parti jésuite tout-puissant à la Cour. L'année suivante, ce fut le tour du duc de La Rochefoucauld. La Fronde s'effaçait.

Condé était le dernier vestige de l'ultime contestation de la monarchie absolue, et de son échec définitif.

C'était cela que Bossuet devait gérer dans son oraison. Enterrer un héros et en exalter un autre. Et il le fit avec une maîtrise exceptionnelle.

Ce 2 mars, toutes les compagnies, le Parlement de Paris que le prince avait si fort méprisé durant la Fronde, mais aussi la Chambre des comptes, la Cour des aides, l'Hôtel de Ville et toute l'Université en robe, se rendirent à la cathédrale pour assister aux obsèques de Louis II de Bourbon-Condé, duc d'Enghien, de Montmorency, de Châteauroux, de Bellegarde et de Fronsac, gouverneur du Berry, comte de Sancerre et de Charolais, pair de France, premier prince du sang.

On avait bâti dans l'église un catafalque à sa mesure. C'étaient les derniers feux du baroque que l'on portait en terre, et il fallait que cela se sût. On avait dressé pour les dames de la famille, et pour celles des familles alliées, une tribune au-dessus de la porte du chœur, du côté de la sacristie.

Maître Percerin, ses aides et ses confrères s'étaient surpassés et avaient taillé des habits, des manteaux et des robes dans toutes les nuances de noir, mat, moiré ou diapré, et dans tous les tissus disponibles, serge, satin ou soie, pour habiller valets, gentilshommes et princesses. De même, on avait drapé de noir carrosses et chaises à porteurs.

Ce n'était pas que Monsieur le Prince fût fort admiré des godelureaux de la nouvelle Cour. Mais c'étaient là les hommages dus à son rang. Ces jeunes nobles, qui n'avaient pas connu de guerre plus cruelle que celle que leur imposaient leurs maîtresses, ne réalisaient guère qu'ils enterraient avec Condé le dernier rebelle à l'autorité royale, l'homme qui avait osé passer à l'ennemi et emmener les armées espagnoles contre celles de son royal cousin. C'était leur liberté qu'ils mettaient ce jour-là au tombeau.

Pierre eût fort aimé assister à ces obsèques grandioses en tenant discrètement la main d'Éléonore, qu'il ne quittait que pour dormir, de peur que quelque obstacle se dressât encore sur leur route. Mais il avait été dissuadé par Balthazar de se montrer aux courtisans, espèce cancanière qui n'eût pas manqué de se demander qui était ce jeune homme bien mis aux allures de matamore. En conséquence de quoi ce fut Balthazar lui-même qui accompagna mademoiselle de Flavin, arrivée tout en noir – et Dieu, qu'elle était belle ! – avec la suite de Louvois. Les voiles de deuil d'Anne de Souvré célébraient à la fois la perte de son frère bien-aimé et le crépuscule de l'aristocratie française. On lui avait expliqué que la faveur de son mari avait été mise en balance des atrocités commises par le défunt marquis de Souvré – dont elle se souciait fort peu : c'était son frère ! Eût-il mis à feu et à sang tout le Languedoc, et extirpé l'hérésie en ressuscitant les anciennes pratiques de l'Inquisition, peu lui importait – c'était son frère !

La messe fut longue et solennelle. Mais ce n'était pas pour accompagner l'âme fort mécréante du défunt prince que la Cour était là : c'était pour entendre comment Bossuet célébrerait un homme condamné à mort par contumace, en 1656, par son royal cousin.

Et les premiers mots ne les déçurent pas.

— Au moment que j'ouvre la bouche pour célébrer la gloire immortelle de Louis de Bourbon, prince de Condé, je me sens également confondu, et par la grandeur du sujet, et, s'il m'est permis de l'avouer, par l'inutilité du travail. Quelle partie du monde habitable n'a pas ouï les victoires du prince de Condé et les merveilles de sa vie ?

Le mort était entré, de son vivant, dans l'immortalité. Le ton était donné, l'orateur parlerait surtout des victoires de Monsieur le Prince.

Après les références obligées à l'Ancien Testament, Bossuet se lança dans l'évocation de cette fameuse bataille de Rocroi qui ouvrit de façon si flamboyante la carrière du prince. L'audacieux passage du passé au présent (« L'armée ennemie est plus forte, il est vrai ; elle est composée de ces vieilles bandes wallonnes, italiennes et espagnoles qu'on n'avait pu rompre jusqu'alors ») permit à Bossuet de convoquer, sous les voûtes sonores de la vieille cathédrale, toute l'armée espagnole et la faible armée française – faible mais animée par « un jeune prince du sang qui portait la victoire dans ses yeux… »

Vint alors le morceau de bravoure de cette oraison funèbre – destiné à émouvoir le public et à faire passer, ensuite, tout le négatif du prince défunt :

— Restait cette redoutable infanterie de l'armée d'Espagne, dont les gros bataillons serrés, semblables à autant de tours, mais à des tours qui sauraient réparer leurs brèches, demeuraient inébranlables au milieu de tout le reste en déroute, et lançaient des feux de toutes parts. Trois fois, le jeune vainqueur s'efforça de rompre ces intrépides combattants ; trois fois, il fut repoussé par le valeureux comte de Fontaines, qu'on voyait porté dans sa chaise et, malgré ses infirmités, montrer qu'une âme guerrière est maîtresse du corps qu'elle anime. Mais enfin, il faut céder. C'est en vain qu'à travers des bois, avec sa cavalerie toute fraîche, Beck précipite sa marche pour tomber sur nos soldats épuisés ; le prince l'a prévenu, les bataillons enfoncés demandent quartier ; mais la victoire va devenir plus terrible pour le duc d'Enghien que le combat. Pendant qu'avec un air assuré il s'avance pour recevoir la parole de ces braves gens, ceux-ci, toujours en garde, craignent la surprise de quelque nouvelle attaque : leur effroyable décharge met les nôtres en furie ; on ne voit plus que carnage ; le sang enivre le soldat, jusqu'à ce que le grand prince, qui ne put voir égorger ces lions comme de timides brebis, calmât les courages émus et joignit au plaisir de vaincre celui de pardonner. Quel fut alors l'étonnement de ces vieilles troupes et de leurs braves officiers, lorsqu'ils virent qu'il n'y avait plus de salut, pour eux, qu'entre les bras du vainqueur ! De quels yeux regardèrent-ils le jeune prince, dont la victoire avait relevé la haute contenance, à qui la clémence ajoutait de nouvelles grâces ! Qu'il eût, encore volontiers, sauvé la vie au brave comte de Fontaines ! Mais il se trouva par terre parmi ces milliers de morts dont l'Espagne sent encore la perte. Elle ne savait pas que le prince, qui lui fit perdre tant de ses vieux régiments à la journée de Rocroi, en devait achever les restes dans les plaines de Lens. Ainsi, la première victoire fut le gage de beaucoup d'autres.

Balthazar nota avec un amusement contenu – on ne sourit pas durant des obsèques – que le mot qui venait le plus souvent aux lèvres de Bossuet, c'était celui de *spectacle*. Dieu offrait à la France et à l'Europe le *spectacle* de ce nouvel Alexandre qui, lui aussi, dormait si bien la veille de la bataille. Le *theatrum mundi* s'étendait à tout le monde connu. Et les hauts faits étaient célébrés comme les clous du spectacle que nous devons donner jusqu'à ce que Dieu nous rappelle à lui. « Certes, se disait le jeune homme, nous n'existons vraiment que parce que nous nous donnons en spectacle. Je joue à être médecin, j'emprunte à cette peu honorable confrérie ses costumes et ses attitudes, comme le roi, en cet instant, joue à être roi… »

Louis XIV, au premier rang, et debout d'un bout à l'autre de la cérémonie, s'était composé ce visage de marbre qu'avait immortalisé Bernin en 1665, où les boucles naturelles des cheveux créaient un mouvement tournoyant autour de cette face immuable, dominant par son austérité glacée le flot horizontal du vêtement sur lequel elle est posée. À son côté, Madame de Maintenon, dont les habits paraissaient d'un noir plus profond encore que ceux qu'elle portait habituellement, était tout aussi imperturbable. Et toute la Cour se composait un visage à l'avenant. Jamais on n'avait vu rassemblées autant de faces de Carême, comme si tous ces gens, préoccupés par leurs plaisirs ou les bouts de pouvoir qu'ils pouvaient arracher à la faveur royale, se laissaient soudain pénétrer des rayons de la Grâce divine et de la terreur de l'au-delà. « Comédie ! » pensa Balthazar – et il n'avait pas tort. « Mais que serait un pouvoir incapable de régler son propre spectacle ? » se demanda-t-il pour finir, tandis que la foule s'écoulait par les portes grandes ouvertes de la cathédrale, chacun prenant bien soin de plonger ostensiblement sa main dans les bénitiers de l'entrée et de se signer avec ferveur. « Et la religion elle-même est spectacle – spectacle de surenchère pour les catholiques, ostentation d'austérité pour les protestants. Simagrées essentielles ! » conclut le médecin avec philosophie.

C'est ce qu'il raconta le soir même à Pierre.

— Et Éléonore ? lui demanda ce dernier, obsédé par la jeune femme comme autrefois Orgon l'avait été par Tartuffe.

Et en vérité, Balthazar fut tenté de répondre, comme jadis Dorine dans *Le Tartuffe* : « Éléonore ? Elle se porte à merveille, fine et fraîche, et la bouche vermeille… » Mais il se contenta de le rassurer. « Éléonore n'a parlé que de toi, dans les moments où j'ai pu l'entretenir. » Ce n'était pas tout à fait vrai : la jeune fille avait été fascinée par le *spectacle* et n'avait pas même regretté l'absence de son amoureux. Ce n'était pas vrai, mais ça aurait pu l'être.

59

Où le lecteur se trouve confronté à une fin réellement ouverte

L'hiver ne finissait pas d'en finir, et le printemps, cette année-là, n'exista que par éclipses et fausses promesses. Et soudain, tout changea, une canicule s'installa dès la mi-mai, ravageant toute la moitié nord de la France.

Pierre et Éléonore ne s'en souciaient guère. Ils avaient reçu l'aval de monsieur de Flavin pour se marier. Ils s'unirent donc, très vite, afin de faire taire les méchantes langues qui déjà prêtaient à la jeune fille des mœurs dissolues, elle que l'on voyait sans cesse avec un jeune homme qui n'était pas encore son mari. Balthazar s'amusa fort à conduire Éléonore à l'autel, en l'absence de son père. Puis les nouveaux époux se mirent en route pour rejoindre le château de Lincou, où le père d'Éléonore souhaitait leur donner sa bénédiction.

— Tu ne repars pas chez ton père ? demanda Pierre, pour la forme.

Il avait bien compris que Balthazar resterait à Paris.

— Sa Majesté m'a demandé de rester auprès d'elle, dit Balthazar. À la fois comme son médecin occulte, maintenant que la décision est prise de remercier cet âne de d'Aquin, et comme… je ne saurais trop comment le dire sans dévoiler un secret qui ne m'appartient pas. Mais le roi s'est intéressé à certains de mes talents langagiers, et pense peut-être m'expédier chez des peuples barbares où je mettrai de nouveau mon fondement en grand danger.

Pierre regarda son ami avec une sorte de tendresse. Il lui devait tant qu'il ne voyait même pas comment, un jour, régler sa dette.

Balthazar le comprit sans qu'il ait besoin de parler.

— Tu ne me dois rien, vicomte, dit-il avec douceur. Peut-être même est-ce moi qui suis en dette envers toi. Et si tu as l'impression de me devoir quelque chose, fais comme tous les autres, montre-toi ingrat. C'est le meilleur moyen de vivre en paix avec sa conscience.

— Moi, ingrat ? Je te dois l'honneur et l'amour ! Et bien davantage, ajouta-t-il avec émotion, car sans ton art, je croupirais encore à la Bastille ! Sans compter que tu t'es ruiné…

— Pas même, dit Balthazar. Le roi m'a donné une gratification de dix mille livres pour la Grande Opération. Je suis à l'arrivée bien plus riche qu'au départ. Raconte-le à mon père, il s'attache à ces détails…

— Dix mille livres, un détail !

— Bah, tu vas disposer de la dot d'Éléonore… Tu pourras enfin refaire la toiture de la maison de ton père, et le mettre à l'abri pour ses vieux jours. À force de se priver, il a presque fini par oublier qu'il était gourmand.

— Pour qu'il meure de la goutte, lui aussi ? Allons donc !

— Pierre, crois-moi. Il a mené une vie très frugale, il est âgé et, avant qu'il ne développe une goutte dangereuse, il sera dix fois mort. Alors, gâte-le.

Il regarda Pierre avec une immense affection.

— Puis revenez à Paris, ajouta-t-il. Une guerre se prépare, le roi aura besoin d'officiers sûrs et aventureux. Turenne est mort, Condé est mort, Sa Majesté n'a plus de généraux, il lui faut des soldats.

Ils s'embrassèrent avec effusion. Une heure plus tard, Pierre était parti – chevauchant son centaure, caracolant à la portière de la voiture qui emportait Éléonore et racontant mille fadaises à son épouse, encore tout émue de leur nuit de noces, qui avait à jamais effacé en elle le souvenir ignoble de Souvré.

Balthazar, resté seul, regarda la rue vide avec une étrange émotion. Puis il rentra, paya leur commune dépense à leur hôte, et, remontant lui aussi à cheval, il reprit, seul désormais, la route de Versailles.

Table des matières

Remerciements

Aucun livre ne s'écrit à partir de rien. Celui-ci ne déroge pas à la règle. Ses sources d'inspiration sont nombreuses. Certains noms, certaines scènes, pourront même paraître des emprunts quasi littéraux à quelques-uns des chefs-d'œuvre qui ont précédé celui-ci.

Le lecteur voudra bien ne pas nous en faire grief. Après tout, comme disait Giraudoux, toutes les littératures sont des plagiats, excepté la première, que d'ailleurs personne ne connaît.

Je ne saurais trop remercier ces amis de toujours dont les noms suivent, qui ont bien voulu partager avec moi leurs compétences et leur patience, et parfois même me souffler un mot, une phrase, une situation. Leur apport à chacun n'étant pas mesurable, et parfois incommensurable, je les citerai par ordre alphabétique :

François Marie Arouet, dit Voltaire
Vladimir Bartol
Charles Baudelaire
Jacques Bénigne Bossuet
Joseph Conrad

Pierre Corneille
Alexandre Dumas
Umberto Eco
Paul Féval
Gustave Flaubert
Ian Fleming
Michel Foucault
Jean-François Paul de Gondi, cardinal de Retz
Louise Labé
Choderlos de Laclos
Thomas Edward Lawrence, dit Lawrence d'Arabie
Guy de Maupassant
Jules Michelet
John Milius
Charles de Secondat, baron de La Brède et de Montesquieu
Jean-François Parot
Marie-Madeleine Pioche de La Vergne, comtesse de La Fayette
Jean-Baptiste Poquelin, dit Molière
Marie de Rabutin-Chantal, marquise de Sévigné
Jean Racine
Arturo Pérez-Reverte
Edmond Rostand
Jean-Jacques Rousseau
Claude Henri de Rouvroy, comte de Saint-Simon
Donatien Alphonse François, comte de Sade dit le Marquis de
Gédéon Tallemant des Réaux
Quentin Tarantino
Michel Zévaco

Composition et mise en pages
FACOMPO, Montrouge

#lisez engagé !
www.lisez.com
Pour plus d'information :
Imprimé sur du papier issu de forêts gérées durablement.

Imprimé en Espagne par Liberdúplex
en mai 2025
N° d'impression : 128288

POCKET – 92, avenue de France, 75013 Paris

S34978/01